Dein Herz gehört mir

Liam & Elena

Dragana Murlasits

Impressum

1. Auflage

Dein Herz gehört mir

Lektorat und Korrektorat :David Rohlmann & Maria Engels

Covergestaltung: Constanze Kramer, www.coverboutique.de

Bildnachweise:

©bradleyvdw, ©Tierney – stock.adobe.com ©Vitalik Radko, ©sergeypeterman, ©SSilver - depositphotos.com

Druck und Vertrieb: Buchschmiede von Dataform Media GmbH, Wien
www.buchschmiede.at

ISBN- Paperback: 978-3-99129-118-3
ISBN- E-Book: 978-3-99129-122-0

PRINTED IN AUSTRIA

Alle in diesem Roman geschilderte Handlungen und Personen sind frei erfunden. Ähnlichkeiten mit lebenden oder verstorbenen Personen sind zufällig und nicht beabsichtigt.

Für den Mann, der mir immer den Rücken stärkt.
Ich liebe dich, wie am ersten Tag.
Danke für alles! Du weißt, wen ich meine, mein Herz. ;)

Kapitel 1

Heute war der letzte Oktobertag, an dem ich Zeit hatte. Obwohl Halloween war, raste ich von einem Geschäft zum anderen und suchte nach passenden Geschenken. Meine Freundinnen Emma und Livia hakten sich bei mir ein. Die Leute drängten sich in jedem Geschäft und suchten nach Mitbringsel oder Kostümen, als wären sie das reinste Gold. Ich schaute auf die Auslage von Mango, da sah ich das Kleid und verliebte mich. Es fiel elegant, mit einem Ausschnitt, der mein Dekolletee grandios hervorheben würde. Ich wandte mich an Emma, sie war die Mode-Expertin von uns dreien, denn sie trug am häufigsten Kleider bei Anlässen.

„Was hältst du von dem Kleid?“, fragte ich und deutete auf das Schaufenster.

Sie musterte es fachmännisch und sah anschließend zu mir. „Du kannst es anprobieren, ich werde dir sagen, ob es dir steht.“ „Kommt ihr mit rein oder bleibt ihr hier draußen vor der Auslage?“

Sie nickten und folgten mir ins Geschäft. Schnell fand ich das Kleid, das mein Herz höherschlagen ließ, und ging in die Kabine. Als ich es anzog, war ich sprachlos. Es passte mir wie angegossen. Ich trat begeistert nach draußen, um es meinen Freundinnen zu zeigen. Vor ihnen drehte ich mich im Kreis. Sie lachten und pfiffen.

„Elena! Du bist so sexy! Dieses Kleid – passt dir perfekt. Das musst du dir kaufen und zur Feier anziehen“, meinte Emma und lächelte mich an.

„Wenn du mit diesem Kleid keinen abschleppst, fresse ich einen Besen. Kauf es!“, rief Liv mir zu.

„Mädels, wenn ihr mir das sagt, glaube ich es euch. Ich werde es kaufen, egal, wie der Preis ist.“ In der Kabine schaute ich auf das Preisschild – oh, war ja in Aktion, statt zweihundertfünfzig Euro kostete es nur hundert. Das war genial.

Ich würde mir Schuhe, eine Tasche und Reizunterwäsche dazukaufen. Das Kleid war rot, also sollten auch Unterwäsche und BH in Rot dazukommen. Alles zusammen machte zweihundertsiebzig Euro. Wenn man bedachte, was das Kleid allein gekostet hatte, war das ein Schnäppchen.

„Endlich gehört das Kleid mir und ich könnte vor Freude platzen. Es war Liebe auf den ersten Blick. Fühlt sich das mit einem Mann genauso an?“, fragte ich Emma und zwinkerte ihr zu.

„Du kannst es nicht mit einem Mann vergleichen. Es fühlt sich ganz anders an.“ Wir lachten laut.

„Wollt ihr mit in das Café?“, fragte uns Livia, wir gingen zusammen hinein und schauten uns um.

„Schaut, hier ist ein Platz für drei“, erkannte Emma.

Neben dem Tisch saßen einige Jungs und grinsten uns an. Wir setzten uns und erwiderten das Lächeln. Die Kellnerin nahm unsere Bestellung auf und bewegte sich weiter.

„Wann habt ihr die Weihnachtsfeier?“, fragte Livia.

„Vermutlich wie immer am letzten Tag und nur kurz. Unsere Leiterin ist nicht so der Feiermensch. So sind die alten Weiber halt. Früher war sie ein Nachtmensch, durchgefeiert hat sie.“

„Unsere Feier wird von Karola, Sebastian und mir organisiert. Emil geht in Ruhestand. Sie sammeln Geld für ein großes Abschiedsgeschenk. Ich hoffe nur, dass sie sich auf der Feier nicht wieder betrinkt und jeden anmacht wie letztes Jahr. Sie hält an ihrem Motto fest: Wenn man trinkt, ist der Sex umso besser.“

„Buh, wer so eine Kollegin hat, braucht keine Feinde. Du hast Glück, dass du allein bist, sonst würde sie noch deinen Freund anbaggern.“

„Ich hoffe, dass sie sich auf den Entertainer konzentrieren wird, den wir einladen wollen. Apropos, ich suche einen sexy Weihnachtsmann. Wie oder wo findet man die?“

„Schau dich mal um, da drüben sitzen gleich drei“, meinte Emma und deutete auf die Jungs.

„Oh là là, die sind ja Sex pur. Pass aber auf, dass die Karola die nicht sieht“, warnte mich Liv grinsend.

„Karola ist ein Monster, wenn es um dieses Ding geht. Sie holt sich, was sie will.“ Sie schaute noch mal zu den Jungs und schüttelte den Kopf. „Nee, die kann ich nicht fragen, die würden bestimmt eine Gegenleistung verlangen. Sonst verkleiden die sich niemals.“

„Wenn ich ein Mann wäre, würde ich sie nicht nehmen. Ehrlich gesagt, sie ist eine … ach, wie sagt man dazu?“, meinte Liv nachdenklich.

„Oh, du meinst …?“ Emma kicherte und fuhr fort: „Sie nehmen alles, was sie sehen, haben keinen Selbstrespekt. Ehrlich, was turnt sie so an, mit vielen Männern ins Bett zu steigen? Da springt kein Funke über. Mir würde einer reichen“, meinte Emma und schaute zu mir, worauf ich nur nickte.

„Sag mal, Elena, du bist heute anders. Du sprichst nicht so ausgelassen mit uns wie sonst immer. Was ist los?“, fragte mich Liv besorgt.

„Ich bin müde und arbeite zurzeit viel. Ihr wisst doch, wie es vor Weihnachten in den Geschäften zugeht. Das brauche ich euch nicht sagen. Erst nach Silvester wird es wieder angenehmer auf der Arbeit“, erwiderte ich. Sie schauten einander wissend an und drückten mich tröstend.

Wir tranken unseren Kaffee und baten die Kellnerin um die Rechnung. Da sprangen die Jungs vom Nebentisch urplötzlich auf. Einer musterte uns eingehend und kam zu mir.

„Hi, ich bin Liam und du?“, er gab mir seine Hand.

„Elena und das sind Emma und Livia, meine zwei Freundinnen.“ Er schaute zu ihnen und nickte.

„Die zwei hier sind Jonas und Leon, auch meine besten Freunde“, stellte er seine zwei Begleiter vor.

Oh, ich war sprachlos, ein Mann sexy als der andere. Verlegen schaute ich zu Emma und Liv, die die Jungs begeistert anstrahlten. Sie hatten gemerkt, dass die drei mir gefielen. Doch einer gefiel mir hauptsächlich und das war Liam selbst. Er brachte mich mit seiner selbstbewussten Art in Verlegenheit. Meine Freundinnen lernten schneller jemanden kennen als ich. Zu ihnen kamen immer diese sexy Exemplare, ich tat mich damit schwerer.

„Elena! Was ist los? Wieso so zurückhaltend?“, fragte Emma, während ich Liam stumm in die Augen schaute. Ja, sie waren blau. Meeresblaue Augen, die mir gefielen.

Heilige Scheiße, ich verguckte mich Hals über Kopf in den Mann. Dabei kannte ich ihn nicht mal. Aber wie hätte ich anders können? Er sah wie ein Model aus! Sein Dreitagebart, diese himmelblauen Augen, sein Körper, wie er da vor mir stand, alles war perfekt. Ich unterbrach mein Starren, um endlich Emma zu antworten.

„Ich bin müde und morgen ist ein langer Tag. Du weißt, dass ich arbeiten muss.“ Mehr bekam ich nicht raus. In Liams Gegenwart war ich zurückhaltend, das war neu für mich. So kannte ich mich gar nicht. Reden tue ich sonst wie ein Wasserfall, den man nicht stoppen kann. Aber dieser Liam hat mir die Sprache geraubt. Er beobachtete mich die ganze Zeit, während seine Kumpels damit begannen, Liv und Emma anzubaggern. Ich wollte mich in diese meeresblauen Augen vertiefen. Sie und den zugehörigen Mann am liebsten mit zu mir nehmen.

Meine Hormone spielten verrückt. Das letzte Mal lag schon lange zurück, ich brauchte dringend einen Mann. So vertieft in den Gedanken, bemerkte ich gar nicht, dass Liam mein Starren ebenso stumm erwiderte. Dieser Blick! Ich würde ihm nicht widerstehen können, wenn er mich weiter so ansah.

„An was denkst du?“, riss er mich aus den Gedanken. Ich würde ihm sicher nicht sagen, dass ich jeden einzelnen Gedanken an ihn gerichtet hatte. Er war sich bestimmt bewusst, was sein Aussehen bei Frauen auslöste, und ihm ist sicher aufgefallen, welche Anziehungskraft er auf mich ausübte.

„Oh, ist nicht wichtig. Es geht nur mich was an.“ Ich zuckte mit den Schultern und versuchte zu verbergen, wie ich auf ihn reagierte.

„Das sah anders aus, ich weiß das, denn ich habe dich ganz genau angesehen. Ich denke, dass ich weiß, was dich beschäftigt. Hast du Lust mit mir allein …“ Er deutete auf ein Restaurant. „Ich würde mich gern in Ruhe mit dir unterhalten. Ich lade dich ein.“

Oh, das war klar, er will doch nur mit mir ins Bett.

„Hast du Zeit?“, fragte er. Ich lächelte ihn an. Wenn ich jetzt verneinen würde, wäre es falsch, denn ich hatte Zeit.

„Okay, ich gehe mit dir mit. Nur wenn ich …“ Ups, ich wurde rot, meine Gedanken waren schmutzig. Ob er es verstanden hat, dass er mich so anlächelt?

„Elena, komm mit. Lass die anderen. Sie unterhalten sich untereinander. Ich möchte dich kennenlernen, allein. Komm mit“, flüsterte er mir ins Ohr. Ich stand auf, nahm meinen Einkauf und schaute zu Emma, die mit Jonas diskutierte. Liv sah mich an und lächelte. Sie wusste, dass ich mich verabschiedete. Ich nickte ihr zu und deutete mit der Hand aufs Handy: *Wir schreiben später*. Ich sagte nichts, spazierte stumm raus aus dem Café.

In dem Restaurant gegenüber war es ruhig. Wir bekamen einen Tisch beim Fenster. Hier konnte man nach draußen sehen, Böen wehten, und die Bäume wackelten hin und her. Wir lächelten uns bei dem Anblick an. Keiner sagte etwas. Jeder war in seine Gedanken versunken, bis die Kellnerin uns fragte, was wir zum Trinken haben wollten. Sie riss uns damit in die Gegenwart zurück.

„Oh, Entschuldigung, haben Sie schon gewählt?“, schob sie hinterher. Dabei war ihr Blick auf Liam gerichtet. Ich verstand das. Seine Aura zog alle weiblichen Wesen auf sich. Nur mochte ich es nicht, ignoriert zu werden, so ergriff ich das Wort und wurde gesprächiger.

„Für mich bitte ein Mineralwasser. Liam, du?“ Er wusste genau, was ich bezweckte. Sein Lachen war mir unangenehm, ich wollte nicht wie die biestige Freundin wirken.

„Dasselbe“, erwiderte er und lächelte mich spitzbübisch an. Als sie unseren Tisch verlassen hatte, schaute er mir tief in die Augen. Er überlegte offenbar genau, bevor er etwas sagte.

„Wenn ich es nicht besser wüsste, würde ich sagen, dass du eifersüchtig bist. Das gefällt mir. Ich glaube, wir werden uns verstehen“, sagte er mit einem Grinsen, leckte sich über die Lippen und zwinkerte. Anders als bei ihm platzten aus mir die Worte ohne jede Überlegung heraus.

„Warum willst du mich kennenlernen? Was habe ich, was andere nicht haben?“ Ich schaute in seine Augen und wartete neugierig auf die Antwort.

„Ausstrahlung. Du gefällst mir mit deinem Auftreten. Du verstellst dich nicht. Das habe ich beobachtet.“

Ich wurde sofort nervös. Er hat mich beobachtet? Vorhin? Was hat er von mir mitbekommen? Ich versuchte, mich zu erinnern, ob ich was Falsches gesagt oder getan hatte. Wir Mädels hatten uns eigentlich nur unterhalten.

„Hast du eine Freundin, bist du verheiratet? Ich fange mit Männern nichts an, wenn sie vergeben, sind“, stellte ich klar. Es platzte wieder eine Frage, für die es zu früh war, aus meinem Mund. Was war nur los mit mir?

„Wir sind getrennt, haben uns auseinandergelebt nach zehn Jahren. Das passiert manchmal. Was ist mit dir?“

Puh, wie sagt man einem Mann, dass man als Frau schon länger Single ist?

„Ich bin seit fünf Jahren glücklich allein. Na ja, glücklicher als in einer schlechten Beziehung. Suche nur einen Mann, der mich liebt und mit mir eine Familie gründet. Kinder später, nicht sofort. Leider wollen alle nur ins Bett und ich nicht, wenn du verstehst, daher bleibe ich lieber Single.“

„Das verstehe ich nicht. Wie kommst du ohne Sex zurecht? Oh nein, sag bloß nicht, dass du seit fünf Jahren keinen hattest! Das ist nicht dein Ernst!“ Er pustete los.

„Lach mich nicht aus! Es geht bei mir nun mal nicht darum, einmal im Bett zu landen und Lebewohl zu sagen. Das kann ich nicht, ich brauche Liebe und dieses Mehr, dieses Wow. Nicht nur eine Nacht und tschüss. Und du, was ist mit deiner Beziehung? Probiert ihr es noch einmal? Zehn Jahre schmeißt man nicht so weg.“

„Aus und vorbei, sie hat einen Neuen. Mit ihm war sie während unserer Beziehung im Bett. Zurückkommen braucht sie da ohnehin nicht. Ich habe beschlossen, neu anzufangen, das ist besser“, sagte er und sah mich eindringlich an.

„Du hast recht, das verstehe ich gut, denn das habe ich mit Joy damals durchgemacht. Ich bin froh, dass ich ihn nie mehr gesehen habe. Diesen Idioten. Er hat mich kaputtgemacht, mit seinen Lügen und dem Betrug. Das hat er meisterhaft beherrscht, mehr nicht.“ Ich schaute Liam prüfend an und merkte, dass ihm das Thema nicht gefiel, schließlich lenkte er ab.

„Wie sieht’s mit der Arbeit aus? Ich habe studiert. Dann habe ich mit Jonas und Leon meine Firma gegründet. Ich habe sie – Liam the Best – genannt. Kennst du sie?“

„Sagt mir nichts, was macht ihr da? Sag nicht, du programmierst diese Erotikkanäle am PC.“ Er sah zum Anbeißen aus, als ihm bei meiner neckischen Bemerkung die Kinnlade herunterklappte. Gleich drauf lächelte er mich an. Oh, das Gespräch sollte hier aufhören, dann würde ich ihn immer in wunderbarer Erinnerung behalten.

„Das ist eine Softwarefirma, du weißt, wir managen Schreibprogramme, Tabellenkalkulationen und so was. Nichts Bewegendes, wir betreuen viele Kunden aber ganz seriös. Von Sexkanälen … ist hier keine Rede. Doch wenn du draufstehst, könnte ich ein entsprechendes Programm für dich entwickeln.“

Da kamen die Retourkutschen und ich lächelte sie weg.

„Du bist also der Chef der Programmierer? Das ist klasse, was ihr da macht. Heutzutage wird das in so vielen Firmen gebraucht“, meinte ich.

„Was arbeitest du, wenn du dich nicht gerade auf den Sexkanälen im Internet rumtreibst?“, fragte er.

„Ich habe Großhandelskauffrau gelernt, mit gefällt es. Mein Chef lässt mich weiterbilden. Ist mein Ding. Zurzeit organisiere ich zusätzlich die Weihnachtsfeier mit meinen Kollegen. Und verdammt, ich besuche diese Sexkanäle überhaupt nicht. Ich denke sowieso selten an Sex.“ Ich versuchte, mir meine Gedanken, diesmal nicht anmerken zu lassen. Oh, wenn du wüsstest, an was ich so gedacht habe!

Wir unterhielten uns weiter, bis ich merkte, dass es spät wurde. Liam zahlte und kam dann zurück. Ich nahm meine Einkäufe und wir spazierten nach draußen, wo mein Auto auf mich wartete. Morgen musste ich sehr früh raus. Die Arbeit würde sich nicht von allein machen.

„Da vorn steht mein Wagen. Er ist nicht zu übersehen“, sagte ich und deutete in die entsprechende Richtung.

„Ach, der kommt mir bekannt vor. Der stand vor einiger Zeit am Parkplatz zu Hause neben mir.“

„Das ist ja lustig, ist dein Auto so ein Schwarzer? Der mich hin und wieder einparkt?“, fragte ich ihn. Er lächelte bestätigend.

„Ich habe da eine Vermutung, bist du der neue Nachbar im vierten Stock?“

„Sonnenstraße siebenundzwanzig? Das ist interessant. Dann könnten wir öfter was unternehmen. So unter Nachbarn. Wie wäre es?“ Er zwinkerte mir zu.

„Da wohnen wir schon zusammen und müssen uns erst in der Stadt treffen, um uns kennenzulernen.“

Wir lachten laut. Da beugte er sich zu mir und küsste mich ohne Vorwarnung. Ich erwiderte den Kuss, nachdem ich meine Überraschung überwunden hatte.

„Wofür war der denn?“, fragte ich ihn erstaunt.

„Dafür, dass ich dich wiedersehen werde.“ Er küsste mich ein zweites Mal und sagte: „Ich werde dich bald wiedersehen.“ Liam trat zurück und lächelte. Ich stieg ins Auto ein und fuhr nach Hause. Das hätte ich im Traum nicht gedacht, dass ich so ein Exemplar Mann kennenlerne.

Kapitel 2

Zu Hause angekommen, drehte ich mein Radio auf. Max Giesinger sang Roulette und ich lachte und sang mit. Er brachte mich dazu, bei jedem Song mitzusingen. Seine Lieder waren Wow. Als ich meine Balkontür aufmachte, ließ ich den Tag Revue passieren. Liam wohnte hier … seit einigen Wochen und ich hatte erst heute von ihm erfahren. Der Typ war so ein sexy Monster, dass ich bald zu sabbern anfangen würde. Er wollte mich wiedersehen. Was bedeutete, dass er mich mochte.
Morgen war ein Arbeitstag, ich würde mich also jetzt duschen und ins Bett legen. Natürlich nicht ohne meinen Roman. Der Held darin musste unbedingt anfangen zu denken. Er hatte sich in sie verliebt, doch ob sie in ihm den Partner fürs Leben fand, war die entscheidende Frage. In manchen Märchen gibt es Überraschungen und in manchen ein Happy End. Ich sagte es ungern, doch in Verlauf des Buches, hatte ich mich in diese Charaktere verliebt, die ich mochte. Doch es war ein Buch und nicht die Realität. Wobei ich mir die Frage stellte, ob Männer im echten Leben so sein können. Solche, die für ihre Liebste sterben würden. Ich kannte es nur aus Romanen, da ich in Wirklichkeit niemals einen Freund dieser Klasse hatte.

Am nächsten Morgen hätte ich gern länger geschlafen, doch die Pflicht rief. Ich zog mich an und stellte mir einen Kaffee bereit. Der Geruch war köstlich. Ich trank den Espresso mit Genuss. Anschließend schaute ich in den Spiegel, ob alles passte. Dann hieß es Abmarsch, es war sechs Uhr. Um sieben sperrte ich für gewöhnlich das Geschäft auf. Auf dem Weg zum Parkplatz stand Liam und schrieb einen Zettel, wie ich bemerkte. Mit einem fröhlichen Grinsen im Gesicht grüßte ich ihn.

„Morgen, Liam! So früh schon auf den Beinen?“ Zufall oder Absicht? Dieser Typ war mir ein Rätsel. Ich sah ihn all die Wochen, die er hier wohnte, nicht einmal und jetzt tauchte er gleich wieder auf.

„Hallo, Elena! Hast du gut geschlafen und von Sex geträumt? Ach ja, du denkst ja nicht mal dran.“ Er grinste mich breit an.

„Oh, wie ein Baby und wie hast du geschlafen?“, fragte ich. Auf seinen Spruch ging ich nicht ein, im Prinzip kannte er mich nicht, wieso sollte ich also mein Liebesleben mit ihm besprechen? Es sollte ihn nicht gar nicht interessieren.

„Mehr oder weniger, ich habe an uns beide gedacht und musste mich davon abhalten, dich zu besuchen. Wenn ich es getan hätte, wäre sicher was passiert zwischen uns“, meinte er und zwinkerte mir zu. Ich hob zweifelnd die Augenbrauen. Dein Pech, dass du nur an Sex denkst und ihn nicht von mir bekommst.

„Du hättest keine Chance gehabt, da ich tief und fest geschlafen habe.“ Ich lächelte ihn herausfordernd an, dann sagte ich: „Die Arbeit ruft, sorry. War nett, mit dir zu sprechen. Wir sehen uns. Träume ruhig weiter von Sex mit mir.“ Ich setzte mich ins Auto und startete den Motor, da klopfte er ans Fenster. Ich schaute in seine Augen und versuchte den Ausdruck darin zu deuten. In dem Moment machte er die Tür auf und gab mir einen Kuss.

„Es ist für dich, lies es später“, forderte er und drückte mir das in die Hand, was er gerade hingekritzelt hatte. Ich schaute ihn an, bedankte mich und fuhr los.

Unterwegs lachte ich und dachte an Liam. Wie konnte es sein, dass er mich andauernd küsste? Drehten seine Hormone auch durch oder meinte er es ernst? Wenn das so war, hatte ich nichts einzuwenden, es fühlte sich himmlisch an, wenn er mich küsste. Ich parkte das Auto und ging ins Geschäft, mein Chef begrüßte mich gut gelaunt.

„Morgen, Elena, wie geht es dir heute? Du schaust so glücklich aus.“

„Danke, blendend. Und Ihnen?“, fragte ich meinen Chef zurück. Da er so nett zu mir war, vermutete ich, dass seine Frau ihm etwas Gutes getan hatte.

„Rosa und ich haben einen wahnsinnigen Tag in einer Wellnessoase verbracht. Sie liebt Massagen und den Rest. Ich habe mich verwöhnen lassen. Heute bin ich tiefenentspannt. Wie ein Junge, der sein erstes Mal hatte. Ich sage es dir, sie ist die Richtige für mich“, freute er sich.

„Rosa ist super, sag ihr das. Dass sie dich so verwöhnt, ist spitze. Solltet ihr öfter veranlassen. Na dann, genieße es dein zweites erstes Mal“, sagte ich mit einem Lächeln. Ich fragte mich, wie es war, wenn man so lange verheiratet war. Da gab es immer noch Meinungsverschiedenheiten oder nicht? Man arrangierte sich nur oft. Ob ich so etwas Mal erleben würde? Meine Eltern waren schon ebenso lange verheiratet. Sie wünschten sich einen Schwiegersohn, Enkelkinder. Max war wie ich seit Jahren solo. Mia hatte einen Italiener als Freund. Sie war fünfundzwanzig und verliebt. Max dreiunddreißig und mit seiner Arbeit verheiratet. Ich war dreißig, Single und dabei mich zu verlieben. Sie würden länger warten müssen, auf die Enkelkinder. Das Leben ist halt so und nicht anders, jeder von uns, wie er es macht, macht das Beste daraus. Ich würde schauen, ob es zwischen mir und Liam funktionierte, wenn es drauf ankam.

Als ich das Geschäft aufsperrte, standen unsere Kunden schon an der Tür. Manche traten ohne einen Guten-Morgen-Gruß ein. Ich lächelte sie alle an. Erstaunlicherweise war heute ein prima Morgen. Mein Chef war erholt, das war super. Sonst war er immer verspannt und brachte nicht mal ein Hallo raus. Danke, Rosa!

Ich stand an der Kasse und wartete auf die ersten Kunden. Karola würde später mit Sebastian kommen. Auf einmal wurde die Schlange länger. Ich zog die Ware durch und kassierte, die Schlange schrumpfte. War ich heute schnell! Sehr flott. So verging die Zeit, bis Karo vor mir stand.

„Hallo, Elena, wie geht es? War heute bärig was los, hm?“

„Ich habe mich wie immer verausgabt. Ich bin heute den Rest des Tages im Büro, falls du was brauchst, ruf mich bitte nur in Notfällen. Ich habe Bestellungen zu machen. Emil ist mit Rosa unterwegs.“ Doch sie schüttelte wie immer skeptisch ihren Kopf.

„Da ist doch was im Busch bei dir. Könnte sein, dass du jemanden kennengelernt hast? So wie du grinst, vermute ich mal, dass du flachgelegt wurdest. Erzähl mal, wie war es?“ Fragend schaute sie mich an. Ich wollte ihr nicht sagen, dass ich Liam kennengelernt hatte, da ich genau wusste, was kommen würde. Ich stellte ihr also eine Gegenfrage.

„Karo, wie war es bei dir mit deinem …“, ich unterbrach mich, eine Kundin kam. Sie starrte uns neugierig an.

„Oh, ich sehe ihn nie wieder. Der hatte einen Kleinen. Ich bevorzuge Große. War halt nur für eine Nacht.“

Die Kundin schaute zu ihr und grinste sie an. Was sie sich dachte, ich möchte es nicht wissen. Immer wieder sagte Karo, dass es nicht der Richtige sei. Wann würde sie ihn endlich finden, fragte ich mich.

„Elli, warum schaust du so? War deiner genauso?“, wandte sie sich wieder an mich.

„Ich hatte keinen, ich warte auf den Richtigen wie immer. Jeden Tag einen anderen im Bett zu haben, ist nicht mein Ding. Da kannst du dir, viele Krankheiten holen“, beendete ich das Gespräch. Ich nahm die Kasse und marschierte ins Büro. Egal, wie Karo dachte, ich war nicht wie sie. Warum verstand sie das nicht? Liv hatte nicht unrecht, was Karo betraf. Ich sollte mich hüten, ihr Liam vorzustellen. Wenn sie ihn nur sah, würde sie was anstellen. Ich war nicht mit ihm zusammen, er hatte mich nur geküsst und wollte vielleicht oder vielleicht auch nicht mehr von mir. Diese Anspielungen von ihm waren es wert, zu warten. Ich würde ihn zappeln lassen. Genauso wie er mich. Ob er seine Ex vermisste und sich mit mir trösten wollte, war die Frage. Er war seit Kurzem allein. Überwunden hatte er sie gewiss noch nicht. Sein Spielzeug war ich jedoch nicht, ich würde es nicht zulassen, dass er sie durch mich ersetzte. Ich war ich und nicht seine Ex. Ich würde mich davor hüten, mich verletzen zu lassen. Joy hatte es damals geschafft, weil ich es zugelassen hatte. Liam kannte ich nicht genug, um festzustellen, wie er tickte.

Emma hatte sich mit Jonas getroffen. Sie meinte, dass es nur für eine Nacht war, nicht für immer. Liv war anderer Meinung bezüglich Leon. Ich fragte mich automatisch, ob Liam wie Jonas war. Oder suchte er etwas für immer? Jonas hielt nichts von Treue, Karo würde sich freuen, ihn kennenzulernen. Doch Liam würde ich vorerst für mich behalten. Sebastian wäre so ein Spielzeug von ihr, bis er eine Freundin fand, die zu ihm passte, dann würde er nicht mehr mitspielen.

Ich bestellte und nahm die Lieferungen entgegen. Fertig, es war achtzehn Uhr. Meine Schicht war beendet. Ich zog die Jacke an, nahm die Tasche, schloss das Büro hinter mir und spazierte raus.

Zum Abschied winkte ich Karo zu. Die schien jedoch beleidigt zu sein. Ach, bis morgen wäre alles vergessen, dachte ich. Ich setzte mich in mein Auto und fuhr in Richtung meiner Wohnung. Emil rief an, als ich unterwegs war. Ich bog auf einen Parkplatz und hob ab.

„Hallo, Chef, wo brennt es?“, fragte ich ihn humorvoll.

„Hallo, Elli, hast du die Kohle bestellt? Rosa braucht sie zu Weihnachten. Sie räuchert gerne, du weißt ja. Ich, der Depp, hab vergessen, es aufzuschreiben. Verdammt, ich habe im Moment nur sie im Kopf. In ihrem neuen Badeanzug.“

„Alles bestellt. Rosa wird sich freuen. Außerdem habe ich verschiedene Räucherstäbchen angefordert. Sie brauchen keine Angst zu haben, für Rosa habe ich an alles gedacht. Sie verdient das Beste. Kaufen Sie ihr ein ordentliches Weihnachtsgeschenk. Fahren Sie über die Feiertage ans Meer mit ihr. Da wird sie Sie sicher in ihrem Bikini begeistern.“ Ich unterdrückte ein Lachen. Er war mein Boss, aber wir redeten über alles. Das durfte ich nicht weitererzählen, sonst würden mich die Leute für verrückt halten.

„Elena! Sag Du zu mir. Und danke für alles. Du bist ein Schatz. Ich muss wieder weiter, bis morgen und komm ruhig später. Schlaf dich aus, Mädchen.“ Er legte auf.

Ich schaute zum Geschäft gegenüber von meinem geparkten Auto. Da ich schon mal hier war, konnte ich auch bummeln. Fand ich was für Weihnachten zum Dekorieren, würde ich es kaufen. Sebastian würde die Tanne bringen und ich Deko besorgen. Derzeit waren diese rotweißen Blumen und Kugeln in. Mistelzweige in Grün passten dazu. Der Raum war so groß, da brauchte ich reichlich Deko. Also holte ich auch noch die goldenen Kugeln und Lametta. Weiß waren nur die Schneeflocken, sie passten dazu. Ich kaufte alles, was wir brauchten.

Der Chef würde einen Weihnachtsmann besorgen, der allen ein Weihnachtsgeschenk übergeben würde. So musste ich mich nicht darum kümmern. Getränke und Essen hatte ich bereits bestellt. Bevor das Geschäft zusperrte, hatte ich zudem Servietten gekauft und bei der Bäckerei bestellt. Der Verkäufer half mir, alles im Auto zu verstauen. Er lächelte mich an und verabschiedete sich höflich. Es gibt sie, diese großartigen Männer.

Ich war glücklich, dass ich alles bekommen hatte. Karo würde Augen machen. Für mich hatte ich diesmal nur das Zeug in Lila und Weiß besorgt. An der Tür würde allerdings ein echter Mistelzweig hängen. Wenn ich meinen Christbaum besorgte, kaufte ich mir stets Mistelzweige dazu.

Hoffentlich bekamen wir hier Schnee. Nicht so wie im letzten Jahr. Kein Schnee, nur Regen. Regen am Heiligen Abend, das war nicht normal. Ich würde mich viel lieber im Schnee wälzen und einen Engel formen. Damit meinte ich nicht Herrn Engel, der unter mir wohnte.

Dieser Mann hatte etwas an sich, was ich nicht zu beschreiben vermochte. Als ich hier einzog, verlangte er, mich mit seinem Sohn verkuppeln zu dürfen. Er war verheiratet und Vater. Ich lernte seinen Sohn, seine Schwiegertochter und seine zwei Enkelkinder kennen. Dann wich der alte Herr mir aus, entschuldigte sich und ging mir aus dem Weg. Zu Weihnachten brachte er mir Kekse und stellte sie neben die Tür. Mit einer roten Schleife. Ich backte im Gegenzug Vanillekipferl, packte sie in ein buntes Geschenkpapier und stellte es ihm vor die Tür, mit einem Zettel, auf dem *Frohe Weihnachten* stand. Als ich nach zwei Stunden an seiner Tür vorbeimarschierte, war das Geschenk weg, aber gesprochen hat er nicht mit mir. Alles etwas seltsam, aber man arrangierte sich.

Herr Engel lehnte am Fenster und beobachtete mich, wie ich die Tür meines Autos aufmachte. Ich winkte ihm und er erwiderte meinen Gruß mit einem Lächeln. Er freute sich, dass er mich sah. Den Einkauf nahm ich mit, die Dekoration für die Firma blieb im Auto. Morgen würde ich alles hineinbringen, wenn ich zur Arbeit fuhr. Ich freute mich schon auf Karolas Gesicht. Wenn mir etwas fehlte, konnte sie es besorgen. Sebastian würde mir beim Ausladen helfen.

Es blieben noch neun Wochen bis zur Feier. Da würde ich mich austoben. Hoffentlich würde es für den Chef ein unvergesslicher Abschied werden. Rosa war auch schon seit drei Monaten in Pension und genoss es. Was mich stutzig machte, war die Tatsache, dass wir nicht wussten, wer sein Nachfolger werden würde. Den stellte er uns erst am letzten Abend vor. Ich bohrte nicht weiter nach, wir würden es schon noch erfahren. Hoffentlich würde es nicht ein alter Schnösel. Den brauchte niemand hier. Wir waren alle junge Angestellte zwischen fünfundzwanzig und dreißig. Ein junger Boss wäre ideal für das Team. Er sollte am besten sexy sein, dann hätten wir Spaß mit Karo. Ich würde wetten, sie würde gern unter so jemandem … arbeiten.

Meine Güte, an was ich da dachte. Ich durfte mich da nicht reinsteigern. Allein die Bilder in meinem Kopf, die wurden immer lustiger. Sie und der neue Chef. Boah, bitte nicht. Karo nackt unter ihm – ich schüttelte meinen Kopf, diese Gedanken verschwanden schnell. Ich nahm mir vor, an Max Giesinger zu denken – nur an ihn. Dieser Mann hatte mir den Kopf verdreht. Ich liebte seine Lieder und ihn, so wie er war. Einer unter vielen.

Verträumt ging ich zum Lift. Als der sich öffnete, erschrak ich. Liam kam mit Jonas heraus. Überrascht schauten sie mich an. Liam lächelte gleich drauf und Jonas nickte nur. Ich trat hinein, erwiderte das Lächeln und drückte die Drei.

Jonas drehte seinen Kopf zur Seite und meinte zu Liam: „Du hast ein Problem, Alter.“ Die Tür schloss sich und der Lift fuhr hoch. Da wurde mir bewusst, er spielte mit mir. Es hatte ihm nichts bedeutet, dass er mich geküsst hatte, dieser Arsch. Na warte, was der konnte, konnte ich dreimal besser. Heute würde ich im Flur auf ihn warten. Ich würde mein Kleid anziehen und so tun, als hätte ich ein Date.

Gesagt, getan. Ich marschierte unter die Dusche und zog mich an. Ich zog mein aufreizendes Kleid an und machte meine Haare. Mein Spiegel zeigte eine unwiderstehliche Frau. Ich setzte mich auf den Balkon und lachte in mich hinein. Wenn er nicht zubeißen würde, würde ich einen Besen fressen. Wenn Liam parkte, würde ich raus bis zum Lift marschieren und dort warten.

Nach vier Stunden parkte er tatsächlich. Ich sah zum Fenster, dann schaute ich mich im Spiegel an, nahm meine Tasche und Schlüssel und lief zum Lift. Ich drückte schnell den Knopf und fuhr nach unten, mit einem breiten Lächeln im Gesicht. Liam stand vor der Tür, allerdings nicht allein. Als sie ganz aufging, sah ich eine Tussi an seiner Seite. Ich stieg aus, warf mein Haar zurück, und grüßte ihn freundlich, ohne mir etwas anmerken zu lassen. Innerlich kochte ich jedoch vor Eifersucht. Er wollte spielen? Möge das Spiel beginnen.

„Hi, Liam, wie geht's?"

Er stand sprachlos da. Seine Begleitung stieg ein, schaute mich an und warf ihm einen teuflischen Blick zu. Sie hatte gecheckt, dass er auf mich stand. Dann schrie sie ihn an: „Liam! Ich habe keine Zeit, kommst du mit oder nicht?" Er starrte mich weiterhin mit offenem Mund an und sagte kein Wort, bis sie ihn in den Lift zog und meinte: „Wir haben nur eine Stunde, komm jetzt."

Ich wartete, bis sie weg waren, und dann marschierte ich die Treppe rauf. Ohne Stöckelschuhe natürlich. Ich wollte nicht, dass mich jemand hörte. Meine Befürchtung bezüglich Liam war genau richtig gewesen. Eins zu null für mich.

Wer war die Tussi? Eine, die nur eine Nummer mit ihm schob, so sah sie aus. Solche Tussis waren offenbar willkommen bei ihm und seinen Freunden.

In der Wohnung angekommen, zog ich mich aus und hängte mein Kleid zurück in den Schrank. Anschließend nahm ich meinen Pyjama, zog ihn an und legte mich ins Bett.

Drei Stunden später klopfte es an der Tür. Ich fragte mich, wer das sein mochte, bis mir einfiel, dass es nur Liam sein konnte. Ich ließ ihn klopfen. Mir war er jetzt egal. Wenn er glaubte, dass ich so eine Tussi war, hatte er sich geirrt. Er klopfte und klopfte. Dann hörte er auf. Ich lag im Bett und lächelte, während ich daran dachte, wie die Männer so sind. Er hatte gedacht, dass ich um diese Zeit ausgehe. Er hatte keine Ahnung, wie wir Frauen tickten. Ich machte meine Augen zu und schlief ein.

Kapitel 3

Mein Wecker läutete um sieben Uhr, ich fing heute auf Geheiß des Chefs um neun an, zu arbeiten. Ich hatte reichlich Zeit, mich fertig zu machen. Geduscht war ich schon, nur anziehen musste ich mich noch. Bluse und Jeans waren von Vorteil, wenn ich die Lieferungen annahm und mich dabei bückte. So würde mich keiner von hinten anschauen und begrapschen. Ich trank meinen Kaffee aus und fuhr zur Arbeit. In fünf Stunden würde ich wieder zurück sein, dann würde ich aufräumen.

Als ich die Tür zusperrte, kam mir ein Postbote mit einem Paket in der Hand entgegen.

„Morgen, sind Sie die Frau Liviansen?“ Er unterbrach sich, als ich nickte.

„Hier wäre ein Paket für Sie, von einem Liam.“ Ich sah ihn an.

„Sagt mir nichts, ich habe nichts bestellt. Danke, nehmen Sie es wieder mit, ich kenne diesen Herrn nicht.“ Er starrte mich an, als wenn ich verrückt wäre, drehte sich um und drückte den Knopf am Lift.

Ich lief die Treppe nach unten. An meinem Auto angekommen, fing ich an zu lachen. Liam hatte mich eingeparkt, wieder mal. Der Idiot glaubte wirklich, dass ich nach seiner Pfeife tanzte. Da dürfte er lang drauf warten. Ich stieg in den Bus und fuhr damit zur Arbeit. Ich vermutete, dass er sich entschuldigen wollte, doch mein Gefühl sagte mir, dass er mich nur in seinem Bett haben wollte. Ich würde es also dabei belassen. Er würde mich nicht bekommen. Ich hatte aus meinen Fehlern mit Joe gelernt.

Ich stieg aus dem Bus und marschierte zur Arbeit. Dort sah ich Sebastian und Karo am Parkplatz knutschen. Sie so zu sehen, war mir neu.

„Hallo, ihr beiden, wie ist die Lage heute? Brennt es wo?“, scherzte ich.

„Brennen? Was meinst du damit?“, fragte Sebastian und schaute mich wissend an.

„Nicht wirklich, ich sehe eher ein Knistern, zwischen euch beiden.“

Sie lachten.

„Karo, kann ich dich mal sprechen? Komm mit.“ Sie sah mich mit einem Blick an, als wenn sie mich töten wollte. Ich sah sie an und zog sie mit. Sie ließ es geschehen.

„Was ist los? Seit unserem letzten Gespräch gehst du mir aus dem Weg und wirfst mir Blicke zu, als würdest du mich töten wollen?“ Ich sah sie ernst an.

„Ich bin sauer auf dich, doch du hast recht mit dem, was du gesagt hast. Okay, ich bin eine Testmatratze. Das gebe ich zu. Mit Krankheiten hast du nicht falschgelegen. Man kann sich immer anstecken.“ Sie sah mich traurig an.

„Oh, bist du krank?“

„Nein, bin ich nicht. Ich habe nur Pech mit Männern.“

„Da sind wir gleich auf eine Weise. Du testest sie im Bett, ich renne ihnen nach. Sorry, Karo meine Meinung kennst du ja, ich wurde von zweien verletzt. Sind wir wieder gut?“

„Du bist mir eine Kollegin“, sie unterbrach sich für einen Moment, dann sprach sie weiter. „Glaubst du wirklich, dass ich dir noch böse sein kann? Nein, bin ich nicht.“ Ich sah sie an. Sie schüttelte ihren Kopf und meinte.

„Du bist die beste Kollegin. Mich hält es nicht auf, eine Testmatratze zu sein. Dir würde es auch nicht schaden.“

„Ja, Spaß zu haben mit einem Mann, wäre schon großartig. Trotzdem, pass auf dich auf. Verbau dir das Leben nicht.“ Wir umarmten uns.

„Ich bin nicht mehr sauer auf dich.“ Mit diesen Worten drehte sie sich um und lief zu Sebastian, der uns sprachlos anschaute. Er wusste schließlich nicht, was hier passierte. Ich marschierte zum Chef, der im Büro in seinem Sessel saß und in den Kasten schaute. Emil hatte sich so vertieft, dass ihm beinahe die Augen ausfielen.

„Na, Emil, was gibt es zu sehen? Schaust du dir ein Erotikfilm an?“ Ich nickte ihm zu, er erstarrte. „Erwischt, ich wusste es. Was würde Rosi dazu sagen!“, fauchte ich ihn an. Während der Arbeitszeit schaute mein Chef Pornos! Innerlich lachte ich.

„Mädchen, lass einem alten Mann seine Freude. Rosi ist es wert, auch mal etwas anderes im Bett auszuprobieren. Nicht immer das Gleiche“, sein Blick durchbohrte mich, als er weitersprach. „Ja, die Stellungen in der Pornobranche sind etwas kompliziert, zeigen manche Stellungen, die wir Alten nicht können. Wenn wir das Nachmachen, werden wir im Krankenhaus landen. Rosi wird sich den Rücken ausrenken. Nicht alle Stellungen sind für uns geeignet. Wir sind immerhin sechzig“, raunte er. Puh, wenn er meint.

„Oh, ach so. Nichts für ungut, Emil. Rosi würde sich bestimmt freuen, wenn du ihr spontan vorschlägst, was Neues auszuprobieren. Ich bin zwar jung, doch ich denke, das gilt für alle.“ Er schaute mich interessiert an, somit sprach ich weiter: „Selbst die jungen Leute werden nicht alles nachmachen. Und in eurem Alter noch wenige. Mach einen romantischen Abend mit ihr und lass sie entscheiden, was sie gernhat. So gehst du auf Nummer sicher, und ihr habt Spaß.“

Er wurde rot, sagte nichts weiter. Ich nahm meine Kasse und marschierte nach draußen, drehte mich um und zwinkerte ihm zu. Ja, er war alt, trotzdem, Sexfilme gehörten nicht auf der Arbeit angeschaut. Das hatte er hoffentlich begriffen. Wenn der neue Chef so war, waren wir Frauen arm dran hier. Sollte der dauernd im Büro solche Seiten besuchen oder gar stöhnen – Maria, hilf uns. Der Alte wollte alles nachholen mit seiner Frau, er glaubte, dass er wie früher war. Junggeblieben.

Ich lächelte, stand an meiner Kasse und richtete alles zum Kassieren ein. Es läutete und ich hob ab.

„Hallo, hier ist Elena, wer spricht?“

„Morgen, ich bin’s, Erich, mein Auto hatte einen Platten und ich warte auf den Pannendienst. Ich komme später, ich sag’s dir, Eli, es ist zum Scheißen. Zwei Stunden stehe ich hier. Vertritt mich bitte, bis ich komme. Danke, du hast was gut bei mir.“ Er legte auf, ohne dass ich etwas erwidern konnte. Ich schaute auf die Uhr, es war zwölf und viel war nicht los. Es war also in Ordnung, Karo käme um dreizehn Uhr. Ich würde bleiben. So vertieft in meine Gedanken, merkte ich nicht, dass mich ein Junge anschaute. Er suchte etwas.

„Hallo, ich brauche was? Darf ich dir das leise sagen?“, raunte er, ich nickte.

„Ich brauche Kondome für meine Freundin. Es ist eine Mutprobe, ob ich sie bekomme“, flüsterte er.

„Warum habt ihr gewettet, und wie alt bist du?“, fragte ich mit einem Lächeln im Gesicht.

„Ist das so wichtig, wie alt ich bin? Bekommen die anderen Jungs sie, wenn sie älter sind?“, murrte er. „Ich bin vierzehn, gibst du mir nun welche? Bitte. Ich steh wie ein Versager da, wenn ich es nicht bekomme.“

„Hier hast du eine kleine Packung, die wird reichen und ist günstig. Wer sagt, dass du ein Versager wirst, wenn du Kondome nicht kaufst? Das Mädchen oder die Jungs? Du bist keiner und ich werde nicht zulassen, dass du einer wirst. Na, komm zahl die und geh als Prinz.“

Ich fand das lustig, wie manche Kinder waren. Ich war nicht anders gewesen. Nur die Mutproben hatte ich nicht gemacht. Die Jungs taten es öfter, um Mädchen zu beeindrucken. Sie taten Dingen, die nicht nur wehtaten, sondern wo sie auch noch blöd dastanden, wenn es nicht funktionierte. Ich war eher eine, die sich um normale Jungs kümmerte und Freundschaften schloss. Meine Interessen drehten sich mehr um die Bücher und nicht darum, mit Jungs Sex zu haben, wenn sie ihre Mutprobe bestanden hatten. Ich dachte gelegentlich daran, was damals passiert war, und heute lachte ich darüber. Es war eine lehrreiche Zeit mit allem Drum und Dran.

„Elena, wo ist Erich? Der ist nicht zu finden.“ Emil suchte ihn verzweifelt.

„Er hatte eine Autopanne, Chef, und kommt später zur Arbeit. Erich hat mich angerufen.“

„Alles klar, verstehe. Gibt’s sonst was?“

„Sag mal, sind die Lieferungen angekommen? Mir fehlen hier viele Sachen. Es steht bald der erste Advent vor der Tür und die Kohle ist nicht da. Die machen mir Stress bei der Bestellung. Bitte einmal nachschauen, ob was gekommen ist. Ich bin bei der Kasse, wie du siehst, und kann nicht weg.“ Ich war zornig, dass die Bestellungen, nicht pünktlich geliefert wurden. Immer dieses Warten.

„Deko gehört aufgehangen, und wer steht an der Kasse?“

„Ich mach das, Erich kommt in zwei bis drei Stunden. Emil, bitte geh du an die Kasse. Es ist wichtig, dass du dastehst und kassierst.“ Ich drehte mich um und ging nach hinten, um eine Leiter und Weihnachtsdeko zu holen. Dann stellte ich sie in die Nähe und begann mit Weihnachtsdeko an. Ich hängte Lichter und Kugeln an den Baum. Die Girlanden hängte ich an die Decke. Es sah super aus. Als ich fertig war, schaute mich mein Chef an, und pfiff glücklich.

„Mädchen, Hut ab, es sieht grandios aus. Du hast es in kurzer Zeit geschafft, alles aufzuhängen, und es glitzert so großartig. Das ist einmalig. Das hätte ich damals einmal mit Rosa gern erlebt. Mach Pause, komm in einer Stunde wieder, ich werde hierbleiben“, bot er mir an. Warum auch nicht, ich war hungrig wie ein Bär. Ich nahm es an.

„Danke, Emil, ich werde mir was zum Essen besorgen. Ich bringe für dich was mit.“ Ich verließ das Geschäft und schlenderte zum Restaurant gegenüber.

Der Italiener war höflich und ich bekam hier gutes Essen. Mir schmeckte der Bacon mit Spinaccia und dazu ein Mineralwasser. Ich setzte mich in eine Ecke und bestellte beim Tony dasselbe wie immer. Zum Nachtisch gab’s ein Stück Tiramisu. Ich nahm mein Handy und schrieb eine Nachricht.

Hey Emma, ich hoffe, dass du heute Abend Zeit hast?

Es ist wichtig, habe was zu berichten. LG Eli

Prompt kam eine Antwort von ihr. Das war nicht immer so.

Hi Eli, klar wir treffen uns. Ich bin in der Arbeit.
Bis bald, Küsschen, Emma

Sie war immer da, wenn ich sie brauchte. Livia käme sicher mit.

Mit einem Lächeln zum Display merkte ich nicht, dass gegenüber von mir ein Mann Platz nahm. Als sich unsere Blicke trafen, war ich erstaunt. Es war Liam. Ich schüttelte meinen Kopf und schaute weg. Das durfte nicht wahr sein. Verfolgte der mich? Tonio brachte mir mit einem Grinsen mein Essen.

„Bella, wann gehen wir wieder tanzen? Ich werde bald verrückt, wenn ich nicht rauskomme."

„Wenn ich wieder freihabe. Ich würde sehr gern wieder mit dir tanzen gehen. Außerdem fahren wir gemeinsam in den Urlaub, nach Italien. Hast du das vergessen?"

„Oh, Bella, ich hatte so viel um die Ohren, verzeih mir, wir fahren gemeinsam, das stimmt. Ich freue mich", er zwinkerte mir zu. „Ach, Bella, Alessio wird sich freuen, dass ich so eine Frau, wie dich mitnehme. Ich habe dich so lieb, Bella."

„Oh, wir werden einen wunderbaren Urlaub haben, mit viel Sonnenschein, Meer und dem Rest. Ich freue mich drauf." Ich schaute zu ihm und wusste, dass er mit mir schäkerte.

Liam fiel die Kinnlade runter. Er schaute mir beim Essen zu, als ob er mir was sagen wollte und doch nicht wollte. Liam traute sich nicht so recht. Ich schaute mit einem Lächeln zu ihm. Ja, zwei zu null für mich. Seine Blicke sprachen Bände.

Hoffentlich ließ er mich nun in Ruhe. Anderseits, er war so sexy! Doch was brachte es, wenn er nur eine schnelle Nummer wollte und dann war ich vergessen?

„Was ist los? Verfolgst du mich?“ Ich schaute ihn ernst an.

„Nee, ist nur Zufall. Wie ich sehe, hast du einen Freund. Ist er dein Date letztens gewesen?“

So eifersüchtig, dachte ich mir.

„Wieso willst du das wissen? Du hattest schließlich auch ein Date und die war …“ Ich verstummte. „Liam, du brauchst dich nicht rechtfertigen, aber verrat mir bitte, hast du mich wegen deiner Gefühle zu mir geküsst oder war das eine Wette zwischen euch dreien? Ich will nicht mit dir spielen und ich will nicht dein Spielzeug sein.“

„Bist du sauer auf mich? Wolltest du mit mir ins Bett?“, er zwinkerte mir zu.

„Warum sollte ich? Ich bin nicht so eine, die es mit jedem treibt, der bei drei nicht auf dem Baum ist. Das traue ich eher dir zu. Deine Freunde sind es, die so was machen. Glaub nicht, dass du mir das Herz gebrochen hast, als du mich geküsst hast.“ Tonio kam mit meinem Tiramisu, ich nahm es und bestellte eine Lasagne zum Mitnehmen.

„Ist das für deinen Chef?“, fragte mich Tony und lächelte.

Ich nickte, dann meinte ich zu ihm: „Ich verwöhne ihn gern. Er ist einer von der alten Schule. Pack mir bitte ein Tiramisu dazu, er wird sich freuen.“

„Du bist wirklich für jeden da. Eli, heirate mich. Ich will, dass du Ja zu mir sagst.“

Oh, jetzt wurde es lustig. Tonio war in Fahrt gekommen. Wenn das passierte, dann ordentlich.

„Ich werde dich sehr gern heiraten, wann immer das ist. Ich glaube, dass ihr Italiener gute Liebhaber seid“, ich zwinkerte ihm zu. Er schaute mich an und wusste, dass ich nur mit ihm sein Spiel spielte. Er hatte eine Verlobte in Italien, die er im Sommer heiraten würde. Ich war zur Hochzeit eingeladen.

Liam zahlte und schaute mich an. Dann meinte er zu mir: „Ich habe es mir mit dir verscherzt, erlaube mir, es wieder in Ordnung zu bringen. Ich bin nicht der Typ, der eine Frau fertigmacht.“

„Wenn du glaubst, dass du das in Ordnung bringen kannst, überlege dir etwas! Brauch nur nicht zu lange, ich werde nicht warten. Wer mich ins Herz geschlossen hat, der wird nicht Zeit mit anderen Frauen verbringen, sondern nur mit mir.“

Puh, ich schaute ihn an, ohne eine Miene zu verziehen. Er kam mir nahe und lächelte mich an, als wenn nichts gewesen wäre. Dann raunte er mir in mein Ohr: „Ich werde das Beste rausholen und du wirst unter mir liegen. Das meine ich genauso. Du turnst mich an und ich zeige es dir. Die Tussi hat das gemerkt und ist gegangen. Dein rotes Kleid war nicht zu übertreffen. Wir sehen uns.“ Er marschierte nach draußen und ließ mich allein.

Toni brachte mir das Essen für Emil und lachte. „Mädchen, der steht auf dich. Das sieht ein Blinder. Lass ihn zappeln und mach peng und er gehört dir.“

„Er hat mich geküsst und dann eine andere mit nach Hause genommen. Das kannst du mir glauben. Dieser Arsch hat es nicht besser verdient. Dem geht’s nur um eine Sache und nicht um eine Beziehung.“

„Bella, dann ist er ein Idiot, der ersten Klasse. Hüte dich vor solchen Typen, die nur Spaß im Bett haben wollen und nicht anderes“, er schüttelte seinen Kopf. Wir verabschiedeten uns und ich marschierte zurück zur Arbeit. Da wartete Emil bereits mit großem Hunger auf mich. Er würde sich freuen. Karo stand an der Kasse und lächelte mich an.

„Hallo, Elena, ist das etwa für mich?“

„Nein, wo ist Emil? Es ist für ihn!“

„Er hat Besuch und du darfst ihn nicht stören.“

„Er wird doch etwas essen wollen, oder? Das wird hier kalt. Glaubst du, ihn wird es freuen, die kalte Lasagne essen zu müssen?“

„Nee, da hast du recht“, erwiderte sie.

Ich marschierte ins Büro, da sprachen und lachten zwei. Die Stimmen wurden lauter, ich wollte nicht stören, daher rief ich Sebastian und drückte ihm das Paket in die Hand. Er durfte Emil das Essen reinbringen und einen Anschiss kassieren.

Ich hatte noch eine Stunde und dann war ich fertig hier. So fing ich an, die Lieferungen wegzuräumen. Diesmal war alles dabei, was ich bestellt hatte. Rosa würde sich freuen. Ich legte das Santa-Kostüm auf die Seite. Das würden wir erst am dreiundzwanzigsten Dezember brauchen. Wenn wir keine andere Wahl hätten, würde sich Sebastian verkleiden. Ich hatte da einiges bei ihm offen. Das würde lustig werden.

Bei mir läutete das Telefon und riss mich aus den Gedanken. Ich sah nicht drauf, hob direkt ab: „Hallo, wer spricht?"

„Elena, ich bin es, Emil. Danke, dass du an mich gedacht hast und mir das Essen gebracht hast. Morgen brauche ich dich nur im Büro. Ich zeige dir was Neues."

„Freut mich, dass es dir geschmeckt hat. Wann soll ich kommen?", fragte ich ihn.

„Um zehn Uhr reicht vollkommen. Du hast sowieso Überstunden, die du abbauen musst. Wenn du Urlaub brauchst, bitte sag Bescheid und du gehst."

„Warum soll ich um Himmels willen in Urlaub fahren? Wer hat dir diese Flausen in den Kopf gesetzt? Frechheit."

„Mein Sohn hat heute mit mir gesprochen und mir gesagt, dass ich dir damit was Gutes tue."

„Indem du mich beim großen Geschäft in den Urlaub schickst, wo du Arbeit hast? Sag deinem Schnösel, ich will, dass er mich in Ruhe lässt. Ich werde Urlaub nehmen, wenn ich es brauche. Emil, ihm gibt keiner das Recht, mich zu schicken, wann er es will." Ich war auf hundertachtzig, als ich auflegte. Na warte, ich würde ihm das Leben zur Hölle machen, wenn er hier den Chef raushängen ließ. Ich nahm meine Sachen und fuhr nach Hause.

Kapitel 4

Zu Hause angekommen, drehte ich mein Radio auf volle Lautstärke. Liam war da, das wusste ich, sein Auto stand draußen. Der würde keine Ruhe haben. Ich hörte Roulette von Max und sang mit. Die Fenster hatte ich aufgemacht, um zu lüften. Dabei saß ich am Balkon, mit einem Glas Wasser in der Hand, tippte Nachrichten an meine Freundinnen und lachte. So reagierte ich mich bald ab.

Ruhiger sprach ich eine Stunde mit Livia, dann mit Emma. So verging die Zeit. Ich setzte mich schließlich im Wohnzimmer auf meine gemütliche Couch. Es lief ein langsames Lied, Let me be Your Lover von Enrique Iglesias, als es an der Tür klopfte. Ich fragte mich, wer es wäre, und ging in meinem Top und kurzer Hose an die Tür. Der Spion zeigte mir nichts. Ich riss die Tür auf und schaute an die Wand in Flur, an der Seite lehnte Liam.

„Elena, würdest du die Musik leiser drehen? Ich habe eine Konferenz und es stört mich. Bitte!“

„Es stört mich genauso, dass ich einen fiesen Tag hatte. Es ist zurzeit alles scheiße, Liam.“

Er starrte mich unverwandt an. Dieser Blick sagte mir mehr als tausend Worte. Er war grantig, zu mir blieb er trotzdem nett. Ich schaute ihn an, mein Blick durchbohrte ihn, ohne dass ich noch was sagte. Ich schüttelte den Kopf und begab mich wieder ins Innere.

Hinter der Tür brach ich in Tränen aus. Was war hier los? Ich verstand die Welt nicht mehr. Meine Gefühle für Liam waren so groß und ich wollte es nicht ändern. Das Radio spielte weiter und ein Lied über Verliebtheit und Liebe ertönte. Ich saß am Boden und weinte. Es klopfte wieder und das Geräusch machte mich wahnsinnig. Ich sprang auf, riss die Tür auf und sah direkt in seine Augen. Er starrte mich an, sagte kein Wort. Dann streichelte er mich mit seiner Hand im Gesicht und fragte vorsichtig: „Scheiße, bin ich der Grund, dass du weinst? Was habe ich verbrochen? Hau mir eine runter." Er lächelte so zuckersüß, dass ich es durch die Tränen erwiderte. Er kam einen Schritt näher und zog mich an sich, drückte mich fest. Dann gab er mir einen Kuss auf den Kopf. So hielt er mich an der Tür fest, ohne Worte, bis ich mich nach einiger Zeit von ihm löste. Ich war still und in Gedanken versunken. Dann erst realisierte ich, was hier gelaufen war. Er hatte mich getröstet, obwohl es ihm selbst schlecht ging und ich alles andere als nett zu ihm gewesen war.

„Danke, Liam, es ist alles okay, und bei dir?", fragte ich ihn. Er starrte mich an und wusste, dass ich das so gemeint hatte, wie ich es sagte.

„Alles Roger. Was ist denn los? Du bist so fertig, und erzähle mir nicht, dass alles passt, ich bin nicht blind. Wer immer es geschafft hat, dass du so vor mir stehst, gehört weggesperrt."

„Willst du es wirklich wissen?" Er schaute mich an und nickte.

„Du und mein Chef, ihr beide seid schuld an meiner Scheißlaune. Mein neuer Chef schickt mich in den Urlaub, ohne dass er mit mir gesprochen hat. Ich habe eine Weihnachtsfeier zu organisieren und Teufel weiß was für eine Arbeit. Dieser Idiot schickt mich einfach in den Urlaub! Ich hasse ihn jetzt schon."

Liam starrte mich an und sagte nichts. Sprachlos stand er vor mir. Dann lächelte er mich an und drückte mich wieder fest an sich.

„Wenn ich helfen darf, sag mir Bescheid. Ich muss für den Teil, an dem ich schuld bin, etwas wiedergutmachen, oder?"

„An dem Teil, wo du mich küsst und mit deiner Tussi ins Bett gehst? Kannst du nichts dran ändern. Sorry. Und bei meiner Firma darfst du dich nicht einmischen. Mit dem neuen Chef muss ich allein klarkommen."

„Ich werde nichts unversucht lassen, damit ich dich auf ein Date entführen darf. Wir sind erwachsen, scheiß drauf. Ich will dich, egal, was kommt. Gib mir eine Chance, bitte."

„Es ist gelaufen. Danke für deinen Trost. Ich werde reingehen und mich ins Bett legen. Allein." Ich schaute ihn an und meine Augen waren voller Tränen. Wieder war ich in einer Weise enttäuscht und überrascht von ihm. Ich würde ihn gern küssen und ihn mit in mein Bett nehmen, doch er hatte etwas, das ich mir nicht erklären konnte.

Dieser sexy Gott brachte mich noch um.

Die Zeit rannte und Weihnachten würde schneller da sein, als man glaubte. Es war eine ruhige und zugleich stressige Zeit. Man sagte besinnlich, obwohl das nicht für jeden zutraf.

Dieses Mal würde ich bei meinen Eltern feiern. Max und Mia wären dabei. Max wohnte derzeit in der Schweiz und arbeitete dort. Mia war in Italien mit ihrem Freund Carlo. Der Italiener war ein frecher Kerl. Meine Schwester studierte Sprachen und hatte Carlo in Italien kennengelernt. Luisa, meine Mutter, war nicht begeistert von ihm. Sie wollte einen Traumschwiegersohn für ihre Töchter. Einen der Arbeiten geht und bei dem ihre Tochter zu Hause bleibt und sich um Hund und Kinder kümmert. Sie ist leider so erzogen worden. Altmodisch halt. Dass ich eine Stelle als Filialleitung anstrebte, passte ihr auch nicht. Ihrer Meinung nach sollte ich mit dreißig eine Familie haben.

Mein Bruder Max interessierte sich nicht für eine Freundin. Er hatte immer eine für eine Nacht, denn er war mit seinem Beruf als Anwalt verheiratet. Luise befürchtete, dass ihr einziger Sohn als Opa allein bleiben würde. Dabei würde er erst vierunddreißig werden. Zeit hätte er genug, um eine Frau zu finden.

Na ja, wir waren halt nicht die Traumkinder, wie sie im Bilderbuch standen. Ich fand, jeder machte aus sich das Beste. Es war keiner ohne Fehler aus dem Himmel gefallen. Diese Weihnachten würden dafür für uns Kinder anstrengend werden, bis sich unser Vater einmischte, dann würde es richtig losgehen. Er betrank sich und schwor jedes Jahr, dass er keinen Alkohol zu dem Fest trinken würde.

Am liebsten würde ich mit Liam feiern, allein. Tja, aber meine Gefühle standen unter Schweigepflicht, weil ich nicht wollte, dass er mitbekam, wie die Lage in meinem Herzen war. Scheiße, ich hatte mich in ihn verliebt. Ständig war er in meinem Kopf. Warum ließ er mich nicht in Ruhe? Warum verstand er nicht? Die Signale für ihn waren deutlich.

Wenn nicht alles so kompliziert wäre!

Das Telefon riss mich aus den Gedanken.

„Hallo, Elena, wie geht es dir? Hast du was vor? Wir gehen zum Italiener und würden dich abholen“, meinte Livia.

„Ich bin müde, war ein harter Tag. Ach … Scheiß drauf, ich mach mich fertig, wir gehen tanzen. Ist das okay?“

„Mehr als okay. Unsere Feindinnen werden dabei sein, erzähle ihnen nichts von Liam, egal, wie betrunken du sein wirst.“

„Da gib es nichts zu erzählen. Ich habe mein Herz an ihn verloren. Und es tut weh. Er spielt nur mit mir, dieser sexy Arsch.“

„Boah, dich hat es erwischt. Du bist verliebt, Mädchen. Wir reden später.“

Liv legte auf. Sie war eine meiner besten Freundinnen und wenn sie mich nicht anhörte, wer dann? Mama würde mich auslachen, wenn ich ihr das Erzählen würde. Von ihr kann ich nichts erwarten, da sie nur meinen Vater geheiratet hat und mit ihm seit vierzig Jahren zusammenlebt. Er war ihr erster Freund und dann auch gleich der Ehemann.

Ich schminkte mich neutral, wünschte, mein Gesicht verstecken zu können, wegen der vielen Tränen, doch es funktionierte nicht. Mehr Schminke rund um die Augen verdeckte es. Ich schaute mich im Spiegel an und erkannte mich nicht. Es war trotzdem okay. Ich zog meine Jeans und mein Top an. Ja, das Top hatte was für sich und wie! Möglicherweise bekäme ich heute einen Typen zum Tanzen. Wer weiß?

Als ich hohe Schuhe anzog, klopfte es an der Tür. Das war Liv mit Emma, dachte ich mir. Ich machte auf und schrie: „Kommt rein, ich bin fast fertig!“

„Elena, ich bin's, Liam. Ich muss mit dir reden! Sofort.“ Ich schaute mich um, sah aber niemanden. Sprach da ein Geist? Ich marschierte zur Tür, er stand im Vorraum und lächelte mich an. Nein, was war denn jetzt los? Was wollte er schon wieder? Wie sollte ich ihn vergessen, wenn er andauernd da war?

„Liam! Was willst du? Ich habe keine Zeit, ich bin verabredet. Sag, was du sagen musst“, bot ich ihm an. Er kam mit schnellen Schritten auf mich zu. Er nahm mich in seine Arme und drückte mich an sich, dann begann er zu sprechen.

„Geh nicht, bleib hier und wir werden reden. Ich lasse nicht zu, dass du mit irgendwem in die Kiste steigst.“

Fuck, er küsste mich und hörte nicht auf.

„Was ist hier los?“, hörte ich im Hintergrund, doch Liam küsste mich immer fordernder, bis ich ihm einen leichten Stoß verpasste.

„Liam, hör auf.“ Ich wollte nicht, dass er von mir abließ, doch meine Besten waren hier und es musste sein.

Er schaute mich an und meinte: „Geh nicht! Bleib hier bei mir!“

Ich schaute ihn an und wusste, wenn ich jetzt bliebe, würde hier was passieren und ich würde verletzt werden. Auf so was durfte ich mich nicht einlassen.

„Nein, ich muss, wir können später reden. Egal, was es ist, es wird nicht weglaufen. Meinen Kopf muss ich aber zuerst freibekommen – verstehe das nicht falsch.“

„Du bleibst, ich liebe dich, das ist der Grund. Und du und ich, wir wissen beide, was los ist. Ich werde nicht mehr warten, ich habe dich verletzt, aus

Liebe, Elena. Das habe ich heute erst begriffen.“ Er atmete tief ein und aus und starrte mich an.

„Warum bist du nicht früher gekommen?“

„Weil ich Zeit brauchte, um zu begreifen, was ich angerichtet habe. Ich habe dich nicht mit Absicht verletzt. Entschuldige. Ich habe mir was vorgemacht und das war ein Fehler. Verzeih mir bitte.“

Ich war durcheinander, aber so was von durcheinander!

„Ich habe keine andere Wahl, ich muss raus, Liam, um nachzudenken. Was hier passiert ist, ist mir zu hoch. Wenn ich im Kopf klar bin, werde ich mit dir reden.“ Ich gab ihm einen Kuss und nahm meine Jacke und Tasche.

Liv und Emma warteten stumm und gingen schließlich an uns vorbei. Liam nahm meine Hand und drückte sie fest, er ließ mich nach einiger Zeit wieder los. Anschließend stieg er die Treppen rauf und stand dort, mit einem Blick, der besagte: **Ich warte auf dich.** Ich lächelte nur. Dann sperrte ich die Tür zu und marschierte zu Livia und Emma.

Kapitel 5

Am nächsten Morgen hatte ich Kopfschmerzen. Ich nahm mir ein Aspirin und ließ mir einen Kaffee durch. Kaffee war meine Rettung in der Not, immer nach so einer Nacht.

Ich hatte getrunken, um Liam zu vergessen. Es war ein Wunder, dass das funktioniert hatte. Heute dachte ich nach, was ich mit ihm anstellen sollte. Ich hätte ihn so gern als meinen Freund, doch es war mir wichtig, mir zu beweisen, dass er mich brauchte und nicht mit mir spielte.

Liam, wenn ich dir nur vertrauen könnte, wäre alles in bester Ordnung. Ich brauchte Zeit, um mich auf ihn einzulassen. Das war der entscheidende Fakt.

Ich rammte die Kaffeetasse in den Geschirrspüler. Dann schlenderte ich ins Badezimmer und schaute mich im Spiegel an. Heilige Scheiße, wie schaute ich den aus? Mein Gesicht schaute aus wie drei Tage Regenwetter. Alles verschmiert, das galt auch für mein Polster, der die ganze Schminke aufgesaugt hatte. Oh nein, ich schminkte mich ab, dann stieg ich unter die Dusche.

Das Wasser war angenehm warm und lud zum Träumen ein. Ich dachte mir, wie es so wäre, nicht allein hier zu stehen, sondern zu zweit. Ich blieb einige Minuten länger als nötig unter dem warmen Wasser. Als ich fertig war, trat ich heraus, trocknete mich ab und spazierte ins Schlafzimmer. Da sah ich die Bettwäsche, schwarz verschmiert.

Auweia, das durfte nicht wahr sein, ich war offenbar sturzbetrunken gewesen. Ich zog meine Bettwäsche ab und schmiss sie in die Waschmaschine. Bis ich heute Abend zurückkäme, dürfte alles gewaschen sein.

Ich hatte noch etwas Zeit, was machte ich da? Kaffee trinken und Musik hören. Ja, der Song passte: ***Ich hasse unsere Liebe auf Distanz.*** Er erinnerte mich an Liam. Mit diesem Klang im Ohr setzte ich mich auf den Balkon und nahm mein Buch in die Hand. Die Liebesgeschichte fesselte mich, als ob ich dabei wäre, bei allem, was geschah.

Ein Pfiff kam zu mir rüber. Ich ignorierte ihn, es war mir egal, wer pfiff. Dann kam ein Schrei vom Nebenbalkon.

„Hey Süße, was tut sich da bei dir?“, schrie mein betrunkener Nachbar Igor.

„Sei still, wir wollen Ruhe. Oder willst du einen Tritt in die Eier? Soll ich rüberkommen und dir einen verpassen?“

Puh, da schrie jetzt der andere.

„Nicht nötig, ich werde die Kleine ficken, das schwör ich dir, du Arsch.“

Boah, streiten die um eine Frau! Die waren beide Idioten. Ich lachte so laut, dass mir die Tränen unterliefen. Ich konnte mich nicht beruhigen.

„Alter, was glotzt du so? Du bist hier erst eingezogen und was sagst du zu deiner Verteidigung?“, meinte der Glatzkopf Igor.

„Auch wenn ich neu bin, muss ich mir das nicht gefallen lassen. Blödmann, deine Sprüche jeden Tag zu hören, nerven einfach. Du bist nicht der Einzige, der hier wohnt“, sagte Liam zu Igor.

Ich wartete, was zurückkäme. Es wurde jedoch still. Liam hielt sich zurück und der alte Igor war verschwunden. Liam hatte mich bemerkt und fing an, mit mir zu sprechen.

„Elena, wie geht es dir heute? Hast du deinen Rausch ausgeschlafen?“

„Danke, ich lebe. Was war das gerade zwischen euch?“, erkundigte ich mich mit einem Grinsen, das er nicht sah.

„Das macht er jeden Tag so, der Typ hat nicht alle Tassen im Schrank.“ Er lachte und fuhr mit der Frage fort: „Du hast heute frei?“

„Ich fange später an. Heute bin ich im Büro tätig, nicht an der Kasse.“

„Ist ja klasse, du darfst mal deine Ruhe genießen“, meinte er.

„Ob das gerade eine Ruhe war, bezweifele ich. Arbeitest du nur von zu Hause oder fängst du später an?“

„Von zu Hause, ich bin aber auch unterwegs. Öfter eine ganze Woche und so.“

„Muss doch recht schön sein, wenn du mal woanders bist als nur hier?“

„Na ja, ich kann dir da schon einiges erzählen. Wann hast du denn mal Zeit, mit mir zu reden? Ich würde mit dir essen gehen oder ist es noch zu früh für so eine Frage, nach dem gestrigen Abend? Ich will dich nicht drängen, sag mir, wenn du so weit bist."

„Ich muss sicher sein, dass du kein falsches Spiel spielst mit mir. Das würde ich nicht ertragen. Wenn du es ernst meinst, warte auf mich und vergnüge dich nicht mit anderen Frauen. Das darf ich von dir verlangen, oder?"

„Ich werde dir die Zeit geben, die du zum Nachdenken brauchst, und ich schleppe keine mehr ab, versprochen. Ich will aber auch nicht, dass du dich auf Dates einlässt, denn ich kann dir genau das Date bieten, wie du es dir wünschst und mehr. Das musst du mir versprechen."

„Ich suche doch was Ernstes und nichts für eine Nacht. Ich date auch niemanden. Das solltest du inzwischen wissen", entgegnete ich ihm.

„Du bist mein Mädchen. Das steht fest. Du und keine andere. Ich warte auf dich."

„Da wir unsere Liebe über den Balkon geklärt haben, ist es Zeit, zur Arbeit zu fahren. Liam, ich wünsche dir noch einen schönen Tag. Mach's gut."

„Ich wünsche es dir auch. Und denk an mich", meinte er.

Mal schauen, ob er es ernst meint, wir würden sehen. Die Unterschiede zwischen Spielen und Ernst würde ich schon herausfinden.

Im Geschäft angekommen, lächelte ich alle, die mit über den Weg liefen, an. Karo flirtete mit Sebastian, ich grinste. Emil wartete bereits auf mich. Mit freundlichem Blick deutete er auf die Bürotür. Die Leute waren heute, alle so freundlich zu mir. Warum? Was war los?

„Morgen, Emil!", rief ich. „Warum grinsen mich alle hier an?"

„Hm, na ja, wie sag ich's am besten? Überraschung."

„Was für eine Überraschung bitte? Wollt ihr mich auf den Arm nehmen? Wieso sagst du mir nicht, was hier läuft?"

„Schätzchen, dann wäre es keine Überraschung. Komm mal mit ins Büro. Lorenzo und Alessio warten auf dich."

„Wer zum Teufel sind Lorenzo und Alessio? Und warum warten die ausgerechnet auf mich?", fragte ich Emil. Er nickte nur und lächelte wieder, also trat ich ein. Was blieb mir anderes übrig?

„Morgen, alle zusammen!", rief ich im Büro. „Mir würde erklärt, dass hier eine Überraschung wartet, rückt raus, was es ist. Ich habe nicht ewig Zeit!"

„Oh, da ist heute eine mit dem falschen Fuß aufgestanden! Hi, ich bin Lorenzo", entgegnete er.

„Wo ist jetzt diese Überraschung?", fragte ich ihn und schaute zu dem anderen, der mich angrinste.

„Und wer bist du? Der neue sexy Santa?", fragte ich jetzt den anderen Typen und grinste ihn an. Er sah durchtrainiert aus, nichts fehlte an ihm, er sah perfekt wie ein Model aus. Ähnlichkeit mit dem Ersten hatte er ein wenig. Als Santa wäre er perfekt.

„Hey, ich bin Alessio. Und wir kommen aus wichtigem Grund hierher. Schau, hier ist unsere neue Software, die wir installiert haben. Die wird dir helfen, schneller und besser zu arbeiten." Er zeigte mir am Laptop alles. Dann meinte er mit einem Lächeln: „Suchst du einen sexy Santa Claus?"

„Ja, ich organisiere die Weihnachtsfeier und brauche einen Santa. Magst du dich verkleiden?", fragte ich ihn mit erhobenen Augenbrauen. Er sah mich schmunzelnd an.

„Die Befugnis zum sexy Santa gebe ich an Lorenzo weiter, Ava hätte sicher ihren Spaß", meinte er belustigt und schaute zu dem anderen, der gerade am Laptop vertieft war.

„Wer ist Ava? Warum soll sie Spaß haben?", fragte ich ihn voller Neugier.

„Lorenzos Frau, die steht auf sexy Santa. Nicht nur auf ihn", sagte Alessio.

„Deine Maya würde auch mal einen sexy Santa haben. Du solltest ihr einen gewähren, sonst sucht sie sich einen allein irgendwo“, antwortet jetzt der andere.

„Jungs, ich möchte eure Beziehung zu sexy Santa nicht stören, doch ich brauche einen für zwei bis drei Stunden. Unter Umständen kennt ihr jemanden, der das macht? Er wird bezahlt. Sexy soll er auf jeden Fall sein.“

„Wieso willst du unbedingt einen jungen sexy Santa haben? Du könntest einen Alten nehmen, der fett ist, er würde passen.“ Wir sahen uns an. Sein Blick wurde belustigt, als er dann sagte: „Dann gehe doch in einen Stripclub und Such dir einen aus, den du bezahlst. Bedenke aber, dass die Männer eine sexy Santa-Helferin mögen. Die leicht bekleidet wäre. Du weißt, mit viel Oberweite.“

„Nein, das ist jetzt nicht dein Ernst, Alessio!“, meinte Lorenzo und pustete los. Ich sah sie sprachlos an. Okay, diese Idee war nicht blöd. Alessio zwinkerte mir zu.

„Na, was meinst du? Sollen wir beide hingehen?“

„Genau, und wenn wir keinen finden, wirst du dich für mich ausziehen?“ Jetzt lachten wir alle drei zusammen.

„Eli, soll ich auch strippen für dich? Ich mache es nur, wenn du die sexy Helferin bist.“ Ich sah ihn an und schüttelte ohne Kommentar den Kopf.

„Ich hole einen allein. Danke für das Angebot, Alessio. Bei mir als Single werden sie bestimmt Schlange stehen.“

„Du bist Single? Ich dachte, du hast einen Freund!“ Entsetzt schaute Alessio mich an.

„Das dachte ich auch, dass du vergeben bist“, meinte Lorenzo.

„Nein, ich habe den Richtigen noch nicht gefunden. Wenn er kommt, dann werde ich vergeben sein. Bisher hatte ich nur Falsche, Betrüger und Spieler, die ich nicht unbedingt haben wollte. Da ihr glücklich vergeben seid, könnt ihr mir sicher einige Tipps geben, wie man den richtigen Partner findet.“ Ich sah die beiden an und lächelte. Dabei unterbrach mich meine Kollegin.

„Elena! Kommst du bitte und schaust dir den Müll an? Ich fasse das nicht an!“, rief Lili.

„Jungs, ihr entschuldigt mich. Ich muss den Müll überprüfen.“ Innerlich kochte ich.

Lili wusste sich nicht zu helfen. Egal, was bei ihr los war, sie brauchte immer wen, der ihr half. Mit ihren langen Nägeln konnte sie so oder so nichts fest anfassen. Ich war wütend, dass sie mich heute einige Male aus dem Büro geholt hatte, wegen Kleinigkeiten, die sie selbst erledigen sollte. Ich verließ den Raum.

„Was für Müll und wo?“, fragte ich sie.

„Da.“ Sie deutete mit dem Zeigefinger und fuhr fort: „Da liegt so ein Scheiß, ich fasse das nicht an! Irgendwer hat ein Glas kaputtgemacht und die ganze Marmelade liegt am Boden.“

„Du nimmst gefälligst einen Besen und kehrst das Glas weg, dann holst du dir einen Eimer und wischst das auf. Lili, du bist hier, um zu arbeiten, nicht um dich zu präsentieren und mich für diese Kleinigkeiten ständig aus dem Büro zu holen. Dir wird nicht dein Nagel abbrechen, wenn du das hier aufwischst.“

Wir sahen uns an, keiner sagte mehr was. Sie nickte und ging den Besen holen, nahm ich an. Ich marschierte ins Geschäft und schaute nach dem Rechten. Da fiel mir Emely auf. Sie flirtete mit einige männlichen Kunden und die Schlange ging nicht weiter. Die Frauen beschwerten sich, sie solle schneller sein, und schrien: „Zweite Kasse öffnen.“ Es brach Chaos aus.

Ich machte die zweite Kasse auf und kassierte. Emely redete weiter mit Männern und lachte, ignorierte die übrigen Kunden. Ich sah sie an. Emely und Lili glaubten, sie dürften sich hier alles erlauben. **Na wartet, euch knöpfe ich mir vor.**

Als keiner mehr an der Kasse stand, marschierte ich ins Büro und war auf hundertachtzig.

„Jungs, ich würde euch bitten, draußen zu warten. Ich muss mir zwei Kolleginnen vorknöpfen. Danke.“ Sie sahen mich an und gingen, ohne ein Wort zu sagen. Ich rief durch den Lautsprecher aus: „Emely und Lili, sofort ins Büro!“ Die folgenden Sekunden der Wartezeit beruhigte ich mich. Dann wurde die Tür aufgerissen, mit einem Lacher zu Seite zu den Jungs.

„Alessio und Lorenzo, ihr könnt reinkommen und euch leise verhalten. Und Lili, du und Emely, setzt euch.“ Ich schaute beide streng an und wandte mich schließlich an die Erste.

„Lili, mir passt deine Arbeit hier absolut nicht. Du redest und redest Scheiße über alle, doch im Spiegel hast du dich nicht gesehen. Du schreist andauernd und brauchst Hilfe, wo du es selbst erledigen kannst. Das war heute das Marmeladeglas, das du nicht wegräumen wolltest. Über das andere rede ich nicht weiter. Rede nicht, sondern arbeite. Das wäre von Vorteil.“ Sie sah mich an, ohne ein Wort zu antworten.

„Emely, dein Liebesleben geht mich nichts an, doch es gibt nicht einen männlichen Kunden, den du nicht in deinem Bett wolltest. Wir sind ein Geschäft hier, keine Partnervermittlung oder Flirtline. Hier kommen täglich Männer einkaufen, du solltest nachdenken, was ihre eifersüchtigen Frauen mit dir anstellen werden, wenn sie dich erwischen. Ich bade es nicht mehr für dich aus. Ich bin nicht dein Kindermädchen. Außerdem, wenn du an der Kasse bist, solltest du dich bemühen, dass alle Kunden zufrieden sind und sie nicht ignorieren. Das war heute keine Spitzenleistung von dir, dass das klar ist.“ Sie nickte und wurde ernst.

„Du hast mir hier nichts zu sagen, Elena. Ich darf machen, was ich für richtig halte. Lili auch. Du bist nicht unsere Chefin.“

„Tja, ich bin die Vertretung, und wenn ich der Meinung bin, dass du und Lili etwas zu leichtsinnig seid, dann darf ich euch einen Verweis ausstellen. Mittlerweile habt ihr schon drei davon. Es sind nicht alle von mir. Emil wartet noch auf einen und ihr seid raus aus dem Geschäft. Es schadet dem Geschäft, nicht mir. Ich hoffe, ihr beide bessert euch.“

Es wurde still. Jeder war in seinen Gedanken, ich unterbrach es, in dem ich sie aufforderte, das Büro zu verlassen.

„Das Gespräch ist beendet, es ist alles gesagt worden. Raus hier, an die Arbeit.“ Sie marschierten vorbei an den Jungs und starrten sie an, die nicht auf ihre Blicke reagierten. Als die Tür zuging, lächelten sie mich beide an.

„Das hast du chefmäßig gemacht, Papa wäre stolz auf dich. Schade, dass er nicht hier war. Alle Achtung“, meinte Alessio.

„Jonas hätte sie beide gefickt und weitergeschickt. Mein Gott, dass es so was gibt. Was war das mit Marmelade?“, lächelte Lorenzo.

„Wer ist Jonas? Wie viele von euch gibt es noch, verdammt noch mal?“ Ich schaute sie beide an. Emil hatte Kinder, aber wie viele, ich wusste es nicht.

„Jonas ist unser Chef und Freund.“

„Nein, nicht nur das, er vergnügt sich gerne mit Frauen wie den Zweien. Er legt sich flach und kündigt sie dann. Fertig ist die Geschichte.“

„Nein, das glaube ich euch nicht.“

Sie nickten beide und wir lachten laut. Mir kamen die Tränen in die Augen. Tja, wenn die beiden das so meinen, dann lassen wir es. Ich sah, wie die beiden Spaß hatten. Diese zwei Jungs waren in Ordnung, ich mochte sie jetzt schon.

„Kommt ihr beide zur Weihnachtsfeier? Ich würde mich freuen, bringt eure Freundinnen mit.“

„Danke für die Einladung“, sagte Lorenzo und zwinkerte mir zu.

„Die Weihnachtsfeier wird genauso grandios werden. Ich habe schon alles vorbereitet. Der Raum ist groß und elegant geschmückt.“ Ich würde diese beide Jungs gerne wiedersehen. Sie gefielen mir, waren normal erzogen und wir verstanden uns.

Die Zeit verging und bald war meine Schicht zu Ende. Alessio und Lorenzo blieben noch und unterhielten sich mit mir. Wir redeten über alles Mögliche.

Als ich mich auf den Weg machte, standen Lili und Emely vor mir, beide mit bissigen Gesichtern. Sie standen da wie bestellt und nicht abgeholt. Alessio und Lorenzo kamen hinter mir heran.

„Elena, komm mit, wir gehen einen trinken. Dann haben wir sicher Spaß zu dritt.“ Er zwinkerte mir zu. Lorenzo nahm meine Hand und zog mich nach vorn. Ich fragte mich, was die beiden vorhatten.

„Die Damen, seid uns nicht böse, aber wir beide stehen auf Elena. Ihr wisst doch, sexy Boss, darauf stehen Männer.“ Alessio wurde frech und die Frechheit siegte. Er zwinkerte ihnen zu.

„Kommt, gehen wir zum Toni. Maya und Ava warten auf uns.“ Alessio lächelte mich an.

Dieser Schlawiner. Wenn er nicht vergeben wäre, würde er mir gehören. Lorenzo ist nett, doch Alessio wäre der Hammer.

Kapitel 6

Maya, Ava, das ist Elena. Von ihr sprechen Mama und Papa andauernd. Wir haben heute mit ihr gearbeitet“, sagte Alessio zu ihnen. Sie nickten und lächelten mir zu, ich gab ihnen die Hand und setzte mich neben Maya, die mir Platz machte.

Es wurde still, jeder schaute in die Speisekarte. Tonio kam zu uns, um die Bestellung aufzunehmen. Er lächelte mich an.

„Bella, Bacon Spinacci für dich?“

„Ja, bitte, ein Mineralwasser und Tiramisu dazu. Danke.“ Er zwinkerte mir zu. Dann schaute er die anderen an und nahm ihre Bestellung auf. Alessio blickte mich mit einem breiten Grinsen an. Maya bestellte das gleiche wie ich. Ava nahm einen Salat und die Jungs Pizza.

Als sich Toni entfernte, bemerkte ich Alessios Blick, der mir sagte: ***Raus damit, was läuft da zwischen euch?*** Ich lächelte und schwieg. Es ging ihn nichts an. Ava und Maya unterhielten sich über die neue Mode. Ich hörte ihnen nebenbei zu. Lorenzo und Alessio sprachen über die neue Software, die sie entwickeln wollten. Mein Handy vibrierte und ich hob ab.

„Hallo, wer spricht?“

Die Mädels schauten voller Neugier zu. Alessio wurde leise und guckte mich ebenfalls an. Nur dem Lorenzo war es egal.

„Ich bin’s, Liam, hast du Lust, heute zu mir zu kommen? Ich grille und lade dich herzlich ein. Sag bloß nicht, du hast heute keine Zeit! Ich rechne mit dir“, er klang bestimmend.

„Ich sitze beim Essen, komme vielleicht später. Sind deine Freund auch da?“ Auf die konnte ich verzichten.

„Kann sein, wäre das wichtig? Mir ist wichtig, dass ich dich dabeihabe. Und du bewegst deinen Hintern, Weib, und kommst zu mir. Sofort.“

„Ich werde kommen, wenn ich es für passend finde, unter einer Bedingung: Du benimmst dich. Jetzt bin ich mit Freunden unterwegs.“

„Sag's mir! Mit wem bist du unterwegs?"

„Komm mal runter, es geht dich nichts an. Bis später." Ich legte auf und lächelte in die Gruppe.

„Na, Streit im Paradies? Wer ist der Typ?", fragte Alessio und schaute mich an.

„Der Idiot ist scharf auf mich, will mich um jeden Preis. Er küsst mich und vergnügt sich dann mit seinen anderen Frauen. Mit mir spielt er gern. Ich lass es nicht zu und es passt ihm nicht."

„Ach, so ein Idiot! Weiß er nicht, was er da verliert? Wieso macht er das?", fragte Alessio.

„Keine Ahnung. Heute in der Früh meinte er, dass er sich in mich verliebt hat. Er wollte mich als seine Freundin."

„Sag ihm, er soll sich zum Teufel scheren. Ausnutzen darf er niemanden und dich schon gar nicht. Du bist eine faszinierende Person. Er soll bleiben, wo der Pfeffer wächst. Lass dich nicht runterziehen von dem Kerl. Du hast was Besseres verdient."

„Danke für deine Worte, Alessio. Ich werde ihm die Eier ausreißen, wenn er mir zu nahekommt. Ich muss mit ihm reden, er wohnt bei mir im Haus. Wenn seine Kumpels da sind, gibt's immer Lärm. Ich mache das dann auch. Ich spiele dann Enrique mit Tonight (I'm lovin' you) oder Roulette so laut, bis er bei mir an der Tür klopft und mich darum bittet, es leise zu drehen. Wir benehmen uns zurzeit wie kleine Kinder. Besser gesagt, wie Katz und Maus."

„Redet ihr miteinander oder spielt ihr, wer die Maus fängt?", fragte Lorenzo, der sich die ganze Zeit uninteressiert zeigte.

„Tja, wenn ich es versuche, bockt er. Wenn er mich nicht sieht, dreht er durch, und wenn ich laute Musik höre, klopft er an meiner Tür. Ich verstehe ihn nicht. Mag sein, dass ich Gefühle für ihn habe, das entschuldigt sein Benehmen jedoch nicht." Ich schüttelte mein Kopf und schaute zu Alessio, der mich mit seinen blauen Augen regelrecht durchbohrte. Mein Gefühl sagte mir, dass er etwas von mir wollte, und das war gewaltig. Nur dass er für mich tabu war. Er war vergeben und sie war eine erstklassige Freundin. Das hatte ich gesehen. Wie sie ihn anhimmelte.

Wir sprachen über alles und lächelten einander intensiv an. Es gefiel mir, mit ihnen hier zu sein.

Als wir bezahlt hatten, verabschiedeten wir uns von Tonio und marschierten nach draußen. Alessio umarmte mich fest und steckte mir seine private Nummer zu. Ich lächelte ihn an und dankte ihm für die Einladung. Ich verabschiedete mich von Maya, Lorenzo und Ava mit einer Umarmung, dann spazierte ich zu meinem Auto.

Morgen würde ein stressiger Tag werden. Am Wochenende wäre viel los im Geschäft. Es war Mitte November und unsere Weihnachtssachen stünden in jeder Abteilung aufgebaut. Geschenke würden eingepackt werden und es wimmelte nur so von Leuten. Wenn wir dann aufs Klo schleichen wollten, war es schwer, die Kasse zu verlassen, da es zu jeder Zeit voll war. Karo würde wieder einmal die Beherrschung verlieren, da sie rauchte und alle paar Stunden raus musste.

Ich riss meine Autotür auf, griff nach meinen Sachen und war dabei weiterhin in Gedanken versunken. Ohne zu bemerken, dass jemand an die Fassade gelehnt stand, schritt ich ins Haus und drückte den Knopf für den Lift. Ich blickte auf den Adventskranz in meinen Armen, der sah Hammer aus. Dieses Mal hatte ich ihn in Rosa, Lila und Gold gekauft.

Mit den Gedanken beim Kranz stieg ich ein, der Mann von der Fassade war hinter mir eingestiegen, ohne dass ich sein Gesicht gesehen hätte. Tja, verkleidet, wie man sagte. Ich fragte mich, ob der auf eine Party ginge. Der Geruch des Mannes kam mir bekannt vor. Ich könnte schwören, dass es Alessio war. Da er nichts sagte, wusste ich es jedoch nicht. Ich stieg im dritten Stock aus, mit meinen Sachen in der Hand, und marschierte in die Wohnung. Das Erste, was ich drinnen abstellte, war mein Adventskranz, und zwar in der Küche. Dann holte ich den Rest und verstaute es ordentlich.

Jetzt brauchte ich dringend einen Kaffee. Die Tasse füllte ich auf und nahm mir ein Plätzchen dazu. In Wohnzimmer saß ich auf meiner Couch und drehte, den Fernseher auf. Es lief ein Liebesfilm, den würde ich mir anschauen. Die Schauspieler waren mir bekannt und der Bradley Cooper, mein Liebling, spielte auch mit. Er gefiel mir immer wieder, egal, was er anstellte. Seine blauen Augen und der Dreitagesbart waren so sexy. Da war es kein Wunder, dass Frauen auf ihn standen. Es würde ihn keine von der Bettkante stoßen.

Ich musste eingenickt sein, als es an der Tür klopfte. Die Uhr zeigte halb zwei nachts. Zu dieser Zeit machte ich keinem mehr auf. Also ließ ich es klopfen. Ich stand auf, schaltete den Fernseher ab und marschierte ins Badezimmer. Putzte mir die Zähne und zog mir mein Nachthemd an, dann tappte ich leise ins Schlafzimmer, legte mich ins Bett und bereitete mich auf meinen Schlaf vor.

Es klopfte weiter an der Tür. Ich wusste in dem Moment, dass es mein neuer Nachbar war. Ich hatte Liam versetzt. Ich hatte keine Lust, mit ihm allein zu sein, er war zudringlich, auch wenn er wie ein Sexgott ausschaute. Ein Bradley Cooper Nummer zwei, würde ich sagen.

Mein Wecker läutete am nächsten Morgen. Es war sieben Uhr in der Früh, als ich aufwachte. Ich war ausgeschlafen, trotz des Störenfrieds in der Nacht. Er hatte irgendwann aufgehört, zu klopfen, und war schlafen gegangen. Hoffentlich hatte er kapiert, dass ich nicht nach seiner Pfeife tanzte. Egal, was er vorhatte, er würde warten. So waren meine Regeln für ihn. Er könnte tun, was er wollte, es änderte sich nichts daran.

Mein Handy klingelte und ich hob ab, ohne zu schauen, wer es war.

„Hallo, wer spricht?“, fragte ich verschlafen.

„Morgen, wann bist du gestern nach Hause gekommen?“

„Wen interessiert es so genau? Ich bin dir kein Rechenschaf schuldig, ich darf kommen und gehen, wann ich will.“

„Oh, ich dachte, du kommst vorbei. Wir hatten was zu besprechen. Verdammt, ich habe dir gesagt, dass du kommen sollst!“, rief er streng.

„Ich habe dir nichts versprochen. Ich lasse mich nicht zu deinem Eigentum machen. Ich stehe nicht darauf, zu springen, wenn du rufst

Spring!, sei dir dessen bewusst. Wir sind nur Nachbarn und nicht mehr. Verstehst du das?!", schrie ich ihn an.

„Wenn es dir ernst ist mit mir, überlege lieber, wie du mich beeindruckst und behandelst. Denk nicht nur an deine verdammte Fick-Tour. Ich bin nicht dein Spielzeug für gewisse Stunden." Ich legte auf. Es reichte mir, so ein Idiot. Was bildete er sich ein, mich kontrollieren zu wollen? Ich ging in die Küche, stellte mein Handy ab. Trank ein Glas Wasser und schaute durchs Fenster. Dann marschierte ich ins Bad, um mich zu duschen und mich anzuziehen.

Als ich zurückkam, um Kaffee zu trinken und mein Frühstück zu verzehren, sah ich auf das Display, es hatte zwanzig Anrufe in Abwesenheit gegeben, alle von Liam. Der Mensch ließ mich nicht in Ruhe. Ich schmierte mir die selbstgemachte Marmelade aufs Brot, nahm einen Bissen und das Display zeigte mir einen Anruf ohne Nummer. Als ich abhob, begrüßte mich eine Stimme, der man das Lächeln anhörte.

„Hi, meine Süße, was treibst du? Ich sehe vor, dass wir einen Kaffee trinken gehen. Kommst du mit?"

„Hi, Alessio, solltest du nicht mit Maya unterwegs sein? Mit ihr einen Kaffee trinken?"

„Nee, sie hat einen anderen Freund. Wir leben zurzeit auf Trennung. Es ist nur ein Kaffee unter Freunden. Gib dir einen Ruck."

„Ich trinke zwar gerade einen, trotzdem werde ich mit dir Kaffee trinken gehen. Wo treffen wir uns?"

„In der Coronablue Bar, die ist um die Ecke bei dir."

„In fünfzehn Minuten bin ich bei dir!", ich legte auf. Ich war schon angezogen, in drei Stunden würde ich zur Arbeit fahren, daher hatte ich Zeit für Alessio.

Von der Art gefiel er mir ausgezeichnet. So wie er mich ansah, würde ich meinen, dass er mich mehr schätzte als gedacht. Er wäre sogar mein Typ, wenn er nicht vergeben wäre. Halleluja, zuerst bekomme ich keinen Mann und jetzt liefen mir lauter sexy Typen zu. Luisa würde jetzt sagen, ich sollte heiraten. Ich sollte mir einen nehmen. Punkt. Doch ich denke nicht ans Heiraten, zumindest nicht sofort.

Gott, wie wusste ich, wer der Richtige für mich war? Ich musste genauer hinsehen. Es war Zeit fürs Treffen. Ich nahm meine Tasche und meinen Schlüsselbund, sperrte zu und lief die Treppe runter.

Am Gehsteig sah ich Alessio, der auf mich wartete. Er winkte mir zu und lächelte mich an. Ja, er sah sexy aus. Man würde meinen, dass wir ein Paar wären. So wie er sich verhielt. Ich lächelte ihn an und freute mich, mit einem normalen Menschen zu sprechen.

„Hallo, Süße, habe ich dich überrumpelt?“, er gab mir ein Kuss auf die Wange und drückte mich an sich. „Ich wusste nicht, ob du kommst, ich hoffe nur, dass ich nicht zudringlich war.“

„Nein, bist du nicht. Ich freue mich, dich zu treffen, Alessio. Was ist mit deiner Freundin passiert? Gestern schien alles in Ordnung gewesen zu sein!“

„Maya hat seit Längerem einen Neuen. Das war nur Tarnung.“

„Tarnung? Wieso?“

„Lorenzo ist mein Bruder und ist mit Ava verheiratet. Sie sind glücklich wie am ersten Tag. Ich war mit Maya zehn Jahre zusammen, es hat gekracht. Verstehe mich nicht falsch, ich habe meinen Macken, habe sie geliebt. Sie war der Überzeugung, dass es nicht genügte. Die Arbeit war halt anstrengend, ist es immer noch.“ Er lächelte.

„Na ja, wie kommst du zurecht, allein? Wohnt ihr noch gemeinsam, wegen der Tarnung?“

„Sie hat ihre Sachen noch bei mir in die Wohnung. Hin und wieder schlafen wir miteinander. Natürlich wenn ihr Neuer auf Reisen ist. Wir sind Freunde mir Vorzügen geblieben.“

„Scheiße, Alessio! Ich hätte sie anders eingeschätzt. Sie hat dich so angehimmelt. Wie fühlst du dich dabei, mit dieser Freundschaft?“

„Ich nutze sie so, indem ich sie liebe, und hoffe, dass sie irgendwann zurückkommt zu mir. Es ist doch möglich, dass sie mich noch immer will. Uns verbindet mehr, das spüre ich.“

„Hast du mit ihr geredet, ihr erklärt, dass du sie zurückhaben möchtest?“

„Es gibt nichts zu reden. Sie kommt zu mir, wir schlafen miteinander und sie geht. Das tut mir dann weh, und ich trinke, dass ich es vergesse."

„Alessio, verfalle nicht dem Alkohol. Es ist schwer, ich verstehe dich. Doch rede mit ihr, bevor es zu spät ist. Könnte sein, dass ihr eine vernünftige Lösung findet." Ich sah ihn an. Sein Blick war traurig.

„Es tut mir leid, dass ich dich damit belästige. Lieber wäre mir, wenn wir uns über uns unterhalten und nicht über Maya. Wie alt bist du, wenn ich fragen darf?", wechselte er das Thema.

„Ich bin dreißig und Single seit Ewigkeiten. Der Richtige war nicht dabei." Ich schaute ihn prüfend an. Er erwiderte meinen Blick mit einem Grinsen, das ich nicht deuten konnte.

„Gott, die Männer müssen blind sein, was dich betrifft. Du bist bezaubernd, das weißt du doch, oder? Was ist mit dem Typen von gestern Abend? Hast du ihn abgeschossen?" Er zwinkerte mir zu.

„Hm, ich weiß nicht so recht. Er gefällt mir, doch er ist zudringlich und eifersüchtig. Heute hat er mich angerufen und war verärgert, dass ich ihn nicht besucht habe. Ich wollte nicht streiten und habe aufgelegt. Er glaubt, dass er alles haben kann, wenn er mit den Fingern schnippt. Ich bin nicht eine von seinen Frauen, die nur auf eine Nummer aus sind."

„Wenn aus euch nichts wird, will ich, dass du dir Gedanken über mich machst. Ich würde dich gern als Freundin haben. Nur, es dauert gewiss noch, bis ich Maya vergessen werde. Ich dachte, es wäre für immer mit uns."

Mein Gott, er ist über seine Maya noch nicht mal weg und will, dass ich über ihn nachdenke. Er schläft noch mit ihr. Das meint er doch nicht ernst!

„Irgendwann wirst du wegkommen von Maya und eine neue Frau an deiner Seite haben, die dich so nimmt, wie du bist. Ich werde dir die Freundin sein, die du brauchst. Doch wir werden nicht miteinander ins Bett gehen. Das musst du akzeptieren. Ich weiß, das Leben ist manchmal grausam. Wir sollten das Beste draus machen."

Wir lachten beide. Unsere Blicke trafen sich und wir verstummten. Für einen Augenblick sah ich das Glitzern in seinen Augen, das mir galt. Keiner von uns wandte sich ab. Ich löste mich dann als Erste und schaute auf die Uhr.

„Alessio, ich muss zur Arbeit. Es ist schon spät, tut mir leid. Ich würde gerne länger mit dir hier sitzen und quatschen.“ Ich bezahlte unseren Kaffee und Alessio starrte mich böse an.

„Ich habe dich eingeladen, nicht du mich. Ich bezahle, Punkt.“

„Nächstes Mal zahlst du, mein Freund. Wenn du Zeit hast, komm nach der Arbeit zu mir und wir schauen uns einen Film an.“ Ich umarmte ihn vor der Bar und gab ihm einen Kuss. Er starrte mich an und zog mich an sich, gab mir auch einen flüchtigen Kuss und löste sich von mir.

„Ich ruf dich an, Eli.“ Wir lächelten uns an und jeder marschierte auf seinem Weg davon. Ich schaute zum Auto und sah Liam daran lehnen. Was zum Teufel war mit ihm los? Was wollte er jetzt schon wieder von mir?

„Liam! Verfolgst du mich die ganze Zeit?“, fragte ich ihn streng.

„Und was wenn? Warum bist du gestern Nacht nicht gekommen?“

„Ich will nicht von dir gevögelt werden, ist die Antwort angekommen? Nimm deinen Hintern von meinem Auto und geh zur Seite.“

„Was habe ich dir getan, dass du mich so hasst?“

„Frag mich lieber, was du jedes Mal tust. Ist dir das nicht aufgefallen? Du behandelst mich wie Dreck. Blödmann.“

„Warum hast du den da drüben geküsst? Ich sollte der sein und nicht der andere. Was hat er, was ich nicht habe?“

„Was geht es dich an? Du hast neben mir eine andere geküsst und mehr gemacht als ich. Er hat Benehmen, was du nicht hast!“

„Wie soll ich mich benehmen, ich bin halt so, wie ich bin. Was soll ich tun, damit du mir gehörst? Mein Interesse an dir ist unendlich groß.“

„Lerne, dich zu benehmen, mir gegenüber. Das kannst du bestimmt.“

„Du bist eine harte Nuss. Ich werde dich knacken.“ Er trat von meinem Auto und wischte mit seiner Hand durch seine Haare. Ich stieg in das Auto und fuhr kommentarlos weg. Im Spiegel sah ich ihn fluchen.

Kapitel 7

Alessio gefiel mir. Gott, war ich durcheinander. Alessio, der die Maya nicht vergessen kann, und dann Liam, der besitzergreifend war. Zwei waren einerzu viel.

Am Arbeitsplatz konnte ich mich gar nicht konzentrieren. Mein Kopf wollte nicht aufhören, zu rattern. Mein Herz schlug so kraftvoll, dass ich fast einen Infarkt bekommen hätte. War ich froh, dass ich hier im Büro saß. An der Kasse wäre noch mehr Trubel und es würde mir noch schwerer fallen.

In meinem Zustand hatte ich zuerst gar nicht bemerkt, dass Alessio aufgetaucht war. Der setzte sich mir gegenüber und lachte mich an, sagte nichts weiter. Er wollte was von mir, das sah ich ihm an.

„Hi, lange nicht gesehen. Was ist los?“

„Ich weiß nicht, was du meinst“, behauptete ich. Ich war noch immer so durcheinander.

„Ich habe deinen Typen gesehen und wir haben ein Problem, Freundin. Ich kenne ihn“, sagte er ernst.

„Du kennst Liam? Woher?“ Ich unterbrach mich, als mich eine schreckliche Vorahnung überkam. „Nein! Ist der mit Maya zusammen?!“ Alessio schaute mich skeptisch an und schüttelte den Kopf.

„Wie sage ich es dir am besten? Liam ist mein Bruder.“

„Das ist nicht wahr! Ihr seid so unterschiedlich. Du bist ganz anders, denn er ist ein Arsch, ich hasse ihn. Der hat heute gewusst, dass wir uns geküsst haben, und mich niedergemacht. Ich bin nicht mal mit ihm zusammen, was erlaubt der sich?“

„Wie? Mit ihm spielst du Katz und Maus? Mann, der ist ein Idiot. Er glaubt, du und ich seien zusammen. Er hat mir vorgeworfen, ich habe dich ihm ausgespannt. Der hat nicht alle Tassen im Schrank. Ich habe da einen Plan. Wir zwei schauen uns einen Film an. Such dir heute Abend einen Film aus.“

„Was für ein Plan?“, ich sah ihn überrascht an.

„Ein Liam-Plan. Was er kann, können wir auch.“

„O ja, das kann was werden. Heute Abend nach der Arbeit. Alessio, du darfst bei mir auf der Couch schlafen, falls es spät wird. Wenn wir laut sind, wirst du deinen Bruder von einer anderen Seite kennenlernen. Seiner schlechten.“

„Such dir einen Liebesfilm aus, den wir dann lauter drehen, damit dein Nachbar nervös wird.“

Wir lachten laut, als er mir das vorschlug. Keine schlechte Idee.

„Oh, ich hätte nichts dagegen, ihn zu provozieren. Was ist mit dir, wenn –“ Ich unterbrach mich. Er schaute mich grinsend an. Wow, er stand auf mich. Brüder und beide unwiderstehlich. Schwere Entscheidung. Er hatte mich durchschaut.

„Eli, ich will dir helfen, dich zu entscheiden, egal, wie. Quäle nicht mich, sondern ihn. Er hat es verdient.“

„Verdammt, wie kann ich mich da entscheiden? Ihr seid Brüder, ich bin nicht sicher, ob ich mich für einen von euch beiden entscheide. Schau mich nicht so an, sonst verliebe ich mich noch in dich. Stelle mich nicht vor die Wahl. Ich bin so durcheinander wegen euch zwei. Gott sei Dank, war ich noch mit keinem von euch im Bett. Gefühle sind das Problem.“

„Ich würde gern mit dir schlafen, so wie es sich gehört, nicht nur einmal und tschüss, doch momentan bin ich zerrissen wegen Maya. Meine Gefühle für sie sind so stark. Bis ich komplett über sie hinweg bin, wird es länger dauern. In meinem Kopf spielt sie eine große Rolle. Ich hoffe, dass du mich verstehst. Das hier ist nur eine Übung.“ Er drehte meinen Sessel zu sich und fing an, mich leidenschaftlich zu küssen. Shit, das ging zu weit. Wir durften das nicht im Büro tun, wo jederzeit wer reinplatzen könnte. Ich musste ihn aufhalten.

„Hör bitte auf, wir sind hier auf der Arbeit“, sagte ich leise zu ihm. Er ließ von mir ab und schaute mich intensiv an, ohne was zu sagen. Dann zog er mich auf die Füße und drückte mich an sich.

„Was machst du mit mir? Ich kann mich nicht beherrschen und gehe zu weit. Sag was.“ Er bettelte und ich sah ihn nur an. Ihn durfte ich nicht haben. Er liebte Maya.

„Wir sind hier an meinem Arbeitsplatz. Da fände ich es nicht gut, wenn du mich flachlegst. Bitte versteh mich nicht falsch. Privates und Arbeit trenne ich, sonst bekomme ich Probleme. Ich habe dir auch gesagt, dass wir nur Freunde sind und nicht mehr.“

„Sei ehrlich, wir können nicht nur Freunde sein. Wenn ich jetzt bei dir zu Hause gewesen wäre, was wäre, mit uns passiert?“, fragte er und grinste.

„Ich weiß es nicht. Vermutlich wären wir im Bett gelandet. Das ist dir schon klar, ja?“ Ich lächelte breit.

„Ich habe es bei unserer ersten Begegnung gemerkt, dass du mich in Ordnung findest. Es versetzt mir einen Stich, dass du Liam magst. Er benimmt sich wie ein Arschloch und ist anscheinend in dich verliebt. Deswegen rennt er dir nach. Was ist mit dir? Willst du ihn ernsthaft und lässt ihn zappeln? Wie groß sind deine Gefühle für ihn?“

„Alessio, lass mir Zeit, du bringst mich durcheinander. Zwischen Liam und mir ist etwas Unbeschreibliches da. Dräng mich bitte nicht, mehr kann ich dir nicht sagen.“

Liam und ich, wir sind ein Blatt, das ständig hin und her fliegt. Wir blickten uns an und sagten kein Wort. Wir standen eng umschlungen und merkten nicht, dass Lorenzo ins Büro trat und uns betrachtete.

„Leute, was geht denn hier ab? Habt ihr es hier getrieben? Was ist mit Maya?“

„Was soll mit ihr sein? Wir sind seit einem halben Jahr getrennt wegen ihres Neuen. Sie wohnt nicht mehr bei mir. Lorenzo, wir haben nichts gemacht. Wäre möglich das wir es noch tun, schaust du uns zu? Ich kann nicht widerstehen, sie hier flachzulegen vor dir.“ Alessio lachte laut und drückte mich fester an sich. Lorenzo und ich sahen ihn an.

„Ich wollte nur fragen, ob du morgen hier sein wirst, oder bist du in der Firma? Na ja, wir sind hier ja fertig. Ich gehe schon und lasse euch allein.“

Lorenzo lächelte und meinte dann: „Liam soll seinen Hintern bewegen und hier zum Abschluss nach dem Rechten sehen."

Oh, da war wieder wer sauer auf Liam. Der musste echt beliebt sein. Ich drehte meinen Kopf zu Lorenzo und schaute ihn mit einem breiten Grinsen an.

„Liam ist ein Idiot."

„Hat er dir wehgetan? Er drückt sich zurzeit vor der Arbeit und rennt jeder nach, weil er was zum Flachlegen braucht. Ich rede mit ihm. Alessio, wo finde ich ihn?", fragte er zornig.

„Er ist Elis Nachbar, er terrorisiert sie ständig. Der hat Probleme. Er spielt Katz und Maus mit ihr. Nachts klopft er ständig an ihrer Tür. Elena ist hier heute fertig. Sag Papa, dass sie morgen frei braucht. Er wird es verstehen."

„Ich statte Liam morgen einen Besuch ab. Heute bin ich mit Ava unterwegs. Ich ruf Papa an und gebe ihm Bescheid über euch zwei. Alessio, pass auf sie auf." Er zwinkerte uns zu und lächelte, bevor er uns allein ließ.

„Es ist verdammt lange her, dass wer auf mich aufgepasst hat, aus Liebe. Aber ich kann mich noch nicht für dich entscheiden, mein Freund." Ich gab ihm einen dicken Kuss, der länger dauerte, als beabsichtigt. Verdammt, meine Hormone. Sie spielten verrückt, kein Wunder.

„Was denkst du, verschwinden wir von hier? Wir sind gerade erst am Anfang unserer zärtlichen Spiele. Mach dir keine Sorgen, egal, was passiert, es wird anziehend für uns."

„Mein Herz zerbricht und spielt nicht. Ist es dir in den Sinn gekommen, was du mit mir anstellst? Weißt du nicht, dass ich bald explodiere, wenn du so weiterspielst? Ich bin eine Frau, die lange keinen Sex hatte."

„No risk, no fun. Wir können es hier gleichtun, wenn du es willst!"

„Alessio, hör auf, mich anzumachen." Mir war heiß. Meine Hormone spielten verrückt, kein Wunder, Alessio machte mich an, und ich dachte noch an Liam. Beides heiße Typen. Das Spiel hier war falsch, das wussten wir beiden. Mein Herz und mein Kopf dachten an Liam. Ich wollte ihn.

„Lass uns zu mir fahren, Alessio.“ Ich erledigte alles, nahm meine Sachen und marschierte Hand in Hand mit Alessio aus dem Geschäft. Er grinste mich an. Karo pfiff hinter mir her, ich schenkte ihr jedoch keine Beachtung. Ohne ein Wort stiegen wir beide in sein Auto. Ich sah in seine traurigen Augen und wusste, dass er an Maya dachte.

„Du schläfst heute bei mir auf der Couch, in Ordnung? Wir bestellen uns für heute Pizza zum Abendessen und morgen holen wir uns was zum Frühstück.“

Er nickte nur.

Nach der Heimfahrt stellte er sein Auto auf dem Parkplatz ab. Der neben mir war leer. Liam war nicht da. Das war besser so. Alessio nahm mich bei der Hand und wir gingen zum Lift.

Als wir in meiner Wohnung ankamen, schaute sich Alessio aufmerksam um. Ich holte uns was zum Trinken. Alessio stellte sich hinter mich und zog mich an sich. Er begann zu spielen. Er küsste meinen Hals und drückte sich an mich. Ich fand ihn sexy, doch im Herzen schwärmte ich für Liam. Er war der Mann, den ich wollte. Alessio war das Spielzeug.

„Küss mich hier und jetzt. Gib mir alles, Eli.“ Er küsste mich wie ein Wahnsinniger. Das war falsch. Er sollte mich nicht küssen und mich auffordern, ihm alles zu geben. Er hatte es nicht verdient, ein Spielzeug zu sein, und ich auch nicht. Liam … keine Ahnung. Gott ich verfalle hier einer Mitleidstour.

„Alessio, ich kann dir mehr nicht geben, und ich will es nicht. Komm mit auf die Couch. Was schauen wir uns an?“, ich unterbrach ihn und schaute ihn an. Es wäre übertrieben, wenn ich sagen würde, dass er mich nicht interessierte. Ich hatte länger keinen Sex und bei Gott, wer würde dieses Exemplar wegschicken?

Ich würde die Zeit mit ihm genießen, solange es ging, doch mehr würde nicht passieren. Es war Liam, der sich in mein Herz eingeschlichen hatte und es mir schwer machte, jemanden an mich ranzulassen. Alessio riss mich aus den Gedanken.

„***Freundschaft Plus*** ist in Ordnung“, er lächelte mich an. Ich gab die DVD rein und der Film lief. Er zog mich an sich und ich nahm auf seinem Schoß Platz. Oh, das war sein bestes Stück, wo ich gelandet war. Die Luft zwischen uns wurde dicker. Keiner von uns bewegte sich und ich konnte für nichts garantieren. Es knisterte gewaltig zwischen uns.

Ich nahm unsere leeren Gläser vom Tisch und marschierte in die Küche. Es war eine Ablenkung von dem heißen Typen, aber nur kurz. Ich füllte sie mit Wasser. Mit zwei Gläsern in der Hand marschierte ich zu ihm. Ich riss die Balkontür auf und setzte mich neben ihn. Es begann die Sexszene im Film. Alessio schaltete den Fernseher lauter und lächelte mich an.

Wir blickten uns an. Er zog mich an sich und küsste mich, keiner von uns wusste, was als Nächstes passierte. Wir knutschten, der Film war auf einmal uninteressant. Zwischen uns brannte es heftig, die Flammen stiegen über uns. Er hörte nicht auf und machte weiter. Wir sollten das nicht tun. Das hier war verrückt. Das hier war falsch.

Es klopfte plötzlich an meiner Tür. Es konnte nur einen geben, der da so heftig gegen die Tür donnerte. Alessio löste sich langsam und ich zitterte am ganzen Körper. Ja, wir waren unterbrochen worden, Gott sei Dank.

Mit heißer Stimme fragte mich Alessio leise: „Ist das Liam? Geht das jeden Tag so? Er sollte aufhören damit.“ Er stand auf und sah mich an. Er schüttelte seinen Kopf. Ja, das hier war falsch und wie, verdammt, dachte ich.

„Wir machen ihm die Tür nicht auf. Ich will nicht, dass es zwischen euch kracht, wegen mir. Ihr seid Brüder.“ Er sah mich an, ihm war klar, dass ich in Liam verknallt war, und er fand es beschissen, dass wir geknutscht hatten. Doch er war der, der mich zuerst geküsst hatte, und ich die, die es erwidert hatte.

„Zieh dir deinen BH aus und das Top über, und komm mit an die Tür.“

„Ich kann nicht ohne BH“, protestierte ich.

„Du kannst es, mach schneller und zieh dein Top wieder an. Das Spiel beginnt jetzt. Ich will mit dir in Ruhe weitermachen, wo wir aufgehört haben.“ Ich zog meinen BH aus und das Top wieder über, meinen BH ließ ich absichtlich auf dem Boden liegen. Jetzt war ich gespannt, was sich hier mit den beiden abspielte. Es klopfte lauter und Alessio machte auf. Liam erstarrte in dem Moment, da er ihn erkannte.

„Was zum Teufel machst du da?“, fragte ihn Alessio, bevor er weitersprach: „Liam, wieso stalkst du Eli?“

Liam war betrunken und wusste nicht, was hier lief, warum sein Bruder die Tür aufgemacht hatte.

„Ich muss mit ihr reden. Hast du sie gefickt, Alessio?“ Er sah ihn an. Alessio lächelte. Liam besann sich und sprach weiter: „Verdammt ich wollte sie, seit ich sie das erste Mal gesehen habe. Und du Drecksack hast sie mir weggenommen. Ich hau dir eine.“ Er zeigte ihm die Faust.

„Stopp, hier wird niemand niemanden schlagen. Ich muss mit euch beiden reden, rein zu mir, und setzt euch auf die Couch.“

Ich brauchte was zum Trinken, sofort, also holte ich mir ein Glas Wein aus der Küche. Ich trank es auf ex.

Jetzt waren beide da und wollten mich ins Bett bekommen. Das Problem war, dass mir der Betrunkene hier den Atem raubte.

Okay, raus in die Löwengrube. Im Wohnzimmer sah ich Liam, der meinen BH in einer Hand hielt. Er wickelte ihn um die Finger und sah mich an.

Ja, du hast ihn entdeckt. Verdammt, ich hätte ihn nicht ausziehen sollen. Wir sahen uns an.

„Was ist nicht in Ordnung bei euch beiden? Seid ihr zwei verrückt oder was ist los? Habt ihr euch beruhigt, damit wir reden können?“, fragte ich und schaute zu Alessio, der mir zulächelte.

Was führt er im Schilde?, fragte ich mich. **Er will mich doch nicht. Er liebt seine Ex noch immer, verdammt.**

„Was habt ihr hier getrieben? Ich nehme an, ihr hab gevögelt, sonst wäre der nicht auf dem Boden.“ Liam wackelte mit dem BH. Er sah mich wütend an. Oh, der war eifersüchtig, zudem verdammt sexy und betrunken.

„Und wenn? Es geht dich nichts an, Liam. Es ist mein Leben und ich vögle, mit wem ich will.“ Ich zwinkerte zu Alessio, der mich fordernd anschaute. Mir Mut zusprach. **Sag es ihm. Ohne Worte.**

„Oh, es geht mich was an. Ich bin der, der dich lieben wollte, und du hast mir die kalte Schulter gezeigt. Von ihm lässt du dich flachlegen und mich alles hören. Du bist nicht besser als meine Ex.“

Er verglich mich mit seiner Ex? Der hatte sie nicht alle. Nicht mit mir.

„Ich bin nicht deine Ex! Dein Bruder und ich verstehen uns besser als du und ich. Du verarschst mich die ganze Zeit, wie es dir passt. Deine Tussis schleppst du hier an, Tag ein Tag aus. Du willst mich zu deiner festen Freundin, wenn dir eine deiner Tussis absagt. Da komme ich ins Spiel. Denk darüber nach, Liam. Was hast du gefühlt, als du Alessio und mich gesehen hast? Dein Bruder ist ein cooler Typ und wir verstehen uns. Er benimmt sich nicht wie du. Du … du bist ein Idiot, hast mich öfter zum Weinen gebracht. Wenn du mich im Ernst haben wolltest, hättest du dich nicht wie ein Arsch verhalten. Diese Masche zieht nicht bei mir.“ Ich nahm mein Glas, füllte es mit Wein und trank es auf ex.

„Ich bin sprachlos. Seid ihr ein Paar? Das will ich wissen.“ Liam schaute nicht mich, sondern Alessio an. Der reagierte nicht, er war in Gedanken vertieft. Ihm war die Frage egal. Er wusste, dass es ein Spiel zwischen uns war.

„Ich werde mich entscheiden, ob ich dir eine Chance gebe oder nicht, Liam. Alessio und ich sind Freunde und haben Gefühle füreinander. Es könnte sich mehr entwickeln. Ich könnte mich auf ihn einlassen, wenn ich es wollte.“ Ich spürte den Wein ordentlich. Er musste nicht wissen, dass ich flunkerte. Mein Herz hatte sich längst entschieden. Sein Bruder und ich hatten nur den Plan verfolgt.

„Nein, nein und nein! Dein Herz gehört mir, du gehörst zu mir. Heirate mich!“, schrie Liam. Sein Ton war zu laut. Verdammt, er wollte mich, sogar wenn er betrunken war.

„Nein, lautet meine Antwort. Ich werde dich nicht heiraten. Ich bin nicht dein Eigentum, dass du mit mir machst, was du willst! Ich will nicht eine weitere Nummer auf deiner Liste sein.“ Ich war wütend auf ihn und klatschte ihm eine Ohrfeige ins Gesicht. Was bildete er sich nur ein?!

Er erstarrte. Alessio lachte und wurde lauter. Tja, was der Alkohol aus mir machte. Innerlich lachte ich, als ich sein Gesicht und seinen Blick sah. Er war erstarrt und so sexy, sogar wenn er überrascht war. Das Paket war perfekt und trotzdem tat er mir ein wenig leid. Ich sollte ihn hier und jetzt küssen, doch ich tat es nicht.

„Heilige Scheiße, sie hatte recht, du hast uns gehört, Liam. Doch ich glaube, ihr solltet das unter euch klären, bevor ich sie ins Schlafzimmer zerre. Du hast uns da etwas unterstellt. Schau dir **Freundschaft Plus** an. So wie ich es sehe … Eure Gefühle sind wie die von Maya und mir. Verdammt, ich habe auch Gefühle für Eli, doch die sind anders“, er sah mich an und fragte mich.

„Kannst du dir ein Leben mit mir vorstellen? Ich mache hier nichts kaputt, das nicht kaputt ist. Denk darüber nach.“ Alessio zwinkerte mir zu und lächelte. Er kannte seinen Bruder und wusste, wie er ihn provozieren konnte.

„Alessio, sie gehört mir. Oder schlägst du ihr gerade einen Dreier mit uns vor? Davon würde ich dir abraten.“ Liam sah seinen Bruder und lächelte mich an. Er wandte sich zu mir und unsere Blicke trafen sich. Sein Blick sprach Bände. Egal, wie sehr er mich auf die Palme brachte, ich konnte ihm nicht böse sein, wenn er mich so ansah.

„Okay, von einem Dreier will ich nichts wissen. Ich werde mich entscheiden, doch ich möchte, dass ihr wisst, ich mag euch beide. Ich lasse mich von euch beiden küssen und wer der Bessere war, den nehme ich.“ Alessio und Liam waren sprachlos. Keiner sagte etwas. Sie schienen zu überlegen.

Na gut, Jungs, ich bin beschwipst, doch ich kenne Unterschiede schon. Alessio hatte einen Plan und Liam hatte mein Herz. Ich spielte nur mit.

„Wenn ihr nichts sagt, entscheide ich. Wie wäre es, wenn mich Alessio jetzt küssen würde, als Erster? Was meinst du?“

Er grinste nur. Ich sah sie beide an und grinste sie provokant an. Das würde hier lustig. Liams Blick war unbeschreiblich.

„Ich fange an. Ich will dich. Alessio soll seine Finger bei sich lassen."

„Liam, ich will Elena auch. Ich werde sie jetzt küssen, ob es dir passt oder nicht." Ich sah sie beide an, sie zankten sich. Ich trank mein Glas Wein wieder aus, als ich eine dritte Stimme wahrnahm.

„Na, wollt ihr sie nicht gleich beide im Bett nehmen und dann herausfinden, ob sie für euch geeignet wäre?" Ich schaute hin und musste lachen, mein Bruder Max war da und ich ging zu ihm. Meine Rettung und ein Spielverderber.

„Hey, Max, ich habe dich so vermisst. Die Überraschung ist dir gelungen, Max!" Wir umarmten uns.

Als er sich von mir löste, fragte er mich: „Wieder Idioten? Gott sei Dank, bin ich rechtzeitig gekommen. Ich will sie sehen." Er ging ins Wohnzimmer und grüßte Alessio und Liam. Mich hielt er dabei fest im Arm. Egal, was er sich bezüglich der beiden Kerle dachte, man merkte es ihm nicht an. Typisch Rechtsanwalt.

„Wer zum Teufel bist du? Wie viele kommen, hier noch?", fragte Liam.

„Ich lass dich raten, Komiker, und Füße runter von dem Tisch. Hast du keine Manieren?", sagte ihm Max.

„Eli, Schätzchen, hast du Bier? Bring uns drei, danke dir." Max setzte sich in die Mitte und meinte zu den beiden: „Und ihr beide benehmt euch, seid Männer und nicht Ärsche. Sie ist kein Spielzeug, das man weiterreicht. Was ist euer Problem?"

„Liam! Er benimmt sich wie ein Arsch gegenüber Frauen", sagte Alessio und schaute zu seinem Bruder, der sich nicht regte.

„Max, hattest du was mit ihr oder hast es vor?", fragte Liam und sah mich dabei an.

„Sie ist meine Schwester!", sagte Max mit einem scharfen Ton.

„Ich wusste nicht, dass sie einen Bruder hat", meinte Liam und Alessio grinste.

„Sie muss es ja nicht jedem erzählen. Wenn du ihr wehtust, hast du ein Problem mit mir." Max war wütend auf Liam. Liam ließ sein Bier stehen, schaute mich mit festem Blick an und stand auf. Er kam zu mir, nahm mich an der Hand und zog mich mit sich.

„Wo bringst du mich hin? Was willst du mit mir machen? Verdammt, gib mir gefälligst eine Antwort", beschwerte ich mich. Es würde nichts bringen, ihn anzuschreien. Ich konnte froh sein, wenn er mich nicht fallen ließ.

„Dahin, wo du hingehörst", sagte er belustigt. Ach du meine Güte, was hielt er von mir? Ich war nicht seine Frau, dass er so mit mir umging. Wenn er nicht so sexy wäre, würde ich ihn anschreien, doch in mir drinnen verlangte ich nach ihm. Er kämpfte gegen seinen Bruder um mich. Das sagte mir, dass er mich begehrte.

„Wo gehöre ich deiner Meinung nach hin?", fragte ich ihn leise. Er lächelte mich an, ohne etwas zu sagen. Dann sperrte er seine Wohnung auf. Er hob mich hoch und brachte mich in sein Schlafzimmer. Er legte mich in sein Bett und legte sich auf mich. Dann schaute er mir tief in die Augen.

„Du gehörst mir. Ich teile nicht. Das hätte ich längst mit dir tun sollen." Er streichelte mich, dann fing er an, mich zu küssen. Intensiv und fordernd zu gleich. Seine Hände glitten unter mein Top. Ich ließ es zu. Da wurde mir erst klar, ich wollte ihn seit unserer ersten Begegnung. Er raubte mir den Atem.

„Liam, meinst du das ernst? Wenn wir hier jetzt miteinander schlafen, dann ist es wichtig, dass du ehrlich zu mir bist und keine Spielchen mehr spielst. Sonst funktioniert es zwischen uns nicht."

„Du gefällst mir und ich werde nicht im Traum daran denken, dich zu benutzen und dich stehen zu lassen. Ich war ein Arsch zu dir, doch nur weil ich mir nicht zu helfen gewusst habe. Ich hätte dich nicht unter Druck setzen sollen. Als ich euch gesehen habe am Eck, wie ihr euch umarmt habt, war ich sauer. Ich wurde eifersüchtig und Alessio hätte fast meine Faust bekommen. Er wusste über dich und mich Bescheid und wollte mir eins auswischen. Er hätte dich nur flachgelegt und dich nicht mehr angeschaut", er kitzelte mich und wir lachten.

„Es wäre ihm fast gelungen", ich unterbrach mich. Alessio hatte alles gespielt und ich wusste es. Nur war ich mir nicht sicher, wie weit er gegangen wäre. Was er genau im Schilde führte.

Warum hat er das alles getan?, fragte ich mich. Ich setzte mich aufs Bett und Liam starrte mich ernst an. Er war in Gedanken, ebenso wie ich, doch sein Blick traf mich wie ein Blitz ins Herz. Er war eindeutig in mich verliebt.

„Liam, zieh dich aus und komm zu mir. Ich bleibe heute bei dir. Wir werden über dies und das reden und kuscheln. Schauen wir mal, wie weit wir kommen." Ich fand ihn heiß. Wir waren erwachsen und wussten genau, was wir wollten. Unser Alkoholspiegel wusste es besser.

„Ach, du willst, dass wir kommen? So, so, du kleines Luder. Ich zeige es dir." Er fasste mich und rollte mich über das Bett. Na ja, ich sagte nicht, dass es mir nicht gefiel. Es war so intensiv mit ihm, dass ich es nicht mehr aushalten würde, ihn nicht zu küssen, ihn nicht zu berühren. Er zog mich an sich, begrub seine Hände unter meinem Nacken und küsste mich leidenschaftlich. Dieser Kuss dauerte eine Ewigkeit. Unser Vorspiel tänzelte weiter, bis wir uns nicht länger zurückhalten konnten.

Kapitel 8

Liam lag völlig nackt neben mir. Ich bewunderte seinen Körper. Er war durchtrainiert und sah wie ein Model aus. Er schlief und seine Haare lagen zerzaust auf dem Polster. Hm, so hatte ich ihn zugerichtet, in der Nacht, als wir nicht voneinander lassen konnten. Der sexy Mann gehörte mir.

In Baden war der Markt eröffnet. Liam und ich würden hingehen und uns beim Stand einen Punsch kaufen. Außer wir überlegten es uns anders und blieben im Bett. Wir hätten da eine Menge nachzuholen.

„Hast du mich von allen Seiten betrachtet? Was meinst du, was ich mit dir vorhabe? Hm?“

„Bist du etwa schon länger wach und hast mich beobachtet? Hast du nur so getan, als würdest du schlafen?“ Ich legte mich auf ihn und nahm seine Hände spielerisch in die Höhe. Er sah mich so verführerisch an. Na warte, ich würde es ihm zeigen, ich beugte mich zu ihm und knutschte ihn heftig.

„Das gefällt mir. Gehst du mit mir in die Dusche und ich zeige dir, dass ich nicht spiele? Ich nehme dich wieder und wieder, bis du nicht genug von mir bekommst.“

„Ich will dich, sofort. Mach, was du willst“, provozierte ich ihn. Ich leckte mir über die Lippen und warf mein Haar nach hinten. Dabei sah ich ihn an und mir wurde klar, dass ich ihn umbringen würde. Er konnte mir nicht widerstehen. Unser Vorspiel wurde heftiger, leidenschaftlicher, man könnte sagen: explosiver. Er vergrub seine Hände unter mir, streichelte mich und liebkoste mich mal da, mal da, bis er mir tief in die Augen sah.

„Ich nehme dich sofort hier und du kommst mit mir.“

Oh Gott, ich wartete nur drauf. Ich nickte ihm zu, um ihm zu sagen, dass er weitermachen sollte. Liam küsste mich, spreizte meine Beine und streichelte mich. Er sah mich so verführerisch an.

„Liam, mach weiter!“ Ich konnte nicht anders, ich brauchte ihn und ich wollte ihn. Nein, er ließ sich Zeit und spielte weiter mit mir. Streichelte mich und küsste mich. Mit rauer Stimme sagte er: „Komm für mich, Baby, ich will es sehen, wie du kommst.“ Er rieb und liebkoste mich weiter, bis ich nicht mehr konnte. Ich vergrub meine Hände in die Decke und dann kam ich so heftig. Er sah mich die ganze Zeit an, dann stieß er sein bestes Stück in mich, füllte mich aus, bewegte sich und küsste mich heftig. Ich reagierte und in mir bäumte sich eine zweite Explosion an. Liam bewegte sich schneller und keuchte, wir kamen zusammen, und Liam sackte auf mir zusammen.

Als wir uns erholt hatten, zog mich mein Freund an sich. Er deckte uns zu, küsste mich und drückte mich an sich. Wir blieben so liegen, dann sah er mich an und sagte verführerisch: „Baby, ich bin noch nicht fertig mit dir.“

„Du bist ja nimmersatt. Wir werden eine Pause einlegen, vor der Runde drei.“ Ich sah ihn an und wollte ihn wieder. Zur kleinen Pause kam es nicht.

„Ich bin so gespannt, wie es ist, wenn ich auf dir bin.“ Ich setzte mich auf ihn, küsste ihn leidenschaftlich und bewegte mich langsam. Er sah mich voller Lust an. Es gefiel ihm, seine Hände auf meinem Hinterteil zu haben. Ich leckte mir über die Lippen, ließ meine Haare nach hinten fallen. Er streichelte meine Brüste, wir küssten uns, ich ritt ihn immer schneller und schneller. Wir keuchten beide, er liebkoste meine Brüste, knetet sie und streichelte sie. Ich ritt ihn weiter schneller, er sah mich an und nickte, verdrehte seine Augen. Wir kamen zusammen und ich sackte auf ihn, blieb noch so liegen. Ihm gefiel es, mir auch. Es fühlte sich so gut an. Wir waren erschöpft und glücklich.

„Eli, das war einmalig. Ich liebe dich.“ Ich sah ihn an, und mir liefen die Tränen herunter. Ich konnte mich nicht beherrschen. Ich liebte ihn und er raubte mir den Atem.

„Nicht weinen, wir sind zusammen. Du und ich.“ Er wischte mir die Tränen aus dem Gesicht, küsste mich und drückte mich an sich.

„Ich weiß. Es gefällt mir, dass du mein Freund bist, doch ich habe Hunger, gehen wir zu mir, ich habe einen vollen Kühlschrank.“ Er sah mich an.

„Ich habe auch einen vollen Kühlschrank und frisches Gebäck, du kannst dich bedienen. Ich mache uns noch Kaffee dazu. Ach, und mein Shirt darfst du auch anziehen. Nun, was ist? Kommst du in die Küche mit mir?“ Wir standen auf, ich zog mir sein weißes Hemd an und wir gingen in die Küche. Wir richteten uns alles her und setzten uns. Er sah mich an und ich ihn. Es war so angenehm, nicht allein zu sein. Liam wollte mich und ich wollte ihn.

Unsere Blicke trafen sich ständig. Ich saß gegenüber, nur in seinem weißen Hemd und ohne Slip. Das wussten wir beide. Was mich nicht störte, ich würde mich sogar auf seinen Schoß setzen – natürlich nicht gleich, sondern nach dem Frühstück. Er nippte an seinem Kaffee und schmunzelte in meine Richtung. Seine Blicke waren auf meinen Körper gerichtet. Das war nicht zu übersehen.

„Hm, meine sexy Frau, was machen wir beide heute?“ Er riss mich aus meinen Gedanken. Ich sah ihn überrascht an.

„Heute hast du mich für dich. Wir können hier im Bett bleiben. Ich hätte nichts dagegen.“

„Hm, willst du mich auffordern, dich in der Küche zu nehmen? Hier am Tisch?“ Wir sahen uns an, und er grinste breit.

„Oh, ich hätte nichts dagegen, hier …“, ich unterbrach mich, stand auf und ging zu ihm, dann setzte ich mich rittlings auf ihn. Er schob seine Hände unter das T-Shirt, ich sah ihn an, nahm sein Gesicht in die Hände und gab ihm einen Kuss. Ich forderte ihn auf, mich hier zu nehmen. Ihm gefiel es. Er stand mit mir auf, hob mich hoch und trug mich ins Wohnzimmer. Setzte sich auf die Couch und ich saß wieder rittlings auf ihm. Da bemerkte ich erst, dass seine Boxershorts weg waren.

Hm, wann hat er die ausgezogen?, fragte ich mich. Liam und ich knutschten, immer wieder landeten seine Hände an meinem Hintern, dann an meinen Brüsten, und zum Schluss lag ich auf der Couch und er auf mir. Mit seinen Händen hielt er meine in die Höhe, ich bewegte sie nicht. Er küsste sich von meinem Mund bis zu meinem Schenkel, dann hob er seinen Kopf und sah mich an. Ließ meine Hände los und spreizte meine Beine auseinander. Er sah mich wieder an. Erwartete ein Okay, das ich ihm gab.

Er machte mich verrückt. Küsste mich in der Mitte meiner Perle, mit einem verführerischen Blick. Nebenbei sah er mich an. So viel Leidenschaft und Liebe lagen in der Luft. Er begann, mich zu liebkosen, dann zu küssen, und verschlang mich regelrecht. Ich konnte mich nicht mehr wehren, geschweige denn zurückhalten. Die Welle kam und ich kam mit ihr. Er brachte mich in kürzester Zeit zum Kommen, ohne mit der Wimper zu zucken. Wir lagen nebeneinander gekuschelt, er streichelte mich und drückte mich fester an sich. Ich zog die Tagesdecke über uns und wir schliefen ein.

Als ich aufwachte, lag seine Hand an meinem Bauch, sein Kopf auf meiner Brust. Ich liebte ihn, er sah so fantastisch aus, sogar im Schlaf. Ich beobachtete ihn. Dieser Mann könnte jede Frau haben und er hatte sich für mich entschieden. Unsere zwei Herzen schlugen füreinander. Er bewegte sich und blickte hoch zu mir. Ich erwiderte seinen Blick. Er drehte sich um und seine Augen hatten etwas an sich, etwas Magisches, das mich noch mehr in ihren Bann zog. Liam strich mir eine Strähne von meinem Gesicht hinters Ohr und gab mir einen Kuss.

„Ich hoffe, du hast gut geschlafen?“, fragte er mich verschlafen.

„Ja, neben dir schläft man auch gut. Möchtest du mit mir in die Stadt? Ich brauche einen sexy Santa. Bitte nicht eifersüchtig sein.“ Ich sah seine Reaktion. Ja, er war eindeutig eifersüchtig.

„Ich ziehe mir einen roten Mantel an und du hast deinen sexy Santa. Wie wäre es?“

„Oh, das würde ich gern sehen, wenn du, Geschenke in der Firma verteilst.“ Ich prustete los. Es sah so lustig aus, wie er mich ansah. Ich hätte nichts dagegen, wenn er es für mich machte. Wir sahen uns an. Er überlegte. Ihm gefiel es nicht, dass ich einen anderen sexy Mann fragen würde. Sein Gesicht war undurchschaubar.

„Ich ziehe mich nur für dich aus, nicht für die Firma. Sexy Männer sind tabu für dich. Alessio könnte den offiziellen Santa in der Firma übernehmen, nach dem Schlamassel, das er angerichtet hat. Ich rede mit ihm.“

„Das kann ich machen und ihm die Leviten lesen. Was er sich dabei gedacht hat, so ein Spiel mit mir zu spielen.“ Er setze sich auf und zog mich an sich.

„Das würde ich gerne sehen. Er und Max sind bei dir, schauen wir mal bei ihnen vorbei.“ Ich nickte ihm zu. Ich sah mich an. Ich hatte Liams weißes Hemd an und mein Höschen, sonst nichts. Wir standen auf, Liam zog sich an und wir gingen in meine Wohnung. Ich läutete an der Tür. Max öffnete uns und schüttelte den Kopf.

„Aber hallo, hast du die Schlüssel nicht mitgenommen?“, fragte er mich, als er erkannte, dass ich in einem Shirt von Liam gekommen war. Er sah mich entsetzt an.

„Ich bin entführt worden, hast du das nicht mitbekommen als mein Rechtsanwalt?“

„Komm rein, Schwesterherz, sonst kriegst du Schwierigkeiten mit den Nachbarn, wenn sie dich so sehen. Alessio schläft noch.“

„Das trifft sich gut. Er soll aufstehen, es ist an der Zeit.“ Ich ging zu der Couch hin und Liam stand hinter mir. In Gedanken war ich Alessio dankbar für dieses Spiel. Sonst hätte ich Liam nicht so schnell bekommen. Doch ich brauchte einen Weihnachtsmann und er war so ein sexy Exemplar.

„Guten Morgen, Alessio, es ist Zeit, aufzustehen. Ich will dich fragen, was für ein Spiel du gestern gespielt hast.“ Er bewegte sich langsam.

„Morgen, Süße. Was für ein Spiel denn? Keins mit dir.“

„Ach, du hast versucht, mich zu verführen, auf die feine Art.“

„Du hast mich durchschaut. Findest du nicht, dass es für einen Streit mit mir zu früh ist? Lass mich mal aufstehen.“

„Du hast gestern keine Zeit gebraucht, als du von mir verlangt hast, dass ich meinen BH ausziehe.“

„Eli, es musste schnell gehen. Der Idiot stand an der Tür. Ich konnte nicht anders.“ Er sah mich belustigt an und wollte streiten.

„Nein, was du nicht sagst, der Idiot ist zufällig seit gestern mein Freund. Es ist nicht zu fassen, dass du mich nur benutzt hast. Ich dachte – vergiss es.“

„Ja, genau. Es hat eh nichts bedeutet. Wir hätten Spaß gehabt und das wäre es." Er sah mich an und grinste breit.

„Nun, da du das Spiel gewonnen hast, darfst du mein sexy Santa sein. Ohne Probleme. Dann hätte ich auch Spaß mit dir. Ich erwarte dich auf der Party in dem Kostüm."

„Das kannst du nicht von mir verlangen! Ich kann mich nicht verkleiden."

„Alessio, keine Widerrede. Du wirst den sexy Tanga tragen und einen Tanz dazu hinlegen." Er sah mich entsetzt an.

„Das werde ich nicht. Soll der Idiot das tragen. Er war schuld an allem."

„Liam wird sich für niemanden ausziehen, nur für mich. Dass es klar ist. Du wirst das Kostüm tragen. Ob mit oder ohne Tanga. Du hast bei mir was gutzumachen." Er sprang auf, sah uns freudig an und begann laut zu lachen.

„Halleluja, ich wusste, dass ich euch nur so zusammenbringe. Das mit Santa überlege ich mir noch." Ich blinzelte überrascht.

„Sag mal, für wie bekloppt hältst du uns? Wir haben dich doch durchschaut und beide mitgespielt." Der musste nicht alles wissen. Ich hatte ihn nur scharfgemacht, um zu wissen, wie weit er ging. Ich wäre mit ihm nie ins Bett gegangen. Meine Gefühle für Liam waren enorm und durch die kurze Zeit nur noch stärker. Alessio nickte erleichtert.

„Ich hätte auch nicht mit dir geschlafen, da ich Maya liebe. Wenn, dann hätte ich dich scharfgemacht und dich fallen gelassen. Und das wollte ich auch nicht. Ich wusste, dass Liam dich wollte."

„Ich verstehe, du hättest mich nur einmal genommen. Gut, dass es dazu nicht gekommen ist. Ich würde sagen, als Entschuldigung ziehst du dein Santa-Claus-Kostüm an. Du bist mir ein lieber Freund. Mach das mit mir nie wieder." Alessio und ich tauschten Blicke aus, als sich von hinten Liam anbahnte und mich hochhob. Ich drehte mich um und er küsste mich vor seinem Bruder. Ja, er markierte sein Revier wie ein Hund. Alessio sah uns an, schüttelte den Kopf und verabschiedete sich mit einem Winken. Ich sah Liam an und fragte mich die ganze Zeit: Wären wir auch ohne Alessios Spiel zusammengekommen?

„Hm, für was war der Kuss, Liam?“, fragte ich ihn.

„Dafür, dass du dich nicht von ihm flachlegen lassen hast. Und dafür, dass ich ein Idiot war und so lange brauchte, um zu begreifen, was zwischen uns ist.“

„Wenn das so ist, verzeihe ich dir. Ich werde ab heute nur dich flachlegen, wenn du einverstanden bist.“

„Oh, wenn einer wen flachlegt, dann bin ich es, der dich in den Wahnsinn treiben wird.“

„Wir sind uns einig, dass wir uns beide in den Wahnsinn treiben werden. Doch jetzt werde ich kochen gehen, nach der letzten Nacht habe ich Hunger. Du auch?“

„Ja, auf dich“, scherzte Liam und kitzelte mich unter den Armen. Er wusste, dass ich kitzelig war. Mein Bruder Max sah uns von der Seite an und schüttelte seinen Kopf.

„Eli, geh dich bitte anziehen. Du rennst noch immer in seinem Hemd herum. Liam und ich räumen hier auf und helfen dir beim Kochen. Also geh dich duschen und umziehen.“ Mein Bruder konnte sehr bestimmend auftreten. Er hatte recht: Wenn ich so rumlief, würden wir kein Essen am Tisch bekommen. Immerhin griff Liam ständig unter das Hemd und zog mich an sich. Ich ließ die zwei allein im Wohnzimmer, holte mein Gewand und ging ins Bad.

Ich duschte mich und zog mich rasch an. Dann sah ich mich im Spiegel an. Meine Augen glitzerten nur so. Ich war verliebt. Ich trocknete mein Haar und band es. So sah ich gut aus.

Als ich wieder nach draußen kam, hörte ich meinen Bruder mit Liam lachen. Ich ging in die Küche und sah sie am Tisch sitzen. Sie hatten in kürzester Zeit alles aufgeräumt. Den Rest der Zeit unterhielten sie sich. Ich lehnte mich an die Tür. Sah sie beide an. Da saßen meine Beschützer, die mich von Herzen liebten. Sie verstanden sich.

„Max, fährst du vor Weihnachten zu unseren Eltern oder erst an Heiligabend? Egal, ich werde deine Unterstützung brauchen“, kündigte ich ihm an.

„Oh Schwesterherz, wie jedes Jahr. Paps wird nicht viel sagen, doch Mama, du kennst sie. Sie will uns unter die Haube bringen, und ihr ist jedes Mittel recht.“

„Genau und ich weiche ihr schon einige Zeit aus. Ich verstehe sie nicht.“

„Sie will dich am Herd sehen, am besten mit einem Mann. Vergiss nicht die Kinder und den Hund, so wie es sich gehört.“

„Da kann sie lange warten. Max, ich werde das nicht tun, was sie von mir verlangt. Ich kann das nicht.“

„Mia ist mit Carlo in Italien, ich habe keine feste Freundin und wohne nicht hier. Du bist in ihre Nähe und sie ist fixiert auf dich.“

„Erstens, ich denke nicht an Kinder, und zweitens, ich bin weit von Heirat entfernt. Ich glaube fest, dass Mia zuerst heiratet und einen kleinen Italiener bekommt.“

„Ich bin derselben Meinung wie du. Mia und Carlos sind seit einigen Jahren zusammen. Sie sind noch immer verliebt wie am Anfang und er vergöttert sie.“

„Ich habe sie immer dafür bewundert. Manchmal will ich auch von hier weg.“

„Einverstanden, ich werde Kindermädchen für dich spielen.“ Er lachte und gab Liam die Hand mit dem Spruch: „Willkommen in unsere Familie.“

Liam schüttelte den Kopf und lächelte, sagte aber nichts. Ich marschierte zum Kühlschrank und schaute nach, welche Zutaten ich brauchte, um zu kochen. Mein Bruder, der Held.

Kapitel 9

Hm, hier riecht es gut, was gibt es heute?“ Liam und Max standen hinter mir, beide schauten in den Topf. Ich sah sie an und musste mich hüten, zu lachen. Wenn es ums Essen ging, waren sie ähnlicher als gedacht.

„Finger weg vom Topf! Ihr könntet den Tisch decken, wie wäre es damit?“

„Nur wenn du uns was zum Kosten gibst“, meinte Max und schaute zu Liam. Er zwinkerte mir zu.

„Nichts da, geht den Tisch decken. Das Essen wird kalt oder wollt ihr kaltes Hendl mit Reis essen?“ Beide sahen mich an und gingen zum Tisch. Ohne Worte deckten sie ihn.**Na, geht doch**, dachte ich mir. Das Hendl Fleisch war fertig und Gemüse mit Reis auch. Ich richtete für jeden einen Teller voll an, nahm den Salatdazu und stellte alles auf den Tisch. Es roch so köstlich und das Fleisch warzart. Liam schenkte uns Wasser in die Gläser ein. Wir saßen und aßen.

Keiner von uns sagte ein Wort. Liam und Max holten Nachschub. Ich saß da und war satt. Mir reichte ein voller Teller.

Nachdem wir gegessen hatten, räumten Liam und ich die Küche auf. Max ließ uns allein. Er war müde von der letzten Nacht, also war er ins Gästezimmer gegangen, um zu schlafen. Liam scherzte mit mir, nachdem wir fertig waren. Er hob mich auf den Tisch, drückte mich an sich und küsste mich. Liam zeigte mir, wie sehr er mich brauchte und dass er in mich verliebt war.

Ich fragte mich: **Warum habe ich, dass nicht am ersten Tag gemerkt?** Spiel hin oder her, er hat mir damals direkt den Kopf verdreht. Dieser sexy Idiot ließ mich zwar im Ungewissen, doch jetzt gehörte er endlich mir. Meine Freundinnen würden blöd dreinschauen, wenn sie uns sähen.

Ich war so in Gedanken vertieft, als mich Liam ohne Worte an sich drückte.

„Eli, was tust du nur mit mir? Ich bin verrückt nach dir“, flüsterte er mir ins Ohr und knabberte daran. Damit riss er mich aus meinen Gedanken.

„An was denkst du?“ Er schaute mich so verführerisch an, ohne sich abzuwenden. Ich sah in seine blauen Augen und vertiefte mich darin. Die waren so schön und gaben mir fast den Rest. Wie konnte man so ein sexy Typ sein und so blaue Augen haben? Ich war eindeutig in diese Augen verliebt.

„Ich habe an uns gedacht und dass wir diese Kerze hier ausblasen, bevor sie zu brennen anfängt.“

„Du denkst an uns, inwieweit? Möchtest du, dass wir den Tag im Bett verbringen?“

„Oh, ich komme mir ja bald wie deine Sexsklavin vor. Denkst du mal an eine Pause? Wir hatten heute schon fünfmal in der Früh. Lass uns mal was anderes an uns entdecken“, sagte ich. Er schaute mich nur perplex an, ohne etwas zu erwidern. „Was hältst du von einem Spaziergang im Zentrum? Ich brauche Weihnachtsgeschenke. Danach holen wir uns am Christkindlmarkt Punsch“, schlug ich ihm vor.

„Nur wenn ich dir die rote Unterwäsche von Santa Baby kaufen darf. Du solltest sie probieren.“ Er küsste mich wieder.

„Oh, da habe ich auch was, worin ich dich sehen möchte: in einem sexy Santa-Tanga, mein Freund. Das würde dir bestimmt stehen.“ Wir lachten laut, er nahm meine Hand und drückte sie an sich, dann pustete er die Kerze aus.

„Ich bin froh, dich zu haben, du sexy Frau. Bitte greif nicht an meine Hose, ich stehe auf explosivem Boden“, meinte er grinsend. Ich hätte nicht gedacht, dass er so verrückt sein kann, wenn er eine feste Freundin hat.

„Ach, was du nichts sagst! Du stehst schon länger drauf. Die Frage wäre, wann du endlich explodierst. Liam, du bringst mich um den Verstand.

Komm, gehen wir einkaufen. Später gibt es vielleicht Sex." Ich zog mir Stiefel und meine Jacke an, nahm den Schlüsselbund und ging mit Liam in die Wohnung oben, wo er seine Jacke holte. Dann marschierten wir die Treppen runter zum Ausgang.

Wir fuhren nach Baden in die Badener Meile, spazierten durch die Geschäfte und kauften Geschenke. Er zog mich zu Palmers. Im Schaufenster sah ich die sexy Unterwäsche. Liam zog mich an sich und wir gingen rein. Da sah ich meinen Freund, wie er mir rote Unterwäsche und Negligés holte, zum Probieren. Ihm gefiel es und er gab es mir. Ich ging in die Umkleidekabine und probierte es. Doch Liam machte die Kabine auf und kam zu mir, um es zu betrachten. Er sah mich an und pfiff.

Wir waren hier allein, ich in sexy Dessous und er mit einem Ständer in der Hose hinter mir. Der Spiegel in der Kabine zeigte uns beide in einer eindeutigen Situation. Was das blöde war, wir waren in der Kabine allein, doch davor standen andere Menschen. Und das hier wäre für Liam nicht schön gewesen, wenn er jetzt rausginge.

Ich zog mich wieder an und marschierte nach draußen, holte für Liam einen String in Rot und brachte ihn in die Kabine. Er murmelte was, doch dann nahm er es und probierte es. Ich schaute zu ihm und ich sah das sexy Exemplar.

Verdammt, ich werde ihn nie wieder aus meinem Kopf rausbekommen. Als Liam aus der Kabine kam, war er Rot wie eine Tomate. Ich dagegen hatte mich beruhigt und den Tanga bezahlt. Liam stand an der Kasse und zahlte, ließ sich noch die Dessous einpacken. Wir gingen Hand in Hand nach draußen. Auf einmal fing Liam an zu lachen. Ich sah ihn irritiert an.

„Das ist mir noch nie passiert. Das war das Highlight in der Kabine mit uns. Ich musste an etwas denken, dass der Freund da unten schrumpft, und du hast mir dieses Tanga gebracht. Ich bin so was von in dich verschossen, dass ich allein, wenn ich dich sehe, kommen könnte. Ich kann nicht mehr warten.“ Ich sah ihn an. Unglaublich, was da zwischen uns vorging.

„Sag mal, was hast du dir gedacht, als du in die Kabine gekommen bist und mich in diesen sexy Dessous gesehen hast? Wolltest du mich da verführen? Das sah so aus für mich.“

„Ich habe dich ganze Zeit im Auge, stelle mir vor, wie es wäre, dich an jedem verdammten Ort zu lieben. Ich kann ohne Sex nicht.“

„Seit wann?“ Ich fragte ihn, da er sich, wie ein läufiger Hund benahm. Dabei waren wir gerade mal einen Tag zusammen.

„Seit ich mit dir zusammen bin. Reicht dir das als Antwort?“

„Okay, wie du meinst. Doch wir brauchen mal Pause, wir können nicht nur im Bett liegen, dir ist das schon klar, oder?“ Er sah mich an und drückte mich an sich.

„Ich liebe dich, Eli“, meinte er, bückte sich zu mir und küsste mich.

„Ich dich auch, Liam“, erwiderte ich. Das stimmte, ich war genauso verliebt in ihn wie er in mich.

Ich war fertig mit den Geschenken, als mir einfiel, ich brauchte noch Geschenkpapier zum Verpacken.

Ach, das hole ich mir, in unserem Geschäft, da würden wir nachher vorbeifahren. Liam trug unsern Einkauf zum Auto, verstaute ihn im Kofferraum, ich wartete auf ihn. Ich sah mir die Auslage vom Juwelier an, Liam wollte noch was für Rosa holen. Ich musste ihn unbedingt daran erinnern.

„Na, gefällt dir was?“, fragte er mich und zog mich an sich.

„Du solltest was für deine Mama besorgen. Ich erinnere dich hiermit daran. Geh rein und hole ihr was Schönes.“ Er sah mich an.

„Kommst du mit? Ich will, dass du mitkommst.“ Ich wollte mich nicht einmischen, es war seine Mama, nicht meine.

„Nein, ich muss da drüben etwas holen. Mir ist eingefallen, dass ich es dringend brauche. Akzeptiere es. Wir treffen uns dann hier.“

Ich müsste dringend Kondome kaufen. Bei dem Exemplar kein Wunder, dass wir es einige Male nicht benutzt hatten. Sobald er mich ansah, flatterten Schmetterlinge in meinem Bauch. Ich konnte mich nicht beklagen, doch er wusste genau, wie er mich nimmt. Ständig will er mich, ich ihn auch. Wir waren süchtig nach Sex miteinander. Doch ich musste eine Pause einlegen. Ich nahm mir eine große Packung gefühlsecht und zahlte. Der Kassier sah mich an und grinste. Was er sich wohl dachte? Egal, ich war erwachsen genug, um mir Kondome zu kaufen, wenn ich sie brauchte. Ich bedankte mich und ging nach draußen, die Packung verstaute ich in meiner Tasche.

Liam wartete auf mich und grinste frech. Verdammt ja, ich hatte es gekauft. In dem Moment grinste ich zurück, was er konnte, konnte ich auch. Liam nahm mich an die Hand und zog mich an sich, wir spazierten zum Markt. Wir sahen den Glitzer überall sowie die Engel, Kugeln und vieles mehr. Als wir beim Casino ankamen, waren wir beide so gerührt, da standen kleine Kinder und beobachteten den Märchenwald. Es sah so bezaubernd aus. Punschstände standen von beiden Seiten am Park, es spielten Weihnachtslieder. Es war märchenhaft schön. Die Leute tummelten sich und tranken Punsch. Ich sah zum Casino, das genauso schön geschmückt war.

Touristen schossen Fotos, kein Wunder, man befand sich in Baden bei Wien. Direkt in einer Kurstadt. Egal zu welcher Jahreszeit, hier war immer etwas los, genauso wie in Wien. Man könnte vieles sehen. Ich entdeckte einige Schauspieler, die mir bekannt waren. Ich freute mich, sie jedes Jahr hier zu treffen. Sie grüßten mich und ich sie. Liam sah mich verblüfft an.

„Du kennst den Regisseur Peter?“, fragte er mich. Ich nickte nur, er hatte hier einige Male im Park gedreht. Das war für mich nichts Neues.

„Du kennst ihn nicht? Das glaube ich dir nicht. Er wohnt in Wien, dort sieht man ihn auch. Hier ist er nur hin und wieder.“

„Ich wusste nicht, dass er nach Baden kommt und hier Filme dreht.“

„Das ist schon eine Weile her. Jetzt macht er halt Pause. Sie ihn dir an, er hat eine verdient.“ Liam drückte mich an sich.

„Komm, holen wir uns einen Punsch. Da können wir weiterreden."

„Ja klar, wir können uns bis morgen hier unterhalten, mir gefällt es hier. Ach, wenn es dir nichts ausmacht, würde ich dann mit dir im Parkhotel die Nacht verbringen." Ich scherzte mit ihm. Ich kannte das Hotel, da ich vor zehn Jahren hier eine Weihnachtsfeier hatte. Damals durfte ich sogar dort übernachten, weil wir alle zu viel getrunken hatten und uns unser damaliger Chef nicht fahren ließ. War damals nicht günstig, es war immerhin ein Vier-Sterne-Hotel. Herr Weber hatte es bezahlt, ihm war es recht so. Also hatten wir uns bedankt bei ihm. Ein Jahr später ist er gestorben. Das Geschäft wurde geschlossen und ich fing beim Emil an zu arbeiten.

Liam holte uns Punsch und sah mich an. Ich war nur so in Gedanken, dass mir gar nicht aufgefallen war, dass er dastand.

„Ich war gerade in Gedanken beim Parkhotel. Da hatte ich eine Weihnachtsfeier vor zehn Jahren. Mein damaliger Chef ist ein Jahr später gestorben."

„Tut mir leid, das wusste ich nicht. Ich dachte, du bist immer bei uns im Geschäft gewesen. Papa ist so begeistert von dir."

„Nach dem Tod von Weber war das Geschäft zu. Ich hatte Glück, bei Emil anfangen zu dürfen. Ich bin bis heute geblieben, es macht mir Spaß, da zu arbeiten. Weißt du, ich werde Emil vermissen auf der Arbeit."

„Das kann ich mir gut vorstellen. Papa ist manchmal eigenartig, doch er ist korrekt. Er scherzt gern und arbeitet viel."

„Ja genau, er ist einer von der alten Schule. Man kann viel von ihm lernen." Wir tranken unseren Punsch. Er war so köstlich und warm. Ich sah gerade aus und Leon und Livia kamen zu uns. Welch Zufall.

„Hallo, ihr zwei. Ist der Krieg jetzt vorbei? Ihr seid so süß miteinander", spottete Leon.

„Hallo, Leon. Mund zu und Pfote weg. Die süße Sexbombe gehört mir." Liam drückte mich an sich. „Wie du siehst, wir sind ein Paar. Ich bin angekommen. Du musst lernen, wie es geht.“ Ich sah die Zwei an. Ach, er war tatsächlich angekommen. Heute in der Früh fünfmal. Sehr interessant.

„Ich genieße das Singledasein, Mann“, sprach Leon großspurig, drehte sich zu Livia und zwinkerte ihr zu. Ich ahnte, dass zwischen den Zweien was lief. Sie waren hier allein und wie er sie ansah – der Blick sagte mehr als tausend Worten. Die waren ein Liebespaar und verheimlichten es.

„Hi, Eli, ich wusste nicht, dass du heute frei hast. Ich wäre mit dir hier einkaufen gegangen. Emma ist auf der Arbeit. Sag mal, wie ist es dazugekommen, dass ihr zwei zusammengekommen seid?“, fragte mich Livia neugierig.

„Wahnsinnig lange Geschichte, erzähle ich dir nächstes Mal. Was läuft zwischen dir und Leon? Das sieht ein Blinder, dass er und du …“, ich unterbrach mich, als mich Liam anschaute. Liv nutzte die Zeit.

„Ach, eine genauso lange Geschichte, die ich dir nächstes Mal erzählen werde, und noch mehr.“ Sie lachte und schaute auf die Uhr, es war erst achtzehn Uhr und schon finster. Beide waren auf einmal nervös, warfen sich verliebte Blicke zu und liefen rot an.

„Leute, Liv und ich haben heute noch was vor. Liv, wir müssen, komm“, sagte Leon und verabschiedete sich von uns, Livia gab mir einen Wangenkuss und winkte.

Leon nahm sie an der Hand.

„Was meinst du, verschwinden wir auch von hier? Du schläfst heute bei mir“, schlug Liam vor.

„Ich muss zur Arbeit morgen, allerdings erst um zehn. Warum also nicht. Wir können uns einen Film ansehen und reden.“

„Bestellen wir uns was nach Hause oder gehen wir essen?“, fragte mich mein Freund.

Das klang fantastisch.

„Wir gehen zu Tonio, wäre es in Ordnung für dich?“ Ich träumte gerade, als ich das vorschlug. Am liebsten würde ich ihn unter mir haben. Ich hatte

Hunger – nach ihm. Ich musste nach dem Sex mit ihm länger warten, um mich zu erholen. Seine Art, mich zu verführen, war nicht ohne. Er wollte mich genauso, wie ich ihn, der Sturkopf.

Hätte er das so gesagt, wären wir seit einigen Wochen zusammen gewesen.

„Mehr als das, ich will mit dir angeben, da er es gemacht hat. Ich will ihm zeigen, dass du mir gehörst.“ Gleich drauf lagen seine Lippen auf meinen. Er küsste mich so fordernd, dass ich nicht wusste, was ich machen sollte. Ich gab ihm einen leichten Schubser.

„Liam, ich bin begeistert von deinen Küssen, doch ich werde hier in Flammen stehen. Entweder du hörst auf und wir machen nach dem Essen weiter, oder wir fahren nach Hause und machen es sofort. Ich will dich genauso wie du mich.“ Das waren andere Töne als die, die ich sonst anschlug. Er sah mich an und schüttelte nur seinen Kopf.

„Wir fahren nach Hause und ich werde dir zeigen, auf was ich Lust habe“, entschied er.

Im Auto brannten wir bereits beide. Unsere Leidenschaft steigerte sich noch und wir konnten die Finger nicht voneinander lassen. Er blieb an einem Parkplatz stehen, drehte sich zu mir und küsste mich wie ein Wahnsinniger. Dann hob er mich über den Sitz zu ihm auf den Schoß. Ohne Worte schmusten wir leidenschaftlich und fordernder. Er griff unter meine Jacke und an meine Brüste, streichelte sie und stöhnte. Auch ich gab Laute von mir, es gefiel mir. Dann löste ich mich von ihm und behielt den Blick auf seine Augen gerichtet.

„Verdammt, was machst du mit mir? Ich kann nicht mehr, ich will dich hier sofort. Ich habe versucht, mich zurückzuhalten. Es hat nicht funktioniert.“

„Genauso ist es bei mir. Fahr nach Hause und nimm mich, hier ist es nicht angenehm.“ Ich setzte mich wieder in meinen Sitz und schnallte mich an. Er fuhr weiter, bis wir endlich vor unserem Wohnhaus standen. Bei mir oben war Max, da wäre es besser, gleich zu Liam zu gehen. Wir stiegen aus und rannten die Treppe rauf in den vierten Stock. Liam sperrte auf, wir gingen rein und er drückte mich sogleich an die Wand. Er zog mir die Kleidung aus, dann zog er sich aus. Wir küssten uns immer fordernder. Er hob mich hoch und ich wickelte meine Beine um ihn. Wir waren so fixiert aufeinander, dass uns alles egal war. Er stieß ohne Vorwarnung in mich und bewegte sich hin und her, unsere Küsse wurden intensiver. Wir stöhnten, er ließ mich nicht mal Luft holen, wurde noch leidenschaftlicher. Mein Kopf löschte alle Gedanken und mein Körper bäumte sich auf, ich stand in Flammen, die mich verbrannten. Er stieß heftiger und der Orgasmus kam und die Gefühle in mir explodierten. Liam zuckte und kam in mir. Dann stellte er mich langsam auf dem Boden ab und lehnte sich mit einem Lächeln in seinem Gesicht an mich.

„Eli, ich liebe dich." Er sah mich mit ernster Miene an.

„Ich liebe dich auch, Liam." Ich drückte ihn an mich und wusste genau, er gehörte mir.

Kapitel 10

Als ich aufwachte, war Liam wach. Er betrachtete mich und streichelte mich. Ich schaute ihn an, als mir einfiel, ich musste zur Arbeit. Verdammt, die letzte Nacht hatte was an sich. Er wollte wieder Sex, so wie er mich anschaute.

„Morgen, mein Traummann, wie spät ist es? Ich muss um zehn zur Arbeit."

„Morgen, meine Traumfrau, wie hast du geschlafen? Lust auf noch eine Runde Sex mit mir?", fragte er mich mit seiner rauen Stimme.

„Wie ein Baby, kein Wunder, dass ich so erschöpft war. Sag mir, wie spät es ist. Ich habe heute Dienst. Komme ungern zu spät." Er küsste mich und wickelte meine Locken um seine Finger.

„Es ist erst acht Uhr, komm her, ich habe uns Frühstück hergerichtet. Du hast sicher Hunger nach gestern Abend. Es war anstrengend für dich", neckte er mich.

„Für dich auch, du hast mich die ganze Zeit gehalten, und ich wiege nicht nur zwanzig Kilo."

„Na warte, willst du mir sagen, dass ich ein Schwächling bin?" Er hob mich hoch und ich schlang meine Beine um ihn. „Wenn du dich weiter so benimmst, gibt es kein Frühstück und keine Arbeit."

„Was wird es denn dann sein?", neckte ich ihn, obwohl ich wusste, auf was er hinauswollte.

„Du, ich und dieser wahnsinnige Sex, immer wieder, bis wir im Bett umfallen", sagte er und grinste mich verführerisch an.

„Musst du nicht auch mal zur Arbeit? Oder arbeitest du nur hier? Fährst du nie ins Büro?"

„Jonas, Leon und der Rest sind vor Ort. Alessio und Lorenzo fahren in die Firmen und Ava und Maya arbeiten im Büro. Es funktioniert auch ohne mich. In vierzehn Tagen muss ich nach England. Um genau zu sagen, bin ich in London, komm doch mit. Freitag habe ich dort eine Besprechung in der Früh, und dann könnten wir London erkundigen."

„Ich schau, was ich tun kann, versprechen werde ich aber nichts."

„Meine Süße, ich werde mit Alessio reden. Wenn du nicht freibekommst, soll er nach London fliegen. Sag mir Bescheid, damit ich es umplanen kann."

Ich räumte unsere Teller weg und wischte den Tisch ab. Dann stellte ich mich zu Liam und küsste ihn.

„Okay, der Kuss muss bis heute Abend halten. Denk daran, Max zu besuchen, sonst langweilt er sich. Bestellt eine Pizza zu Mittag. Ich werde jetzt fahren, mein Schatz. Wir sehen uns später." Er küsste mich wieder und wir verabschiedeten uns vor der Tür.

„Keine fremde Frauen mehr in die Wohnung lassen, außer mich."

„Du bist die Richtige!", rief er mir nach und schaute hinter mir her. Dieser Mann war mein Untergang. So wie wir es getan hatten, hat er mich durcheinandergebracht. Aufgefallen war mir, dass er sich bei mir nicht zurückhalten konnte. Es war Liebe.

Als ich in der Firma ankam, grinsten mich alle an. Karo rief: „Morgen, Eli, er ist schon im Büro."

„Wer ist im Büro?", fragte ich verwundert.

Könnte das der neue Boss sein?, dachte ich.

„Dein Freund, mit einem riesigen Strauß Rosen." Wie zum Teufel sollte Liam das geschafft haben und nebenbei die Rosen geholt haben?

„Wann ist der angekommen?" Ich war die Erste von uns beiden, die gegangen war.

„Keine Ahnung, geh rein. Schau dir das an." Wollte Liam für mich fragen, ob ich freibekomme? Das ging zu weit. Außerdem mochte ich meinen Job. Ich marschierte ins Büro und schaute mich um, doch es erwartete mich nicht Liam, sondern Alessio. Er stand mit einem Strauß roter Rosen vor mir. Ich mochte ihn, doch das hatte mich überrascht. Ihn so fertig zu sehen.

„Ich möchte mich bei dir entschuldigen. Ich habe es zu weit getrieben. Nimm die Entschuldigung bitte an.“ Er ließ sich vor mir auf die Knie fallen und überreichte mir den Rosenstrauß. Es sah lustig aus. Wenn jetzt wer hineinplatzen würde, würde er sonst was denken. Es sah so aus, als würde er mich fragen, seine Frau zu werden.

„Alessio, ich stelle klar: Liam und ich sind ein Paar. Die Entschuldigung ist aber angenommen und du gehst trotzdem als Santa Claus. Dann passt alles. Steh bitte auf. Im Grunde muss ich mich sogar bei dir bedanken. Liam liebt mich, er ist der Richtige.“

Alessio stand auf und gab mir einen Kuss auf die Wange. Dann meinte er zu mir: „Ich wusste es, als ich mit ihm gesprochen habe, dass er sich in dich verliebt hat. Ich gönne es euch von ganzem Herzen.“

„Alessio, wir bleiben Freunde. In Zukunft schau, dass du Maya zurückbekommst. Sie ist eine großartige Frau für dich. Spiel mit ihr und mit keiner anderen. Verstanden? Es wäre möglich, dass sie zurückkommt. Und danke für die Rosen.“ Ich nahm ihm die Rosen ab und lachte, er drehte sich beschämt um und ging raus aus dem Büro. Er hatte sich schlicht wie ein Idiot verhalten und das hat er eingesehen. Ich dachte an Liam, der mein Herz erobert hatte, und was er so treibt. Und an seinen Vorschlag, mich nach London mitzunehmen. Es wäre großartig, mit ihm ein langes Wochenende zu verbringen. Er und ich im Hotel und niemand, der uns stören wird. Ich schaute in meinem Arbeitskalender und staunte darüber, was ich sah: Emil hatte mir am Freitag und Samstag freigegeben. Das war vollkommen okay. Am Donnerstag hätte ich Frühschicht und am Nachmittag würde ich mit Liam fliegen. Ich nahm mein Handy und schrieb ihm eine Nachricht.

Hey, Traummann, was machst du gerade? Ich hoffe, du hast Zeit für mich.

Hey, sexy Maus, ich habe an dich gedacht. An die Stelle, wo du unter mir warst.

Oh, und deine Hand, wo war die? Lass mich raten, ich vermute auf deinem besten Freund.

Frag mich nicht, ich werde mich beherrschen. Wenn du hier wärst, sexy Frau, wüstest du, wie es mir geht, wenn ich an dich denke.

Dann ist alles okay, ich treffe dich heute bei Tonio zum Essen. Richte es dir so ein, dass es funktioniert. Liam, ich erwarte dich um dreizehn Uhr.

Baby, ich werde kommen – und wie. Mit dir unter mir.

Tja, ich glaube, dass du schon gekommen bist. In den letzten paar Tagen mehrmals.

Ach, immer bei dir, Baby. Mit dir komme ich gern. Kuss.

Bis später, ich muss weiterarbeiten. Denk an mich, wie es sich anfühlt. Kuss.

Ich steckte mein Handy weg, da ich wusste, dass Liam mir heißere SMS schreiben würde. Die würden mich nur ablenken. Wir benahmen uns wie die Kinder. Besser gesagt wie Teenager. Mit ihm war alles anders, als ich es erwartet hatte. Der Sex war leidenschaftlich und wir waren unersättlich. Sobald ich an ihn dachte, flatterten die Schmetterlinge in meinem Bauch. Ich war wahnsinnig in ihn verliebt.

Ich würde mich mehr in die Arbeit stürzen und Emil vertreten. Liam würde ich heute so oder so sehen. Ich konzentrierte mich jetzt auf den Papierkram im Büro, und die Zeit verging schnell. Ohne dass ich an Liam dachte, war ich fertig, als mir klar wurde, dass ich um dreizehn Uhr beim Tonio sein wollte. Scheiße, es war schon halb zwei. Liam wartete bestimmt auf mich. Ich schaltete den Laptop ab, zog meine Jacke an und nahm die Tasche mit Handy. Anschließend marschierte ich durch das Geschäft und sagte Karo, das ich in einer Stunde wieder da sein würde.

Am Parkplatz lief ich schneller, bis ich Liam bemerkte. Er stand angelehnt vor seinem Auto. Als ich auf das Display meines Handys sah, lachte ich erleichtert.

Ich verspäte mich um dreißig Minuten. Dann hatte er nicht lang auf mich gewartet. Doch da kam eine zweite Nachricht.

Sexy Maus, dreh dich um. Ich glaubte, ich drehte durch. Was hatte er jetzt vor? Ich drehte mich um und sah ihn. Er winkte und kam mir entgegen. Anschließend fasste er mich um die Taille und hob mich hoch, sodass ich meine Beine um ihn wickeln konnte. Wir schauten uns eine Zeit lang an, und dann begann er, mich mitten auf dem Parkplatz zu küssen. Es gefiel mir so gut, dass ich nicht wollte, dass er aufhörte. Liam ließ mich jedoch schließlich runter und lächelte.

„Sorry, ich habe die Zeit vergessen. Hatte viel zu erledigen."

„Hey, ich musste das Meeting noch hinter mich bringen. Ist nicht dramatisch. Du hast mich vermisst?"

„Ich habe an dich gedacht, und ja, ich habe mich in den Papierkram gestürzt. Gott sei Dank, bin ich fertig geworden."

„Na komm, wir haben Hunger. Gehen wir zum Tonio, er wird sich freuen, uns zu sehen." Er nahm meine Hand und wir gingen rüber. Sogar die Leute, die uns nicht kannten, würden sagen, dass wir beide verliebt wären, so wie wir uns ansahen – es brannte zwischen uns gewaltig.

Beim Tonio angekommen, bekamen wir einen besonderen Platz. Er hatte uns am Parkplatz gesehen und uns seinen besten Tisch reserviert. Er war speziell für zwei und sah romantisch aus, mit Rosendekoration und Kerzenlicht. Tonio lag damit nicht falsch, wie es aussah, denn Liam fand Gefallen daran,genauso wie ich. Tonio begrüßte uns und gab uns die Karte, obwohl er wusste, was ich bei ihm aß. Ich schaute ihn an und sagte ihm: „Das Gleichewie immer." Liam bestellte Pizza.

„Hm, du bleibst dir treu? Bestellst du immer das gleiche Gericht?"

„Wenn ich was liebgewonnen habe, dann schon. Wie ist es mit dir?"

„Ähnlich wie bei dir. Ich bleibe immer treu in jeder Beziehung."

„Das heißt, du bist mir treu für immer und ewig?", neckte ich ihn. Ohne Wenn und Aber.

„Wenn du es so nennst, ich bin treu, du musst keine Angst haben. Für mich gibt es nur dich."

„Okay, warum bist du dann an dem Abend mit der Tussi nach Hause gekommen? Du hast mich geküsst. Es sah so aus, als ob du mich wolltest und dann sah es plötzlich ganz anders aus. Wir sollten darüber reden, es ist wichtig."

„Ich dachte, dass du mich nicht willst. Als ich dich in diesem Kleid sah, wusste ich, dass ich um dich kämpfen muss. Ich hatte mich in dich verliebt und Tania nach Hause geschickt. Sie hat mich darauf als Arschloch beschimpft."

„Ich hatte Angst und Zweifel, was dich betrifft. Du hast mich geküsst und in meinem Bauch flatterten Schmetterlinge. Die Szene mit ihr tat mir weh. Als du mich an der Tür getröstet hast, waren meine Gefühle in alle Richtungen verteilt. Ich bin froh, dass Alessio sein komisches Spiel gespielt hat, sonst wären wir nicht zusammen. Er hat sich heute bei mir mit einem Rosenstrauß entschuldigt. Alessio hat sich dafür sogar auf die Knie geschmissen und mich um Vergebung gebeten. Wir bleiben Freunde, nicht mehr. Deine zwei Brüder sind in Ordnung, ich mag sie beide."

„Hat er da was verwechselt? Du hast sie angenommen? Ich hätte ihn zappeln lassen. Doch ich bin ihm dankbar für das Spiel. Es war nicht lustig, was er da getrieben hat."

„Ich weiß, küssen wird er hoffentlich nur noch Maya. Ich habe ihm die Leviten gelesen." Wir sahen uns an, er nahm meine Hand und küsste sie.

„Ich bin sehr eifersüchtig. Was mir gehört, teile ich nicht. Das musst du wissen, Eli."

„Bin ich froh, dass du genauso bist wie ich. Ich liebe dich", sagte ich ihm, was auch der Wahrheit entsprach. Er sah mich an.

„Du hast von einer Überraschung geredet, raus damit. Ich bin neugierig. Was hast du vor mit mir?", zwinkerte er.

„Ich fliege mit dir nach London. Wir können Donnerstag am Nachmittag los. Vormittags muss ich arbeiten, von Freitag bis Sonntag habe ich frei."

„Klasse! Ich bin froh, dass du mitfliegst, und buche für uns beide. Wenn ich am Freitagvormittag vom Meeting zurück bin, werden wir Zeit im Bett verbringen. Samstag schauen wir uns London an und Sonntag genießen wir uns wieder. Wir werden unsere Zeit vor dem Streit nachholen, ist das in Ordnung?"

„Ich hätte nichts dagegen. Ich …“, ich unterbrach mich. Er schaute mich an und drückte meine Hand stärker. Die andere Hand landete unter dem Tisch an meinem Höschen, dann murrte er mir ins Ohr.

„Verdammt, du bist bereit für mich. Wie viel Zeit hast du?“

Wir wollten uns zu jeder Zeit, selbst in den unmöglichsten Situationen. Diese Verliebtheit brachte uns an die Grenze. Jeden einzelnen Moment ohneeinander suchten wir uns in Leidenschaft. Diese Gefühle, die wir verspürten, waren nicht mehr normal. Sie waren so eisenstark, dass wir sie nicht brechen konnten. Wir liebten uns, das war uns beiden klar. Die Angst regierte, wenn wir uns verletzten. Doch hier war es mehr. Wir brauchten uns und unseren Rausch voll leidenschaftlicher Flammen, die gelöscht werden mussten.

„Fünfzehn Minuten. Ich werde in der Hölle schmoren, wenn ich nicht für dich bereit wäre.“ Er sollte es wissen. Ich bin so bereit für ihn und noch mehr, allein wenn ich ihn ansehe.

„Ich würde sagen: ab ins Büro. Bis zum Abend werde ich mich nicht zurückhalten können, und du auch nicht. Wir sperren zu.“

Ich schaute ihn an und schüttelte den Kopf. Auf keinen Fall.

„Ja und wir schreiben ein Schild: **Bitte nicht stören, wir ficken.** Das geht nicht. Verdammt, wenn ich dich nur nicht so lieben würde! Hättest du mich nicht in diese Lage gebracht, Liam. Ich hätte jetzt kein Problem.“

„Ich weiß was: Tonio hätte sicher nichts dagegen, wenn du und ich hinter dieser Tür verschwinden würden. Komm, ich werde dich nicht in die blöde Lage bringen.“

Wir gingen also aufs Klo. Liam drängte mich an die Wand und wir taten es, ohne uns unterbrechen zu lassen. Er küsste mich, ich wurde bereiter für ihn. Dann hob er mich hoch und zerriss mir das Höschen, dann stieß er in mich, fester, und wir drängten uns weiter aneinander. Nach einiger Zeit kamen wir beide heftig.

Liam ließ mich runter und blieb bei mir. Bis ich mich erholt hatte, dauerte es ein wenig. Ja, der Orgasmus war explosiv. Liam nahm mein Gesicht in seine Hände und lachte. Er wusste, dass ich ihn liebte und dass es mit uns ernst war. Er küsste mich zärtlich auf die Lippen, zog seine Hose hoch und schaute mich an. Gut, dass ich ein Kleid anhatte. Ich richtete meine Haare, blickte mich im Spiegel an und lächelte mein Ebenbild an. Gott, ich hatte zum ersten Mal in einem Klo gevögelt.

Wie glücklich mich Liam anschaute. Diese Nummer hatte einen Oskar verdient, wenn man bedachte, wie schnell es lief. Er war sexsüchtig, zu hundert Prozent süchtig nach Sex mit mir.

„Liam, gehst du? Ich komme später nach, muss mal!“ Er verließ mich, ich blieb noch. Wie hätte es ausgeschaut, wenn wir beide aus demselben Raum rausgekommen wären? Tonio sollte nicht wissen, dass Liam und ich hier einen Quickie gehabt hatten. Ich durfte nicht daran denken, was meine Mutter gesagt hätte, wenn sie davon wüsste. Sie wäre entsetzt von mir.

Ich wusch mir die Hände und ging. Liam unterhielt sich gerade mit Tonio und bezahlte. Ich nahm meine Tasche und Liam meine Hand, wir verabschiedeten uns von Tonio und gingen nach draußen. Liam küsste mich ausgiebig am Parkplatz, wo Karo und Sebastian standen, sie pfiffen. Ich lächelte sie an und schaute anschließend wieder zu Liam, der mich streichelte und sich nicht von mir trennen konnte.

„Ich habe noch ein paar Stunden Arbeit und komme nachher zu dir. Du kannst deine Arbeit erledigen, damit du später nur mit mir Zeit verbringen kannst.“ Ich küsste ihn, er hob mich hoch und ich wickelte meine Beine um ihn.

„Mach weiter so und ich nehme dich hier und jetzt gleich noch mal“, sagte er streng. In seine Hose regte sich sein Freund.

„Oh, dann lass mich runter. Ich werde lieber weglaufen, bevor du mich …“, ich unterbrach mich und schaute ihn an.

„Ja genau, ficken werde.“ Er sprach gern über schmutzige Sachen und wusste, dass mich das anmachte.

„Gott, du wirst mich in ein paar Stunden vögeln können, jetzt muss ich los.“ Er ließ mich mit einem Kuss runter. Ich drehte mich um und ging über dem Parkplatz zum Geschäft, mit einem glücklichen Gesicht. Ich bemerkte nicht, dass er mir hinterherkam. Karo sah ihn und lächelte breit, Sebastian deutete einen Gruß an und ich drehte mich um.

„Nicht so. Ich begleite dich rein und werde dich auf dem Tisch nehmen, verstanden?“, beharrte Liam.

„Ach nee, bekommst du nicht genug von mir? Gönn mir mal eine Pause.“

„So ist es, ich liebe dich, da kann ich nicht den ganzen verdammten Tag warten, um dich zu sehen. Vom Vögeln ganz zu schweigen.“

„Liam, was ist los mit dir? Wir hatten gerade erst was miteinander und du kriegst nicht genug. Ich werde jetzt arbeiten und du kannst hier auf der Couch Platz nehmen. Da liegt Emil hin und wieder, wenn es ihm nicht gut geht.“

„Wieso zum Teufel ist hier alles so altmodisch eingerichtet? War das immer so?“, fragte er mich überrascht.

„Seit zehn Jahren hat sich hier nichts geändert. Emil hat viel Zeit hier verbracht. Ich habe an der Kasse gearbeitet und dann im Büro. Mich stört es nicht.“ Er schüttelte entsetzt Kopf.

„Du bist die Vertraute von Emil? Du machst seinen Job und was bekommst du so im Monat?“

„Warum ist das so wichtig?“ Ich bekam genug Lohn, um mir mein Leben finanzieren zu können. Mehr wäre schön, doch ich beklagte mich nicht. Er schüttelte erneut fassungslos seinen Kopf.

„Was ist mit dir, Liam? Du scheinst woanders zu sein, nur nicht bei mir“, fragte ich ihn erstaunt. Warum verhielt er sich so? Was war der Grund?

„Ich muss die Schweigepflicht bewahren, nicht einmal dir darf ich was sagen. Verstehe mich bitte nicht falsch“, erklärte er.

„Wenn du mir was sagen willst, dann sag es, sofern du es für richtig hältst. Du weißt, dass du mir vertrauen kannst.“

Er setzte sich zu mir und haderte mit sich, sodass ich mich an die Bewältigung des Tagwerks machte. Er schaute mir beim Arbeiten zu. Ich rief die Lieferanten an, schrieb Bestellungen auf und vergaß darüber, dass er vor mir saß. Ich war so vertieft, dass ich länger arbeitete, als ich vorgehabt hatte. Liam war ebenfalls in Gedanken und rührte sich nicht von der Stelle.

Als mich Karo anrief, ob wir die Weihnachtspullover hätten und ob wir welche bekämen, riss er die Augen auf. Ich schaute nach und gab ihr Bescheid, dass sie nächste Woche geliefert würden. Sie lächelte und legte auf. Es klopfte an der Tür, woraufhin ich schrie: „Herein!"

„Hey, ich bin fertig mit schlichten. Gibt es noch etwas zu tun?", fragte mich Sebastian. Sein Blick landete auf Liam.

„Sebastian, komm rein. Du brauchst nicht darumstehen, du störst nicht. Ich habe von der Firma SS eine Mail bekommen, dass die ganzen Gläser beschädigt sind und sie die Ware wieder zurücknehmen. Würdest du sie einpacken und aus dem Sortiment rausnehmen? Sie liefern uns dann neue Ware. Habt ihr rote Gläser für Deko?"

„Von der Romantik-Serie ist noch eine Schachtel da. Tannen und Zimt sind ausverkauft."

„Okay, wie weit bist du mit einem Tannenbaum? Wir brauchen ihn für das Fest. Vergiss es nicht. Lässt du dir noch mehr Zeit, haben wir keinen Baum. Santa Claus wird da sein. Und du, pass ja auf Karo auf, dass sie sich nicht betrinkt und unterm Tisch landet."

„Mach ich. Ich gebe dir dann Bescheid, was wir noch brauchen. Wegen der Tanne schaue ich am Wochenende, dass ich sie bekomme." Er drehte sich um und marschierte nach draußen. Liam schaute mich an und grinste.

„Als Boss wärst du prima. Ich würde gern dein Mitarbeiter sein. Was meinst du?"

„Ich bin aber nicht der Boss und wenn Emil in seinen Ruhestand geht, kommt ein neuer Chef. Wer weiß, ob ich dann weiterhin diesen Job machen werde wie jetzt? Verstehst du mich? Emil war wie ein Vater und Mentor für mich, obwohl er mein Chef ist. Wie der neue ist, werden wir sehen."

Liam lächelte nur und fragte mich dann: „Bist du fertig für heute? Ich koche für uns, dann schauen wir einen Film und kuscheln."

„Wir werden reden und schlafen miteinander. Was meinst du? Wäre das okay für dich, mein Schatz?" Er nimmt kuscheln als Vorwand für Sex. Seit einigen Tagen esse ich viel zu viel, Liam besteht darauf. Da wir uns körperlich so verausgaben, brauchen wir wieder neue Energie.

Kapitel 11

Max hatte bereits gekocht und saß in der Küche, wartete dort auf uns. Als wir hereinkamen, sah ich Max nachdenklich zum Fenster hinausstarren.

„Hallo, Max, du hast gekocht? Hm, es riecht lecker, wir haben Hunger. Was hast du gemacht?“

„Es gibt Lasagne. Komm rein, ich teile aus“, meinte er.

„Was bedrückt dich? Ich sehe es dir an. Darf ich dir helfen?“ Mein Bruder sah erschöpft aus.

„Mutter macht Probleme. Sie will, dass ich eine Frau mitnehme an Weihnachten, sonst brauch ich nicht kommen. Was soll ich denn machen? Ich habe keine fixe Freundin. Ich lebe mein Leben allein.“ Er wollte nie eine feste Freundin haben, doch jetzt schaute er traurig aus. Warum sind unsere Eltern nur so …

„Hey, Bruderherz, was hältst du von einer Täuschung? Ich frage Emma, ob sie dich begleitet. Mutter muss nichts davon erfahren. Ihr bleibt zum Essen und danach fahrt ihr nach Hause. Mutter wird auf mich fixiert sein, da ich Liam mitnehmen werde.“

„Das finde ich ganz spitze. Ich bin neugierig, was eure Mutter sagt, wenn du plötzlich eine Frau mitbringst, obwohl sie denkt, dass du allein bist. Emma wäre eine gute Wahl“, meinte Liam.

„Ob das gut geht, ist die Frage. Wer ist diese Emma?“

„Max, Emma ist meine beste Freundin. Die fährt erst am fünfundzwanzigsten Dezember zu ihren Eltern. Ich glaube, für drei Stunden geht das. Wo wir gerade beim Reisen sind, ich fliege mit Liam am Donnerstag nach London, wir bleiben bis Sonntag. Du darfst hierbleiben und ich werde dir Emma vorstellen. Ihr könnt was trinken und euch kennenlernen.“

„Bei euch ist das was Ernstes, hm? Ich freue mich für euch beide. Liam, tue ihr nicht weh, sonst bekommst du Ärger mit mir.“ Max sah ihn mit einem ernsten Blick an. Liam nickte. Ich schaute die beiden an und dachte mir, was für ein Glück ich mit ihnen hatte.

Es klingelte an der Tür und das Geräusch riss mich aus den Gedanken. Als ich die Tür aufmachte, stand eine aufgelöste Emma vor mir, mit Tränen in die Augen.

„Was ist los? Wieso hast du geweint?“, fragte ich sie mitfühlend.

„Dieser Arsch hat mich gefickt und rausgeschmissen, als seine Exfreundin kam. Ich dachte, mit uns wäre das was Ernstes.“

„Wer ist der? Und wie lange geht das schon so?“ Sie schniefte.

„Ich habe ihn vor gut drei Monaten in einer Bar kennengelernt. Er heißt Alessio. Wir verbrachten viel Zeit miteinander und dann kam diese Maya und er schmiss mich raus, vor ihr.“

Was sollte ich noch sagen? Ich kannte ihn und seine Geschichte. Doch Emmas Herz war gebrochen und er war schuld. Emma musste sich mal beruhigen. So hatte ich sie noch nie gesehen.

„Komm in die Küche, ich mach uns einen Kaffee zur Beruhigung. Liam kennst du schon und das ist mein Bruder Max.“

Emma begrüßte die beiden und lächelte. Ich deutete Liam, dass er kurz mit mir nach draußen kommen sollte. Er tat es ohne Worte.

„Alessio hat ihr das Herz gebrochen. Der hat sie gefickt und rausgeschmissen. Was ist los mit ihm? Dreht er durch? Das geht zu weit. Er und Emma sind mehr als drei Monaten in die Kiste gegangen und jetzt, wo die Maya aufgetaucht ist, sieh sie dir an. Rede du mit ihm, bitte.“

„Okay, ich kläre das mit ihm. In der letzten Zeit ist er verrückt. Seit ihn Maya verlassen hat, benimmt er sie wie ein Idiot.“ Mein Freund nahm mich um die Taille und drückte mich an sich.

In der Küche sprachen Emma und Max. Sie erzählte ihm von Alessio. Liam und ich blieben hier und drückten uns fester. Mir entkam ein Lächeln.

„Warum lachst du?“ Oh, was sollte ich drauf sagen? Ich dachte nach und meine Antwort kam wie von selbst.

„Über uns beide. Ich denke über die Beziehung nach. Wir sind zusammen und ergänzen uns gut. Was meinst du?“

„Unsere Liebe wächst nun mal, das habe ich sogar bemerkt. Du bist meine Traumfrau in jeder Lage und nicht anders.“

„Was ist mit deiner Ex? Wird sie sich bei uns einmischen? Wenn ihr einfällt, dass sie dich zurückhaben will?“

„Warum soll sie mich zurückhaben wollen? Sie hat mich betrogen, nicht ich sie. Ihre Chancen sind null bei mir. Ich will sie nicht zurückhaben.“

„Dein Wort in Gottes Ohr.“ Ich küsste ihn. Diskutieren war zwecklos.

„Komm, schauen wir in der Küche nach Max und Emma.“

„Hey, wir wollten doch einen Film schauen und es uns gemütlich machen, nicht Seelsorger spielen. Du weißt schon, nackt nebeneinander auf der Couch. Wir schauen uns gemeinsam einen Sex-Film an. Oder wir drehen einen eigenen Film?“

„Komm, wir werden das heute schon noch schaffen. Zuerst schauen wir, wie weit Max und Emma mit ihrem Gespräch sind.“

„Ist in Ordnung, ich weiß, was ich später mit dir anstellen werde. Kein Film, nur du und ich im Bett. Zieh dir nichts an, Schätzchen. Ich will dich nackt.“

„Reiß dich zusammen. Es muss nicht jeder wissen, was wir treiben“, ermahnte ich ihn.

„Oh, Baby, gib mir mehr. Oh ja.“ Ich gab ihm einen leichten Stoß. Er stöhnte zum Spaß laut auf.

Als wir in die Küche traten, bemerkte ich, wie Emma und Max sich küssen. Was war hier los? Liam grinste und schaute mich an. Er witterte seine Chance, mit mir zu verschwinden und mich für sich zu haben.

„Komm, wir sind überflüssig hier. Die zwei wollen allein sein. Oder bist du scharf drauf, deinem Bruder beim Sex zuzuhören? Wir gehen zu mir, nimm mit, was du brauchst.“

Mein Gott, ich würde noch verrückt hier. Ich packte meine Tasche und ging mit Liam in seine Wohnung. Wenn das so weiterginge, würde ich zu Liam ziehen. Die trieben mich in den Wahnsinn.

Alessio würde ich mir morgen vorknöpfen. Max und Emma, das wäre das nächste Problem. Emma hätte gern eine Beziehung, Max nicht. Er wechselte die Frauen ständig. Ich hoffte, dass die zwei nicht im Bett landeten, denn wenn das so wäre, würde ich mir Emmas Leier andauernd anhören müssen. Scheiße wäre das. Wie sollte ich ihnen das nur sagen? Wenn die es wollten, würde ich sie nicht daran hindern können, sie waren beide erwachsen. Ich könnte Max anrufen und ihn bitten, sie nicht anzurühren. Sie war meine beste Freundin.

Liam schüttelte den Kopf, ihm war das unverständlich. Max und Emma. Ich nahm mein Handy und rief Max an. Es läutete und läutete, er hob nicht ab.

Scheiße Max, nicht sie! Nicht Emma!, schickte ich in den Himmel. Liam lächelte mich an und kam näher.

„Er wird sie ficken, das steht fest. Da können wir nichts tun. Lass sie, sie sind erwachsen, misch dich nicht ein“, er drückte mich an sich. Dann meinte er dazu: „Alessio hat einige Wochen ohne Gummi mit Emma geschlafen. Das Problem wird erst kommen. Ich habe vorher mit ihm telefoniert. Ich hoffe für sie, dass sie nicht schwanger ist. Alessio ist erledigt. Maya hat ihre restlichen Sachen geholt und sie sind offiziell getrennt. Das mit Emma trifft ihn auch. Er wollte sie nicht verletzen. Neben Emma hatte er mit Maya Sex. Jetzt steht er allein da.“

„Scheiße, Liam, was machen wir jetzt? Ich sehe keinen anderen Weg, als zu verhindern, dass sie und Max im Bett landen. Wenn Alessio und sie ein Baby gemacht haben, wird es Max untergejubelt. Das darf ich nicht zulassen, er hat das nicht verdient.“ Ich nahm meine Schlüssel und rannte die Treppe runter in meine Wohnung. Ich sperrte auf und schrie laut.

„Emma, Max, hört auf und zieht euch was an. Ich will mit euch reden.“

„Wieso anziehen? Wir hatten nichts ausgezogen. Komm ins Wohnzimmer. Schau uns an!“, rief mich Max.

„Ich dachte, ich hätte euch beide gestört. Emma, komm bitte mit in mein Schlafzimmer, ich müsste mit dir sprechen.“

„Wir hatten nichts miteinander, außer einige Küsse. Ich glaube, dass du was dagegen gehabt hättest.“

„In der Tat! Alessio könnte Vater deines Kindes sein und Max sollte da nicht reingezogen werden. Er ist mein Bruder und du bist meine beste Freundin. Bitte schlaf nicht mit ihm, bis du Gewissheit hast über deine Schwangerschaft. Danach nimm Max und werde glücklich. Meinen Segen hast du. Bis dahin seid ihr nur Freunde.“

„Du weißt Bescheid über mich und Alessio? Wie hat er mich genannt?“

„Liam hat mit ihm telefoniert. Es geht ihm beschissen. Maya ist komplett ausgezogen und hat ihn allein gelassen. Dich hat er rausgeschmissen, in der Ungewissheit, dass du womöglich schwanger von ihm bist. Wenn du den Test gemacht hast und es steht fest, dass du es bist, wirst du mit ihm reden müssen. Bis dahin halt dich fern von ihm, lass ihn nicht ran an dich. Er ist unberechenbar.“

„Eli, er hat mich nur benutzt, wir hatten so viel ungeschützten Sex, ich hatte mich in ihn verliebt. Was mach ich mit einem Kind? Ich habe meine Periode seit acht Wochen nicht mehr. Am Anfang dachte ich, keine Ahnung, an was ich gedacht habe. Er ist halt sexy und genau mein Typ.“

„Emma, du machst einen Termin beim Frauenarzt. Warte nicht noch länger. Wenn es acht Wochen sind, da sieht man schon was im Ultraschall.“

„Mir ist seit einiger Zeit kotzübel in der Früh und der Kaffee schmeckt mir nicht. Danke, Eli, für das Gespräch. Ich werde Max am Heiligenabend begleiten. Du hast mir nicht erzählt, wie dein Bruder so ist. Ich wusste nur, dass er Anwalt ist. Schade, dass ich ihn so spät kennengelernt habe. Würdest du mich zum Arzt begleiten?“

„Sehr gern, Emma, egal, wie es kommt, du wirst die beste Mama auf der Welt sein.“ Ich drückte sie fest an mich. Ich liebte sie von Herzen und meinen Bruder auch. Wir hatten alles geklärt und gingen ins Wohnzimmer, wo mein geliebter Bruder mich streng anschaute.

„Was ist hier los mit euch beiden? Warum soll ich mit Emma schlafen? Sie ist deine beste Freundin und ich will sie nicht für eine Nacht ausnützen.“

„Das würde ich dir auch raten. Ich mag Emma und dich auch, doch bis Emma das mit Alessio geklärt hat, bist du raus. Hast du mich verstanden? Das wird einige Wochen dauern. Bis dahin Hände weg von ihr“, befahl ich ihm.

„Sag mir den Grund. Warum soll ich das tun? Ich will es wissen.“

„Das wird dir Emma sagen, nicht ich. Es heißt für dich: Übe dich in Geduld. Bis sie so weit ist, akzeptiere es. Emma wird dich zur Feier begleiten. Ich lasse euch allein und gehe zu Liam. Es war gut, dass ich mit Emma gesprochen habe.“ Ich schickte ihnen ein Handküsschen und marschierte aus der Wohnung raus. Liam wartete bestimmt ungeduldig auf mich. Als ich an die Tür klopfte, machte Liam sie auf, ließ mich rein und lächelte.

„Na, hast du geklärt, was zu klären war?“ Er lehnte an der Tür und sah so sexy aus.

„Ja und wie! Komm, wir gehen fernsehen und dann lass ich mich von dir verführen. Nach der Nummer von Emma sollte ich erst mal runterkommen.“ Ich schaute ihn mit einem streng verführerischen Blick an, der ihm sagte: **Komm sofort mit.**

„Komm mal runter und lass dir Zeit, ich habe uns die Wanne eingelassen. Es wird gemütlich und heiß. Du und ich allein in der Badewanne. Zieh dich aus und ab ins Bad.“

Meine letzte Beziehung mit einem Mann war lange her, doch die hier entwickelte sich so, wie ich es mir erträumt hatte: perfekt. Alessio wäre mein Untergang gewesen, wenn ich ihn an mich herangelassen hätte. Liam war einfach Liam, lustig, streng, eifersüchtig, anhänglich und sexy. Die komplette Kombination eines Mannes. Verdammt, warum war ich ihm nicht vor langer Zeit begegnet? So einen hatte ich gesucht.

Ich hörte leise Musik vom Wohnzimmer und dann die Tür. Liam kam mit zwei Gläsern Sekt ins Bad, nackt. Was für ein Anblick! Er sah mich verführerisch an und reichte mir eins.

„Bist du schon runtergekommen? Wenn nicht hole ich dich runter.“ Seine Haare waren verstrubbelt, er fuhr sich mit der Hand drüber. Sein Blick richtete sich auf mich. Er nahm die Gläser und stellte sie weg, dann stieg er zu mir in die Wanne ein.

„Bin ich. Ich lehne mich an dich und vergesse das. Ich konzentriere mich nur auf die Entspannung mit dir.“ Er zog mich auf sich und küsste mich leidenschaftlich.

Kapitel 12

Es vergingen Tage, die mir mehr Stress als Freude brachten. Liam und ich wohnten nur bei ihm. Max hatte meine Wohnung besetzt. Von einem entspannten Tag für mich allein konnte keine Rede sein. Ich liebte Liam, trotzdem wollte ich hin und wieder allein sein. Das verstand er anscheinend nicht. Ich vermisste meine Freundinnen-Abende, die nur für uns Mädels galten.

Das Wochenende mit ihm in London war perfekt. Er ließ mich ausschlafen und wir verbrachten Freitag nach seinem Meeting im Bett. Er bestellte das Essen ins Zimmer. Am Samstag nach dem Frühstück gingen wir zum Buckingham Palace, den wir uns anschauten. Dann gingen wir zum Tower of London, dem imposanten Turm. Wir spazierten entlang am Flussufer am südlichen Ende der City of London. Die britischen Könige hatten ihn im Laufe der Zeit als Waffenkammer, Residenz und als Gefängnis genutzt. Liam wollte mit mir noch zum Londoner Eye. Das war die meistbesuchte Sehenswürdigkeit Londons. Das Riesenrad an der Themse bescherte uns einen traumhaften Blick über London.

Am Abend gingen wir essen. Hand in Hand spazierten wir durch Londons Straßen zu unserem Hotel. Im Hotelzimmer ging unsere Nacht weiter. Wir liebten uns, bis wir erschöpft waren, dann schliefen wir gemeinsam ein. Es war alles perfekt.

Am Sonntag lagen wir im Bett, Liam küsste mich und wir redeten. Wir blieben einfach nebeneinander liegen, bis mich Liam auf sich zog. Ich legte mich an ihn und wir küssten uns. Wir schliefen wieder miteinander, wie immer. Ich ging duschen und er hob sein Telefon ab, das geklingelt hatte. Als ich von der Dusche ins Zimmer kam, sah ich Liam nachdenklich an. Er reagierte nicht. Ich dachte mir dabei nicht viel. Es könnte was mit der Arbeit sein, das ihm Probleme machte. Ich versuchte immer wieder, ihn auf andere Gedanken zu bringen, doch ich scheiterte.

Ich packte meinen Koffer und fing an, auch seinen zu packen. Er schubste mich weg. Einfach so. Ich sah auf die Uhr, in einer Stunde ging unser Flugzeug. Wenn er mich weiter so ignorierte, würde ich wieder in meine Wohnung einziehen. Es kann nicht sein, dass er mich so behandelt.

Während wir im Flugzeug saßen, schaute er immer weg. Nach der Landung hatte ich genug von Liam und seiner Ignoranz. Ich rief ein Taxi und stieg mit meinem Koffer und meiner Tasche ein, gab dem Taxifahrer meine Adresse und er fuhr los. Liam blieb allein und schaute auf sein Display. Ich fragte mich die ganze Zeit, was ich falsch gemacht hatte und warum er sich wie ein Arsch benahm.

Ich stieg aus dem Taxi, bezahlte den Fahrer und ging in meine Wohnung. Sie war leer, Max war unterwegs. Jetzt hatte ich Zeit für mich, doch ich konnte nur an Liam denken. Wer hatte ihn angerufen, war es seine Ex? Wollte er sie zurück und schoss mich deswegen ab? Was war der Grund? Fragen über Fragen, nur es kam keine Antwort. Wir waren schon einige Wochen zusammen, es konnte nicht schon alles verflogen sein mit uns. Ich wartete zunächst ein paar Tage, dann würde ich ihn ansprechen.

Wer war das am Telefon und warum verhielt er sich so?

Bald würde unsere Weihnachtsfeier stattfinden und ich musste mit Karola einiges fertig machen. Sebastian hatte uns einen Christbaum besorgt, der wunderschön war. Er würde ebenfalls mithelfen, ebenso kämen Emma und Livia als Unterstützung. Der Saal war elegant geschmückt. Tische standen mit Deko umher. Tonio hatte sich bemüht, mir alles zur Verfügung zu stellen, was ich brauchte. Der Saal glänzte bald. Da wir schneller fertig wurden, beschlossen wir, in die Corona-Bar zu fahren. Hier gab es viele Cocktailvarianten, mit und ohne Alkohol die den Mädels schmeckten. Ich rief Liam an, um ihm zu sagen, wo ich war und dass er kommen sollte. Sein

Handy läutete, er hob jedoch nicht ab. Nach dem zwanzigsten Mal schrieb ich ihn an.

Hi, kommst du zu uns in die Corona-Bar? Wir sind alle da. Ich vermisse dich.

Küsschen, Elena

Es kam keine Antwort. Was war los mit ihm? Ich trank nur eine Flasche Mineralwasser und verabschiedete mich dann. Es ging mir nicht gut. Ich vermisste ihn. Da fiel mir auf, dass meine Tage Verspätung hatten. Die waren sonst immer pünktlich.

Ich rannte zur Apotheke und kaufte mir einen Test. Die Apothekerin meinte, ich könnte ihn hier gleich machen. Ich sah sie an und bezahlte, dann rannte ich aufs Klo. Nach fünf Minuten sah ich auf dem Streifen deutlich zwei Striche. Verdammt, ich war schwanger.

Nachdem ich mich von der Apothekerin verabschiedet hatte, ging ich zu Liam. Ich sollte es ihm sagen, doch ich wusste nicht, wie oder was los mit ihm war. Es stimmte was nicht mit ihm, eindeutig. Ich ging über die Straße zum Wohnhaus und sah sein Auto neben meinem. Er war also zu Hause. Ich fuhr mit dem Lift in den vierten Stock. Dort stieg ich aus und ging zu seiner Wohnungstür. Ich musste ihn zur Rede stellen. Wir bekamen ein Baby!

Ich klopfte an der Tür. Er unterhielt sich und lachte mit irgendwem. Das hörte ich draußen. Dann riss wer die Tür auf und es stand eine hübsche Frau vor mir. Ich traute meinen Augen nicht. Sie sah wie ein Model aus, lange Haare und ein sexy Kleid, hohe Schuhe. Genau das Gegenteil von mir. Mir warf sie einen scharfen Blick zu, dann wandte sie sich zu Liam.

„Liam, Schätzchen, kommst du?“ Dabei schaute sie mich an und lächelte siegessicher. Okay, dieses Spiel war vorbei. Da spielte ich nicht mit. Hier war ich an der falschen Adresse.

„Und ob ich komme!“, schrie er zurück.

Und wie du kommen wirst, dachte ich.

Er starrte mich an und war überrascht, dass ich da an der Tür stand.

„Liam, du bist so ein Arsch. Ich hasse dich. Ist sie der Grund, warum du mich nicht haben willst? Ich bin schwanger von dir. Ich hasse dich. Klopf nie mehr an meine Tür, denn sie wird für dich für immer geschlossen bleiben, Arschloch. Fick weiter deine Tussis.“ Ich drehte mich um und ließ ihn allein mit der Tussi, bevor ich ihm im Weggehen zurief: „Ich scheiß auf dich, das Kind braucht dich nicht. Auf so einen Vater wie dich kann es verzichten.“

Mir kamen die Tränen, er hatte es wieder geschafft. Ich sperrte meine Wohnung auf und ging rein. Max starrte mich an und nickte, dann kam er näher und drückte mich an sich. Er sah meine Tränen. Kein Wunder, wenn man so abserviert wurde.

„Was hat der Idiot angestellt?“, fragte er.

„Er hat mich betrogen. Und schau dir das an, ich bin schwanger von ihm.“ Ich zeigte ihm den Test.

„Scheiße, Eli, was wirst du machen? Ich fahre nach Weihnachten zurück in die Schweiz. Wie soll ich dir da helfen?“ Mein Bruder, der für mich immer da sein würde und der mich über alles liebte, schaute mich an.

„Ich werde ihn erschlagen. Er kann dich jetzt nicht allein lassen.“

„Ich habe mich von ihm getrennt, vorhin. Sie ist bei ihm. Er weiß, dass er Vater wird. Ich habe es ihm gesagt und ihn zum Teufel geschickt.“

„Dann wirst du eine alleinerziehende Mama wie Emma. Ich als Onkel Max werde euch unterstützen. Ich glaube es nicht, ich werde Onkel.“ Er lächelte und freute sich über das Baby.

„Vielleicht frage ich Emma, ob sie bei mir wohnen würde und wir könnten die Kleinen zusammen großziehen“, sagte ich. Aus meinen Augen lief es wie ein Wasserfall.

Max gab mir ein Taschentuch.

„Das wäre eine gute Idee, Schwesterherz. Ich will nicht wissen, was unsere Eltern sagen würden. Verrätst du ihnen von dem Baby?“

„Ich warte, bis ich über den Berg bin. Mit Liam werde ich ein Hühnchen rupfen müssen und Emma mit Alessio. Die zwei Idioten werden nicht nur dastehen, sie werden Windeln wechseln müssen.“ Es klopfte an der Tür. Max machte auf.

„Was willst du hier? Hast du nicht genug angerichtet? Sie liebt dich und du bist ein Arsch. Geh und fick deine Schlampen, lass Eli in Ruhe die Neuigkeit verdauen.“

„Wo ist sie? Ich muss sofort mit ihr reden. Jetzt und nicht morgen.“

„Das hättest du am Flughafen tun müssen, aber da hattest du deine Schlampe im Kopf und du hast Eli einfach ignoriert. Findest du das in Ordnung?“

„Das geht dich nichts an. Es ist mein Problem, Max.“

„Nicht ganz, Eli ist meine Schwester und falls du es vergessen haben solltest, ich bin Anwalt. Dass sie dein Kind unter ihrem Herzen trägt, interessiert dich ja nicht. Was willst du sonst von ihr?“

„Mit ihr reden. Ihr mitteilen …“ Er unterbrach sich.

„Ich warne dich, mach jetzt keinen Fehler.“ Max sah ihn wütend an. Liam kam zu mir. Ich stand auf und rannte aufs Klo, mir war plötzlich ganz schlecht. Ich übergab mich.

Kein Wunder, ich war schwanger. Daher also diese Übelkeit. Es klopfte an der Tür. Konnte der mich nicht in Ruhe lassen?

„Geh zu deiner Tussi und lass mich in Ruhe. Ich will dich nie mehr sehen. Du hast genug angerichtet. Glaubst du im Ernst, ich wollte mich von dir schwängern lassen? Du warst der, der meinte, es kann nicht sein!“

„Verdammt, Eli, mach auf. Ich gehe nirgendwohin, ohne mit dir geredet zu haben.“

Ich riss die Tür auf und marschierte an ihm vorbei in mein Schlafzimmer. Er lief mir nach. Ich ließ mich ins Bett fallen. Es ging mir nicht gut. Müde war ich und ausgelaugt. Max kam mit einer Tasse Tee und Keksen.

„Du musst was essen, sonst geht es dir noch schlechter. Nimm dir einen Keks und einen Schluck Tee.“ Ich bedankte mich bei ihm. Er ging zurück in die Küche.

„Eli, seit wann weißt du, dass du schwanger bist?“, fragte er mich.

„Warum ist das so wichtig? Du hast mich von hier entführt und wir haben es einige Male ohne Gummi gemacht. Ich hatte dir gesagt, nimm ein Gummi. Verdammt, Liam, du bist so ein Arsch. Warum hast du mich betrogen? Bin ich dir nicht gut genug gewesen? Oder wolltest du mich nur schwängern und dich verdrücken wie Alessio?“

„Was machen wir jetzt? Ich kann nicht mit Babys. Ich werde verrückt“, sagte er ernst.

„Wer hat von mehreren Babys geredet? Oder hast du noch einer ein Kind angedreht? Du arrogantes Arschloch, hier geht es mal nicht um dich. Kapier es endlich!“, schnauzte ich. Er schaute mich an, ohne etwas zu sagen. Dann meinte ich: „Du kannst mich nicht nur schwängern und dich verdrücken. Bist du komplett bekloppt? Kinder zu haben und Verantwortung zu übernehmen, gehört dazu.“

Mir war es egal, ich war wütend auf ihn.

„Ich will, dass du abtreibst. Ich kann nicht noch einmal Alimente blechen“, sagte er zu mir.

„Nein, nein und nein, werde ich nicht, ich ziehe dieses Kind allein groß, ohne dich. Ich bin keine Mörderin. Nur weil der Herr seine Freiheiten zum Ficken braucht, wird mein Baby nicht sterben. Schleich dich aus unserem Leben, Liam. Wir kommen ohne dich zurecht. Ich habe es entschieden.“ Er schaute mich an und marschierte raus. Draußen im Gang sprach er mit Max. Mein Bruder schrie ihn an, was er sich einbildete, mir zu sagen, ich solle abtreiben. Er schmiss ihn raus und gab ihm den Rest, als er ihm sagte: „Sie kommt mit in die Schweiz. Ich sorge für die beiden. Lass sie in Ruhe.“ Daraufhin machte er die Tür zu und kam zu mir.

„Hey, ich werde hierbleiben, bis es dir besser geht. Dann nehme ich dich mit in die Schweiz. Der Arsch wird zahlen.“

Ich schlief wenig später ein und am nächsten Tag meldete ich mich krank. Mir ging es tatsächlich nicht gut. Ich fuhr zum Frauenarzt und der bestätigte mir, dass ich schwanger war. Ich sollte mich schonen und bekam Vitamine und in einigen Monaten würde ich freigestellt werden. Außerdem erhielt ich ein Foto von meinem Baby und lächelte es an. Ich war in der achten Woche schwanger.

Dann schrieb ich meinen Freundinnen, dass wir uns heute treffen würden. Ich wollte zudem Emil sagen, dass ich bald in Mutterschaftsurlaub gehen würde und ihm die Bestätigung der Schwangerschaft bringen. So nahm ich meinen Mut zusammen und marschierte zur Arbeit. Im Geschäft begrüßten mich die Leute freundlich. Emil saß im Büro mit einem Typen, den ich nicht sehen konnte. Ich setzte mein bestes Lächeln auf und marschierte zu ihm rein.

„Hallo, Emil, ich soll dir das von meinem Arzt geben.“ Damit drückte ich ihm den Zettel mit dem Foto seines Enkelkindes in die Hand.

„Herzlichen Glückwunsch. Ich freue mich für dich. Wer ist der glückliche Vater?“

„Dein Sohn Liam, der Kinder streut wie ein Streuner und sich davonschleicht. Ich werde ab Januar frühzeitig in Mutterschaft gehen und dann in die Schweiz. Liam und ich gehen getrennte Wege. Dich und Rosa werden wir besuchen, das verspreche ich. Die Weihnachtsfeier findet trotzdem wie immer statt, nur ohne mich dieses Mal. Ich will Liam nicht mehr sehen. Er will das Baby nicht.“ Ich fing an zu weinen. Wegen der Hormone. Emil stand auf und drückte mich.

„Ich freue mich sehr, dass ich ein Enkelkind bekomme, und Rosa erst. Wir warten schon so lange.“ Ich verabschiedete mich von Emil und ignorierte den Typen hinter der Tür, Emil wusste, wer dasaß. Mir war’s egal.

„Du bist so blass. Warte, ich hol dir was zum Trinken und ein paar Kekse. Rosa wird jeden Moment da sein. Du solltest es ihr auch sagen, dass sie Oma wird.“

Ich setzte mich und schaute das Ultraschallbild an. Ich fing an mit meinem Bauch, zu sprechen. Es beruhigte mich und Emil freute sich, Opa zu werden.

„Hallo, mein Würmchen, ich freue mich, dass es dich gibt. Ich halte das Foto von dir und bin neugierig, wie du dich weiterentwickelst. Was meinst du, sollten wir einige neutrale Babysachen kaufen? Dein Onkel Max wird dir ein Kinderzimmer herrichten und wir zwei gehen shoppen. Wir sind ein Team, Süße. Dein Papa will dich nicht, er hält lieber Ausschau nach fremden Frauen, statt sich um dich zu kümmern. Was ich auch schade finde, denn ich habe ihn lieb. Ist auch egal, ich werde immer für dich da sein, das verspreche ich dir.“ Ich lächelte und spürte eine Wärme hinter mir. Als ich mich umdrehte, sah ich Liam. Ich sprang sofort auf und nahm meine Tasche.

„Das ist der kleine Wurm?“ Er schaute auf das Foto. „Die Wunder der Natur.“

„Ja und es gehört mir. Nicht dir. Es sollte dich nicht interessieren, du willst es nicht haben. Ich habe heute ihr Herzchen gesehen. Geh mir aus dem Weg, Liam. Wir sollten dich nicht mehr interessieren, da du jetzt eine Neue hast. Lass uns in Ruhe.“

Plötzlich wurde mir schwarz vor Augen und ich sackte vor ihm auf dem Boden zusammen. Das Erste, woran ich dachte, war mein Baby. Liam rief einen Rettungswagen, er wusste nicht, was er machen sollte.

Als ich aufwachte, lag ich im Krankenhaus. Einige Ärzte standen vor mir und schauten mich an. Die Aufregung von Liam saß mir tief in den Knochen. Dieses Hin und Her.

„Der Oberarzt kommt gleich zu ihnen. Wir schauen uns ihren Blutdruck an. Blut haben wir schon abgenommen. Die Tests werden bald kommen.“ Der Arzt stand an der Tür und kam zu mir.

„Wie geht es meinem Baby?", fragte ich den Arzt. Eine Träne lief mir über das Gesicht. Er sah mich an.

„Es geht ihm gut. Ich muss Sie trotzdem in den Krankenstand schicken. Sie haben einen zu hohen Blutdruck. Sie dürfen sich nicht aufregen und schwere Lasten tragen. Sie bräuchten Ruhe und jemanden, der Ihnen hilft, im Haushalt und beim Einkaufen."

„Dieser jemand will das Kind nicht, er hat mir eine Abtreibung aufschwatzen wollen. Mich geschwängert, betrogen und belogen. Mein Bruder übernimmt diese Verantwortung, ich werde ab Januar bei ihm in der Schweiz wohnen."

„Wer ist der Mann da draußen? Er steht dort völlig verzweifelt und will wissen, was mit Ihnen los ist."

„Das ist mein Ex und der Kindsvater, der mit uns spielen will, wie immer. Betrogen und belogen." Ich regte mich auf, der Arzt merkte es.

„Beruhigen Sie sich, ich schicke ihn weg. Sie wollen das Kind nicht verlieren, oder?"

„Nein, ich will es unbedingt bekommen. Mein kleines Würmchen." Ich lächelte ihn an. Er nickte mir zu und marschierte nach draußen. Liam kam rein und starrte mich an, ich lag in dem Bett und weinte. Die Schwester schickte ihn weg, er solle nach Hause gehen, da ich Ruhe brauche. Liam zischte ohne ein weiteres Wort ab.

Ich musste eingeschlafen sein, denn mich weckte irgendwann der Arzt auf.

„Elena, ich möchte Sie nicht stören, aber es muss sein. Ihr Baby wird nun beim Ultraschall untersucht werden. Nicht erschrecken, es wird kalt." Er schaute mit mir das Baby an und lächelte. Die Tür ging auf, Liam und Max kamen herein. Der Arzt schaltete das Gerät auf laut und deutete mir, dass ich lauschen sollte.

„Das ist das Herzchen, das schlägt. Es schaut super aus. Dem Baby geht es gut. Sie sollten sich schonen und das meine ich so, wie ich es sage. Kein

Stress und keine Aufregung. Ich behalte Sie noch eine Nacht hier und morgen entscheiden wir, ob Sie nach Hause gehen. Übelkeit ist in der Schwangerschaft normal. Der Blutdruck sollte jedoch nicht so hoch sein, das führt zu Komplikationen. Da Sie sich aufgeregt haben, ist Ihr Blutdruck gestiegen. Ich gebe Ihnen einige Vitamine, die Sie zweimal am Tag nehmen müssen. Das ist gut für Ihr Baby. Sie haben sich richtig entschieden, Ihr Baby zu behalten. Es wird Sie bereichern, wenn es auf die Welt kommt.“ Der Arzt drehte sich um und ging nach draußen zu weiteren Patienten.

„Hallo, Max, hast du gehört? Ihr Herzchen schlägt. Schau sie dir an. Ich bin in der 8+1 Woche. Steht da.“ Max schaute mich an, ich freute mich.

„Ihr geht es gut und dir wird es bald auch gut gehen. Ich werde bis im März bei dir bleiben und dich unterstützen. Außerdem habe ich hier einige Klienten, die ich vertreten werde.“

„Danke, Max, das werden wir dir nie vergessen, was du für uns tust.“ Ich lächelte ihn an, ehe ich mich dem zweiten Besucher zuwandte.

„Liam, was willst du von mir? Lass mich in Ruhe. Geh, so wie du es vorher getan hast.“

„Ich werde mich um euch kümmern. Ich habe nachgedacht. Ich will, dass ihr zwei bei mir bleibt. Ich will nicht, dass ihr wegfahrt.“

„Nein, Liam, du willst nur das haben, was du nicht bekommen kannst. Du hattest uns und du hast uns vergrault, indem du mich betrogen hast. Geh, leb dein Leben weiter so, und lass uns in Ruhe. Fick alles, was bei drei nicht auf dem Baum ist, und zeuge Kinder, die dann ohne Vater aufwachsen müssen. Ich war dumm, dass ich mich auf dich eingelassen habe!“, schrie ich ihn an. Er sollte nicht glauben, dass ich ihn zurücknehme, sobald er angekrochen kam.

„Nein, ich meine es ernst, ich will euch zwei an meiner Seite. Es tut mir leid. Ich werde nirgendwo ficken, ich will dich und das Baby. Ich kann ohne dich nicht, Eli. Ich will nicht, dass du abtreibst. Es war falsch von mir, dass ich es gesagt habe. Entschuldige bitte. Verdammt, ich habe mit ihr auch ein

Kind. Sie ist die Mutter meines Sohnes. Er ist zwei Jahre alt. Sie kümmert sich allein um ihn. Ich habe sie letztens nicht gefickt. Ich habe keine Ahnung, wie ich mich verhalten sollte. Ich habe nicht einmal gewusst, dass es ihn gibt. Das hat mich aus der Bahn geworfen. Sie hat angerufen und als sie vorbeikam, erklärte sie mir, dass ich Vater sei und einen Sohn habe. Verdammt, Elena, wie hätte ich reagieren sollen?" Er schaute mich an, sein Blick war leer. Ich merkte, dass es ihm scheiße ging.

„Bist du sicher, dass es von dir ist? Was machst du dann? Lass erst einmal einen Vaterschaftstest vornehmen, zur Sicherheit. Das wirst du brauchen. Zahlen musst du nur, wenn du der Vater bist", sagte ich ihm. Er tat mir trotzdem leid und ich liebte ihn noch immer.

„Das wird sowieso gemacht, da ich keinen Cent zahlen werde, ohne zu wissen, ob es mein Kind ist. Dieses Baby hingegen, was du bekommst, ist von mir und ich möchte es mit dir großziehen. Ich liebe dich. Verdammt, Elena, gib mir die Chance, zu beweisen, dass ich es ernst meine. Es braucht mich genauso wie dich." Er wurde leiser, als er mich um eine zweite Chance anflehte.

„Kläre erst einmal die anderen Dinge. Ich werde zurechtkommen, mit unserer Tochter. Ich passe auf uns beide auf. Ich brauche Ruhe und keinen weiteren Stress. Du hast mich genug aufgeregt."

„Überlege bitte, ich lass dir Zeit. Ich werde dich nicht aufregen, in deinem Zustand. Ich habe das Herz gesehen. Darf ich ein Bild von unserm Baby haben?"

„Hier, ich finde sie sehr fotogen. Wenn sie erst mal da ist, wird sie womöglich noch fotogener sein. Max, du bekommst auch eins von ihr. Du wirst ihr Taufpate. Liam, für dich ist dieses Bild, obwohl ich dir keines geben sollte, du wolltest sie nicht." Ich gab ihnen die Bilder und lächelte. Es war die 8+1 Schwangerschaftswoche und man sah nur ein Bündchen, doch mit heutigem Ultraschall war es ein Baby, das ein Herzchen hatte. Die moderne Technik von heute ist ein Wunder, man konnte leise Herzgeräusche vom Embryo hören.

„Eli, du wirst eine wunderbare Mutter. Das Kind kann sich glücklich schätzen, dich zu haben. Du kümmerst dich um jeden. Das ist der Grund, dass ich dich liebe. Ich will, dass du zur Weihnachtsfeier kommst. Du hast es organisiert. Es steht dir zu“, sagte Liam und kam näher, bevor er zu Max schaute und ihn bat, uns allein zu lassen. Max verließ den Raum, um Kaffee zu holen. Liam nahm meine Hand und setzte sich zu mir aufs Bett.

„Ich lasse euch nicht allein. Egal, wie es mit uns beiden ausgeht. Für das Baby werde ich mich ändern. Ich würde mich auch für dich ändern, ich verstehe, dass du wütend bist. Ich wäre es genauso. Ich hatte sie nicht ins Bett gezogen und gefickt. Das musst du mir glauben.“ Er bückte sich zu meinem Bauch und streichelte ihn. Mir kamen die Tränen und ich konnte mich nicht zurückhalten. Er spielte diesmal nicht. Er verlangte, teilzuhaben an der Schwangerschaft und an mir. Er liebte mich, egal, was er angestellt hatte.

Als er bemerkte, dass ich weinte, nahm er mein Gesicht in beide Hände und wischte mir die Tränen weg. Ohne etwas zu sagen, küsste er mich und als er sich von mir abwandte, lächelte er. In dem Moment hatte er begriffen, dass ich ihn noch immer liebte. Es war anziehend, mit ihm Zeit zu verbringen, doch ob ich ihm noch eine Chance geben würde, blieb die Frage. Mein Herz wollte es und dieses Baby brauchte uns beide. Ich dachte an unsere Zeit in London. Bis dieser Anruf kam, war alles perfekt gewesen.

Es wurde spät und Max kam nicht zurück. Liam ging dann und ich legte mich hin und schlief ein.

Kapitel 13

Als ich aufwachte, war ich nicht allein in dem Zimmer. Im Sessel daneben schlief Liam. Wann war er hierhergekommen? Gestern war er nachhause gefahren.

Ich hatte gut geschlafen. In dem Moment wurde mir jedoch übel, ich musste dringend aufs Klo. Ich stand auf, ging zur Toilette und übergab mich. Diese Übelkeit war katastrophal. Ohne dass ich gegessen hatte, musste ich mich übergeben. Wenn das so weiter ging, würde ich durchdrehen.

An der Tür klopfte es. Scheiße, ich hatte Liam geweckt. Das war eine Katastrophe, ich spie und er stand draußen und hörte mir dabei zu.

Boden öffne dich, ich möchte versinken. Bevor ich wusste, dass ich ein Kind bekommen würde, war mir nicht übel gewesen, und nach dem Test andauernd. Es war komisch. Mich würde es interessieren, wieso das so war. Dann fiel mir ein, dass es mit der Hormonumstellung einherging.

„Liam, geh von der Tür weg, es geht mir beschissen. Das ist deine Schuld!“, schrie ich ihn an, doch er lauerte weiterhin auf der anderen Seite. Wie kann er nur hier stehen, dieser Idiot? Er schreckt vor nichts zurück.

„Ich hole eine Schwester“, antwortete er, dann hörte ich seine Schritte und er entfernte sich. Wenig später klopfte es erneut. Warum ließen die mich nicht in Ruhe? Das fragte ich mich eine Weile.

„Elena, machen Sie die Tür auf“, forderte eine Krankenschwester. Ich machte auf und sah nur Schwarz vor den Augen und fiel zurück. Sie fasste mich am Arm und schrie dann um Hilfe. Mehr bekam ich nicht mit, da ich weg war.

Als ich wieder zu mir kam, standen erneut Ärzte um mich und schauten nach mir. Liam war blass und saß im Sessel. Ihm liefen die Tränen übers Gesicht. Er merkte nicht, dass ich da war und ihn anschaute.

Die Ärzte waren froh, dass ich bei Bewusstsein war. Ich lag auf dem Bett und überlegte, was passiert war. War wer gestorben? Liam sah beschissener aus als ich.

„Du bist wieder umgekippt, im Klo. Mach das nie wieder, hörst du? Wir brauchen dich hier."

„Ach, wer braucht mich hier? Das Baby oder du?", fragte ich ihn neckisch.

„Unser Kind braucht seine Mutter, sei nicht so leichtsinnig. Ich brauche dich auch. Ich werde mich um euch kümmern, so wie es sich gehört, verstanden? Das mit dir ist das Beste, was mir je passieren konnte." Er sah mich mit ernster Miene an. Ich konnte ihm nicht folgen, da mir wieder schwindelig wurde, und ich schloss meine Augen. Als die Maschine zu surren anfing, war ich schon lange weg. Ich wusste nicht, warum.

Dieses Mal beim Aufwachen waren die Ärzte da. Sie redeten mit Liam, doch ich konnte nicht verstehen, was. Ich war so geschwächt und müde, wo ich es normalerweise nicht bin. Hoffentlich war mit dem Baby alles in Ordnung. Das gab mir Kraft, um meine Augen aufzumachen, da sah ich Max und Liam mit einer Ärztin reden. Sie erklärte ihnen, dass ich dringlich mit Medikamenten behandelt werden musste. Sonst verlöre ich das Baby. Max willigte ein und Liam fragte, wie ernst das sei. Sie sagte ihm nichts, sah ihn nur an. Er fragte nicht weiter nach. Ich verstand die Lage. Ich würde mein Baby hüten. Ich durfte nicht zulassen, dass es weggeht. Mein Würmchen bedeutete mir zu viel. Ich kippte leicht um und dann war ich weg. Mein Kreislauf spielte verrückt.

„Hallo an alle, was ist hier los, was habe ich? Verliere ich mein Baby?", fragte ich verschlafen.

„Hey, Eli, du verlierst das Baby nicht. Es geht ihm gut. Du wirst nur Medikamente nehmen müssen, das brauchst du", beruhigte mich Liam.

„Ich habe gehört, dass ihr was anderes gesagt habt. Was ist mit meinem Baby?" Die Ärztin sah mich an.

„Wir machen einen Ultraschall, schauen uns das Baby an. Sie werden Medikamente und Vitamine bekommen, und in ein paar Tagen geht es Ihnen besser.“

„Ich freue mich auf mein Krümelchen. Ich hoffe, dass alles in Ordnung ist. Es ist mein erstes Baby und ich habe Angst, es zu verlieren. Ich liebe es.“

„Keine Angst, viele Frauen machen das durch. Die ersten zwölf Wochen, danach geht es ihnen besser.“ Sie nahm das Gerät und drückte es an meinem Bauch. Ich hörte das Herzchen schlagen. Es lebte, es ging ihm gut. Ich war erleichtert. Jede Frau wünscht sich, dass ihr Baby gesund und munter ist. Mein Baby sollte gesund sein. Im Geheimen wünschte ich mir ein Mädchen. Die haben so viele Kleider für Mädchen in vielerlei Hinsicht. Jung tragen nur Hosen in bunten Varianten.

Seit drei Tagen lag ich hier im Krankenhaus. Liam fuhr nur, um sich zu duschen und umzuziehen, dann saß er wieder bei mir. Wir redeten über alle möglichen Dinge und lachten. Da er ein Arsch war, entpuppte er sich zurzeit als Prinz. Ich merkte immer mehr, dass er sich änderte. Er kümmerte sich um uns, wollte über alles Bescheid wissen. Ihm tat es leid, dass er von mir verlangt hatte, unser Kind abzutreiben. Er entschuldigte sich tausendmal bei mir, kaufte Schwangerschaftsbücher und las sie mir vor.

Die Exfreundin hatte er gestern gebeten, den Vaterschaftstest zu machen, und sie hatte abgelehnt. Aus welchem Grund, wusste er nicht. Sie meinte, dass es ein Irrtum war, ihm von dem Kind zu erzählen.

„Liam, wir werden Eltern, ist dir das bewusst? Wir müssen Vorbilder sein für unseren Krümel. Das bedeutet, dass du nicht so weitermachst. Heute eine, morgen eine andere. Wenn es dir ernst ist, ändere was dran. Bemitleide mich nicht, ich bin schwanger, nicht krank.“

„Ich habe mich bereits entschieden. Ich bin hier bei euch. Ihr seid meine Zukunft. Ich liebe dich. Ich verspreche dir, dass ich keine Frau anschauen werde, geschweige denn mit ihr in die Kiste springen.“

„Verdammt, Liam, spiele nicht mit mir. Nach dieser Sache mit deiner Ex glaube ich dir nicht, dass du das wirklich willst. Das sagst du nur so.

Überlege es dir genau. Das hier ist kein Spiel, das wir hier erleben. Es ist Wirklichkeit. Du hast am Anfang unserer Beziehung gespielt und schau, wo wir jetzt sind. Ich weiß nicht mehr, ob ich dir vertrauen kann.“ Ich sagte es in einem strengen Ton zu ihm. Ich wünschte mir für das Baby und mich, dass Liam es ernst mit uns meinte. Warum tat mir das so weh? Ich bekam sein Kind und er schien mich zu bemitleiden. Ich fühlte mich furchtbar. Ich würde ihn erwürgen, wenn er mir diesen Blick noch einmal zuwarf. Ich wollte, dass er mich liebte und mich in seinen Armen hielt. Ich sehnte mich nach ihm, mehr denn je.

Ich musste schmunzeln, als ich ihn ansah. Er war so vertieft in das Buch, dass er es gar nicht bemerkte.

„Elena, wenn du mich so anlächelst, du weißt, was dann mit uns beiden passiert!“ Er hatte mich doch bemerkt.

„Verdammt, Liam, dir entgeht nichts. Wie habe ich dich angesehen?“, fragte ich ihn und konnte mir das Grinsen nicht verkneifen.

Er stand auf, kam zu mir ins Bett und legte sich dazu. Dann drückte er mich an sich und meinte: „Ich bin in dich verliebt. Und wenn du mich so ansiehst, will ich dich sofort. Deine Blicke sagen mir das du mich auch …“, er verstummte. Dann fing er an, mich leidenschaftlich zu küssen. Ich erwiderte es.

Ich liebte ihn mit all seinen Macken, und wenn er mich liebte, dann war das perfekt. Ich ließ ihn mit mir machen, was er wollte, und merkte erst später, dass Doktor Scharmant das Zimmer betrat. Überrascht stieß ich Liam von mir und deutete in die Richtung des Doktors. Liam lächelte und gab seinen Senf dazu.

„Oh, wir sind erwischt worden.“ Ich schämte mich, doch nur einen Moment. Der Doktor hatte diskret in meine Unterlagen geschaut. Das machte er immer, wenn er ins Zimmer kam.

„Elena, ich werde einen Ultraschall machen, bevor wir Sie entlassen. Ich werde das Baby noch einmal genauer anschauen. Die Blutwerte sind in Ordnung. Sie versprechen mir, sich zu schonen. Ab heute sind Sie freigestellt, da Sie Problemen mit dem Blutdruck haben und ständig umkippen. Es wäre gefährlich auf der Arbeit für Sie. Das Schreiben geben Sie bitte Ihrem Chef. Es wäre für die Firma besser, das zu akzeptieren, als dass Ihnen etwas beim Hinfallen zustößt." Doktor Scharmant sah auf den Bildschirm. Liam und ich waren beide am Weinen. Dieses Herzgeräusch war für uns sehr bewegend. Unser Baby lebte und es ging ihm gut. Liam wischte sich die Tränen weg, sah das Ultraschallbild an und dann mich.

„Doktor Scharmant, ich werde mich um meine Freundin und um unser Baby kümmern. Ich verspreche es." Er bückte sich zu mir und gab mir einen Kuss.

„Ich liebe dich und unser Baby, ihr beide zieht zu mir. Später schaue ich, dass wir ein Haus mit Garten kaufen. Du kannst dir ein Kinderzimmer aussuchen, Schatz."

Doktor Scharmant merkte, dass er hier nicht mehr gebraucht wurde, und verließ das Zimmer.

„Ich bin überrascht von dir. Du hast beschlossen, dass ich bei dir wohne, ohne mich zu fragen? Ich werde es mir überlegen." Mit meiner Antwort ließ ich ihn zappeln.

„Nein, du wirst nichts überlegen. Du kommst zu mir und bleibst. Ich akzeptiere es nicht anders. Du wirst mit mir zur Weihnachtsfeier gehen und mit mir tanzen. Du hast es organisiert und ich werde nicht zulassen, dass du nicht dabei bist", sagte er mir mit einem festen Ton.

„Ich fasse es nicht, ich bin nicht dein Eigentum! Ich habe ein Recht, mitzubestimmen. Du kannst mich nicht zwingen, bei dir einzuziehen. Ja, ich trage dein Kind, trotzdem kann ich selbst entscheiden, was gut für mich wäre. Du kannst mich nicht zwingen." Er schaute mich belustigt an.

„Ich will, dass du mir gehörst. Was ist verkehrt daran? Du, das Baby und ich, wir werden eine Familie. Das sollte dir klar sein. Ich werde euch zwei nie wieder allein lassen. Ich habe dir gesagt, dass ich dich liebe. Was willst du noch?"

Das hast du, und beim ersten Problem bist du mir aus dem Weg gegangen. Wir stritten nur, egal, wer was sagte. Das regte mich wieder auf. Warum konnten wir nicht glücklich sein? Er war wütend auf mich. Ich ging auf ihn zu, umarmte und küsste ihn, einfach so. Ich wollte nicht mehr streiten. Ich liebte ihn und jeder Streit mit ihm tat mir weh. Mein Herz gehörte ihm und das wusste er genau.

„Es geht hier nicht darum, was ich will. Es geht hier um dich. Du warst kein Familienmensch, du hattest andere Vorlieben. Das hier ist kein Spiel, das du spielen musst. Wir bekommen ein Kind, du wirst Vater, und da ist es von Vorteil, wenn du dich ums Kind auch kümmerst, wenn es da ist. Babys schreien nun mal in der Nacht, da kannst du nicht einfach das Kind schreien lassen, so wie du mich beim ersten Problem weggeschubst und ignoriert hast. Das geht nicht, Liam. Überlege es dir, ob du dich wirklich um dein Kind kümmern willst. Ich könnte mir auch vorstellen, dir noch eine Chance zu geben. Ich liebe dich, nämlich noch immer."

Er sah mich überrascht an, drückte mich an sich. Ich begann meine Tasche zu packen und schaute nach, ob ich alles hatte. Doktor Scharmant brachte mir die Entlassungspapiere. Ich nahm sie und wir verabschiedeten uns. Liam fuhr mich ins Geschäft, am Parkplatz nahm er meine Hand. Wir marschierten durchs Geschäft ins Büro, meine Kollegen begrüßten uns. Ich sah Emil am Laptop sitzen.

„Hallo, Emil, wie geht es dir? Hast du alles im Griff?"

„Mir ist bewusst, dass ich bald nicht mehr hier sein werde, ich genieße es noch. Sonst geht es mir gut. Rosa freut sich, dass ich mehr Zeit für sie haben werde. Wie geht's euch beiden?"

„Ich komme gerade aus dem Krankenhaus. Mich haben sie bis auf Weiteres krankgeschrieben. Ich muss mich schonen. Hier ein Schreiben für dich von Doktor Scharmant. Mit dem Baby ist alles in Ordnung. Es ist jedoch nicht leicht." Er nahm den Zettel und lächelte.

„Ich freue mich, dass ich Opa werde, und Rosa erst. Du schenkst uns das, was wir schon immer wollten, ein Enkelkind. Das schönste Geschenk auf der Welt. Herzlich willkommen in unserer Familie, Eli. Danke!" Er stand auf und umarmte mich.

„Danke, Emil, du wirst ein großartiger Opa. Ich werde einkaufen und mich dann wieder hinlegen. Ich bin erschöpft. Liam fährt mich nach Hause. Er ist gerade einkaufen."

Ich verabschiedete mich von Emil und marschierte nach draußen. Liam schlenderte mit dem Einkaufswagen daher und kam mir entgegen, gab mir einen dicken Kuss auf die Lippen und lächelte charmant.

„Ich habe für uns eingekauft, brauchst du noch etwas?"

„Komm mit." Er marschierte voller Stolz hinter mir her und ich kaufte ein. An der Kasse standen Emely und Lily und grinsten mich blöd an. Liam nahm mich um die Taille und küsste mich zärtlich. Die beide sahen uns zu. Dann fragte er mich: „Schatz, hast du alles? Brauchen wir noch etwas?"

„Ich dachte, du wolltest wissen, was ich mit dir heute noch anstellen werde", neckte ich ihn. So wie er dastand, kein Wunder, dass ihn Alexa und Emely anstarrten.

Mädels, das Exemplar gehört mit, Finger weg.

„Ich bin gespannt, wie es zwischen uns heute ausgeht, wer auf wem liegen wird." Er lächelte und sah so was von süß aus. Der Blick war eindeutig: **Ich will dich.** Emily warf mir einen bösen Blick zu. Lily starrte mich an.

„Heilige Scheiße, Elena, wo hast du den gefunden? Wie viele lässt du ran? Alle sexy Männer, einer nach dem anderen. Vor Wochen hast du einen Heiratsantrag mit roten Rosen bekommen und jetzt kommst du mit dem Adonis hier."

„Ich kann nichts dafür, dass mir sexy Typen nachrennen. Was ich weiß, ist, ich habe nur den sexy Adonis hier, den ich liebe. Kein Neid, ihr zwei. Solltet ihr nicht besser arbeiten statt Tratschen? Das wird dem neuen Boss nicht gefallen. Er bezahlt nicht für den Tratsch, sondern für die Leistung." Sie sahen mich nur an. Liam bezahlte und verstaute unseren Einkauf in den Taschen.

„So, so, Alessio hat dich mit den roten Rosen gefragt, ob du ihn heiraten willst? Mein Bruder, der Held. Was hast du ihm geantwortet?", fragte er knurrend. Ich sah ihn an.

„Ach, bist du eifersüchtig, dass er mich gefragt hat?" Das gefiel mir.

„Ich teile nicht, was mir gehört. Alessio sollte sich fernhalten von dir. Du gehörst nur mir, verdammt. Wie konnte er es wagen, dich so etwas zu fragen?"

„Du bist eifersüchtig und wie. Er hat sich nur entschuldigt bei mir, indem er auf dem Boden vor mir kniete und mir rote Rosen übergab. Es gab keinen Heiratsantrag. Das habe ich dir doch erzählt." Unsere Blicke trafen sich. „Es war so und nicht anders." Liam lächelte und drückte mich an sich.

„Ich will wissen, ob du mich mal heiraten würdest. Ich werde dich mal fragen, wenn ich so weit bin."

„Ehrlich gesagt habe ich noch nicht darüber nachgedacht. Bei deinen Geschichten werde ich es mir überlegen." Ich schaute ihn an und dachte nach. Es spräche nichts dagegen. Wenn er uns als Familie haben will, dann würde ich ja sagen. Er sollte mich nur ordentlich fragen.

„Na, grübelst du, ob ich dich heirate oder nicht? Ich würde sagen, ich werde dich mal fragen, wenn es passt. Heute nicht. Ich liebe dich und das andere wird sich ergeben."

„Wie du meinst. Ich bin noch nicht bereit, ja zu sagen."

Das war's, jetzt sah er mich komisch an. Die Retourkutsche musste sein. Ich liebte es, wenn wir einander hin und wieder neckten.

„Okay, dann lass ich mir mal genügend Zeit, bis du bereit bist." Er zog mich fester an sich.

Kapitel 14

Ich gab nach und zog zu ihm. Liam und ich arrangierten uns. Er verwöhnte uns jeden Tag. Wir liebten uns und kamen uns wie ein altes Ehepaar vor. Ich suchte mit ihm ein Kinderzimmer aus. Er richtete es ein und lächelte nur. Es war der vierte Advent und wir waren noch immer zusammen. Ich gab ihm die zweite Chance. Es fühlte sich so gut mit ihm an. Er kümmerte sich um uns und bemühte sich. Ich verliebte mich immer mehr in ihn. Er hatte mich so weit gebracht, dass ich ohne ihn nicht sein konnte.

Morgen fand die Weihnachtsfeier statt und wir zwei waren aufgeregt, da Emil in Pension ging und ich erfahren würde, wer der neue Boss werden würde. Emil schwieg nur, als ich ihn danach fragte. Eigentlich sollte es mir egal sein, da ich die nächste Zeit zu Hause war und mich um das Baby kümmern würde.

Der heutige Tag mit Liam verlief romantisch, er ließ keine Gelegenheit aus, mich zu lieben. Er kochte für uns, putzte und liebte mich, benahm sich wie ein Liebhaber und sexy Koch. Ja, bei uns beiden funkte es gewaltig.

Dann brachte er uns einen Christbaum und wir schmückten ihn. Es ertönte Last Christmas und wir sangen mit. Es war einer der schönsten Tage. Ruhe, Geborgenheit und Liebe, das war bei uns heute spürbar, und so wollte ich es beibehalten. Ich blieb noch immer auf der Hut. Ich hatte Liam verziehen, weil ich ihn liebte, doch es war besser, die Augen aufzuhalten. Mein Telefon klingelte und ich meldete mich, ohne drauf zu schauen, wer es war.

„Hallo, Elena, hier spricht deine Mutter, die du nie anrufst. Ich frage mich, was ich mit euch drei falsch gemacht habe. Keiner ist imstande, mich zu fragen, wie es mir geht. Alle seid ihr beschäftigt. Max hat eine Freundin, sie kommt zum Fest und du kommst wieder allein. Deine Schwester ist auch nicht hier, sondern beim Italiener Carlos, der nichts taugt. Für was habe ich euch bekommen, wenn ihr nie da seid?“ So war meine Mutter, wenigstens mit Max gab es Ruhe.

„Hallo, Mama, wie geht es dir? Ich werde zu euch kommen, ist doch egal, ob ich allein bin oder nicht. Wie geht es Papa? Plant ihr einen Urlaub? Hast du einen Christbaum und was für Farben werden es diesmal sein?“, fragte ich sie und verdrehte dabei meine Augen. Es nervte mich, dass sie schon wieder etwas im Schilde führte. Was genau, erfuhr ich vielleicht jetzt. Ich setzte mich und lauschte, was sie zu sagen hatte. Es war nicht einfach mit ihr. Manche Gespräche dauerten Stunden. Sie drehte sich alles, wie es ihr passte. Besser, ich hörte zu und überlegte mir einen Angriff.

„Danke, es ist alles in Ordnung mit uns. Wir werden nicht in den Urlaub fahren. Zu dir: Ich habe einen Mann für dich gefunden. Loris Sohn Mario ist da und so, wie es ausschaut, ist er allein, hat einen guten Job, Geld ist genug da. Ich habe ihn eingeladen. Ich würde es begrüßen, wenn du dir Mühe geben würdest mit ihm. Und ihn heiratest.“

Ich verdrehte die Augen und wurde wütend auf sie. Sie wollte mich verschachern. Liam stand neben mir und schaute mich an. Nein, so nicht, Mutter.

„Schön, dass du einen Mann gefunden hast, Mutter. Ich werde ihn sicher nicht heiraten, ob es dir passt oder nicht. Ich bin alt genug, um mir selbst einen Mann auszusuchen. Ich werde dir beweisen, dass ich das sehr wohl kann. Doch ich werde vorher diesen Mario zum Teufel jagen. Egal, ob es Weihnachten ist oder nicht, das solltest du wissen. Da kannst du Gift drauf nehmen.“

Sie war für einige Sekunden sprachlos und sagte anschließend zu mir: „Dein Vater und ich bestehen drauf, dass du ihn heiratest. Wir haben alles arrangiert, und wenn du nicht erscheinst, werden wir zu dir kommen.“

„Nimm du ihn, Mutter, wenn er dir so gut gefällt. Ich heirate den Mann, den ich liebe. Von mir aus kannst du kommen, ich werde nicht da sein. Ihr beide macht euer Ding wie immer, auf uns Kinder scheint ihr zu scheißen. Unsere Meinungen sind nicht akzeptabel für euch. Dann mach dich mal auf die Überraschung gefasst, die ich euch bescheren werde.“ Als ich auflegte, schaute ich zu Liam. Seine Reaktion war Entsetzen.

„Eli, sie wollen dich verschachern? Das lass ich nicht zu. Ich fasse es nicht. Beruhige dich mal und wir werden uns später etwas überlegen.“

„Ich werde dich am Heiligenabend vorstellen und ihnen erzählen, dass wir ein Baby bekommen. Dass ich dich liebe und nicht irgendeinen anderen Mann. Liam, ich könnte mir das Leben ohne dich nicht vorstellen. Ich will mit dir unser Baby großziehen. Meine Eltern machen mich schon seit Jahren verrückt. Nur Demütigungen kassiere ich von ihnen. Das bin nicht nur ich, die sie so behandeln, es sind auch Mia und Max.“ Ich war entsetzt. Wie konnten sie es wagen, so mit mir umzugehen? Ich war doch nicht ein Stück Butter, dass man einfach so weiterreichte, wenn einer danach verlangte.

„Ich wollte die ganze Zeit von dir, dass du mich bei deinen Eltern vorstellst. Ich möchte sie kennenlernen und dich vor ihnen beschützen. Es wird mir eine Ehre sein, mit dir dort aufzukreuzen und mit der Problematik umzugehen. Ich werde für euch da sein, egal, wie es ausgeht mit deinen Eltern. Ruh dich aus, ich muss ein paar Stunden arbeiten. Ich bin im Büro nebenan, wenn du was brauchst.“ Er gab mir einen Kuss und marschierte davon. Ich legte mich nieder, immerhin musste ich mich wirklich ausruhen. Die Schwangerschaft machte mich müde. Ich würde Liam später nach dem Nickerchen besuchen.

Die Zeit war unglaublich schnell vergangen. Als ich einen Kuss spürte, stand mein Freund neben mir und lächelte mich an. Von der Küche kam ein Geruch von Essen und mein Magen knurrte laut. Allein vom Riechen war ich überzeugt, dass es schmecken würde.

„Morgen, meine Schlafmütze. Hast du gut geschlafen? Und hast du Hunger?“

„Danke, ich habe zum ersten Mal auf der Couch geschlafen, es war bequem. Wie lange habe ich geschlafen?“, fragte ich, als sich mein Magen rührte. „Ich habe Hunger.“

Er schaute mich an und meinte so nebenbei: „Ich habe für uns gekocht, gehen wir in die Küche, es ist angerichtet. Als ihr geschlafen habt, habe ich eine Kleinigkeit vorbereitet.“ Er grinste mich an mit diesem einen Blick.

„Oh, du bist der perfekte Schwiegersohn. Wenn deine Schwiegermutter das nur wüsste, dass du für deine Auserwählte kochst, putzt und wäschst. Sie würde vom Hocker fallen. Sag ihr das bloß nicht.“

Wir lachten zusammen. Tja, sie würde sich umdrehen und fallen.

„Glaubst du, sie wird mich ins Herz schließen? Wenn nicht, ist es ihr Pech. Sie braucht uns dann nicht stören. Da würdest du deine Ruhe haben. Warum organisiert sie eine Verlobung, wo du den Kerl nie gesehen hast, frage ich mich.“

„Es ist traurig, dass sie uns alle verheiraten will. Mia ist deswegen nach Italien studieren gegangen, damit sie sie nicht oft sehen muss. Max ist in die Schweiz ausgewandert und hat sich selbstständig gemacht. Seine eigene Kanzlei eröffnet. Nur ich bin hiergeblieben und muss mir die Demütigungen anhören. Unserem Baby wird das nicht passieren. Sie darf heiraten, wen sie liebt.“ Ich lächelte ihn an. „Ach, ich werde eine Traumschwiegermutter sein. Was meinst du?“

„Mir ist aufgefallen, dass du immer **sie** sagst. Was, wenn es ein Er wird?“

„Oh, das ist mein Gefühl. Es wird eine Sie sein, glaube ich. Wir werden anfangen, Namen auszusuchen für sie.“ Ich hätte da schon zwei, die mir im Kopf herumschwirrten. Sie würde Leni heißen, und wenn es doch ein Junge war, Elias.

„Ich dachte mir, dass ich nichts mitzureden habe. Du entscheidest über die Namen für unser Baby. Ist schon klar. Doch ich habe zwei, Tommy und Jessi. Was sagst du dazu?“

„Nein und nein, das Mädchen wird Leni heißen und wenn es ein Junge ist, Elias. Ich trage es im Bauch, nicht du. Ich werde es so nennen, du hast keine Wahl, mein Freund.“

„Du hast gewonnen, für jetzt. Ich werde aber nicht aufgeben. Nach Streiten ist mir heute nicht. Iss was, das Baby braucht Nahrung, um zu wachsen, und du genauso.“

„Bin ich dir nicht groß genug? Liam, du bist ein Idiot."

„Dein Idiot. Wie schaut es aus mit dir? Hättest du Lust auf deinen Idioten?"

„Tja, wenn sich mein Idiot als Prinz erweist, dann schon." Liam war ein Alleskönner, wie es aussah.

Wir aßen und warfen uns dabei Blicke zu. Meine Hormone waren unerträglich. Liam brachte mich so zum Lachen und Weinen. Dieses Baby war die Krönung unserer Liebe.

Mein Handy klingelte und ich hob ab.

„Wer stört um diese Zeit?", fragte ich, ohne aufs Display zu schauen.

„Hallo, Schwesterherz, wie geht es dir? Ich habe mit unserer Mutter telefoniert und die meinte, dass du dich verloben wirst? Wie hat sie es geschafft, dich zu verkuppeln, mit dem Trottel? Sag mir nicht, dass du dem zugestimmt hast!", meinte Mia.

„Hallo, meine Kleine, es ist erstaunlich, wie die Lage sich entwickelt. Ich habe nicht zugestimmt, irgendwen zu heiraten. Sie hat mir die Verlobung aufgedrängt, ohne mich zu fragen. Das ist eine Frechheit. Ich habe einen festen Freund, wir wohnen zusammen. Diese Verlobung wird nicht stattfinden. Sag ihr nur nicht, dass du es weißt. Ich werde ihn mitbringen zur Feier. Das wird eine schöne Überraschung werden."

„Eli, ich bekomme ein Baby, ich werde es an Weihnachten verkünden. Ich bin gespannt, wie sie es aufnimmt."

„Ich werde Tante! Ich freue mich für dich, wann bekommst du es?"

„Anfang August. Ich fühle mich großartig und Carlos freut sich riesig. Wir haben inzwischen auch geheiratet. Du hast die E-Mail mit Fotos sicher schon bekommen, oder?"

„Oh, ich war im Krankenhaus, das werde ich dir erzählen, nächstes Mal. Ich werde die Mails checken. Ich hatte bisher keine Zeit."

„Ist es was Ernstes? Du klingst so bedrückt. Diese Überraschung wird warten bis zum Fest."

„Ich hatte Probleme mit dem Kreislauf und bin drei Tage zur Beobachtung geblieben. Keine Sorge. Es geht mir blendend, mein Freund passt auf mich auf. Du wirst ihn kennenlernen. Wann kommst du zu uns?"

„Wir werden am zweiundzwanzigsten Dezember anreisen. Carlos und ich bleiben eine Woche und dann werden wir wieder nach Italien zurückfahren. Du hast frei, nehme ich an?"

Liam starrte mich an und schüttelte den Kopf. Er hatte mitbekommen, über was wir gesprochen hatten.

„Mia, ich habe frei und freue mich wahnsinnig, euch zu sehen. Ich habe dir auch viel zu erzählen und dir Liam vorzustellen."

„Ich freue mich genauso auf dich. Bis bald, Eli." Wir verabschiedeten uns voneinander.

„Schatz, ich finde es schön, dass deine Schwester heimlich geheiratet hat und ein Baby bekommt. Das wird eurer Mutter sicher gefallen." Er lachte laut.

„Ich freue mich auf die Überraschung von Mia und auf unsere erst. Mutter wird einen Herzanfall bekommen."

„Es geschieht ihr recht, so wie sie euch drei behandelt."

„Tja, da wird die Verlobung wohl ins Wasser fallen. Die Weihnachtsfeier wird interessant werden, wenn sie lauter Neues von uns erfährt."

„Liebling, hast du ein Kleid, das dir passt, oder gehst du mit mir ein Kleid kaufen? Ich habe davon gelesen und mich erkundigt.", er deutete auf meinem Bauch und lachte.

„Ja, ich habe ein Kleid, komm mit ins Schlafzimmer." Er folgte mir, ohne was zu sagen. Ich machte meinen Kleiderschrank auf und nahm das Kleid heraus. Ich zog es mir an und drehte mich im Kreis. Es stand mir perfekt. Liam starrte mich an, er erinnerte sich an den Abend, als ich an ihm vorbeiging. Er lächelte mich an und zog mich an sich.

„Das ist perfekt, zieh dich aus und leg dich ins Bett. Ich will dich sofort."

„Oh, Liam, nicht das Kleid zerknittern, ich werde es zweimal brauchen." Er half mir beim Ausziehen und brachte mich anschließend ins Bett, dann legte er sich vorsichtig auf mich und küsste mich ausgiebig. Er streichelte meinen Bauch und gab ihm mehrere Küsse. Da er begriffen hatte, dass er Papa sein würde, freute er sich jeden Tag mehr.

Wie es so war, blieb es nicht nur beim Küssen. Wir genossen unser Liebesspiel und Liam war sanft und zärtlich wie noch nie. Seine Streicheleinheiten machten mich verrückt. Auch wenn man schwanger war, fand man an Sex verrückte Dinge, die man ausprobierte, und es fühlte sich fantastisch an. Wir würden uns noch öfter lieben und neue Sachen an uns entdecken.

Kapitel 15

Als der Wecker läutete, wurde ich wach. Liam lag neben mir und schlief, ich schaute ihn an, er sah so sexy aus mit seinem verstrubbelten Haar.

Wie ich ihn liebe, dachte ich mir. **Er gehört mir – oh, Würmchen, dir auch.**

Ich schmunzelte und strich zärtlich über sein Gesicht. Er wachte auf und drückte mich an sich, gab mir einen Kuss und lächelte mich an. Einen Moment sagte keiner von uns was, nur unsere Blicken verstanden sich. Liam drehte sich zu mir und schaute mir noch tiefer in die Augen. Er sah so schön aus mit seinem Haar und dem verschlafenen Blick. Der Abend war lang gewesen und unsere Augen strahlten vor Glück.

„Wie hast du geschlafen, Liebling?“, fragte er mich.

Ich gab ihm einen Kuss und meinte dann: „Neben dir, ausgezeichnet.“

Jetzt lächelte er. Wir kuschelten noch eine Weile, bis sein Telefon klingelte. Er meinte, es sei nicht wichtig. Uns so ruhig zu umarmen und zu kuscheln, war so romantisch, bis mein Magen Laute von sich gab. Der Verräter hätte warten und diesen Moment nicht zerstören sollen.

Wir standen auf, zogen uns an und gingen in die Küche. Ich trug Liams Hemd, das meinen Oberkörper bedeckte. Er war größer als ich. Darum lächelte mich Liam so süß an und entlockte mir auch ein Grinsen. Doch ich musste was anderes anziehen, da ich nicht so zum Bäcker gehen konnte. Ich drehte mich um und holte meine Hose und meinen Pullover, die ich dann anzog. Nebenbei band ich mir mein Haar zu einem Zopf und ging noch ins Badezimmer, um mich frischzumachen. Nach ein paar Minuten war ich fertig. Mein Magen knurrte noch immer, und dieses Mal ließ er nicht locker.

„Liam, ich habe einen Bärenhunger, wollen wir nicht zum Bäcker gehen und uns was holen? Diese französischen Kipferl sind so lecker. Ich habe Lust drauf.“

„Wir werden uns dort ein Frühstück holen. Bist du fertig? Du musst dem Baby was zum Essen geben, Schatz. Es hat genauso Hunger wie du. Später erholst du dich und ab achtzehn Uhr sind wir bei der Feier“, erinnerte er mich. Wir gingen zum Lift und fuhren nach unten. Einige Nachbarn grüßten und lächelten uns an. Liam, der mich hielt, zog mich zu sich und gab mir einen flüchtigen Kuss.

Er markiert sein Revier, dachte ich mir. Das musste hier im Haus lustig aussehen.

„Liam, wo bist du, wenn ich mich ausruhe? Ich würde dich gern neben mir haben. Kuscheln mit dir wäre perfekt.“

„Ich werde Arbeit erledigen und mich danach zu dir legen. Ich lasse dich nicht allein. Nie wieder. Außerdem habe ich auch Lust, mit dir zu kuscheln.“

Ich nickte und machte meine Jacke zu.

Dann marschierten wir in die Bäckerei gegenüber zum Frühstücken. Dort war viel los. Wir setzten uns an einen Tisch im Eck und schauten zum Fenster raus, wie die Schneeflocken fielen. Es sah so romantisch aus. Die Kellnerin nahm unsere Bestellung auf und lächelte uns an. Bald war der Heilige Abend und wir würden Schnee haben. Das war doch ein Traum. Liam und ich bekämen nächstes Jahr unser Baby und freuten uns.

Als ich mich vom Fenster abwendete, trafen mich Liams Blicke.

„An was denkst du? Ich kann deine Grübchen sehen.“

„An einiges. An uns und das Rundum. Und du?“

„An dich und das Baby, und wie wir das mit deinen Eltern erklären. Sie werden aus allen Wolken fallen. Ich bin gespannt auf unser Treffen.“

„Oh ja, ich bin gespannt, wer den Verlobten heiratet, denn ich bin es nicht. Luise wird Augen machen. Von dir hat sie keine Ahnung und vom Baby erst recht nicht. Liam, ich liebe dich.“ Das war aufrichtig und ehrlich gemeint. Dann fügte ich noch dazu: „Ich hätte dieses Baby auch allein großgezogen.“

„Das hätte ich nicht zugelassen. Ich wusste, dass es von mir ist, und ich liebe dich auch, das Baby hat uns beide verdient. Verzeih mir, dass ich von dir verlangt habe, es wegzumachen. Das war nicht meine Absicht. Es war blöd von mir, das zu sagen. Ich hatte einfach Schiss. Annas Baby und du auch schwanger, es war zu viel."

Wir aßen unsere Kipferl und tranken unseren Kakao aus. Ich schaute zu Liam, der bei der Kellnerin einige Brötchen und Kipferl zum Mitnehmen bestellte, und zahlte. Wir standen auf, nahmen unsere Bestellung und marschierten zurück zu unserer Wohnung. Ich stellte fest, dass ich auch was sagen musste.

„Dann werden wir eine richtige Familie. Heute werden wir es auf der Feier verkünden, laut und deutlich. Und in ein paar Tagen noch einmal." Wir lachten und er nahm meine Hand, zog mich an sich und küsste mich. Dieses Mal war es ganz anders, wir gehörten uns.

In der Wohnung angekommen, steuerte ich meinen Lieblingsplatz an, die Couch. Ich drehte das Fernsehen auf und schaltete die Sender durch, bis ich **Rich and Beautiful** fand und es mir ansah.

Schließlich klingelte es an der Tür. Liam hatte sein Meeting und ich wollte nicht, dass er es unterbrach. Ich schaute also durch den Spion und entdeckte Jonas, der ziemlich gestresst aussah. Ich sperrte auf, doch als er mich erblickte, verzog er das Gesicht. Was war dem denn über die Leber gelaufen? Er war der einzige Freund von Liam, den ich nicht mochte. Er glaubte, dass er was Besseres sei.

„Hallo, Jonas!", rief ich ihm zu. Er schaute wie drei Tage Regenwetter. Am liebsten würde er mich umbringen und zerstückeln. Seine arrogante Art zeigte alles.

„Was machst du hier?", fragte er mich wütend.

„Ich wohne hier, und du?" Ich dachte, dass er nicht so blöd wäre und dass er normal schauen würde. Doch er nahm mich mit drohendem Blick bei der Hand. Wenn Blicke töten könnten, läge ich schon unter der Erde.

„Hör zu, ich will, dass du von hier verschwindest. Dass mit Liam und dir wird nichts, kann ich dir versprechen. Ich werde alles dafür tun, wenn es sein muss“, sagte er laut zu mir.

Das würde ihm passen, dachte ich.

„Wir werden nicht verschwinden, sondern du. Liam und ich leben hier, und du wirst dich in meiner Gegenwart anders benehmen. Diese Bösartigkeit kannst du dir abschmieren. Dass das klar ist! Was dein Problem ist, interessiert mich null. Ach, und deine Drohungen werden dir zum Verhängnis werden. Mach nur weiter. Ich habe keine Angst vor dir, denn du bedrohst mich in meiner Wohnung, nicht umgekehrt.“ In dem Augenblick stand Liam an der Tür und Jonas schrie mich an.

„Glaubst du, Flittchen, dass er dich will?! Nie im Leben! Er steht auf Modelfrauen und nicht auf dich. Verlasse ihn sofort, sonst …“ Er unterbrach sich.

„Jonas, was sonst? Sie gehört mir und das Baby auch, du Idiot. Ich werde mich mit der Mutter meines Kindes nicht deinetwegen streiten. Ich liebe sie mehr denn je. Du lässt sie in Ruhe, sonst war es das mit unserer Freundschaft, dass das klar ist. Ich mische mich bei dir nicht ein. Unterlasse es genauso.“

Jonas wurde rot wie eine Tomate, er drehte sich zu mir und starrte mich an. Liam gab mir einen Kuss, drückte mich an sich und legte mir einen Arm um die Taille.

„Sie ist schwanger? Ist das sicher dein Kind?“, fragte Jonas mit einem komischen Ausdruck.

„Es ist von mir, ich werde Vater. Da du jetzt Bescheid weißt, solltest du meine Frau anders behandeln. Entschuldige dich gefälligst bei ihr, sofort, sonst ist es mit unserer Freundschaft nicht gut bestellt. Du benimmst dich wie ein Idiot.“

„Tut mir leid, Mann. Entschuldige mein Benehmen. Ich habe von Alessio gehört, dass diese Emma sein Baby bekommt und sie nichts von ihm will. Er tut mir leid – und dann dachte ich, dass es dir nicht …“ Er unterbrach sich.

„Ich habe es mit Liebe gemacht und stehe dazu, Jonas. Eine Familie zu gründen, ist das Beste, was mir passiert ist. Eli ist die perfekte Frau für mich, verstehe das doch.“ Jonas sah ihn an, als ob es ihm leidtat. Er kam zu uns und umarmte uns ohne Worte, alle Achtung.

Liam drehte sich zu mir und meinte: „Geh dich ausruhen, Schatz, du darfst dich nicht aufregen. Es tut mir leid, dass er ein Idiot ist. Ihr braucht Ruhe.“

Wir küssten uns, und ich ging zu meinem Lieblingsplatz zurück. Legte mich aufs Sofa und deckte mich zu.

Liam erkundigte sich wegen der Auslandsreise, wie es verlaufen war, und bekam gute Neuigkeiten. Jonas entschuldigte sich abermals bei ihm und versprach, dass er nie wieder so was machen würde, klopfte ihm auf die Schulter und gratulierte ihm zum Baby, dann verabschiedete er sich von Liam. Ich schlief derweil ein, da ja nun alles geklärt war.

Ich musste einige Stunden geschlafen haben, als mich Liam sanft weckte. Meine Augen flatterten und ich sah ihn an.

„Na, meine Schöne, hast du gut geschlafen?“ Er küsste mich ausgiebig.

„Oh, wie spät ist es? Habe ich lang geschlafen? Ich habe meine Serie verpasst.“ Ich reckte mich und streckte mich auf dem Sofa. Er sah mir dabei zu.

„Einige Stunden. Komm, du musst was essen und dich anziehen für die Feier. Egal, die eine Sendung. Ich habe uns eine Limousine bestellt für heute Abend.“

„Oh, du verwöhnst uns, mein Schatz, doch ich würde gern mit dir hierbleiben und kuscheln. Hast du Lust?“, fragte ich ihn.

Sicher hatte er, er war ein Mann und ich eine Frau. Wen sollte es stören? Wir liebten uns und es war schön, nebeneinanderzuliegen und zu kuscheln. Liam legte sich zu mir und wir kuschelten einige Zeit, ohne ein Wort zu sagen. Er war tief in Gedanken versunken und lächelte. An was dachte er bloß? Er sah so sexy aus und ich konnte nicht widerstehen, ihn zu küssen. Er sah mich an.

„Schatz, ich würde dich sofort heiraten, wie wäre es mit dir? Könntest du es dir mit mir an deiner Seite vorstellen?"

Bohm, mit dieser Frage hatte ich nicht gerechnet! Ich schaute ihn an und dachte nach, es war zwar noch nicht lang her, dass wir zusammengekommen waren, aber sonst spräche nichts dagegen.

Wie kommt er auf die Idee?, fragte ich mich.

„Es ist ein bisschen zu früh. Finde ich." Er sollte wissen, dass ich darüber nachdenken würde. Dann fügte ich hinzu: „Wir sollten aufstehen und uns fertig machen und zur Feier fahren. Ich sollte früher dort sein und nachschauen, dass alles passt." Er bekam einen Kuss von mir, der ihm signalisierte, dass ich ihn liebte.

Wir stiegen in das Auto ein, der Fahrer nickte uns zu und fuhr langsam an. Liam lächelte mich an, doch dieses Lächeln hatte was an sich, dass mir wieder mal die Fragen durch den Kopf schossen, was er jetzt ausbrütete. Ich wurde aus ihm nicht schlau, doch ich konnte auf die Überraschungen von ihm warten.

Ich musste mich ablenken, das Schlimmste stand mir erst in zwei Tagen bei meinen Eltern bevor. Heute würde ich es genießen und mich nicht an irgendwas stören, was ich nicht ändern konnte. Liam saß nachdenklich neben mir und sagte kein Wort. Mir gefiel er mit seinem Sakko, den dunklen Hosen und diesem hellen Hemd. Sexy war er nur für mich. Ich stand auf seine Haare, in die ich immer meine Hände vergrub. Schließlich war es Zeit zum Aussteigen. Mein Freund lächelte mich an.

„Küss mich und schau mich nicht so spöttisch an", riet ich ihm. Er küsste mich.

„Oh, ich werde dich gerne weiterküssen, du wolltest aussteigen." Er nahm meinen Kopf in seine Hände und begann wieder, mich zu küssen. Dieses Mal war es zärtlich. Er hörte nicht auf und wir blieben eine lange Zeit im Auto. So saß ich bald auf seinem Schoß, ohne es zu merken. Wann war ich hier gelandet?

Am Fenster klopfte es mit einem Mal und Liam und ich unterbrachen unseren Kuss. Alessio starrte uns an und lächelte. Oh, unser Santa Claus, ich hatte es ganz vergessen. Liam öffnete die Tür und ich stieg aus.

„Hallo, Alessio, wo ist dein Santa-Claus-Gewand?“, fragte ich ihn mit einem Grinsen. Liam schaute Alessio an und nickte ihm zur Begrüßung zu.

„Ich ziehe es später an. So wie ich es dir versprochen habe. Ihr zwei seid spät dran, die Ersten sind schon drinnen“, meinte er zu uns.

„Bruderherz, die sollen mich verstehen! Ich kann nicht die Finger von meiner Frau lassen. In diesem Kleid heute ist sie …“ Er unterbrach sich und schaute mich an. „Ich liebe sie, das müsst ihr verstehen. Heute wird sie meine Nummer eins sein und für den Rest meines Lebens.“

Alessio starrte ihn an und sagte nichts. Ich war überrascht, als er mich seine Frau nannte. Wir gingen den Parkplatz entlang und keiner sagte etwas. Liam hielt meine Hand und warf mir verliebte Blicke zu. Alessio starrte nur, er sah traurig aus. Die Tür ging auf, Alessio marschierte hindurch.

Als ich an die Reihe kam, rief mir Tonio zu: „Sieh mal nach oben! Ein Mistelzweig! Du darfst deinen Mann küssen.“

Liam schnappte mich um die Taille, zog mich an sich und küsste mich vor allen. Dann schrie er in die Gruppe: „Frohe Weihnachten! Diese Frau gehört mir, Hände weg von ihr.“ Alle lachten, ich musste ebenfalls lachen, es klang zu lustig.

„Na, dann werden wir sie heute in Ruhe lassen“, kam es von Jonas.

„Hey, Mann, seid ihr alle da?“, fragte Liam. Jonas sah ihn komisch an.

„So wie wir es besprochen haben, es sind alle da. Sie sind drinnen auf ihren Plätzen. Leon und Liv haben sich Mühe gegeben und Max ist hier mit Emma.“

„Wer fehlt noch?“, fragte Liam. Ich sah Sebastian nur an.

„Ihr beide. Rosa und Emil sind auch schon da. Alessio ist in der Umkleidekabine, er kommt später“, erklärte Sebastian. Wir gingen in die Halle und sie glänzte großartig. Es war wie im Traum. Die Tanne war diesmal wunderschön, nicht wie letztes Jahr. Sebastian hatte sich Mühe gegeben.

Dieser Abschied würde mir wehtun. Emil war ab morgen nicht mehr der Chef, mit dem ich lachen und scherzen konnte. Ich war in Frühkarenz, bis ich in zwei Jahren wieder zurückkäme, würde eine lange Zeit vergehen. Es würde mir alles fehlen. Nichts würde so sein, wie es war. Ich war traurig.

Liam nahm mich in den Arm und flüsterte mir zu: „Sei nicht traurig, Liebling, es wird alles gut. Papa geht nur in seinen verdienten Ruhestand. Ist nicht so schlimm. Du wirst ihn privat bestimmt öfter sehen, wenn das Baby da ist.“ Er beruhigte mich und drückte mich an sich.

„Es ändert sich alles, Liam. Emil war ein Vater für mich und Rosa wie eine Mutter, wir haben viel gelacht und ich lernte vieles von ihnen. Es wird mir fehlen. Ich freue mich auf das Baby, mir wird meine Arbeit fehlen.“ Tränen kamen hervor und Liam wischte sie mir mit Küssen weg.

„Ich werde diese Aufgaben übernehmen.“ Er wischte mir erneuert die Tränen weg und lächelte mich an. Dann meinte er noch dazu: „Ich liebe dich, Elena! Es tut mir weh, dich so traurig zu sehen.“

„Ich liebe dich, Liam. Du kannst dir nicht vorstellen, wie sehr.“ Ich drückte ihn und lächelte. Er nahm meine Hand und wir marschierten zu unserem Tisch, wo wir Platz nahmen.

Meine Kollegen starrten uns an und Liam hatte nur Augen für mich. Mein Kleid hatte jeden Mann umgeworfen, es stand mir brillant, trotz der Schwangerschaft. Liam warf jedem einen strengen Blick zu, der mir nahekam. Er war eifersüchtig und wie!

Musik spielte im Hintergrund und Liam stand auf, hielt eine kurze Rede und lächelte seinen Vater dabei an. Er sah so süß aus. Ich könnte wieder heulen, diesmal wegen – keine Ahnung, ich war ja nahe am Wasser gebaut, seit ich schwanger war. Ich sah ihn an.

„Lieber Papa, du hast jahrelang gearbeitet und jeder, der dich kannte, war froh, dich als Chef zu haben. Deine Mitarbeiter mögen dich, genauso wie deine Familie. Du warst nicht nur der coolste Boss, du warst ein cooler Vater und bist es heute noch. Egal, wie schwer es war, du hast deine Familie und deine Arbeit immer an die erste Stelle gesetzt. Genieße deinen Ruhestand mit Mama. Ihr habt ihn beide verdient. Was uns mehr überrascht, ist, dass du und Mama dieselben geblieben seid. Auf euch beide. Prost, Papa, auf dich und deinen Ruhestand. Genießt die Zeit auf eurer Reise. Wir werden euch beide vermissen. Die Pension ist dafür da, dass man sie genießt." Liam prostete mit seinem Glas Wein und sah mich dabei an. Alle Kollegen lachten. Ich blinzelte und die Tränen liefen. Klar, ich freute mich für ihn und Rosa. Musik spielte wieder, Weihnachtslieder, und manche tanzten, ich sah Liam an. Der sah so glücklich aus. Kein Wunder, er hatte mich und freute sich für seine Eltern.

Doch irgendwas lief hier nicht richtig. Meine Freundinnen waren abweisend und grinsten nur. Keine traute sich zu mir. Sie waren nur so, wenn es was zum Verbergen gab. Das merkte ich. Max war hier und sah mich von Weitem und winkte. Hier war was in der Luft und alle wussten es, nur ich nicht.

Liam zog mich auf die Tanzfläche. Plötzlich spielte das Lied **Ich will dich nicht nur ein Mal**. Wir tanzten dazu und er grinste nur. Als das Lied wechselte, kniete er sich vor mir. Ich sah ihn überrascht an. Nein, der würde mir doch nicht einen Heiratsantrag machen! Es spielte **Roulette** von Max, das passte hier nicht, es war doch Weihnachten.

„Liam, dieses Lied passt hier nicht", flüsterte ich ihm zu. Er kniete noch immer und hielt eine kleine Schachtel in der Hand.

„Ob das Lied passt, ist noch die Frage. Wir haben einige Zeit Roulette gespielt, mein Schatz, bis wir uns bekommen haben. Ich will nicht einen Zentimeter von dir weichen. Ich will, dass du mir eine Frage beantwortest, die ich dir jetzt stellen werde." Wir sahen uns an, im Saal war es ruhig, die warteten gespannt, wie es weiterging. Liam räusperte sich.

„Ich liebe dich, Elena. Willst du meine Frau werden?", fragte er mich mit einem strahlenden Lächeln. Ich überlegte kurz. Warum nicht?

„Liam! Ja, ich will", sprudelten die Worte aus mir raus. Er stand auf, drückte mich an sich und küsste mich vor allen Leuten hier im Saal. Sie applaudierten und Musik spielte, diesmal weihnachtliche Lieder. Er nahm mich nach vorn auf die Tanzfläche und blieb stehen. Steckte mir den Ring an den Finger und küsste mich. Wir waren verlobt, ich konnte es nicht glauben.

Emil lächelte uns zu. Er bat alle im Saal um Ruhe. Er würde uns verkünden, wer seine Position übernahm. Oh, ich sah ihn traurig an. Hier waren viele Leute eingeladen worden. In meinem Kopf ratterte es, wer es sein könnte. Ich sah sie alle an. Emil stand auf und lächelte.

„Erst mal möchte ich mich bei euch bedanken, dass ihr alle hier erschienen seid. Danke für das Abschiedsgeschenk an alle. Ihr wart mir alle Jahre treu und hattet mit mir wahrscheinlich viel Stress. Danke, dass ihr es mit mir als Chef ausgehalten habt“, er unterbrach sich, da alle im Saal lachten. Dann fuhr er fort.

„Ihr wisst, mein Großvater hat dieses Geschäft aufgebaut, mein Vater hat es nach ihm geleitet und dann ich. Alle Jahre war es im Familienbesitz. Jetzt ist es an der Zeit, dass ich es weiter übergebe. Ihr fragt euch schon lange, wer meinen Posten übernehmen wird. Da ich drei Söhne habe und sie gefragt habe, bekam ich nur von einem ein Ja. Er hat selbst eine Firma, die er gegründet hat. Er versteht es, mit den jungen Leuten umzugehen, und er hat an seiner Seite eine Frau, die ihn unterstützen wird. Da bin ich mir sicher. Liebe Leute, manche von euch raten gerade und fragen sich bestimmt, wer es sein wird. Ich werde es euch gleich verraten. Ich gehe jetzt in meinen Ruhestand und ab morgen ist eurer neuer Boss Liam Oliversen. Bitte begrüßt ihn.“

Liam winkte allen, ich sah ihn sprachlos an. Die ganze Zeit hat er es gewusst und kein Wort gesagt. Ich konnte es nicht glauben, in dem Moment nahm er mich bei der Hand und zog mich an sich.

„Eli, darf ich dich um einen Tanz bitten?“, fragte er und schmiegte sich an mich.

„Gern, mein sexy Boss. Ich will mehr von dir. Küss mich endlich.“

Wir tanzten zu dem langsamen Song und konnten die Finger nicht voneinander lassen. Manche Feiernden kamen und gratulierten uns und manche starrten uns schief an.

Scheiß drauf, dachte ich, **soll sie der Neid auffressen.** Ich hatte nicht gewusst, dass Liam der Nachfolger von Emil sein würde, doch ich war glücklich mit ihm und das zählte.

„Wie fühlt man sich, wenn man den Boss bumst?“, fragte mich Emely.

„Na, heute lässt man sich schwängern, um den Boss zu heiraten, oder?“, meinte Lily.

„Nur kein Neid, Mädels. Ich frage mich, was ihr für ein Problem habt. Ich bin mit Liam länger zusammen.“

„Du hast den Alten um den Finger gewickelt und jetzt den Neuen auch. Du hast alles erreicht, die Firma bekommst du auch noch. Ach, und ein Kind des Bosses, das ist doch die Krönung.“ Lily schrie mich an.

Ich sah sie an und fragte mich, was das sollte. Die Firma gehörte seinem Vater und jetzt ihm. Ich wusste, dass die andere Firma, Liam the Best, sehr gut lief. Da sie viel im Ausland unterwegs waren, warf es eine Menge Geld ab. Die Firma machte viel Umsatz. Doch dass er das Geschäft übernehmen würde und hier sein Erbe antrat, davon hatte ich nichts gewusst. Es war erstaunlich. Ich machte mir nichts aus seinem Geld, er war als Mensch für mich wichtig, nicht sein Vermögen. Ich hatte meine Wohnung ausbezahlt und war mit meinem Verdienst gut über die Runden gekommen. Liam hatte eine Freundin und ein Haus. Nach der Trennung zog er in eine freie Eigentumswohnung über mir. Nun lebte er genau so wie ich. Da war es einfach, ihn wie einen normalen Menschen zu akzeptieren und ihn zu lieben.

Ich sah die beiden an.

„Ich habe Liam kennengelernt und nicht mal gewusst, wer er ist. Erst später habe ich von seinen Brüdern erfahren, dass er dazugehört. Emil war wie ein Vater für mich, und ich habe ihn nicht um den Finger gewickelt. Ich habe viel von ihm gelernt und gern mit ihm gearbeitet. Wie jeder von euch und noch mehr. Was geht euch beiden, meine Schwangerschaft an? Ist es verboten, dass ich ein Kind bekomme?“ Ich war wütend. Was sollte das mit den zweien?

„Emely und Lily, richtig?“, fragte Liam.

Sie nickten beide und sahen ihn an.

Er sagte mit einer strengen Stimme zu ihnen: „Eli und ich sind länger zusammen. Da ich der Boss bin, möchte ich, dass ihr meine Frau akzeptiert und nicht schlecht über sie redet. Sie wird in dem Geschäft die Führung übernehmen und mich unterstützen. Außerdem bin ich auf eure Arbeit gespannt. Ob ihr so gut seid, wird man sehen. Nun will ich mit meiner zukünftigen Frau tanzen und mich amüsieren und nicht euren Nonsens hören. Ihr solltet es auch tun." Ich sah ihn an und er zog mich an sich.

„Wir mussten nicht ficken, um zu heiraten. Wir lieben uns, das ist der Unterschied. Und jetzt geht mir aus dem Weg", meinte ich und sah wieder zu Liam.

Er deutet nach hinten. Ich drehte mich um und sah Alessio in dem Kostüm. Wow, es stand ihm. Ich war erstaunt, er sah sexy aus. Emma stand neben Max und sah zu Alessio. Ich sah sie, wie sie ihn anstarrte. Er starrte sie genauso an und seine Blicke waren auf ihren Bauch gerichtet. Er wollte genauso Papa sein wie Liam. Emma ließ ihn zappeln, wie es aussah. Ich hoffte, dass sie sich besann. Jede Frau sabberte hier gerade, das stand fest.

Ich drehte mich wieder zu Liam, da ist mehr Sabber von mir. Dieser sexy Gott gehörte mir. Ich fasste es nicht, dass ich Ja gesagt hatte.

Wo die Liebe hinfällt, das weiß nur der liebe Gott. Eigentlich wusste ich schon lange, dass wir zusammengehörten. Seit unserer ersten Begegnung.

Da sah ich Rosa und Emil zu uns kommen.

„Emil, Rosa, ich freue mich, euch wiederzusehen. Wie geht es euch? Wann fahrt ihr in den Urlaub?", fragte ich sie höflich.

„Unsere Schwiegertochter, das klingt großartig. Erst nach den Feiertagen fahren wir los. Und wie geht es euch beiden? Ruhst du dich auch mal aus oder musst du viel für Liam erledigen?", fragte mich Rosa und lächelte.

„Ich ruhe mich aus. Liam ist ein echter Koch, Putzfreak und Liebhaber geworden. Er macht viel allein und hilft mir sogar beim Wäschewaschen. Er hat sich um hundertachtzig Grad gewandelt. Das kannte ich nicht von ihm, ehrlich, er hatte jeden Tag mit einer anderen was und seit er weiß, dass er Papa wird, ändert er sich ständig zum Positiven", sagte ich ihnen.

„Mädchen, dein Wort in Gottes Ohr. Er liebt dich, das merkt sogar ein Blinder. Pass nur auf, dass ihm Jonas keine Flausen in den Kopf setzt. Der hat nämlich nur Böses im Sinn. Wenn was ist, komm zu uns. Wir lieben dich, Mädchen. Wenn das Baby da ist, werden wir uns um unseren Enkel kümmern und aufpassen. Das versprechen wir dir." Mir liefen wieder die Tränen, ich war so gerührt.

„Danke euch beiden für alles, ich werde euch vermissen. Jonas hat probiert mich aus der Wohnung zu werfen und Liam hat alles mit angehört und ihn verwiesen. Er wird mich in Ruhe lassen. Ich habe noch mit meinen Eltern ein Problem zu bewältigen. Die wollen mich zwangsverheiraten mit irgendwem und haben eine Verlobung organisiert für mich. Nur, sie wissen von Liam und von dem Baby nichts. Ich hoffe, dass es zu keinen Raufereien kommt, wenn sie es erfahren."

„Wenn du und Liam verlobt seid und ihr demnächst heiratet, können die nichts tun. Du bekommst ein Baby von ihm, die können dich zu nichts zwingen. Wir stehen hinter euch beiden und deine Eltern mögen sich schämen für diese Aktion. Eli, du bist erwachsen, die können da nichts machen, außer dich enterben. Du bestimmst, mit wem du leben willst, nicht sie." Rosa schüttelte den Kopf. Ich sah zu Emil, er war entsetzt darüber.

„Ich bin froh, dass du meine Schwiegertochter wirst, Elena. Willkommen in unserer Familie. Wir sind hin und wieder chaotisch, doch wir halten zusammen und du passt zu uns. Dass du uns einen Enkel schenkst, darüber freuen wir uns umso mehr."

„Danke, Schwiegermama, ich bin froh, dass ich euch zwei weiter im privaten Bereich behalte. Ihr seid immer korrekt zu mir gewesen und ich habe euch beide in mein Herz geschlossen." Mir kamen wieder die Tränen, als ich ihnen das sagte. Ich umarmte sie beide und ging anschließend zu Liam, der mit Leon an einer Wand stand und mich anschaute. Leon nickte nur und lächelte mich an. Liam schaute mich so verführerisch an. Ich wusste, dieses Kleid raubte ihm den Atem. Er würde es mir hier und jetzt ausziehen und mich sofort vernaschen, wenn ich es zuließe.

„Na, warum hast du geweint? Haben meine Eltern was Falsches gesagt?“, fragte er mich spöttisch.

„Nein, ich bin scheiße drauf, meine Hormone du weißt ja. Es ist so, dass ich manchmal weine, obwohl es keinen Grund gibt.“ Ich schmiegte mich an ihn und er drückte mich an sich. Das brauchte ich. Leon sah uns an.

„Wann habt ihr beide vor, zu heiraten, vor dem Baby oder nachher?“, fragte er und fügte hinzu: „Ich würde gern dein Trauzeuge sein.“

„Wir werden dir das rechtzeitig mitteilen, mein Freund. Als Trauzeuge nehme ich dich gern.“ Liam klopfte ihm auf die Schulter. Leon freute sich.

„Ihr zwei, ich meine, du und Liv, geht da was?“ Liam war neugierig, ich auch. Leon lächelte und nahm mich bei der Hand.

„Ich habe mich in sie verliebt und sie sich in mich, das sieht jeder hier, nur du hast es nicht bemerkt“, scherzte er.

„Dann willkommen im Klub. Ich gönne es euch von Herzen. Du bist ein guter Freund, dich mag ich, nimm Liv und werdet glücklich.“

Leon und Liam lachten laut und mein Verlobter gab nicht auf, mir über den Rücken zu streicheln. Er flüsterte mir zu, dass wir nach dem Verteilen der Geschenke fahren und für uns sein werden. Wir wollten allein sein, im Bett, versteht sich. Es loderte nicht nur das übliche Feuer, sondern ein wahres Feuerwerk zwischen uns.

In diesem Moment sah ich Karola und Sebastian schmusend an der Wand. Ich lächelte, als ich mich an die Weihnachtsfeier vom Vorjahr erinnerte. Sie hatte sich für Sebastian entschieden.

Meine Augen tasteten sich über den ganzen Saal. Es war wunderschön geschmückt und die Tanne war einmalig. Dieser Glitzer und Schmuck verliehen ihnen Glanz. Leute tanzten und sprachen miteinander. Manche tranken bis zum Umfallen. Ich lag in den Armen meines Liebsten, beobachtete alles und schmunzelte.

Eine Weiberstimme kam zu uns, ich kannte sie nicht. Liam versteifte sich und drückte mich fester, sodass mir fast die Luft wegblieb. Sie war auf ihn fixiert und wie eine Furie kam sie auf uns zu. Leon schaute mich an mit einem neugierigen Blick. Er wusste, wer sie war.

Sie nahm Liam an der Hand, mich ignorierte sie. Dann gab sie ihm einen Kuss auf die Lippen und sagte ihm: „Liam, mein Freund, was wird das hier? Ich dachte, wir heiraten! Du hast es mir versprochen, doch jetzt habe ich erfahren, dass du mit einer anderen, viel billigeren Frau verlobt bist.“ Er starrte sie an und dann räusperte er sich.

„Sofia, die Schlampe, die mich betrogen und belogen hat, nach zehn Jahre unserer Beziehung. Du hast keine Rechte, über meine Frau zu urteilen. Die Mutter meines Kindes ist sicher keine Billige, eher würde ich sagen, dass du es bist. Was willst du hier und wer hat dich eingeladen?“, fragte er sie wütend. Dann sah er mich an. Oh, ich mischte mich da nicht ein. Er sollte mir beweisen, dass er mich aufrichtig liebte, und ihr selbst die Meinung sagen. Im Moment war das der Fall. Sie schaute mich mit diesem giftigen Blick an, ich lächelte nur und schüttelte meinen Kopf.

Warum ist sie nicht früher auf ihn zugekommen, sondern heute?, fragte ich mich.

Leon beobachtete nur, was sich hier abspielte. Dann ging er Jonas holen. Jonas stand mit einem breiten Grinsen vor uns, doch es lachte keiner und ihm fiel sein Grinsen schneller weg als gedacht.

Scheiße, er ist es gewesen, er hat sie eingeladen, schoss es mir in dem Augenblick durch den Kopf. Ich wartete, was diese Sofia sagte. Ich würde mich nicht aufregen, nicht jetzt, doch Jonas war sein Freund, er kannte ihn. Sie starrte mich an und Liam hielt meinen Bauch und mich, als ob er das Baby beschützen wollte. Ich griff seine Hand und drückte sie leicht. Er gab mir einen Kuss auf die Schläfe. Ihr tat das weh, was sie sah. Er war vergeben und nicht frei. Sie hatte es verstanden, da war ich mir sicher.

„Jonas, danke für die Einladung, ich werde jetzt von hier verschwinden. Er ist vergeben und Vater wird er auch. Ich bin nicht die, die ihn von seinem Kind wegnehmen will. Du verdammtes Arschloch hast mich damals von Liam getrennt und willst ihn jetzt von ihr trennen. Was bist du nur für ein Freund? Mich hast du ins Bett gezerrt und dann verlassen. Hast du ihm das auch gesagt? Dass du seine Freundin gefickt hast, als er in London war, und mir eingeredet hast, dass er es auch mit anderen tut? Ja, ich habe was mit dem anderen gehabt, weil ich dir geglaubt habe, Jonas." Sie drehte sich zu Liam um und sah ihn an.

Ja, was kommt noch, will sie ihn wieder?

Liam sah sie mitfühlend an und warf einen wütenden Blick auf Jonas. Es sah so aus, als ob er Sofia noch liebte. Nein, bitte nicht.

Plötzlich sah sie mich an. Es war still, alle hassten Jonas und sie auch. Doch es kam besser, damit hatte ich nicht gerechnet.

„Er gehört dir. Er will mich nicht, obwohl er mich noch liebt. Doch von Jonas halte dich fern. Er macht alles zu Scherben, wenn er eifersüchtig ist. So hat er uns getrennt." Sie entschuldigte sich bei mir und schaute Liam an. Der war mit seinem Blick auf Jonas konzentriert. Sie war noch immer verliebt in ihn. Ich war es auch.

„Jonas, nach den Feiertagen holst du deine Papiere ab. Das hier werde ich nicht mehr tolerieren. Dass das klar ist. Ich habe die Firma gegründet und dich dazu geholt. Sie gehört dir nicht. Du wirst deine Schecks bekommen und wirst die Firma verlassen. Mit dem heutigen Tag gehen wir getrennte Wege. Was mich und Eli betrifft, das geht dicht nichts an. Das ist mein und Elis Leben. Du bist bei uns unerwünscht. Unsere Freundschaft ist hiermit beendet."

Leon mischte sich nicht ein. Es war ihm recht. Da er mit Liv zusammen war und die beiden sich liebten, wollte er nichts mit Jonas zu tun haben. Jonas hatte verloren, eindeutig. Dann sah er Sofia an. Ihr liefen die Tränen.

„Es tut mir leid, Liam, ich wollte das nicht. Wir hatten so viele Plänen. Ich liebe dich noch immer." Sie drehte sich um und ging. Er sah ihr hinterher. Da war mir klar, er hatte Gefühle für sie und kämpfte. Ich wollte keine zweite Wahl sein.

Karola bat uns, alle Platz zu nehmen, und schrie durch den ganzen Saal: „Santa Claus und sein Häschen kommen! Setzt euch auf den Platz bitte."

Sie setzte sich auf ihren Platz und lächelte herzlich. Wir nahmen auch Platz und schauten in die Runde, wo der Santa Claus mit dem Häschen kam. Liam saß nachdenklich neben mir und sah mich hin und wieder an. Keine Küsse wie vorher, es war alles so kalt. Er hatte sich für mich entschieden, doch was, wenn er zu Sofia wollte? Vielleicht war er nur wegen des Babys mit mir zusammen. Wenn das der Grund war, dann konnte er mich mal. Ich verdiente es genauso, geliebt zu werden, und bei ihm war das mal so, mal so.

Er musste bemerkt haben, dass ich ihn ignorierte und in Gedanken versunken war. Ich war nicht schuld, dass er und Sofia nicht zusammen waren. Ich musste das mit ihm klären, sonst würde es uns nicht geben. Mein Kind brauchte mich, ohne ihn, wenn es sein musste.

Ich fing an zu weinen und bemerkte nicht, wie Alessio zu mir kam, um mir das Geschenk zu übergeben. Alessio erstarrte, als er mich mit Tränen sah. Er nahm meine Hand und drückte sie.

„Ich habe für dich ein Geschenk, das heißt, du warst ein braves Mädchen", scherzte er und übergab mir ein Paket. Ich lächelte ihn unter Tränen an und bedankte mich.

Das letzte Geschenk war an Liam gerichtet. Er gab es ihm und schaute ihn böse an, mit einem Nicken auf mich. Liam sagte nichts. Als ich mich zu ihm umdrehte, bemerkte er die Tränen und sein Gesicht wurde weicher. Er sah mich an, ohne ein Wort zu sagen, ich stand auf.

„Ich werde jetzt gehen. Morgen werden wir miteinander reden. Ich schlafe heute in meiner Wohnung", sagte ich ihm traurig.

„Nein, du und ich schlafen in unserer Wohnung nebeneinander. Wir werden nicht mehr allein schlafen. Ich gehe mit dir mit."

„Es ist viel vorgefallen und ich brauche Zeit zum Nachdenken, über uns und deine Freunde. Ich kann so nicht weitermachen. Mein Baby braucht Ruhe und nicht alle paar Wochen einen, der es fertigmacht. Du und Sofia liebt euch, das habe ich gesehen. Mich aus Mitleid zu heiraten, ist keine Lösung. Du liebst das Kind. Ich komme da nur als Mutter und sonst was vor. Wenn sie es ist, was du willst, ich stehe dir nicht im Wege. Ich werde das Baby allein großziehen, auch ohne dich." Es gab nichts weiterzusagen, ich nahm meine Jacke und mein Geschenk, verabschiedete mich und ging nach draußen. Ich war allein auf dem Parkplatz und meine Augen voll mit

Tränen. Ich brach neben einem Auto am Boden zusammen, als mich eine Hand auffing und mich hochhob.

„Nein, nicht, ich bringe dich nach Hause und du erzählst mir, was vorgefallen war."

Ich weinte und weinte und konnte mich nicht beruhigen. Lorenzo hielt mich fest und Ava rannte in den Saal, um ihre Sachen zu holen. Er setzte mich ins Auto und wartete auf Ava, die mit Liam im Schlepptau kam. Ohne ein Wort stiegen Liam und Ava ein. Ich blickte nach vorn und die Tränen liefen mir übers Gesicht. Was zu viel war, kam raus.

Lorenzo fragte mich irgendwas, ich gab keine Antwort. Es wollte nicht raus aus mir. Dann hielt er an und drehte sich zu mir.

„Ich werde dich ins Krankenhaus fahren. Du bist zusammengebrochen und ich will nicht schuld sein, wenn was mit dem Baby wäre."

„Danke, dem Baby geht es gut. Fahr mich bitte nach Hause", schluchzte ich.

„Wir schauen zur Sicherheit im Krankenhaus vorbei", wies ihn Liam an. Lorenzo fuhr weiter und blieb am Parkplatz des Krankenhauses stehen.

Ava stieg aus und ging mit mir rein. Sie erzählte dem Arzt, was passiert war und er nahm mich gleich dran.

„Geht es Ihnen gut? Haben Sie sich wehgetan, als Sie gefallen sind? Warum weinen Sie?", wollte der Arzt von mir wissen. Dieser Weihnachtsstress war es, Liam und Sofia. Jonas der Arsch genauso. Ich stand dazwischen irgendwo.

Mein Handy vibrierte laut, doch mir war nicht danach, mich zu melden.

Was wollen die alle von mir?, fragte ich mich. Sie sollen mich alle in Ruhe lassen.

„Dem Baby geht es ausgezeichnet. Schauen Sie hier, ich sehe nicht nur eins. Oh, da sind zwei", riss mich der Doktor aus meinen Gedanken.

„Was? Wie geht das? Zwei!", schrie ich erschrocken. Ava, die neben mir stand, lächelte. Doktor Scharmant zwinkerte und druckte Fotos aus.

„Ja, es werden zwei, ich sehe es hier und hier, schauen Sie. Da hört man das Herz von beiden." Er ließ mich hören.

Ich fing noch mal zu weinen an. Mein Gott, zwei! Es waren zwei. Ich bekäme Zwillinge. Ich hatte nicht bemerkt, dass Liam und Lorenzo dazugekommen waren. Ava lachte und weinte vor Freude. Doktor Scharmant schaute die Babys genauer an. Er zeigte mir, was er sah, und schaute zu Liam, der nicht verstand, was hier geschah.

„Gratuliere zu euren Zwillingen, Elena! Jetzt musst du dich noch mehr schonen. Sie sind gesund, doch bei Zwillingen gibt es immer ein Risiko. Bei deinem Zustand nehme ich an, dass was vorgefallen ist. Du darfst dich doch nicht aufregen."

„Ich möchte nach Hause fahren und nicht hierbleiben. Nervlich muss ich mich vorbereiten für meine Eltern, die mir einen Mann unterjubeln wollen, den ich nicht kenne und den ich nicht will. Danke für alles, ich komme nach den Feiertagen wieder her, um zu sehen, wie es dem Baby - oh, den Babys – geht. Danke für alles." Ich umarmte den Doktor. Dann zog ich meine Jacke an und nahm die Tasche. Ich bedankte mich bei Ava und Lorenzo für ihre Hilfe und ging allein nach draußen. Ohne Liam anzuschauen. Nach dem Vorfall mit Sofia war er mir ein Dorn im Auge. Hinter mir hörte ich die Schritte.

„Liam, was willst du? Ich habe dir alles gesagt, was es zu sagen gab. Ich bin nicht deine zweite Wahl und werde es nicht sein. Lass mich in Ruhe."

Er sagte nichts, musterte mich nur und stand da. Ich rief mit dem Handy ein Taxi und ging hinaus. Liam blieb allein mit Lorenzo und Ava zurück. Sie starrten mir hinterher, ohne etwas zu sagen.

Ich sperrte meine Wohnung auf und ging hinein. Max war nicht da. Gut. Ich brauchte heute meine Ruhe. Dieser Abend war verrückt und in zwei Tagen würde es noch schlimmer sein.

Ihr zwei da drinnen habt es schön, euch sieht keiner und ihr werdet von mir geliebt. Auch wenn euer Papa so ein Arsch ist, er liebt euch auch beide. Hoffentlich wusste er, was er wollte. Mir hatte er einen Heiratsantrag gemacht und in Sofia war er immer noch verliebt. Dabei liebte ich nur ihn und keinen anderen. Bis er es verstanden hatte, würde ich alt und grau geworden sein.

Ich stand im Badezimmer vorm Spiegel und schaute in mein Gesicht, das verschmiert war. Tja, wer wollte mich so? Keiner. Ich stieg in die Dusche und ließ das Wasser auf mich niederprasseln. Das tat mir gut.

Als ich aus der Dusche stieg, klang dumpf ein Gespräch zwischen Max und Liam zu mir. Sie waren leise, doch ich könnte es hören. Es ging um mich. Max sagte ihm, er soll sich entscheiden, was er wollte, und nicht spielen, da ich zwei Babys in meinem Bauch trug und ihn liebte und er es nicht vermasseln sollte. Liam schwieg. Ich öffnete die Tür und kam mit dem Badetuch umwickelt raus.

„Hallo, Max, ich schlafe heute hier. Sag mir Bescheid, wenn du ein Mädchen herbringst. Gute Nacht.“ Ich ging in mein Schlafzimmer und machte die Tür zu. Es war mir egal, was Liam noch wollte. Er schwieg immer, wenn es ernst wurde. Er rannte mir hinterher wie ein Hund, aber ohne Worte. Ich zog mich an und griff nach meinem Bauch, in dem ich ein Stechen verspürte. Es fühlte sich an, als ob ich Schmetterlinge spüren würde. Das kannte ich nicht. Ich strich automatisch mit meinen Händen darüber.

Ja, ihr zwei, euch auch eine gute Nacht. Ich drehte mich um und schlief.

Kapitel 16

Ein leises Klopfen weckte mich auf, es war neun Uhr früh. **Wer ist das?,** fragte ich mich. Grauslich, ich wollte schlafen und drehte mich um. In dem Moment wurde die Tür aufgerissen.

„Morgen, mein Schatz, ich muss mit dir reden. Du hast bestimmt Hunger, komm, ich weiß, dass du munter bist." Liam stand in der Tür und starrte mich an. Mochte sein, dass die Hormone in der Schwangerschaft aus mir ein Monster machten, doch dieses Hin und Her war zu viel. Er liebte seine Ex immer noch und das hatte ich gespürt. Er hatte mich vor ihr beschützt, okay, doch dieses Funkeln in seinen Augen hatte ihn verraten. Er konnte es nicht verbergen.

„Liam, was wird das? Du kannst nicht immer so mit mir umgehen, wie es dir passt. Du liebst sie und mir spielst du die Liebe vor wegen der Babys. Ich liebe dich in echt und du – du tust mir ständig weh. Spiel nicht mit mir. Sei ehrlich, was du willst, ich werde nicht auf dich warten. Irgendwann werde ich mich nach einem Mann umschauen, der mich liebt und nicht Spielchen treibt. Mir reicht es von deinen Spielchen."

Er kam zu mir und setzte sich ins Bett neben mir. Er schaute mich an, griff nach meinem Bauch und streichelte mich sanft. Ja, er liebte die Babys, ich fühlte es, doch wo war ich bei ihm? Er musste es mir zeigen und nicht nur sagen. Ich war nicht nur die Mutter seiner Kinder. Ich wollte seine Frau sein. Seine Freundin, seine Geliebte, seine Welt.

„Ich liebe dich und ich will, dass wir die beiden großziehen. Ich entschuldige mich für gestern bei dir. Das hast du nicht verdient. Ich bin von Sofia weg, doch nicht ganz, und das ist mir gestern viel klarer geworden. Du bist nicht sie und ich bin froh, dass du anders bist. Ich war der, der von dir nicht die Finger lassen konnte. Das bin ich noch immer. Elena, ich kann nicht leben ohne dich. Ich wollte schon gestern mit dir reden, ich war hier.

Ich lasse dich nicht gehen, du gehörst zu mir. Und dass ein anderer dich und die Kinder bekommt, kommt nicht infrage. Sofia hat einen Freund und soll bleiben, wo der Pfeffer wächst. Jonas genauso. Er hat das mit mir und Sofia kaputtgemacht, mittlerweile ist das okay. Dich und mich wird er nicht auseinanderbringen. Heirate mich, werde meine Frau. Ich möchte, dass dein Herz mir gehört und meins dir für immer. Ich liebe dich!"

„Was bedeutet Liebe für dich?"

„Du und ich mit unseren Babys in einem Haus. Dich zu lieben, mich bei dir zu Hause zu fühlen und mit dir alles zu machen, was so dazugehört. Dir mein Herz schenken, für immer. Das ist Liebe und noch mehr. Mit dir eine Familie gründen, ein Haus kaufen und einen Baum pflanzen. Ich will das – mit dir Elena und sonst mit keiner. Sag mir, was du sonst als Liebe bezeichnest, wenn nicht das?"

„Familie, Haus, Kinder. Doch einen Menschen, der mich mehr als sein Leben liebt. Ich tue das auch mit dir. Ich liebe dich, sodass es wehtut, und möchte bei dir sein. Ich habe keinen Ex, den ich will. Ich habe dich, nur dich, Liam. Du bist hier in meinem Herzen und du bist der, der es dauernd bricht. Liebe ist nicht nur, die Mutter deiner Kinder zu sein. Liebe ist, wenn ich Treue, Geborgenheit und ein Heim spüre. Diese beiden hier sind aus Liebe entstanden. Liebe bedeutet nicht, dass es einfach ist, Liebe bedeutet, dass man daran arbeitet, und es wert macht. Für denjenigen, den man liebt, da zu sein, in guten und schlechten Tagen. Bei dem Menschen zu sein und ihn nie zu verlassen. Liebe mag nicht verletzt werden, Liebe ist groß und stark. Einem Menschen seine Liebe zu schenken, bedeutet, ihm die Welt zu Füßen zu legen. Meine Liebe, die ich für dich empfinde, ist so groß. Es tut weh, wenn du es trittst. Liebe mich nicht nur als Mutter deiner Kinder, liebe mich als deine Frau, Freundin und Geliebte. Liebe mich wie dein Leben. Jeder von uns kann in der Liebe Fehler machen, es ist menschlich und es gibt Fehler, die man verzeihen kann, wenn man sich liebt. Wenn sich zwei Menschen lieben, werden sie ihre Gefühle, Wünsche und Ängste miteinander teilen und daran arbeiten. Wenn ich dir sage, dass ich dich liebe, meine ich: Du bist alles für mich, meine Welt, die Sonne und die Sterne. Du bist der Mann, mit dem ich alt werden will. Du bist mein Leben – meine Liebe, Liam. Und die zwei hier drinnen sind es auch. Ich will für euch da sein, für immer. Ich will euch nicht im Stich lassen und gehen.“ Ich war innerlich leer. Tränen liefen mir in die Augen. Er war kurz sprachlos und dann wurde er lauter.

„Verdammt, ich will dich und diese zwei Babys und dir ein treuer Mann sein! Komm mit, wir werden heiraten. Du hast Ja gesagt und wenn wir die kirchliche Hochzeit nach der Schwangerschaft nachholen, wäre das egal. Wichtig ist, dass du zu mir gehörst und meinen Nachnamen trägst. Ich liebe dich! Wo sollen wir hinfliegen? Nenn mir einen Ort, der dir gefallen würde. Wir fliegen hin und heiraten und morgen gehen wir als Eheleute zu deinen Eltern.“ Er küsste mich so heftig. Ihm war es wichtig, dass ich seinen Nachnamen bekam. Er wollte mich sofort heiraten.

„Paris würde mir gefallen, doch in meinem Zustand zu fliegen, wäre ein Risiko. Ich sollte mich schonen, laut Arzt. Wir können in Baden bei Wien heiraten. Hier ist es auch schön und nachher gehen wir ins Bett und vergnügen uns bis morgen. Ich ziehe mein sexy Kleid an und du darfst es ausziehen. Was meinst du?“ Ich konnte ihm nicht mehr böse sein, dazu liebte ich ihn zu sehr. Ich umarmte ihn und drückte ihn an mich, er lächelte und wischte mir die Tränen aus den Augen.

„Frau, das ist eine geniale Idee. Ich organisiere es für uns und wir werden heute heiraten.“ Er rief beim Standesamt an und machte eine Uhrzeit aus. Er rief Max und Leon an und nahm meine Papiere, die das Standesamt brauchte, an sich. Er organisierte alles über sein Handy und blieb bei mir. Ich war sprachlos. Was in seinem Kopf vorging, konnte ich nicht entziffern. Bei jedem Anruf bekam er ein Ja und Amen. So schnell einen Termin zu bekommen, vor Heiligabend, wie ihm das gelang, war mir ein Rätsel. Liam schaffte es in zwei Stunden, dass alles liegen und stehen gelassen wurde und man ihm zu Hilfe eilte. Ich sah ihn an, war noch immer sprachlos.

Als ich in mein Wohnzimmer ging, sah ich Max auf die Uhr schauen. Liam verabschiedete sich von uns und gab mir einen Kuss. Ich ging ins Bad und duschte mich, zog mich anschließend an und ging ins Wohnzimmer.

Dort wartete bereits eine große Überraschung auf mich: Meine Schwester Mia und ihr Mann Carlos saßen neben Max.

Wir lächelten alle und begrüßten uns, die Freude war groß. Mia umarmte mich fest. Wir hatten uns vermisst, das stand fest. Liam war nach Baden bei Wien gefahren, um die Formalitäten zu regeln. Er musste das tun, wenn er wollte, dass unsere Hochzeit stattfand. Ich sah meine Geschwister an und musste lachen, Mia war die Erste, die geheiratet hatte, und ich würde die Zweite sein. Bis Max so weit wäre, würde es noch dauern. Er musste zuerst eine Frau finden.

„Wow, du hast ja eine kleine Kugel, das schaut lieb aus an dir." Ich sah sie an. Sie strahlte regelrecht.

„Klein ist sie, die Frage wäre, wie ich in einigen Monaten aussehen werde. Die Kugel wächst und wächst. Du schaust auch nicht schlecht aus. Ist das deine Hochzeitshose?" Sie starrte mich an und mir fiel auf, dass ich meine Jogginghose anhatte.

„Oh, nein, ich wollte doch mein schönes Kleid anziehen. Ich – vergiss es, bin heute durcheinander."

„Carlos, war ich auch so durcheinander, als wir geheiratet haben?" Sie drehte sich zu Carlos, der nur nickte, sah dann wieder zu mir.

„Komm, lass dir helfen, mir hat meine Schwiegermutter damals geholfen. Ich war so aufgedreht. Du ziehst dir das Kleid an und ich werde dich schminken und dir die Haare machen, so wie es sich gehört." Wir gingen ins Schlafzimmer und ich zog mir mein Kleid an, drehte mich im Kreis und fand, es sah nicht schlecht aus. Da fiel mir auf, es hatte gestern vorn einen Fleck gehabt, doch heute gab es keine Spur davon. Es roch zudem gut, es war gewaschen worden. Wer hatte es gemacht, fragte ich mich.

Mia machte mir die Haare, sie nahm einen Wellenstab und drehte Locken. Es sah so schön aus. Nach einiger Zeit schminkte sie mich und sah mich an.

„Ich hätte nicht gedacht, dass ich vor dir das Ja-Wort sage. Als mich Carlo gefragt hat, habe ich ihn ausgelacht. Ich konnte es nicht fassen. Fünf Tage später waren wir verheiratet. Dass ich jetzt schwanger bin, macht unser

Leben perfekt. Ich wünsche mir ein Mädchen, genauso wie meine Schwiegermama."

„Ich kann es verstehen, für mich kam der Heiratsantrag auch überraschend. Ich liebe Liam, doch manchmal werde ich nicht schlau aus ihm. Wie wir zusammengekommen sind – es war nicht einfach. Er wollte mit mir spielen. Mittlerweile hat er mein Herz für sich gewonnen. Ich kann ohne ihn nicht mehr leben."

„Wann habt ihr beschlossen, zu heiraten? Ich meine, er hat nur hallo gesagt und ist weggegangen."

„Wir hatten einen Streit gestern am Abend, wegen seiner Ex-Freundin. Ich wollte nicht die zweite Wahl sein. Heute kam er zu mir und wir haben darüber gesprochen. Er hat auf die Schnelle alles organisiert und ich habe zugestimmt. Das ist verrückt – wir sind verrückt." Ich dachte darüber nach.

„Kannst du dich an Joe erinnern? Du weißt, wie wir zwei damals davongelaufen sind und unterwegs Lukas und Carlo getroffen haben. Lukas hätte gut zu dir gepasst."

„Ja, an ihn kann ich mich erinnern, das war, nachdem wir Joe mit dieser Barbie erwischt hatten, ich hatte später mit Lukas rumgemacht. Und frag mich nicht, wie viel ich getrunken habe. Ich habe mit ihm eine Nacht verbracht und ihn stehen gelassen. Das tut mir heute noch leid."

„Du hast mit ihm geschlafen? Nein, das hat er uns nie erzählt."

„Warum sollte er? Wir waren nur Freunde, die sich getröstet haben." Ich sah sie an und Mia schüttelte nur ihren Kopf.

„Würdest du dich bei Liam auch so schnell trösten, wenn er einen Fehler macht?"

„Nein, ihn liebe ich, dass es wehtut. Er ist alles für mich. Das mit Lukas und Joe ist längst vorbei. Joe hat mich als Erster betrogen und belogen. Und ich habe Lukas wehgetan. Mit Liam ist es anders. Er tut alles für mich. Er liebt uns."

„Aha, er liebt euch? Soll das heißen, ich werde Tante?"

„Ja, verdammt. Ich wollte es dir die ganze Zeit sagen.“ Sie drückte mich an sich und lächelte breit. Ihre Hand legte sie auf meinem Bauch und strich darüber.

„So wie es aussieht, sind wir beide gleich. Hochzeit und Babys. Das wird Luisa nicht schmecken.“ Jetzt lachten wir beide. Ich verstand mich mit meiner Schwester gut, auch wenn sie jünger war als ich. Sie scherzte und zog mich in ihren Bann.

Es klopfte an der Tür und riss mich aus meinen Gedanken. Max trat hinein und war erstaunlich sexy in seinem Anzug. So hatte ich meinen Bruder noch nie gesehen. Er würde mich zum Standesamt führen und da musste er zu mir passen.

„Entschuldigt, dass ich euch beide störe, doch mir fiel auf, dass die Braut etwas Altes, Neues und Blaues tragen sollte. Ich habe hier einen blauen Strumpf, den mir gerade Liam vorbeigebracht hat. Ich bin nur der Überbringer. Eine goldene Kette bekommst du dazu. Es fehlt noch was Geborgtes.“

„Ich borge ihr meine Haarspange, die kann sie gut gebrauchen.“

Ich sah mich im Spiegel an. Wow, die Locken fielen so schön runter. Ich sah perfekt aus. Den Strumpf zog mir Mia über den Fuß und lächelte. Sie war glücklich und freute sich, bei mir zu sein.

„Meine Liebe, du bist fertig und in einer Stunde wirst du deinem Mann das Ja geben. Du siehst atemberaubend aus.“ Sie gab mir einen Kuss auf die Wange. Wir machten uns auf den Weg zum Standesamt.

Als wir beim Standesamt ausstiegen, wurde mir übel vor Aufregung. Vor dem Gebäude sah ich Rosa und Emil, die lachten und sich auf uns freuten. Max und ich standen draußen und warteten, bis alle drinnen waren und die Musik spielte. Als das Lied anfing, **Du bist eine von Millionen**, kamen mir die Tränen, ich sah zu Liam, der vor dem Altar stand und wartete. Seitlich entdeckte ich seine Brüder und Ava, die mich anlächelten. Ich hielt Max und

ging langsam vorwärts. Als ich bei Ava vorbeiging, gab sie mir ein Taschentuch.
Am Altar angekommen sah mich Liam so verliebt an. Max übergab mich an Liam und sagte ihm, dass er sich um mich kümmern sollte. Liam lächelte, nahm meine Hand und schaute mich an. Die Standesbeamtin stellte sich vor und fing an zu reden. Sie sprach von der Liebe, schaute uns an und lächelte uns an. Dann fragte sie Liam, ob er mein Mann sein wollte, er antwortete mit Ja. Sie fragte mich und ich sagte Ja. Dann sagte sie schließlich: „Kraft dieses Amtes erkläre ich Sie zu Mann und Frau, Sie dürfen die Braut jetzt küssen."
Liam sah mich an und wir küssten uns, es war ein langer Kuss, länger als er sein sollte. Alle applaudierten und schrien. Es war so schön und ich fing in Liams Armen zu weinen an. Es wurde das Lied gespielt: **Ich will dich, nicht nur für einmal, ich will dich ein mein Leben lang**. Liam drückte mich an sich und auch ihm kamen die Tränen. Max und Leon unterschrieben die Papiere und dann Liam und ich.

„Wir sind jetzt Mann und Frau", sagte er und küsste mich zärtlich. Ich nahm den schönen Brautstrauß mit roten Rosen und ging zum Rest der Familie. Sie gratulierten mir und drückten mich an sich. Liam und ich, die Familie, es war großartig.

Wir sollten bald essen gehen, ich hatte Hunger, mein Magen hatte sich gemeldet. Da hatten meine Kleinen was zu melden.

Sie wollen nicht, dass ihre Mama verhungert, dachte ich mir.

„Wir sollten jetzt ins Restaurant fahren. Mein Magen rebelliert." Seit ich schwanger war, musste ich ständig essen, wenn ich es unterdrückte, wurde mir schlecht und ich musste mich übergeben. Kam noch mein Kreislauf dazu, landete ich erneut im Krankenhaus. Ich freute mich über die Zwerge, doch die Schwangerschaft war die Hölle. Ich würde mich erst erholen, wenn die Kleinen da waren.

„Leute, ihr seid heute eingeladen, mit meiner Frau und mir diesen Tag zu feiern. Ich bin verheiratet, es fühlt sich fantastisch an. Wir fahren zum

Tonio, er hat was hergerichtet für uns. Also, wir treffen uns dort. Musik gibt es auch, eine Band spielt."

Unsere Freunde und Familie nickten begeistert.

„Wie hast du das in so kurzer Zeit organisiert? Du hattest doch nur einige Stunden Zeit!", fragte ich ihn verblüfft. Wenn ich das alles organisiert hätte, dann hätte unsere Hochzeit erst in einigen Monaten stattgefunden. Er überraschte mich immer wieder aufs Neue.

„Mit Hilfe von Leon, Liv und Emma. Komm, du bist hungrig und ich will nicht, dass du verhungerst." Er bückte sich und hob mich hoch. „Meine Liebe, ich werde dich über die Schwelle tragen, dir ein treuer Mann und ein guter Papa sein. Das verspreche ich dir. Ich liebe dich."

„Oh, du kannst was versprechen und halten? Da bin ich neugierig, wie lang es diesmal dauert", sagte ich belustigt. Ihm war bei meinen Worten nicht zum Lachen. Er erinnerte sich genau an gestern Abend.

„Ich werde dir beweisen, wie ich dich liebe und dich will, du kleine Prinzessin wirst Augen machen."

„Ha, ich und eine Prinzessin, wo sind die Krone und der Prinz auf weißem Pferd?", entgegnete ich ihm. Er lachte und küsste mich, wir blieben länger hier als nötig, wir verstanden uns einfach. Ich würde ihn zähmen müssen.

Wie geht das?, fragte ich mich. Es war nicht einfach, wenn man einen vollen Bauch hatte und einen Mann, der sich wie ein Kind benahm. Ich würde es trotzdem schaffen. Irgendwie.

„Hey, du darfst nicht an Schlimmes denken. Ich werde mich ändern, nur für dich. Ich verspreche es und fange damit jetzt an. Der erste Schritt war, dich zu heiraten. Zweitens kommt später, wenn wir nach Hause fahren. Ich habe da noch eine Überraschung für dich. Wir beide an einem Traum Ort."

Er nahm meine Hand und wir beide gingen zum Italiener. Schnee rieselte herab und wir zwei, Hand in Hand, gingen die Straße entlang. Es war so romantisch. Liam sah mich verliebt an. Es fühlte sich so wahnsinnig schön an, dass ich seit einigen Stunden seine Frau war. Ich sollte ihm glauben, dass er mich liebt. Er zeigte es, doch ich war durch seine Spiele vorsichtig geworden. Vertraute ihm nur zur Hälfte. Ich hoffte, dass mein Vertrauen bald zurückkäme. Ich hatte ihn schließlich geheiratet, doch im Hintergrund kamen mir kleine Zweifel.

„Liam, sag mir, warum du mich heute geheiratet hast? Ich will es jetzt wissen."

„Aus Liebe und weil ich mein Leben mit dir verbringen möchte." Die Antwort kam prompt. Damit hätte ich nicht gerechnet.

„Ich dachte, wegen der Babys. Das hättest du nicht tun müssen. Falls es das war. Ich meine, ich weiß, wie meine Liebe zu dir aussieht, aber bei dir bin ich ein wenig unsicher." Er schaute mich an und lächelte. Ihm war es unangenehm, über das zu reden. Kein Wunder, nach dem, was ich mit ihm erlebt hatte. Ich liebte ihn und hin und wieder zweifelte ich an ihm. In einem Moment würde ich ihn erwürgen wollen und ihn im anderen lieben, bis er es nicht mehr konnte.

„Mach dir keine Gedanken, mein Herz gehört nur dir, wie dein Herz mir gehört. In meinem Herzen ist nur ein Platz für dich. Keine Zweifel mehr. Unsere Babys haben mit unserer Heirat nichts zu tun. Komm, wir sollten uns blicken lassen. Schau mich nicht so an, Süße, sonst müssen wir in der Toilette verschwinden wie zuvor beim Tonio." Er lächelte mich an und drückte mich fester an sich. Er dachte an unseren Quickie.

„Danke für deine ehrliche Antwort, Liam. Komm, ich habe Hunger, und das mit der Toilette überlege ich mir."

Wir gingen rein und alle applaudierten. Die Musik spielte ein Tamtam und begrüßte uns. Dann stellten wir uns in der Mitte der Tanzfläche auf und mussten den Hochzeitstanz tanzen. Sie spielten **Baby, You are the One**. Liam tanzte mit mir eng umschlungen. Er war ein verdammt guter sexy Tänzer. Er führte mich. Sah mich immer wieder mit verliebten Blicken an. Ich war glücklich und er auch.

„Ich habe mich in dich verliebt, als ich dich das erste Mal damals gesehen habe. Ich weiß, was du mit mir durchgemacht hast. Dieses Lied passt zu uns, du bist die eine. Wir gründen eine Familie und ich habe ein Haus für uns in

Aussicht. Ich kann nicht mehr glücklicher sein. Meine Firma läuft prima, das kommt noch dazu. Ich liebe dich!"

„Wann um Himmels willen hast du dir ein Haus gekauft?", fragte ich ihn überrascht. Es hat mich umgeworfen, unsere Hochzeit und jetzt das Haus. Er überließ nichts dem Zufall. Er machte das so ohne Dies und Das. Hatte ich hier nichts zu entscheiden? Ein **Haus?!**

„Ich werde es dir zeigen. Wenn es dir gefällt, kaufe ich es für uns. Ich habe es reserviert. Zwillinge brauchen Platz und wir zwei Büros."

Er ist verrückt, dachte ich. **Recht hat er aber auch, wir brauchen Platz für uns und die Babys.**

„Wir schauen uns das Haus an. Ich bin neugierig, was es alles hat. Hoffentlich auch einen Pool und eine Sauna", neckte ich ihn. Mein Gott, ich konnte ohne Pool und Sauna leben, doch sein Gesichtsausdruck war einmalig. Der Blick war fantastisch.

„Ich zeige dir, was das Haus alles bietet, und du darfst entscheiden. Warum willst du eine Sauna?", fragte er mich perplex.

„Um zu schwitzen!" Ich lächelte ihn neckisch an. Ich sah ihn an und wusste, dass er es nicht mehr aushalten würde, wenn ich so weitermachte.

„Meine Frau denk wieder an Sex, daran könnte ich mich gewöhnen. Was meinst du, verschwinden wir von hier? Ich habe uns ein Zimmer im Hotel gebucht. Die haben eine Poolwanne im Bad. Ich habe dort gewohnt, bevor ich die Wohnung gekauft habe. Die Wanne könnten wir als Eheleute ausprobieren und uns entspannen. Ich könnte dich massieren, wenn du willst." Er zwinkerte mir zu.

„Du willst mich massieren? Ich kenne deine Absichten, mein Ehemann." Wie auch sonst: Er grinste mich an. Ich hatte ihn durchschaut. Das Lied war vorbei. Wir sahen uns an und küssten uns.

„Wir sollten uns was zum Essen bestellen. Du weißt, wenn ich hungrig bin, bin ich nicht ich." Damit marschierten wir zu unserem Platz und setzten uns hin. Liam sah mich verliebt an und küsste mich. Wir bestellten das Essen und die Getränke.

Ich sah meine Schwester an, sie lächelte uns zu. Mia hatte sich verändert. Sie sah wunderschön aus. Ich winkte sie zu mir.

„Mia, komm zu uns!“, rief ich ihr zu. Sie trug bereits eine kleine Kugel vor sich her, man sah ihr an, dass sie schwanger war. Sie sah so glücklich aus. Ich stand auf und nahm sie in die Arme.

„Mia, das ist dein Schwager Liam! Ich konnte ihn dir nicht vorher vorstellen, da er so schnell weg war.“

„Wir kennen uns, Max hat ihn mir vorgestellt.“ Sie lächelte, gab ihm trotzdem die Hand. Sie begrüßten sich.

„Eli, hast du eine Minute für mich unter vier Augen?“, fragte sie mich höflich. Ich sah zu Liam. Er nickte nur.

„Okay, komm, wir gehen und du kannst mir erzählen, was dich bedrückt.“ Ich sah sie nur an. Hoffentlich hatte das nichts mit Lukas zu tun.

„Was ist los? Wieso willst du mit mir unter vier Augen sprechen?“

„Du musst Liam sagen, dass du was mit Lukas hattest. Lukas hat angerufen und er will dich treffen. Carlos hat ihm erzählt, dass du einen Freund hast. Er kennt Liam. Besser, du erzählst ihm selbst, was da zwischen euch war, als wenn er es tut und es so rüberkommt, als ob du Liam betrogen hast. Lukas will sich rächen, da du ihn abgeschossen hast. Er ist noch immer in dich verliebt.“

„Das sagst du mir jetzt? Mia, ich liebe Liam. Ich habe damals mit Lukas geschlafen, ja, und ich hatte … Ich will ihn nicht sehen.“

„Was ist genau vorgefallen zwischen euch beiden? War es so schlimm?“

„Schlimmer als du denkst. Ich war von Lukas schwanger und habe das Baby verloren. Ich habe es keinem gesagt. Das ist in der Nacht passiert, als du nach Italien gefahren bist. Ich war allein, Lukas war da und betrunken. Ich wollte ihm sagen, dass ich schwanger bin, er wollte nur Sex, sonst nichts. Als ich ihn rausgeschmissen habe, bin ich gestolpert und hingefallen. Den Rest kannst du dir denken. Ich war im Krankenhaus, doch für das Baby war es zu spät. Das Herzchen hatte aufgehört zu schlagen.“ Mir kamen die Tränen. Jetzt war mein Geheimnis raus. Ich hatte es jahrelang gehütet und keinem erzählt, wie es mir gegangen war.

„Warum hast du mich nicht angerufen? Ich wäre zu dir gekommen.“

„Nein, Mia, das hätte das Baby auch nicht wieder lebendig gemacht. Lukas wusste auch nicht, dass ich ein Baby von ihm erwartet hatte. Ich ziehe da Liam nicht mit rein. Ich will Lukas nicht mehr sehen.“

„Sag es Liam, sag ihm, dass du Angst hast, und vertraue ihm dein Geheimnis an, bevor es Lukas tut. Er wird ihm unter die Nase reiben, dass ihr Sex hattet. Lukas trinkt noch immer und vögelt sich durch. Doch deine Ehe mit Liam soll nicht kaputt gehen wegen dem, was vor eurem Kennenlernen war.“ Sie umarmte mich und sah zur Seite. Liam beobachtete uns die ganze Zeit. Hoffentlich schöpfte er kein Verdacht.

„Mia, ich werde es ihm sagen, wenn die Zeit reif ist. Jetzt noch nicht. Ich will Liam heute nur für mich allein haben. Ich liebe ihn so sehr.“

„Er ist ja auch liebenswürdig, schau, wie er dich verliebt anstarrt. Das macht er den ganzen Tag. Ich hoffe, dass du es auch siehst.“

„Mia, er liebt mich und kann die Finger von mir nicht lassen. So hat er es mir heute Morgen gesagt. Dein Carlos schaut auch zu uns. Ich glaube, wir sollten zu ihnen gehen.“

„Ja, da hast du recht. Wir hatten heute wunderbaren Sex. Das kann ich dir auch empfehlen.“

„Mia, ich will mir dich und Carlos nicht vorstellen beim Sex. Du bist meine kleine Schwester.“

„Dann solltest du das nicht machen, ist ja klar. Liam kommt gerade zu uns. Ich glaube, er ist da anderer Meinung. Er stellt sich gerade vor wie ihr beide …“ Sie unterbrach sich und lächelte. Liam nahm mich an sich und küsste mich. Da war auch Carlos, hinter Mia, der sie anlächelte.

„Schatz, dein Essen wird kalt, kommst du mit?“, meinte Liam zu mir.

„Ja, wir waren gerade fertig mit unseren Gesprächen.“ Ich sah zu Mia, sie nickte nur. Hoffentlich erzählte sie Carlos nicht von meinem Geheimnis.

„Schwägerin, ich würde sagen, wir sollten mit Lukas essen gehen. Er hat nach dir gefragt, wie es dir geht.“

„Danke, ich habe kein Interesse. Ich würde gern mit meinem Mann allein sein. Die Hochzeitsnacht genießen. Du verstehst, oder?“

„Was soll ich Lukas sagen?“ Carlos ließ nicht locker. Liam sah mich an.

„Er soll sich zum Teufel scheren!“ Ich nahm Liam an der Hand und ging mit ihm zu unserem Tisch. Er sagte nichts. Dachte nach.

„Elena, gibt es ein Problem mit Lukas? Kann ich da helfen?“ Liams Stimme war wütend.

„Liam, ich werde es dir sagen, wenn ich so weit bin. Lukas ist vor langer Zeit aus meinem Leben verschwunden. So soll es auch bleiben. Ich will ihn nie wiedersehen.“

„Okay, ich bin gespannt, was da zwischen euch war. Er hat mich angerufen und wollte, dass wir uns treffen. Wir konnten uns damals in der Schule nicht leiden. Warum er ausgerechnet jetzt anruft, ist mir ein Rätsel.“

„Lukas ist Carlos’ bester Freund und hat von uns erfahren. Das stört ihn anscheinend.“

„Hast du was mit ihm gehabt?“, fragte mich Liam. Ich sah ihn an. Wie sollte ich ihm das sagen? Das würde uns alles vermiesen.

„Liam, wir werden darüber jetzt nicht reden. Ich bin noch nicht so weit. Das ist unser Hochzeitstag und mich interessiert Lukas nicht. Ich liebe dich.“ Ich zog ihn an mich und gab ihm einen Kuss.

Die Stimmung änderte sich mit dem nächsten Lied. Wir sahen unseren Freunden beim Tanzen zu. Er nahm meine Hand und drückte sie fester. Ich liebte ihn, es tat mir weh, wenn ich sah, wie er litt. Doch ich war nicht perfekt und machte auch Fehler. Ich hatte mit Lukas geschlafen, wie soll ich das nun Liam sagen?

Lukas würde sicher nicht schweigen, dass er da war und mich ins Bett gebracht hatte. Ich war zornig auf mich, dass ich das zugelassen hatte. Er war attraktiv und sexy, ich würde es nicht leugnen. Das könnte ich auch nicht. Seit dem Abend, als ich unser Baby verlor, hasste ich ihn. Ich wollte ihn nie wiedersehen.

Liam war da anders. Ihn liebte ich. Wenn er sich von mir entfernte, fehlte er mir. Und wenn er da war, liebte er mich. Er könnte tausende Fehler machen, ich würde ihn weiter lieben. Ich sah ihn an, er war in seine

Gedanken vertieft. Meine Hand hielt er noch immer in seiner. Mia kam zu mir und drückte mich an der Schulter.

„Wo bist du gerade in Gedanken?“ Sie sah mich an, mit einer belustigten Miene.

„Mia, ich war kurz in Gedanken. Warum schleichst du dich hinter mich?“

„Warum nicht? Carlos telefoniert mit seinem Freund. Er wird sich später mit ihm treffen. Ich muss auch mit.“

„Okay, mein Mann und ich werden dann unsere Hochzeitsnacht genießen.“

„Habt ihr was geplant?“

„Ja und das verraten wir keinem. Komm, setz dich zu uns.“

„Ich fühle mich so rund, obwohl ich noch runder werde. Die Kugel ist jetzt schon groß und wird noch größer.“

„Das ist so, wenn man schwanger ist. Meine wächst auch. Es ist interessant, wie ein Baby wächst.“

„Ich bekomme Zwillinge. Da darf ich für drei essen. Meine Schwiegermutter füttert mich ständig. Sie backt wie eine Verrückte, jeden Tag. Da Carlos nur Brüder hat und ich die einzige Schwiegertochter bin, die zwei Mädchen erwartet, bin ich ihr Liebling. Seit sie von der Schwangerschaft weiß, weicht sie mir nicht von der Seite. Du weißt, Carlos hat nur Brüder.“

„Oh, die beiden da drüben, Alessio und Lorenzo, sind Liams Brüder. Ich verstehe dich. Meine Schwiegermama freut sich auch riesig. Sie hat mir angeboten, auf die Kleinen aufzupassen. Ich bin nur auf die Reaktion unserer Mutter morgen gespannt. Ihre Verlobung wird platzen, da ich schließlich schon verheiratet bin.“

Wir lachten laut. Liam beobachtete uns und dann fragte er mich: „Schatz, das war es, warum du so geweint hast, stimmt’s?“

„Sie hat mich in der Familie willkommen geheißen und wir haben uns unterhalten. Ich habe dich gesehen, wie du uns beobachtet hast. Rosa und Emil lieben mich.“ Er drückte mich fest an sich.

„Ich liebe dich auch.“

„Mia, wie ist dein Plan für morgen? Wie werden wir ihnen beibringen, dass wir glücklich verheiratete Frauen sind?“, fragte ich sie und überlegte mir schon einen Plan nebenbei. Unsere Eltern waren bei der Hochzeit nicht dabei gewesen. Es war wahrscheinlich, dass sie wütend würden. Wenn wir sie eingeladen hätten, hätte die Hochzeit jedoch nicht stattgefunden. Sie hätten es verhindert, aus irgendeinem Grund.

„Wir warten ab, bis sie dich verloben wollen, und dann platzen wir mit der Neuigkeit raus. Liam geht mit uns rein, er ist ein Freund. Natürlich darf Liam neben dir sitzen. Wir sind alle freundlich und warten auf das Christkind“, scherzte sie wie immer, wenn sie an ein Abendessen bei unseren Eltern dachte.

„Ich werde mich hüten, ihr die Meinung gleich am Anfang zu geigen, doch ich werde es später tun müssen. Und darauf freue ich mich. Ich habe bald meine eigene Familie und die muss ich verteidigen – das würde ich dir auch raten, Mia. Sie hat uns nur runtergezogen. Max ist ihr ein Dorn im Auge, ihn wollte sie auch verkuppeln. Als er ihr sagte, dass er mit seiner Freundin kommt, war sie erstaunt und dann rief sie mich wegen Mario an. Die Verlobung soll morgen stattfinden.“

„Sie ist verrückt. Was sagt Papa dazu?“, fragte sie mich und schüttelte ihren Kopf.

„Er ist ihrer Meinung. Die wollen uns nur verschachern und dann in den Urlaub fahren. Seine Worte.“

„Scheiße, das wird morgen ein Riesenstreit beim Essen wie immer. Tja, wir müssen nicht bleiben. Nach dem Tamtam gehen wir und feiern woanders.“

„Schwesterherz, ihr kommt alle zu uns und wir feiern gemeinsam Weihnachten. Ich habe einen Baum geschmückt und dekoriert. Kochen werden Liam und ich. Er kann das und wir machen Bescherung bei uns. Ihr könnt auch in meiner Wohnung schlafen, bei Max, er wohnt derzeit dort. Ich freue mich.“ Ich umarmte sie.

„Mia, ich möchte meine Frau heute gern für mich haben. Ihr seht euch morgen und da könnt ihr quatschen, doch heute gehört sie mir. Hochzeitsnacht, wenn du verstehst.“ Er zwinkerte Mia zu und sie lächelte.

Liam verabschiedete sich von allen und meinte, dass er eine Überraschung für mich hätte. Ich stand auf und winkte ihnen. Natürlich verstand jeder, dass wir für uns sein wollten. Liam hob mich hoch und trug mich bis zu der Tür. Wir zogen die Jacken über und gingen nach draußen zu unserem Auto, das auf uns wartete. Wir stiegen ein und Liam fuhr los. Nach einigen Minuten parkte Liam in einer Garage. Er sah mich an und meinte: „Komm, ich zeige es dir.“

Als ich aus dem Auto stieg und draußen stand, sah ich eine Villa. Ich war sprachlos.

„Was sagst du? Dieses Haus könnte uns gehören. Es hat genug Platz für mehr Kinder. Nicht nur für die zwei.“

„Wow, du willst mehr haben? Schauen wir zuerst, dass die zwei auf die Welt kommen.“

„Hier gibt es genug Zimmern für alle. Pools draußen und drinnen. Deine Sauna, einen Jacuzzi, einen Balkon und Keller. Wie du siehst, wäre alles da. Das Haus ist erst zwei Jahre alt. Sie haben am Meer gebaut und das hier verkaufen sie. Morgen werden wir uns am Tag alles einmal anschauen, wenn du magst.“

„Das wäre mir lieber, da sehe ich alles besser. Was machen wir jetzt?“

„Wir fahren ins Hotel und du und ich werden unsere Zweisamkeit genießen. Das habe ich dir versprochen. Ich werde dich lieben, wie ein Mann seine Frau liebt.“

„Das hoffe ich. Es wird Zeit, dass du das tust“, neckte ich ihn. Wir stiegen wieder in das Auto und Liam fuhr die Straße entlang Richtung Hotel.

Nach einigen Minuten standen wir schon am Parkplatz. Liam stieg aus, ging ums Auto und machte mir die Tür auf. Ich sah ihn an und gab ihm meine Hand. Als ich vor dem Hotel stand, sah ich mich um. Ein riesiges Gebäude. Wir gingen Hand in Hand rein. In der Lobby begrüßten uns die Leute sehr freundlich. Liam ging einchecken und ich sah mich um. Es glitzerte alles. Das hier war nicht irgendein Hotel, sondern ein Fünfsterne-Etablissement. Der Christbaum war so groß und in verschiedenen Farben geschmückt. Das war gewiss nicht billig. Liam wollte mir damit sicher seine Liebe als Ehemann beweisen. Es war grandios von ihm, doch er könnte mir in unserer Wohnung genauso zeigen, wie sehr er mich liebt. Das hier brauchten wir nicht.

Die Treppen hier waren romantisch, sie gefielen mir. Doch wir würden mit dem Lift fahren, da ich in meinem Zustand nicht begeistert wäre, sie raufzugehen. Ich lächelte, als ich Liam mit der Rezeptionistin sah. Er schaute hin und wieder zu mir und zwinkerte mir zu. Dieser Schlawiner wusste genau, wo er mich traf. Ich fand ihn sexy, egal, wie er sich verhielt, das hatte ich damals so empfunden und jetzt genauso. Ich hatte mich schwer in ihn verliebt und war froh, dass ich ihn geheiratet hatte. Diesen Typen. Unsere Nacht würde perfekt werden.

Er kam auf mich zu, ohne nach rechts oder links zu schauen, nahm mich um die Taille und zog mich an sich. Er sagte kein Wort, bückte sich zu mir, küsste mich zärtlich. Nach einer Weile löste er sich von mir, sah mich an und hob mich hoch, dann trug er mich zum Lift. Ich war wie Wachs in seinen Händen.

Als wir im richtigen Stockwerk angekommen waren, hielt er mich noch immer fest in den Armen. Seine Blicke zeigten mir, wie sehr er mich begehrte und liebte. Ich brauchte ihn heute mehr denn je. Morgen war der Tag, an dem es nicht einfach sein würde. Ich würde es heute mit ihm genießen, egal, was er mit mir vorhatte.

Es war alles so schnell gegangen, wir hatten uns gefunden, gestritten und wiedergefunden. Es war kompliziert, doch unsere Liebe siegte stets. Liam und ich waren wie Hund und Katze, die sich gegenseitig anmauzten, bellten und abschleckten, weil sie ohneeinander nicht sein konnten.

Der Lift ging auf und ich schreckte zusammen. Liam hielt mich mit seiner Hand fest und marschierte nach draußen zu unserem Zimmer. Bevor er es aufsperrte, drehte er sich zu mir und lächelte mich an. Ich erwiderte es mit einem Kuss. Wir waren verliebt und verheiratet. Ich schrie vor Glück.

„Verdammt, Liam, ich liebe dich mehr denn je.“ Er hob mich hoch, ließ mich dann wieder runter und küsste mich. Zuerst sanft dann immer fordernder. Einige Zeit blieben wir so vor der Tür und schmusten miteinander, ohne ein Wort zu sagen.

Als wir keine Luft mehr bekamen, lösten wir uns langsam voneinander und hielten uns gegenseitig mit Blicken gefangen. Liam drehte sich langsam und sperrte die Tür auf, dann zog er mich ins Zimmer. Die Tür fiel ins Schloss und er drückte mich dagegen, fasste mich fest um die Taille, dann begann er wieder, mich zu küssen.

Gott, der bringt mich um den Verstand. Plötzlich löste er sich von mir.

„Komm, ich will dich nicht hier an der Tür. Wir sollten es im Bett treiben. Ich liebe dich! Wir sollen uns wie Eheleute lieben und nicht anders. Außerdem bist du schwanger und solltest es genießen.“ Er war lieb und vorsichtig.

„Oh, keine Angst die Babys bekommen nichts mit im Bauch, außer Erdbeben.“

„Du kleines Luder, willst du eine harte und schnelle Nummer? Ich glaube, ich könnte das mit dir tun … doch ich will es nicht. Ich möchte, dass du öfter kommst und es genießt. Das andere werden wir so nebenbei erledigen.“ Ich sah ihn an und mein Magen knurrte. Ich hatte wieder Hunger.

„Sex hier oder dort, ich habe Hunger. Scheiße, wenn das so weitergeht, werde ich zunehmen und den Elefanten im Zoo Konkurrenz machen. Ich werde wie eine Robbe aussehen“, motzte ich. Er grinste mich nur an und schüttelte seinen Kopf.

„Du bist schön und du wirst später auch wieder abnehmen. Keine Sorge, ich werde dich immer lieben, auch mit einigen Kilos mehr. Immerhin bin ich verantwortlich dafür. Und wenn du wie ein Elefant aussiehst, egal, Liebe ist Liebe“, erklärte er lächelnd.

„Du Schuft, hast du mich deswegen geschwängert, damit ich zunehme?“, fragte ich ihn streng.

„Oh, Baby, ich werde dich noch einige Male schwängern, unser Haus hat zwanzig Zimmer schon vergessen?“, meinte er neckisch.

„Du bist ein Idiot, Liam. Glaubst du, dass ich zwanzig Kinder bekommen werde? Nein, mir reichen diese zwei völlig.“ Ich funkelte ihn an und fuhr fort: „Ich werde die zwei Mäuse bekommen, und dann ist Schluss mit Kindern.“

„Oh, du bist sauer, ich bestelle uns was zum Essen. Ich necke dich nur, sei nicht böse auf mich. Deine Hormone sind eine Katastrophe, wenn du hungrig bist. Bis das Essen kommt, lass ich uns ein Bad ein, das beruhigt.“

„Verdammt, Liam! Dir kann ich nicht lange böse sein und streiten will ich mit dir auch nicht. Dazu liebe ich dich zu sehr. Kauf das Haus. Und unsere Wohnungen werden wir auch behalten. Wenn wir Gäste bekommen, können sie dort wohnen.“ Verdammt, hatte ich das jetzt gesagt? Ich war verrückt.

„Elena, du bist die Beste und wirst es nicht bereuen“, sagte er und marschierte ins Bad.

Es war mir egal, doch die Schwangerschaft machte mich fertig. Ständig war ich müde, hungrig und launisch und mir war übel. Liam schien es nicht zu stören. Er und ich waren auf eine Weise verrückt. Und wie verrückter ich sein konnte, wenn wir uns neckten, würde ich ihm heute zeigen.

Mein Gott, ich war mit ihm verheiratet. Vor einigen Monaten dachte ich, ich würde die ewige Single bleiben, die mit hundert Katzen lebte. Das war zum Schreien. Und ich schrie so laut, dass Liam erschrocken zu mir kam.

„Was ist passiert?“, fragte er mich erschrocken und ich lachte wie eine Wahnsinnige. Er sah mich an und schüttelte seinen Kopf.

„Bitte kneif mich und sag mir, dass ich träume.“ Er starrte nur mit großen Augen zu mir. Sicher dachte er, dass ich verrückt geworden war.

„Du träumst nicht, warum soll ich dich kneifen, um Gottes willen?“

„Ich dachte, dass ich Sigle bleiben würde und mit hundert Katzen das Bett teilen werde. Doch jetzt bin ich verheiratet mit dir und ich bekomme Zwillinge. Kneife mich bitte.“ Ich lachte und hörte nicht auf. Er kniff mich tatsächlich und hob mich daraufhin hoch, dann lächelte er.

„Meine Liebe, ja, wir gründen eine Familie – du hast mich zu Tode erschrocken. Mach das nie wieder.“ Er stellte mich zurück auf den Boden, nahm mich um die Taille und drückte mich an sich. Dann führte er mich ins Bad und zog mir mein Kleid aus.

Wir starrten uns an, keiner sagte was. Es war so heiß hier drinnen, ich stand nur in meiner Spitzenunterwäsche vor ihm und sah, wie er sich seiner Hosen und seines Hemdes entledigte. Er kam zu mir und öffnete meinen BH, der zu Boden fiel. Er zog mir meinen Slip aus, ich ließ es geschehen. Jetzt waren wir beide nackt und es wurde hier noch heißer als zuvor. Im Kerzenlicht standen wir uns gegenüber, sahen uns an.

Langsam hob er mich hoch und stellte mich in die Wanne. Dann stieg er ein. Zwischen uns prickelte es gewaltig. Jede Faser unserer Körper war bereit für mehr. Wir wollten uns mehr denn je.

Liam war tatsächlich romantisch veranlagt und ich hatte ihn als Bad Boy eingestuft. Wie er mich mit seinen unterschiedlichen Eigenschaften überraschte, war großartig. Doch, bevor ich weiter darüber nachdenken konnte, lag ich in der Badewanne auf Liam. Was war passiert? Konnte er etwa zaubern?

Wir küssten uns leidenschaftlich und fordernd. Er streichelte mich die ganze Zeit und bereitete mir Lust auf mehr. Ich wollte ihn, und zwar sofort, ohne Wenn und Aber. Das hatte er bemerkt und machte absichtlich langsam weiter. Küsste mich, streichelte mich, liebkoste mich und dann drang er in mich und jede seiner Bewegungen brachte mich mehr zum Schwitzen. Die Liebkosungen waren sanft und schnell. Es wurde heißer und heißer. Seine Lippen forderten mehr. Ich lag auf ihm und wir bewegten uns schneller. Das Wasser schwappte aus der Wanne. Liam zog mich noch mehr an sich und küsste mich noch heftiger. Wir stöhnten beide und ich merkte, dass ich bald explodieren würde.

„Liam!“, keuchte ich und konnte nicht mehr. Die Explosion bahnte sich in mir an.

„Sag mir, was du willst!“ Er küsste mich noch heftiger als sonst, ich merkte unter mir, wie er noch steifer wurde. Oh Gott, das konnte doch nicht sein Ernst sein. Ich würde nicht mehr warten können, in meinem Innersten explodierte bald alles. Und er fragte noch, was ich wollte.

Ich setzte mich auf ihn und ritt ihn ohne Worte. Er raunte mir Komplimente ins Ohr, die ich nicht hörte, da ich mich in einer Explosion der Sinne befand, die mich so stark mit sich riss. Ich merkte nicht einmal, dass Liam zur selben Zeit kam wie ich.

Ohne Worte lag ich auf Liam mit einem Lächeln im Gesicht. Das hatten wir gebraucht. Als er sich gefangen hatte, küsste er mich und nach einiger Zeit löste er sich von mir, mit einem glücklichen Grinsen.

„Wow, bin ich froh, dich geheiratet zu haben. Das habe ich noch nie so erlebt, das kannst du mir glauben." Er sah mich zufrieden an.

„Ja, manchmal explodiere ich regelrecht und alles geht ganz schnell, wenn es sein muss. Bei dir ist das der Fall. Hey, ich habe Hunger oder willst du mich noch mit einer Runde heißen Sex beglücken?", fragte ich ihn neckisch. Er sah so sexy aus und er gehörte mir.

„Ich brauche eine Pause und du das Essen. Komm, gehen wir duschen und dann gehen wir nebenan was futtern. Ich dachte, du bringst mich um, als du mich geritten hast. Ich habe mich wie ein Hengst gefühlt."

Heilige Scheiße, das glaubt er doch nicht echt.

„Oh, da du mein Hengst bist, würde ich sagen, du gehörst ordentlich geritten." Ich zwinkerte ihm zu. Er erstarrte und schüttelte nur den Kopf. Wow, er als mein Hengst, ich war in ihn verliebt und wie. Nach dem Duschen zog ich mir den kuscheligen Bademantel des Hotels an und wir gingen ins Nebenzimmer.

Wir unterhielten uns über meine Familie und wie wir es morgen überstehen sollten. Das Beste würde sein, wir machten es so, wie Mia es vorgeschlagen hatte. Mia merkte man an, dass sie schwanger war, mir nicht. Doch ich musste aufpassen, dass ich mich nicht aufregte. Immerhin bestand die Gefahr, dass ich meine Babys verliere, und das wollten wir nicht. Ich musste aufpassen und mich nicht aufregen. Luisa konnte das gut, Leute manipulieren und hinterhältig sein.

„Liebling, denke nicht dran, du bist auf der sicheren Seite mit mir. Sie können nichts mehr tun. Mein Herz gehört dir. Mir ist egal, was sie vorhaben. Wenn es nach mir ginge, müsstest du nicht hin, da du meine Frau bist und wir hier flittern."

„Ich verstehe, doch ich will dem ein Ende setzen. Sie haben mich die ganzen Jahre terrorisiert und ich will es ihnen nicht nur beweisen, sondern sie demütigen, so wie sie es mit mir gemacht haben. Es ihnen zurückzahlen."

„Ich bin dabei. Sollten sie dich jedoch zu viel aufregen, fahren wir. Ich will, dass unseren Kindern und dir nichts passiert. Keine Widerrede. Deine Alten scheinen bekloppt zu sein. Wie habt ihr das nur ausgehalten, frage ich mich." Er war zornig.

„Die Frage stelle ich mich auch, zum tausendsten Mal, doch es muss jetzt ein Ende finden. Ich wollte niemals heiraten und Kinder kriegen, du hattest Glück, das ich Ja gesagt habe. Dich liebe ich. Das mit meinen Eltern habe ich dir öfter erklärt, wie es war."

„Verdammt, du bist das Beste, was mir passiert ist. Wenn ich dich so ansehe, weiß ich, dass du wie eine Löwin kämpfst. Du kämpfst mit allen Mitteln. Ich finde es genial von dir."

„Sie haben es so gewollt. Was geht es mich an, wie sie sich nach dem Schlamassel fühlen werden? Ich bin verheiratet, schon vergessen? Unterschätze eine Löwin nicht." Jetzt lächelten wir uns gegenseitig an. Er war eindeutig der Mann, auf den ich gewartet habe. Wir passen wie Topf und Deckel zusammen.

Kapitel 17

Heute weckte mich die Sonne auf, die durch das Fenster schien. Die Nacht mit Liam war kurz und verrückt. Was wir beide angestellt hatte! Wir hatten uns in jedem Zimmer geliebt und wir hatten geredet. Ich war glücklich, trotz dieser kurzen Nacht. So hatte ich mich lange nicht gefühlt. Er hatte es geschafft, mir die dunkle Nacht zum Tag zu machen.

Heute schaute ich mit ihm das Haus an. Ich dachte, es war kein Fehler, dass wir es uns kauften. Er konnte von zu Hause arbeiten und die Kleinen hätten eigene Zimmer. Ich könnte täglich einige Stunden im Geschäft sein und die Kleinen blieben bei Oma. Rosa würde sich freuen, auf sie aufpassen zu dürfen.

„Morgen, meine Liebe, hast du gut geschlafen?“, fragte mich mein Mann. Ungewohnt. ***Mein Mann*** zu sagen. Es war wahr, er war es.

„Oh, Morgen, Schatz, nach der Nacht, wie könnte ich da schlecht schlafen? Du hast mich so rangenommen, dass ich danach völlig erledigt war.“ Ich zwinkerte ihm glücklich zu.

„Du kleines Luder, willst sicher noch einmal deinen Hengst spüren. Er wäre bereit“, neckte er mich.

„Und wie? Aber nach dem Frühstück. Und wir wollten doch das Haus anschauen. Meinen Hengst will ich doch, bevor wir heute Abend zu Feier gehen. Du weißt schon, Dampf ablassen.“

Er zog mich an sich und legte sich auf mich. Dann begann er mich zärtlich zu küssen und wir blieben noch eine Weile im Bett. Doch ich bekam Hunger und mein Magen meldete sich, Liam bemerkte es und löste sich langsam von mir.

„Machen wir uns fertig und fahren zur Villa. Unterwegs holen wir das Frühstück. Du bist hungrig und die Babys auch. Ich führe dich aus.“ Er sah mich so glücklich an.

„Ich habe hier nur mein Kleid! Sollen wir nicht zuerst in unsere eigenen vier Wände fahren, dass ich mir was Ordentliches anziehe? Etwas Warmes. Du kannst auch nicht mit deinem Anzug herumgehen. Draußen ist es kalt und eisig trotz der Sonne.“

„Oh, dann fahren wir zu uns und ziehen uns um. Anschließend gehen wir essen und dann fahren wir zu Villa. Zeit hätten wir. Und nachher werde ich dich verwöhnen, nach Strich und Faden.“ Er zwinkerte mir zu.

„Liam, ich liebe dich und egal, wie du mich verwöhnst, ich werde dich immer lieben. Sag mir, hast du Namen gefunden, die dir gefallen, für unsere Zwerge?“

„Ich habe einige, doch die gefallen mir nicht so. Ich schaue noch und schreibe sie dir auf. Wäre das in Ordnung?“

„Sehr sogar, ich schaue auch und dann werden wir uns für zwei entscheiden. Zeit haben wir genügend, bis sie kommen.“

Wir zogen uns beide an. Unsere Nacht war atemberaubend gewesen. Liam stand vor mir und sah mich an. Diesem sexy Manne gehört mein Herz, er hatte es im Sturm erobert. Liam nahm mich bei der Hand und zog mich an sich. Er gab mir einen Kuss und sah mich an.

Anschließend marschierten wir zu unserem Auto nach draußen. Hier lag viel Schnee, es war in der Nacht noch mehr gefallen. Unser Auto war vom Hotelpersonal geputzt worden, die Fahrbahn war geräumt und wir konnten los. Liam und ich stiegen ein und schnallten uns an, dann fuhren wir los.

Es war so schön weiß draußen, eine Einladung, einen Schneemann zu bauen. Ich lächelte, denn in meinem Zustand sollte ich es nicht machen, doch Liam könnte einen Schneemann bauen. Er konzentrierte sich auf die Straße, hin und wieder schaute er nach mir. Mir war eingefallen, wo er den Schneemann bauen könnte. Und ich würde ihm dabei zuschauen. Die Villa hatte einen großen Garten, wie ich gestern gesehen hatte, und da durfte unser Schneemann nicht fehlen.

„Wir sind da, schau der Hausmeister hat dein Auto geputzt. Nein, Max müht sich gerade damit ab.“ Er lächelte, doch ich bin in Gedanken versunken. „Hey, was denkst du die ganze Zeit? Du hast kein Wort gesagt.“

„Ich denke an Schneemann und Schneefrau, die sich küssen. Ich wäre gern eine Schneefrau und du?“

„Dein Schneemann bin ich schon und du darfst mich küssen, wann immer dir danach ist.“ Er beugte sich zu mir und küsste mich.

Es klopfte an die Scheiben und wir schauten lächelnd auf. Max stand draußen und lächelte uns an. Liam und ich stiegen aus dem Auto und Max schrie uns an: „Schneemann küsst Schneefrau! Das sehe ich gern. Habt ihr eure Flitterwochen satt, dass ihr nach Hause kommt?“

„Wir werden wieder flittern, doch wir brauchen warme Kleidung. Bei dem Wetter ist es nicht das Richtige, in einem Kleid herumzulaufen.“ Ich nickte zu meinem Wagen.

„Danke, dass du mein Auto von Schnee befreit hast. Ach, komm doch rauf zu uns, ich mach dir eine heiße Schokolade.“

„Schwesterherz, ich lenke mich hier nur ab, bereite mich psychisch auf die Feier vor“, meinte er und zuckte mit den Schultern.

„Komm trotzdem zu uns. Ich freue mich auf dich und Liam auch.“ Wir marschierten zum Lift und Liam nahm mich in seine Arme. Er drückte mich fest und lächelte mich an.

„Ich weiß, was du willst. Ich baue dir einen Schneemann und eine Schneefrau in unserem Garten. Ich kaufe die Villa und Max darf mitkommen, wenn wir sie besichtigen. Er wird mir mit der Schneefrau helfen.“

„Ich freue mich, dass du das Haus kaufst, ich würde mich gern beteiligen. Du hast mir nicht mal den Preis genannt. Sag mir, was das Haus kostet, Liam“, bat ich ihn.

Er lachte mich an. Mein Traummann wollte mir nichts verraten, ich hielt seinen Blicken jedoch stand. Er sollte wissen, dass ich es erfahren und mich an dem Haus beteiligen würde.

„Du solltest dir nicht den Kopf zerbrechen, Liebes. Das Haus ist ein Geschenk an uns, keine Widerrede. Es wird uns gehören. Ich werde es nicht bezahlen. Es ist von Emil und Rosa."

„Das wusste ich nicht." Ich schaute ihn verdutzt an. Wenn es ein Hochzeitsgeschenk an uns war, war es in Ordnung. Sie hatten es zwar zu gut gemeint mit uns, doch so, wie sie mich ins Herzen geschlossen hatten, war ihnen alles zuzutrauen.

Gott, wieso hörte Liam nicht auf, mich so anzusehen? Ich fühlte mich von seiner Gegenwart manchmal regelrecht erdrückt. Er zeigte mir, dass ich ihm vertrauen konnte, und er liebte mich. Was war mit ihm los? War er so schwer verliebt? Ich musste lachen. Geheiratet hat er mich und Kinder bekommt er auch von mir. Jetzt bekommen wir ein Haus und was kommt noch?

Als ich mir einen Mann gewünscht hatte, hatte ich nicht gedacht, dass es so schnell gehen würde, doch gerade lief alles super. Manchmal ging es schnell und manchmal länger, bis sich zwei Menschen fanden. Liam starrte mich nur an und schüttelte seinen Kopf.

„Hey, ich möchte so gern in deinem Kopf sein und wissen, was du denkst. Wir stehen hier seit einer Stunde und du bewegst dich nicht. An was denkst du ständig?"

„Ich möchte dich gern einfach umarmen, so wie du mich die ganze Zeit anstarrst. Ich habe mich in dich wahnsinnig verliebt. Küss mich endlich und lass mich nicht noch eine Stunde warten. Egal, was ich gerade gedacht habe, es ist alles zu schnell gegangen. Du hast vorhin diese Blicke zu mir geworfen, bei denen ich am liebsten aufgesprungen wäre. Wie lange soll ich noch warten?"

„Du wolltest mir standhalten, ich hätte dich gern geküsst, und jetzt komm mit ins Schlafzimmer und schau nicht so verliebt, als wenn ich dir noch nie was Gutes gegeben hätte." Liam lächelte und zog mich an sich. Sein Lächeln war so sexy, dass ich was sagen wollte, aber nicht genau wusste, was.

„Ich dachte – ach, egal." Er küsste mich zärtlich und legte mich langsam ins Bett. Na ja, ich konnte ihm nicht widerstehen. Was würde ich nur ohne ihn machen? Er brachte mich zum Weinen und zum Lachen. Ich freute mich, mit ihm zu arbeiten und zu wohnen. Mein Mann, der Boss. Die Zukunft würde himmlisch werden.

„Hey, wir sollten uns das Haus ansehen! Max wollten wir auch mitnehmen. Nicht hier knutschen. Obwohl es mir gefällt.“

„Verdammt, die Zeit wird knapp, machen wir uns fertig für deine Verlobung ohne Verlobten. Sei nicht böse, ich finde es amüsant. Ich bin auf deine Mutter gespannt. Die wird der Schlag treffen, dass du verheiratet bist.“ Er zwinkerte mir zu. „Oh, es tut mir nicht leid für sie. Wenn sie euch drei kennen würde, nur ein wenig, dann würde sie euch in Ruhe lassen.“ Er lachte und drehte den Kopf.

Er hatte recht und wie. Sie war ein Monster und Monster gehören gejagt, egal, wohin. Ich stand im Wohnzimmer und dachte über die blöde Situation nach. Man durfte sich verlieben, in wen man wollte. Ich hatte endlich kapiert, dass sie nichts tun konnte und uns Geschwister nicht trennen konnte. Wir liebten uns und würden immer füreinander da sein.

In dem Augenblick läutete es an der Tür und riss mich aus meinen Gedanken. Ich hörte Max und Liam, wie sie redeten und lachten.

„Schwesterherz, bist du zur Träumerin geworden, seit du mit Liam zusammen bist? Ich sehe dich starren und hoffe, dass deine Gedanken jugendfrei sind, oder träumst du von deinem Verlobten von heute Abend?“ Er sah mich belustigt an.

„Es sind nur jugendfreie Träume. Wie geht es dir? Hast du dich psychisch vorbereitet auf die Verlobung?“ Ich beobachtete Liams Grinsen und dann Max, der nur den Kopf schüttelte.

Dann sagte er zu mir: „Heilige Scheiße, das wird heute die Verlobung des Jahres. Mia und du, ihr werdet enterbt. Ich bekomme auch nichts, wenn sie Emmas Bauch sehen. Bei ihr merkt man, dass sie schwanger ist, genauso wie bei Mia. Dir würde ich raten: Zieh dir einen Sack an, damit sie es nicht gleich merken. Obwohl es noch nicht zu sehen ist. Sie könnten glauben, dass du zugenommen hast. Ich freue mich, Patenonkel zu sein, bei beiden. Liam, wir haben ein fruchtbares Jahr hinter uns und drei Schwangere dabei, kein Alkohol heute."

„Ich ziehe Hosen und ein T-Shirt von Liam an. Das ist mein neuer Look für die Feier."

„Verdammt, diese T-Shirts von Liam hatten was an sich. Zur Weihnachtsfeier sind sie immer bequem und sexy. Deswegen rennst du in seinem Gewand rum, nicht wahr?", neckte er mich.

„Neuer Mann, neuer Look im Doppelpack. Ich brauche nur seine Anzughose, die steht mir ausgezeichnet. In meiner Situation wird sich unser Vater freuen, mich in Hosen zu sehen. Vorbildlich." Wir lachten alle drei, bis uns die Tränen kamen.

Tja, wir sollten zur Feier was mitnehmen, und zwar gelbe Polster. Ich marschierte ins Schlafzimmer und lachte weiter. Liam hätte nichts dagegen, wenn ich mir seine Hose auslieh, die war mir nur zu groß. Ich sah mich im Schrank um, ein blaues Kleid hatte ich hier, doch heute zog ich mir die schwarze Hose und rote Bluse an. Es machte mich sexy und wenn ich aus dem Haus rennen musste, würde mir nicht kalt werden. Später würde ich das blaue Kleid anziehen, wenn ich mit Liam allein war.

Verdammt, ich wollte nicht im Haus meiner Eltern sein, mir Weihnachten von ihnen vermiesen lassen. Doch was geklärt gehörte, wäre besser, gleich zu erledigen, um ohne Stress ins neue Jahr zu starten.

Ich sah mich im Spiegel an und war erstaunt, wie sexy ich war. Meine Stiefeletten mit kleinen Stöckeln dazu, und ich war fertig. Ich würde noch meine Haare hochstecken und einige Strähnchen rauslassen. Leichtes Make-up und zartrosa Lippen. Schon konnten wir losgehen.

Doch kaum aus dem Bad raus, fing mein Magen zu rebellieren an. Ich schrie nach Liam und fiel fast zu Boden, als er endlich neben mir stand. Er hob mich hoch und schaute mich an, ich wollte sprechen, doch wieder wurde mir schwarz vor Augen und ich sackte in seinen Armen zusammen.

Als ich wenig später munter wurde, lag ich auf der Couch. Liam und Max standen neben mir. Meine Beine wurden hochgelagert. Gott, nicht wieder Kreislaufprobleme.

„Liam, was ist passiert? Warum haltet ihr meine Beine hoch?"

„Du bist kollabiert. Du hast dich wieder aufgeregt. Das darfst du nicht, sonst verlierst du die Babys. Scheiß auf die Verlobung, ich lasse dich nicht noch mal zu Boden fallen."

„Ich muss da durch, Liam, sonst werde ich keine Ruhe haben. Es wird noch schlimmer und ich bin für längere Zeit schwanger. Wir fahren hin und machen es so wie geplant. Bitte." Er schüttelte nur seinen Kopf.

„Weib, du bist nicht zu retten. Bei meiner Liebe für dich, wenn sie eine Sache machen, die ich nicht in Ordnung finde, fahren wir. Gott steh mir bei."

„In Ordnung, danke." Ich stand auf und ging auf Liam zu, gab ihm einen dicken Kuss. Dann sah ich mich im Spiegel. Okay, ich musste nur mein Haar noch richten. Sonst war alles in Ordnung. Ich zog meine Jacke und Stiefeletten an. Liam und Max zogen sich ebenfalls an und wir waren startklar. Ich nahm meine Tasche und wir marschierten zum Lift.

Draußen angekommen merkte ich, wie kalt es war und dass noch mehr Schnee lag. Frau Holle hatte dieses Jahr Wert draufgelegt, dass wir auf unsere Kosten kamen. Wir stiegen bei Liam ins Auto und er fuhr los. Emma wartete vor ihrem Wohnhaus auf uns und lächelte, als sie uns sah. Liam parkte und sie stieg ein, grüßte uns alle und lächelte weiter.

„Emma, wie geht es dir mit deinen Bauchbewohnern?", fragte ich sie.

„Meine Bewohner sind glücklich und zufrieden. Und was macht deine Bauchbewohnerin?", meinte sie frech.

„Meine zwei sind okay. Wie viele werden es bei dir?" Ich sah, dass Liam sich ein Grinsen nicht verkneifen konnte.

„Oh, Elena, es werden eineiige Drillinge. Ich habe es erst vor zwei Wochen erfahren und war wie versteinert", sagte sie mir mit Tränen in den Augen.

„Nein, Drillinge! Hast du es Alessio gesagt? Du musst ihm das sagen, er muss sich Gedanken machen um die Kinder. Du wirst Hilfe brauchen."

„Er meldet sich nicht. Ich habe tausendmal angerufen und ihn gebeten, dass er sich meldet. Das Arschloch ruft nicht zurück. Keine Ahnung, mit wem er zusammen ist. Ich erwarte nichts von ihm", meinte sie traurig.

„Emma, es wird alles gut, lass deinen Kopf nicht hängen. Er wird zu sich kommen, denn du brauchst eine große Wohnung und Platz für euch. Brauchst du was für die Kleinen?“, fragte ich sie.

„Zwei Gitterbetten, eines habe ich schon gekauft und das Zimmer hergerichtet. Nun weiß ich nicht, ob drei in den Raum hineinpassen. Meine Wohnung ist halt klein. Nach Weihnachten schaue ich mir das genauer an. Meine Eltern wissen Bescheid und freuen sich, mir zu helfen.“

„Ich freue mich auch für dich und dass ich Tante werde.“ Ich sah Liam an.

Er parkte vor dem Haus meiner Eltern. Er sah mich an, zog mich und drückte mich fester an sich. Er gab mir Mut, dass wir das hier überstehen würden. Ich hatte nicht mal bemerkt, dass Emma und Max schon ins Haus gegangen waren.

„Rein in die Höhle der Löwen“, meinte er belustigt. Sicher dachte er an Emma und Alessio. Hoffte, dass sein Bruder die Meinung änderte und sich zu Emma und den Kindern stellte, als Vater und Freund. Ich würde es begrüßen, wenn die zwei zusammen ihre Kids großziehen.

Ich war aufgeregt und fragte mich, was mich im Haus meine Eltern erwartete. Bisher hatte ich es gemieden, sie zu besuchen, doch jetzt musste ich mich dem stellen. Es würde nicht problemlos ablaufen, mit ihnen zu reden.

Ich sah die Autos vor der Garage parken. Es waren alle da. Gott, sie hatte es getan und alle eingeladen. Ich atmete durch und drehte mich zu meinem Mann, der noch immer neben mir saß und mich anstarrte.

„Schatz, wir müssen nicht, wenn du nicht willst. Es ist nur …“, er verstummte.

„Du bist mein Mann und wir gehen dorthin und ich werde das Klären. Ich liebe dich, Liam, und sie sollen es wissen. Wir hier sind eine Familie, ich lasse nicht zu, dass es uns kaputtgemacht wird. Nicht von meinen Eltern. Es reicht mir verdammt noch mal mit ihnen.“ Mir traten Tränen in die Augen und Liam wischte sie weg. Er küsste mich wie verrückt.

„Du darfst dich nicht aufregen. Denk an unsere Zwerge, die brauchen dich. Ich liebe dich, mein Engel. Ich werde nicht zulassen, dass sie dich wie Dreck behandeln. Nur dass du es weißt. Du gehörst mir, und eine falsche Meldung von ihnen und wir werden gehen“, sagte er mit fester Stimme. Dann gab er mir einen Kuss und streichelte meinen Bauch. Er liebte mich.

Wir stiegen aus dem Auto und sahen zu meinem Elternhaus. Es war voll beleuchtet. Die weiße Fassade war mit Lichterketten geschmückt. Die Säule vor der Eingangstür war mit beleuchteten Girlanden beladen. Es sah übertrieben aus. Sie hatte es geschafft, **alles** aufzuhängen, sogar den ganzen alten Schmuck. An der Tür waren ein riesiger Kranz in Rot und dazu viele Mistelzweige angebracht worden.

Mein Mann durfte mich küssen, hier und jetzt. Ich musste schmunzeln. Er stand so dicht bei mir und fing an, mich zu küssen. Als wir uns voneinander lösten, nickte er nur. Ich drehte mich um und betätigte die Klingel an der Tür. Nach einigen Minuten machte meine Mutter auf.

„Du schaffst es, sogar zu deiner Verlobung zu spät zu kommen. Kein Wunder, dass du keinen Mann bekommst. Komm rein.“ Sie ignorierte Liam. Ich hatte nicht mal hallo gesagt, da war sie schon in der Küche verschwunden.

Liam war schockiert, sagte nichts. Diese Begrüßung war eindeutig nicht die Art, die er kannte. Ich drehte mich zu meinem Mann und küsste ihn entschuldigend. Er drückte mich an sich, sagte nichts.

Verdammt, diese Familie bringt mich noch um, dachte ich. **Es kann nicht sein, dass meine Mutter so blöd ist und Liam nicht entdeckt hat.**

Wir gingen weiter und ich entdeckte Mario, er war nicht mein Typ. Wenn ich Single gewesen wäre, hätte ich ihn auch nicht haben wollen. Blonde Haare und schwarze Augen. Dagegen war Liam zu hundert Prozent mein Typ.

Ich beobachtete alles und mir fiel auf, dass hier alles neu gemacht worden war. Alles in Weiß. Küchenwände waren weiß gestrichen worden – Möbel ebenso, egal, wohin man schaute: Weiß. Glaubte Luise, dass sie unschuldig war, dass sie alles in Weiß hielt? Was zum Teufel hatte sie vor? Ich drehte mich zu Liam, der nur die Augen verdrehte.

„Hallo, Elena“, ertönte eine männliche Stimme hinter mir, ich drehte mich um und sah meinen Vater, der mich anlächelte.

„Hallo, Papa, das ist Liam“, stellte ich ihn vor. Er begrüßte Liam mit einem Handschlag. Starrte ihn an und dann kam die Frage: „Was suchen Sie bei uns? Haben Sie keine Familie? Heute ist doch Weihnachten.“

„Tja, wie soll ich es sagen, ich werde der Trauzeuge meiner Fr… besten Freundin sein. Da ist es mir sehr recht, bei der Verlobung hier zu sein. Wir wollen doch das Beste für sie. Was meinen Sie?“ Er zwinkerte mir zu. Mein Vater schaute ihn an, dann mich mit einem bohrenden Blick.

„Ich wusste nicht, dass du einen besten schwulen Freund hast. Das hast du uns nie erzählt“, kam die Stimme meine Mutter von der Tür. Ich lächelte Liam an und er wusste, dass es nicht mehr lange dauern würde, bis ich platzte.

„Oh, Sie müssen die wunderbare Mutter von Elena sein. Dann werde ich mich an Sie wenden, wenn meine Eli heiratet. Sie kennen sich super aus, ihm wird sicher dieser Glitzer und Glamour gefallen. Eli, Schätzchen, möchtest du dich nicht mit deinem Verlobten unterhalten?“, fragte er mich und verdrehte die Augen. Ich gab ihm einen dicken Kuss auf die Lippen.

„Aber sicher, ich will ihn abchecken. Liam, du gehst am besten rüber zu Max, er ist im Esszimmer. Ich werde dann zu dir kommen, halte mir einen Platz frei.“

„Ach, Schätzchen, immer. Ich bin dein Trauzeuge.“ Er lächelte mich zärtlich an und drückte mich an sich. Es musste jeder blind sein, wenn sie nicht sahen, dass wir verliebt waren. Ich ging in Richtung von Mario. Er schaute auf sein Handy und gab nichts von sich.

„Hallo, Mario, ich soll deine Verlobte sein. Lass bitte dein Handy verschwinden und komm zu mir auf die Terrasse. Wir müssen reden“, forderte ich schroff von ihm.

„Hi, ja, ich komme gleich“, sagte er mir in einem genervten Ton.

„Dann beeile dich und schreib deiner Freundin später eine Liebesnachricht. Sie wird es sicher verstehen. Ich will wissen, was du von dieser Verlobung hältst."

Er erstarrte. Ich warf ihm einen tödlichen Blick zu. Er starrte mich an und grinste.

„Ich bin schon mit Tobi verlobt. Ich liebe diesen Mann und werde dich nicht heiraten. Aber das willst du sicher auch gar nicht. Ich habe dich und Liam beobachtet und weiß, dass ihr zusammen seid. Unsere Alten sind verrückt, haben nichts anderes zu tun, als uns das Leben schwer zu machen. Ich schlage vor, dass ich Tobi bitte, herzukommen. Und wir es den Alten nach der Ankündigung präsentieren." Er schaute mich an und grinste wieder.

„Das ist eine gute Idee. Ruf ihn an, er soll schnell vorbeikommen. Und wir tun derweil so, als ob wir ein Paar wären. Die sollen den Schock fürs Leben bekommen." Ich umarmte ihn und wir lächelten. Gott sei Dank fand diese Verlobung nicht statt. Wir beide waren uns einig. Ich könnte mir vorstellen, ihn als besten Freund zu haben.

„Danke, ich freue mich für dich und Tobi, dass ihr euch gefunden habt. Es stimmt, Liam und ich sind zusammen."

„Ich weiß, dass du schwanger bist. Und dass Liam dein Ehemann ist. Ich wünsche euch beiden viel Glück. Ich hoffe, dass wir uns mal treffen, als Freunde und nicht als Feinde", sagte er und löste sich von mir.

„Danke für dein Verständnis. Wir werden uns wiedersehen. Letztendlich sind wir Freunde trotz allem. Ich würde Tobi gern kennenlernen, egal, wie es hier ausgeht. Ruf ihn an."

Ich ging ins Wohnzimmer meiner Eltern und erstarrte. Emma uns Max knutschten miteinander auf der neuen Couch unsere Eltern. Wenn die das sähen, würden sie toben vor Wut. Hier durfte keiner rummachen. Ich sagte leise zu Max, dass sie aufhören sollten.

Ich beobachtete den Raum und sah so viel Weiß drinnen. Verdammte Scheiße, waren die so weiß veranlagt? Diese Farbe wurde mir zu viel. Die beide waren nicht normal. Das Einzige, was im Raum Farbe aufwies, war der Fernseher. Der hing an der Wand, schwarz. Ich musste hier raus. Es war egal, wo ich mich hier aufhielt, überall sah ich Weiß. Ich würde bald blind.

Ich machte mich auf den Weg ins Esszimmer. Hier war es ein wenig freundlicher, Braun mit Weiß. Liam saß und plauderte mit meinem Vater. Mia und Carlos hörten zu. Liam stand auf und schob den Sessel neben sich, damit ich mich hineinsetzen konnte. Er lächelte mich an und ich ihn.

„Da bist du ja. Es scheint dir fabelhaft zu gehen. Mario liebt dich. Hoffentlich ist dir das klar. So einen Mann wirst du nicht finden, Elena. Er ist einzigartig“, sagte meine Mutter zu mir. Wenn sie Bescheid wüsste, würde sie nicht so blöd reden. Ich war kurz davor, die Bombe platzen zu lassen.

„Oh, dass du dich da mal nicht täuschst, Mutter. Andere Mütter haben auch schöne Söhne. Es gibt da einen, der mir gefällt. Wer weiß, sollte das mit Mario nicht funktionieren …“ Ich unterbrach mich und lächelte sie an.

„Nein, du wirst dich mit Mario verloben, ihn heiraten und ihn glücklich machen. Du brauchst nicht arbeiten gehen. Da sind wir uns einig, meine Freundin und ich. Wo ist Mario?“, fragte sie mich.

„Ich bin hier und ich habe Tobi mitgebracht, ich hoffe, das stört niemanden. Er ist mein Freund.“ Die beiden begaben sich zum Tisch und lächelten einander an. Ich stand auf, ging zu Tobi und begrüßte ihn mit einem Wangenkuss.

„Herzlich willkommen in unserer Familie, Tobi. Ich hoffe, dass dieser Abend unvergesslich für dich wird“, sagte ich ihm und umarmte ihn fest. Wenn die alle wüssten, was wir drei hier planten, würden sie nicht so grinsen. Marios Eltern und meine Eltern sahen uns freudig an. Ich lachte nur innerlich über diesen Schlamassel, war neugierig, wie sie es aufnehmen würden, wenn sie die Wahrheit erführen.

„Hallo, Elena, du bist bezaubernd. Danke, ich freue mich, hier zu sein. Wie geht es dir, Mausi?“ Alle am Tisch starrten uns auf einmal an. Ja, er hatte mich Mausi genannt. Mein Blick wanderte zu Liam, der nur den Kopf schüttelte. Er hatte es verstanden, nahm ich an.

„Das sage ich dir später. Komm, setz dich zu uns.“ Mit einem Lächeln sah ich zu ihm und dann zu Liam. Ich hoffte, dass mein Mann gecheckt hatte, dass Mario und Tobi zusammen waren. Oh, an alles hatte ich gedacht, doch das würde das Highlight werden. Liam tätschelte mein Knie und sagte kein Wort, obwohl ich in seinem Gesicht lesen konnte, dass er wusste, was kam.

Luise brachte den Braten auf den Tisch und Getränke. Es sah alles so feierlich aus, wir aßen und keiner sagte was. Es war die Ruhe vor dem Sturm. Meine Blicke wanderten von einem zum anderen. Ich stoppte bei Mario und Tobi. Tobi warf mir ein Grinsen zu, das mir sagte, dass alle vom Hocker fallen würden, wenn sie es erführen. Es geschah ihnen recht.

Mario sah mich glücklich an. Er wusste, dass ich verheiratet war und schwanger war. Das hatte er Tobi sicher schon erzählt. Es war kein Geheimnis, dass Liam und ich uns liebten. Doch meine und Marios Eltern wussten es nicht, wir hatten so entschieden, es ihnen nicht sofort zu sagen. Ich war gespannt auf Luises Gesicht, wenn sie es erfuhr. Da unterbrach mich ihre Stimme.

„Wie ihr wisst, gibt es heute nicht nur den Heiligabend zu feiern: Wir feiern die Verlobung von Elena und Mario. Steht auf, ihr beiden. Wir sind uns bewusst, dass ihr euch nicht kennt, doch wenn ihr verheiratet seid, wird genügend Zeit dafür sein, euch kennenzulernen. Elena, du hattest immer Pech mit Männern und nun wirst du ihn heiraten. Wir haben im neuen Jahr einen Termin beim Standesamt für euch gemacht.“

Ich räusperte mich und stand mit Liam auf. Der Moment war da. Liam nahm meine Hand und drückte sie fest in seiner Ich sah sie alle an.

„Verdammt, Mutter, was bildest du dir ein? Ich werde Mario nicht heiraten. Hast du nicht verstanden, warum ich keinen Kontakt zu euch will? Liam und ich sind bereits verheiratet und bekommen ein Baby. Misch dich nie wieder in mein Leben ein, ich möchte den Kontakt zu euch nicht mehr. Ich lass mich nicht verschachern. Du hast immer auf dich geschaut, wir drei waren dir egal. Mia ist verheiratet und bekommt ein Baby, falls dir das entgangen ist. Es reicht, dass du uns bestraft hast, dass du dein Leben während unserer Kindheit zu Hause verbracht hast. Das wolltest du, nicht wir. Ich werde arbeiten gehen, wenn die Kinder da sind, deswegen werde ich keine schlechte Mutter sein. Mein Mann liebt mich und er freut sich, Papa zu sein. Wenn du das nicht verstehst, dann bleib hier in deinen weißen Wänden und mahle sie schwarz an. Komm, Liam, wir verschwinden von hier. Meine Eltern sind das Letzte“, sagte ich und drehte mich zu meinem Mann.

„Nein, du gehst hier nicht weg. Ich bin derjenige, der sagt, wann wer geht!“, schrie mein Vater.

„Papa, es reicht! Was seid ihr für Trottel, die ihr nur an euch denkt und uns quält? Ich konnte mir meine Eltern leider nicht aussuchen, aber meinen Mann konnte ich wählen und er macht mich glücklich. Ich bin erwachsen und entscheide selbst, wie lange und wo ich hingehe.“ Ich schaute meinen Vater mit wütend funkelnden Augen an, dann bemerkte ich, dass meine Geschwister aufstanden und applaudierten.

Mario stand mit Joy auf, reichte mir die Hand und lächelte mich an. Dann drehte er sich zu allen und sagte: „Tobias und ich werden heiraten, ich werde euch nach der Hochzeit verlassen. Wir werden nach New York ziehen. Wir lieben uns und auch ohne euren Segen werden wir heiraten. Elena und Mia, wir wünschen euch und euren Babys alles erdenklich Gute.“

Während Mario sprach, schaute ich zu meiner Mutter, die Emma betrachtete und ihren Bauch genau beobachtete. Max küsste sie und hielt sie an der Hand. Mutter legte sich die Hand vor den Mund, als sie den Bauch von Emma bemerkte. Man sah deutlich, dass sie schwanger war.

Ich grinste nur. Liam griff nach meinem Bauch und lächelte mich an, sagte nichts. Da war er wieder, die Ruhe in Person.

Da meldete sich meine Mutter. „Ich muss mich bei euch allen entschuldigen und bitte um Vergebung. Emma, du bist schwanger?“, sagte sie dann mit Tränen in den Augen.

„Ja, ich bekomme Drillinge“, antwortete Emma und Max griff beschützend an ihren Bauch.

„Oh mein Gott, Noah, wir werden Großeltern. Es muss sich was ändern. Wir können nicht so weitermachen“, gab sie zu. Es sah aus, als wenn sie wieder spielen würde. Dieses Gesicht sagte mehr als tausend Worten.

„Elena, Max, Mia, ich bitte euch um Verzeihung. Liam, es tut mir leid. Ich begrüße dich hiermit in unserer Familie. Wann kommt das Baby?“, fragte sie vorsichtig. Liam überließ es mir, zu reden.

„Es werden Zwillinge und in achteinhalb Monaten werden sie da sein. Wenn du noch etwas wissen willst, frag uns, bevor wir gehen. Ich muss mich schonen. Meine Schwiegereltern haben mich wie eine Tochter in der Familie aufgenommen. So und jetzt werden mein Mann und ich euch verlassen“, sagte ich und drehte mich um.

Mein Handy klingelte und ich hob es auf. Es war Alessio, er wollte mich sprechen. Mein Lieblingsschwager.

„Was ist passiert, dass du dich bei mir meldest?“, fragte ich angriffslustig.

„Ich möchte dich um etwas bitten. Es ist nur so, ich weiß nicht, wie ich es sagen soll. Das mit dir, dann das mit Emma und Maya, es ist zu viel“, sagte er. Ich würde jetzt nicht mit ihm über Emma reden. Verdammt, sie war selbst durcheinander und ließ sich von Max trösten. Es sollte Alessio sein. Sie waren beide erwachsen und sollten es unter sich ausmachen. Schließlich waren Kinder im Spiel.

„Okay, ich ruf dich später an. Ich höre zu und werde mich mit Liam bereden.“ Als ich auflegte, schaute mich mein Vater an. Ich drehte mich zu Liam und sagte ihm, dass sein Bruder mit uns reden wollte und wir bei ihm vorbeischauen sollten.

„Schatz, über Arbeit können wir uns morgen unterhalten. Die Firma läuft uns nicht weg“, meinte er zu mir.

„Du als CEO musst wissen, was zu tun ist. Alessio wird mit dir und mir sprechen, ich glaube, es geht um den Kunden aus London.“

„Okay, wenn das so ist, werden wir mit dem Privatjet fliegen. Wenn du möchtest, bleiben wir dort über Silvester. Ich werde später was für uns buchen“, sagte er zu mir.

Mein Vater stand mit offenem Mund da. Er hatte Liam beleidigt und sich nicht entschuldigt. Ich nahm meine Jacke und zog meine Schuhe an.

Es ist komisch hier, dachte ich mir, als mein Vater zu Liam kam.

„Junge, es tut mir leid, dass ich es verbockt habe. Ich finde dich in Ordnung. Du darfst mich Schwiegervater nennen und es tut mir leid, wie ich mich dir gegenüber benommen habe.“ Er gab ihm die Hand und Liam nahm die Entschuldigung an.

„Elena, ich bin ein miserabler Vater, ich hoffe, dass du mir verzeihen wirst. Ich werde mir Mühe geben und mich wie ein Vater und Großvater benehmen. Jetzt, wo ich Großvater werde. Es tut mir leid.“ Wir sahen uns nur an.

„Danke, Papa. Wir müssen jetzt gehen. Komm, Liam, Alessio wartet“, sagte ich und ging nach draußen. Liam folgte mir.

„Was für ein Abend. Hast du das mit Mario gewusst? Ich meine, dass er auf Männer steht.“ Er sah mich dabei liebevoll an.

„Erst nach dem Gespräch und ich bin froh, dass ich dich habe. Ich liebe dich. Es gefällt mir, deine Frau zu sein. Wir müssen mit Alessio reden, er war wegen Emma und Maya durch den Wind. Es ging nicht um London. Ich wollte nicht vor meinem Vater sagen, um was es ging, denn ich glaube, Alessio geht es sehr schlecht. Er braucht uns beide jetzt“, sagte ich ihm, als wir beide ins Auto einstiegen.

„Ich habe es gewusst und mitgespielt. Ich kenne dich und weiß, was du machst. Verdammt, ich bin so froh, dass du es mit deiner Mutter aufgenommen hast. Die ist eine Katastrophe für diese Welt. Wie hast du es so lange ausgehalten, ohne durchzudrehen?“ Er sah mich an und schüttelte seinen Kopf.

Ja, jetzt weißt du, wie meine Eltern ticken.

„Seit zehn Jahren wohne ich allein und meide den Kontakt zu ihnen. Max war in der Schweiz und Mia in Italien. Damals habe ich mich quergestellt. Ich weiß nicht – es sind so viele schlechte Erinnerungen. Unsere Kinder werden nicht so aufwachsen. Das werde ich verhindern.“

Die Erinnerung an Lukas kam in mir hoch. Verdammt, wenn ich das Baby damals nicht verloren hätte … Ich muss es ihm sagen, nur wie? Ich sah zu Liam, der mich anstarrte. So wie er da neben mir saß, raubte er mir den Atem. Er bohrte nicht mehr nach, sondern lächelte mich an und fuhr mich nicht nach Hause oder zum Alessio.

Gott, wo will er jetzt hin? Was für ein Abend. Heute wollte ich nur noch ins Bett zum Kuscheln. Ich war so müde, dass ich meine Augen schloss und einschlief.

„Schatz, wir sind da. Komm, wach auf." Er küsste mich auf die Wange. „Morgen, Schlafmütze", weckte er mich auf. Liam war anders geworden. Als mein Mann benahm er sich fürsorglich und wich mir nicht von der Seite.

„Oh, wo sind wir hier?" Ich rieb meine Augen und war verrückt nach ihm.

Kapitel 18

Überraschung, wir sind zu Hause. Komm, ich habe uns das Haus einrichten lassen. Es gehört uns beiden. Wir brauchen Platz so oder so“, er küsste mich. Dann stiegen wir aus dem Auto und gingen zur Tür. Es war weihnachtlich geschmückt. Neutral und mit Lichtern. Liam machte die Tür auf, dann drehte er sich zu mir.

„Ich muss meine Braut über die Schwelle tragen, so wie es sich gehört. Das habe ich mir im Hotel erspart.“ Er hob mich auf und trug mich rein. Als ich mich hier umsah, kamen mir die Tränen. Es war so freundlich hier. Warme Wände in Gelb und Orange. Möbel waren in dunklen und hellen Brauntönen gehalten. Ich schaute mich um, doch Liam gab mir keine Zeit, er hob mich hoch und trug mich ins Schlafzimmer.

„Das ist unser Schlafzimmer, es ist modern eingerichtet und im Gelbton gestrichen. Ich fühle mich hier wohl, ich hoffe du auch.“

„Es ist schön hier mit dir, es gefällt mir. Morgen schaue ich mir das ganze Haus an. Die Überraschung ist dir gelungen. Liam, komm mit ins Bett, ich bin müde.“

Wir küssten uns leidenschaftlich. Liam fing an, mir die Bluse aufzuknöpfen, und sah mich so verrucht an. Ich wollte nicht prahlen, doch wir sollten unser Bett heute einweihen. Liam sollte heute diesen roten String anziehen und als mein sexy Santa zu mir ins Bett kommen. Ich trug ihn in meiner Tasche mit.

Mein Telefon riss mich aus meinen Gedanken. Oh, ich hatte Alessio vergessen. Das hatte jedoch Zeit, Liam kam als Erster an die Reihe. Ich ließ mein Telefon läuten, nahm das Geschenk in die Hand und sah zu Liam.

„Liam, zieh das an, ich möchte dich so sehen. Wo bist du denn?“

„Sorry, komme gleich, telefoniere mit Alessio!“, rief er mir gestresst zu.

Tja, sein Bruder war verrückt. Er rief uns an, wann es ihm passte. Das würden wir ihm abgewöhnen. Ich hörte Liam reden und schreien. Alessio war uns nicht egal, doch er übertrieb es manchmal.

„Verdammt, Alessio, belaste uns nicht mit deinen Problemen, du hast es dir selbst verbockt. Ich will mit meiner Frau kuscheln und nicht mit dir stundenlang am Telefon diskutieren. Schau, dass du nüchtern wirst, und dann reden wir weiter. Wenn du angetrunken bist, leg dich hin."

Während Liam seinen Bruder zurechtwies, dachte ich an meine eigene Familie. Nach dem heutigen Abend musste ich lachen, es war doch okay gelaufen für mich. Liam hielt weiterhin zu mir und ich zu ihm. Es könnte uns nichts Besseres passieren. Wir konnten in eine schöne Zukunft schauen. Liebe. Heirat. Familie. Haus. Arbeit. Für uns würde das zur Normalität werden. Gott sei Dank ließen mich meine Eltern in Ruhe, wo sie wussten, dass ich und Liam zusammen war.

Ich lächelte und der Schlaf überkam mich. Es musste einige Zeit vergangen sein, als mich ein Geräusch weckte. Liam lag neben mir und schlief. Er sah glücklich aus. Es donnerte erneuert am Fenster und ich erschrak.

Verdammt, was war das? Es war nicht mal fünf Uhr morgens. Zuerst ertönte es nicht wieder. Ich ging ins Bad und hörte es noch mal, dieses Krachen. Erschrocken schrie ich laut auf. Mein Herz klopfte wie verrückt. Liam kam zu mir und starrte mich an.

„Was ist passiert? Ist alles in Ordnung mit dir?" Er sah so verschlafen und süß aus. Mit großen Augen schaute er mich erschrocken an. Ich wollte etwas erwidern, doch dann kam wieder dieses Geräusch. Liam verstand, nahm mich in den Arm und drückte mich an sich, offenbar erleichtert, dass mir nichts passiert war. Dann marschierte er zum Fenster und schaute nach, was los war.

„Verdammt, Lorenzo, was ist mit euch beiden los? Alessio gibt keine Ruhe am Telefon und du wirfst mit Schneebällen ans Fenster in der Früh. Du jagst uns einen Schreck ein." Er machte das Fenster zu, kam zu mir und sagte: „Wir haben Besuch." Jetzt war er sauer.

Was war mit seinen zwei Brüder los? Waren die verrückt? Ich stand nur in BH und Höschen im Badezimmer und Liam in seiner Boxershorts. Ihm machte das nichts aus, er ging nach unten, um Lorenzo reinzulassen. Ich zog mir Liams T-Shirts an, dann marschierte ich hinterher. Liam öffnete gerade die Tür und knurrte Lorenzo an.

„Ich hoffe, dass es einen verdammt guten Grund gibt, warum du Eli und mich geweckt hast." Liam funkelte seinen Bruder an. Lorenzo sah blass aus.

„Den gibt es in der Tat. Alessio. Ihr solltet euch am besten sofort setzen. Elena, es tut mir leid, dass ich euch beide erschreckt habe." Liam holte Wasser und wir setzten uns ins Wohnzimmer.

„Was ist mit Alessio?", ich zitterte und hoffte, dass der keinen Scheiß gebaut hatte. Dem wäre es zuzutrauen.

„Er liegt im Krankenhaus. Hat sich volllaufen lassen und ist mit dem Auto gefahren. Vom Auto ist nichts mehr übrig, er liegt im Koma. Es ist schlimm, die Ärzte sagten, wenn er die nächsten Stunden nicht aufwacht …", er unterbrach sich mit Tränen in den Augen und fuhr fort: „Es ist scheiße, Liam. Mama und Papa sind bei ihm." Lorenzo griff sich mit beiden Händen an den Kopf, seine Augen waren voller Tränen.

„Warum hat er nicht auf mich gehört? Wir haben bis um zwei telefoniert. Er hat Probleme, ich weiß, das ist zu viel." Liam sah mich an und bemerkte, dass ich weinte, Alessio war zwar ein Idiot, doch ich mochte ihn. Verdammt, ich musste mich übergeben.

Als ich aufstand, gaben meine Füße nach und Liam fing mich auf. Ich war bleich und er brachte mich ins Bad. Mich nahm das mit Alessio sehr mit. Ich hoffte, dass alles gut werden würde. Warum hatte er sich ins Auto gesetzt? Tränen liefen und es gab keinen Stopp mehr. Liam kam, um nach mir zu sehen.

„Du bist blass, dir geht es nicht gut, ich mach dir einen Tee. Komm mit." Er hob mich hoch und trug mich ins Wohnzimmer, wo Lorenzo saß. Liam nahm die Decke und deckte mich zu.

„Ich wollte euch die traurige Nachricht nicht überbringen, doch einer musste es tun. Ich hoffe, dass es dir bald besser gehen wird. Das mit Alessio wird hoffentlich. Du musst dich auf deine Babys konzentrieren." Lorenzos Blick war traurig. Ihm ging es nicht gut, genauso wenig wie mir. Ich weinte und konnte nichts sagen. Alessio benahm sich wie ein Idiot, doch ich liebte ihn wie meinen Bruder Max, es tat mir weh, dass er im Koma lag. Als ich mich gefangen hatte, sah ich wieder zu Lorenzo. Sein Blick war traurig und er war in Gedanken bei Alessio.

„Weiß Emma von dem Unfall? Ich wünsche es Alessio, dass er aufwacht und von den Babys erfährt. Emma will ihn zurück. Scheiße, warum ist er ins Auto gestiegen? Warum? Wollte er zu Emma?" Liam brachte mir den Tee und setzte sich neben mich. Dann drückte er mich an sich. Mit dem Blick fragte er mich, ob alles in Ordnung wäre. Ich nickte nur, zu mehr war ich nicht in der Lage.

„Wann können wir ihn sehen, Lorenzo? Darf man zu ihm?" Tränen liefen über Liams Gesicht, er wischte sie weg.

„Besucherzeit ist ab zehn Uhr. Da werden die Ärzte entscheiden, wie es weitergeht. Ihn zu flicken, wird Arbeit sein. Dass er alkoholisiert war, erschwert es, verdammt, ich habe ihm gesagt, er soll mit dem Saufen aufhören. Es bringt nichts. Er wollte nicht auf mich hören. Jetzt liegt er im Koma." Lorenzo starrte zu Boden und schüttelte seinen Kopf.

„Mann, ich habe lang mit ihm telefoniert. Ich habe ihm gesagt, er soll schlafen gehen. Maya war sein Problem, sie ist von ihrem Neuen schwanger und sie werden heiraten. Das war die Weihnachtsüberraschung. Freundschaft zwischen den beiden wird es nicht mehr geben. Sie hat ihm ein Pfeil ins Herz gerammt", meinte Liam traurig.

„Ach du Scheiße, er wollte zu ihr. Um zu sehen, ob sie das ernsthaft durchzieht. Da bin ich gespannt, wie Maya dastehen wird, wenn sie von dem Unfall hört. Sie hätte nie mit ihm spielen dürfen. Er liebt sie, verdammt. Spätestens in der Zeitung wird sie sehen, was sie angerichtet hat. Ich werde ihr von dem Unfall sicher nichts sagen. Wegen ihr kann er jetzt sterben." Lorenzo war wütend, so hatte ich ihn noch nie gesehen. Dann fügte er hinzu: „Wenn er stirbt, wird es ihr nie im Leben gut gehen, das verspreche ich. Sie war mit beiden im Bett, es könnte genauso von Alessio sein. Dass er deswegen so durcheinander war."

Liam starrte Lorenzo und mich an. Ich sagte nichts. Er drückte mich an sich. Ich lauschte nur und da spürte ich einen leichten Stoß in meinem Bauch. Ich griff an die Stelle, konnte nicht lachen. Meine Zwerge wussten immer, wie es mir ging, doch sie zu spüren, war noch zu früh. Lorenzo sah mich an und wollte mich zum Lachen bringen.

„Sag mal, Schwägerin, hat sich da in deinem Bauch jemand gerührt von den Zwergen?" Er lächelte mich an, doch ich konnte nicht lachen.

„Ich hatte nur einen Stich. Die Kleinen spüre ich noch nicht. Es wird noch dauern." Ich gab ihm ein Grinsen.

Im Gedanken war ich bei Alessio und Maya. Scheiße, wie man sich in einem Menschen täuschen konnte. Maya war doch so nett und lieb gewesen. Im Endeffekt hatte sie ihn nur ausgenützt. Wie boshaft war das denn? Und wenn es sein Baby war? Wieso hatte sie es nicht früher beendet und ihn in Ruhe gelassen? Die ist ärger als meine Mutter. Ich würde mit ihr reden müssen. Sie hatte ihm das Herz gebrochen, ihn vernichtet für Emma. Das war nicht in Ordnung. Emmas Baby stammte von Alessio, und Mayas Baby könnte es auch sein? Die Betonung liegt auf **könnte sein**.

„Ich werde mit Maya sprechen und ihr erklären, wie ich ihr Verhalten finde. Verdammt, sie kann ihn nicht mehr zerstören. Es muss Schluss sein mit den Spielchen. Er wird von Drillingen Papa und sie brauchen ihn. Emma braucht ihn. Was wollte sie mit dieser Überraschung erreichen? Dass er stirbt? Ruf sie bitte an und gibt mir den Hörer. Außerdem werde ich später mit Emma telefonieren. Ihr schonend beibringen, was mit Alessio passiert ist. Sie liebt ihn. Sie ist meine beste Freundin."

Ich brach in Tränen aus und mir wurde übel. Schnell rannte ich ins Bad und übergab mich. Es ging mir nahe, was da passiert war. Ich liebte Alessio wie meinen Bruder. Emma war meine Freundin, sie verdiente es, einen Vater für ihre Kinder zu haben. Alessio musste leben, für sie und ihre Babys. Da ich von Anfang an für sie da gewesen war, würde ich ihr lieber selbst sagen, was mit Alessio war. Besser heute als morgen.

Ich setzte mich auf die Toilette und blieb dort sitzen. An der Tür klopfte Liam. Es riss mich aus meinen Gedanken. Ich hatte länger hier gesessen, als ich vorgehabt hatte. Verdammt, wie die Zeit verging. Ich schüttelte meinen Kopf und gab keinen Laut von mir.

„Schatz, mach die Tür auf!“, hörte ich Liam rufen. Für einen Moment machte ich die Augen zu. Ich war müde und erschöpft. Die Nachricht hatte mich wie ein Blitzschlag getroffen. Die Tür ging auf und mein Mann trat rein. Er musterte mich und meinte: „Du bist blass. Ich werde dich ins Krankenhaus fahren und wir lassen nach unseren Zwergen schauen. So wie du ausschaust, ist etwas nicht in Ordnung. Ich möchte nicht, dass dir oder den Babys etwas passiert. Ich liebe dich.“

Er nahm mich in die Arme und führte mich ins Schlafzimmer, wo ich mir Jeans und einen warmen Pullover anzog. Wir hatten Winter und es waren Minusgrade. Ich nahm meine Tasche und den Mutter-Kind-Pass mit.

Als ich ins Wohnzimmer kam, saßen Lorenzo und Ava auf der Couch. Sie sprachen leise und wurden schließlich still. Ava sah mich an und lächelte, doch ihre Augen waren mit Tränen bedeckt.

„Hey, wie geht es euch?“, fragte sie mich vorsichtig. Ich blinzelte und wischte mir die Tränen.

„Wir fahren ins Krankenhaus, kommt ihr mit?“, fragte Liam. Lorenzo stand auf und nickte. Als er mich sah, wie ich da so blass vor ihm stand, wurde sein Gesicht starr. Er wusste nicht, ob er was sagen sollte. Er kam zu mir und umarmte mich. Das tat gut. Ava, die das sah, brach in Tränen aus.

„Nicht weinen, wir gehen nach den Babys schauen. Kommt ihr mit ins Krankenhaus? Bitte. Es ist alles so schrecklich, doch wenn wir zusammenhalten, werden wir es überstehen und Alessio wird es schaffen.“ Meine Stimme brach bei diesen Worten. Ich fing ebenfalls erneut zu weinen an. Da hörte ich, wie Lorenzo zu Ava sagte, dass Liv und Leon unterwegs seien. Sie würden bald da sein. Wir sollten auf sie warten. In dem Moment klopfte es an der Tür und Ava ging hin, um sie zu öffnen.

„Hallo, Liv, hi, Leon, kommt rein. Wir warten auf euch.“ In dem Moment sah mich Liv an, sie kam zu mir und nahm mich in den Arm, ohne etwas zu sagen. Sie blieb stark. Sie war meine Livia, die ich kannte. Meine beste Freundin. Sie wusste, dass es mir schlecht ging und ich ihre Umarmung brauchte, und sie tat es für mich.

„Du schaust scheiße aus. Komm, wir machen uns frisch. So gehst du nicht raus, verdammt noch mal.“ Sie küsste mich auf die Wange und zog mich ins Bad. Die anderen blieben im Wohnzimmer und unterhielten sich über Alessio, Emma und Maya.

„Sag mir, wie es dir geht. Du ähnelst einer Leiche, du bist so blass.“

„Mir geht es beschissen. Ich liebe Alessio und Emma. Was Maya gemacht hat, ist verdammt nicht fair. Sie hat mit ihm und dem Neuen geschlafen. Sie bekommt ein Baby. Wer weiß, wer der Vater ist. Emma bekommt Drillinge von ihm. Und die Krönung war, sie hat es ihm gesagt, dass sie den Neuen heiratet. Die Beziehung zwischen Emma und Alessio kaputtgemacht. Sie hat mit ihm gespielt und jetzt liegt er im Koma. Es sieht schlimm aus, er könnte sterben. Seine Babys werden ihn nie kennenlernen, wenn das passiert. Das haben die Kleinen und Emma nicht verdient.“ Ich weinte lauter und sie weinte mit. Als wir und gefangen hatten, begann Liv zu reden.

„Verdammt, wie konnte sie so ein Arsch sein? Emma tut mir leid. Ich verstehe dich. Du bist schwanger und musst auf dich achten. Deine Babys brauchen dich. Alessio wird gesund. Maya wird leiden und es geschieht ihr recht. Er wird sie hassen. Das kannst du mir glauben.“

Meine Freundin hatte recht. Ich muss mich um meine Zwerge kümmern und um mich. Ich durfte sie nicht verlieren. Nicht jetzt und nicht später.

Liv machte mir die Haare und ich wusch mir das Gesicht. Ich sah nicht gut aus. Liv verdeckte mein Gesicht mit Make-up. Als ich mich in Spiegel sah, war ich überrascht. Ich sah nicht wie eine Leiche aus, sondern wie ein normaler Mensch.

„Mir ist übel. Wir wollten ins Krankenhaus, schauen, wie es den Babys geht. Kommst du mit?“

Liv nickte. Ich mochte Livia, sie war meine beste Freundin, genauso wie Emma. Wir verließen das Bad und marschierten zu Liam, der auf mich wartete. Ich zog mir die Jacke und Stiefel an, dann gingen wir zum Auto.

Als wir ins Krankenhaus kamen und zum Lift gingen, kam mir meine Schwiegermutter entgegen. Sie sah schlecht aus. Sie umarmte mich fest, küsste mich auf die Wangen und sah die Tränen in meinen Augen glitzern.

„Eli, nicht weinen, es wird wieder alles okay. Du musst dich schonen, nicht aufregen, Alessio wird wieder“, sagte Rosa mir leise ins Ohr und drückte mich an sich. Dann warf sie einen Blick zu Liam und er nickte.

„Ich wünsche es ihm. Er ist ein guter Kerl.“ Zu mehr kam ich nicht. Mir wurde schwindelig und ich kippte um. Liam fing mich auf. Was dann passierte, wusste ich nicht.

Als ich aufwachte, lag Liam neben mir und hielt mich an sich gedrückt. Er streichelte meinen Bauch und lächelte.

„Hey, Maus, du bist munter. Wie fühlst du dich?“, ich starrte ihn an.

„Was ist hier los? Was ist passiert?“ Er läutete die Krankenschwester an, die gleichkam. Ich war noch nicht so weit, es zu hinterfragen. Hatte die nur gewartet, dass ich munter wurde?

„Was machen Sie für Sachen? Sie hätten sich verletzen können. Ein Glück, dass Ihr Mann da war.“ Ich sah die Frau an.

„Was für Sachen? Was ist passiert und wie lange habe ich geschlafen?“

„Sie waren mehr als eine Stunde nicht bei uns. Und Sie haben zwei Tage durchgeschlafen. Doktor Scharmant kommt gleich und redet mit Ihnen“, meinte sie. Sie hängte eine Infusion und spazierte raus. Ich sah Liam an.

„Sag mir nicht, dass was mit den Babys ist. Das verkrafte ich nicht. Ich hoffe, sie leben. Sag mir, was genau passiert ist und warum zum Teufel ich so lange geschlafen habe!“, schrie ich ihn an. Er wurde blass.

Was war hier los? Ich griff unter mich. Aha, meine Unterhosen waren an. Mein Bauch war okay, keine Operation. Wieso war Liam dann so blass? Da riss mich Doktor Scharmant mit seinem Lächeln aus meinen Gedanken.

„Hallo, schauen wir uns mal Ihren Bauch an, ob alles passt.“

„Warum sollte es nicht passen? Die Kleinen sind okay und gesund."

Liam starrte in die Luft.

„Elena, schauen Sie, da ist das Erste und es ist ein Mädchen. Da ist ihr Herz, es schlägt. Sie ist okay. Schauen wir das Zweite an. Hier, das versteckt sich – aha, dann werden wir das Vergrößern und … es ist ein Junge. Bei 4D-Ultraschall erkennen wir das Geschlecht und sehen andere Sachen. Hier ist sein Herz und es schlägt kräftig. Es ist genauso okay. Was ist das? Oh, hier versteckt sich eins und es ist ein Mädchen. Sie bekommen nicht zwei Babys, sondern drei. Sie ist in Ordnung. Es geht ihnen prima. Keine Sorge. Nun zu Ihnen, Elena, Sie müssen sich schonen. Ihre Drillinge brauchen Sie mehr, als Sie denken. Sie brauchen Sie beide. Da Sie jetzt gesundheitliche Probleme haben, würde ich vorschlagen, dass wir die drei in der fünfunddreißigsten Woche per Kaiserschnitt holen. Bis dahin müssen Sie sich schonen. Bei Fragen bin ich jederzeit für Sie da. Es ist erstaunlich, dass wir erst jetzt das dritte Kind sehen. Sie hat sich gut versteckt." Er lächelte mich an.

„Drei? Sind Sie sicher, dass es dabei bleibt? Ich meine, zwei wären viel, aber drei?" Ich starrte Liam an, der sagte nichts.

„Liam, Sie sind blass, ich bringe Ihnen etwas zum Trinken. Und gratuliere zu den Drillingen. Super gemacht", scherzte der Arzt.

Er bekam keine Antwort. Langsam drehte ich mich zu Liam und lächelte ihn an. Ich begann ihn zu küssen.

„Ich wusste es, dass ich mein Mädchen bekomme, doch jetzt bekomme ich zwei. Du bist der Beste." Ich küsste ihn wieder und lächelte glücklich.

„Ich bin froh, dass es euch gut geht. Dass wir Drillinge bekommen, muss ich erst einmal verdauen. Platz im Haus haben wir genügend. Wir schaffen es. Ich liebe dich. Du bist das Beste, was mir passiert ist in meinem ganzen Leben. Ich werde mit dir die Namen der Kids aussuchen. Und ich freue mich." Er trank einen Schluck Wasser und lächelte.

Oh, da kann ich mich mit Emma austauschen. Ich streichelte meinen Bauch und lächelte. Ich hätte nicht gedacht, dass dieses Jahr mit derart einen

Strich durch die Rechnung macht. Ich war überzeugte Single-Frau, bis Liam kam.

Ach, ich wollte diesen Moment nicht kaputtmachen. Ich würde ihn später fragen, wie es denn Alessio ging. Doch jetzt würde ich so an meinen Mann gekuschelt liegen bleiben. Ich würde diese Zweisamkeit mit ihm genießen.

Ich war eingeschlafen und Liam auch, als mich das Klingeln eines Handys aufweckte. Es klingelte und hörte nicht auf. Liam drehte sich um und schaute nach, es war seins.

„Verdammt, wieso müssen sie uns alle stören? Können sie uns nicht in Ruhe lassen? Wir brauchen Zeit für uns, anstatt uns nur um die andern zu kümmern. Ich will mit dir allein sein." Er hob ab und schrie: „Was gibt es so Wichtiges, Lorenzo?! Muss ich um Erlaubnis fragen, mit meiner Frau allein zu sein?!" Er war zornig, hörte trotzdem zu, was sein Bruder ihm erzählte.

„Ich werde freinehmen und mit Elena einige Tage allein verbringen. Unsere Kids und Eli brauchen keine Aufregung mehr. Wer weiß, ob sie fliegen darf, in dem Zustand. Lorenzo, meine Mitarbeiter arbeiten auf Hochtouren. Wenn was wäre, wende dich an sie. Ich werde mich um Eli kümmern. Ciao, Lorenzo!" Er legte auf und stellte sein Handy auf lautlos. Drehte sich zu mir, gab mir einen Kuss auf den Scheitel.

„Na, da ist jemand zornig. Sag mir die Wahrheit, wie geht es Alessio? Ist er aufgewacht? Keine Angst, ich werde es verkraften."

„Ich weiß es nicht, er liegt noch im Koma. Es ist schwer zu sagen, wann er aufwacht und wie es sein wird. Ich habe ihn besucht und mir ging es mies. Ihn so zu sehen, wie er an den Schläuchen liegt, tat mir weh. Er hat es nicht verdient. Maya hat alles kaputtgemacht. Sie hätte einen Schlussstrich ziehen sollen und ihn nicht glauben lassen, dass sie ein Paar werden."

„War das der Grund, warum du so blass warst?", fragte ich ihn mit sanfter Stimme.

„Mehr oder weniger. Doch du und die Babys auch. Ich hatte Angst um euch, ich dachte an das Schlimmste. Gott sei Dank seid ihr okay. Als sie dich da von mir geholt und beatmet haben, dachte ich, dass du nicht aufwachst. Es ging mir erst gut, als ich dich beim Aufwachen sah. Komm, lass dich umarmen."

„Wer war für dich da, als ich nicht da war? Liam, du kannst nicht alles allein schaffen. Sieh dich an, du bist noch immer blass, und erzähle mir kein Märchen, dass es dir erstklassig geht. Ich kenne dich." Ich küsste ihn. Gab ihm die Zeit, mir zu antworten. Er glaubte, dass er so belastungsfähig sei und alles verkraftete, doch ich merkte es, dass es ihm beschissen ging.

„Keiner war da, ich blieb bei dir, Mama und die anderen waren bei Alessio. Um ehrlich zu sein, ich brauche sie nicht. Ich liebe dich und ihr seid meine Familie, um die ich mich kümmern muss. Ich schaffe das schon. Mach dir keine Sorgen, Liebling. Ich weiß, bei uns geht es nicht so, wie es am besten wäre, doch wir machen es besser. Es musste mit meinem Bruder so kommen. Er wollte Maya und andere Frauen waren Zeitvertreib für ihn. Du wärst ihm beinahe selbst in die Falle getappt." Er wischte sich eine Träne ab, dann drückte er mich fester an sich.

„Ich wäre ihm nicht in die Falle gegangen. Keine Angst, mich wirst du nicht los. Wer soll sich um unsere Babys kümmern, wenn ich nicht da bin? Das tue ich dir nicht an. Komm, kuscheln wir und genießen die Zeit zu zweit. Wenn die Kleinen da sind, wird es nicht so leicht werden."

Wir küssten uns. Er nahm mich in seine Arme und wir kuschelten.

Wir mussten so eingeschlafen sein, als es an der Tür klopfte und mich aus meinem Schlaf riss. Doch ich war so verschlafen, dass ich zuerst nicht mitbekam, dass in dem Zimmer neben meinem Bett meine Eltern standen. Ich schaute zu Liam, er schlief weiter. Doch als sich meine Mutter räusperte, wurde mir klar, ich musste mich bewegen.

„Elena, was ist passiert?", fragte sie mich, ohne zu zögern.

„Hallo, Mama, hallo, Papa. Wie wäre es mit: **Wie geht es euch?**", konterte ich.

„Tja, das hätte ich nachher gefragt. Warum schläft er hier?", fragte sie mich entsetzt. Luise hatte vielleicht Nerven!

„Mama, falls du es vergessen hast, er ist mein Ehemann und er heißt Liam, nicht er. Ja, er passt auf uns auf. Und er darf bei mir sein. Mein Mann bleibt bei mir und den Babys. Dass das klar ist. Da liegen nur wir, es ist ein privates Zimmer. Wenn es dir nicht passt, kannst du wieder gehen.“ Sie erstarrte und sagte kein Wort. **Ja, Luise, meine Familie lass ich nicht von dir terrorisieren.**

„Liebling, ist was mit den Babys, dass du so schreist?“, fragte mich mein Mann.

„Oh nein, es sind nur deine Schwiegereltern, hier zu Besuch“, meinte ich. Er starrte verschlafen in ihre Richtung.

„Du hättest mich wecken sollen. Ich habe mich erschreckt, dachte, dir ist was passiert.“

„Du solltest dich ausruhen. Du hast einige Nächte durchgemacht.“ Er hob den Kopf und stand auf, dann gab er mir einen Kuss auf den Bauch und auf die Lippen.

„Mäuse, passt auf eure Mami auf, bis Daddy kommt.“ Er griff nach meiner Hand und ging.

„Meine Güte, ich habe dich und deine zwei Geschwister bekommen, war nicht so zimperlich wie du. Das ist verrückt. Du bist schwanger und nicht krank.“

„Mama, ich bekomme Drillinge, ich bin zusammengebrochen und brauche keine Aufregung. Mein Schwager liegt im Koma. Erzähle deine falschen Geschichten wem anders. Ja, du hast uns einzeln bekommen. Ich bekomme sie auf einmal. Ich bin eine Risikoschwangerschaft. Unsere Babys werden nicht zum Termin kommen wie normale Babys. Sie werden früher geholt“, sagte ich ihr. Mein Vater sah mich an und sagte kein Wort, er hatte es verstanden.

„Wieso ist dein Mann so blass? Er sollte sich freuen. Und wieso ist er überhaupt hier? Hat er keine Arbeit?“, fragte Mama mich. Neugierige Luise.

„Gut zu wissen, dass Sie sich Sorgen um meine Arbeit machen, doch das brauchen Sie nicht. Wenn man Boss in seiner Firma ist und genügend Geld hat, braucht man sich keine Sorgen, um Arbeit und Geld zu machen, doch ich mache mir Sorgen um meine Frau und meine Kinder.“ Liam war wütend auf Luise. Er war nicht ausgeschlafen und der Stress setzte ihm zu. Ich verstand es, doch Luise hatte eine finstere Miene aufgesetzt.

„Und habt ihr hier …“ Sie unterbrach sich. Mein Vater warf ihr einen strengen Blick. Sie sollte Ruhe geben und sie verstand es. Liam starrte sie an.

„Wie geht es dir, mein Junge?“, fragte mein Vater mit einem leisen Ton. Und bevor Liam antwortete, klopfte es erneuert und es kamen Rosa, Lorenzo und Ava herein. Rosa sah mich an und lächelte, dann gab sie mir einen Kuss. Lorenzo und Ava folgten ihr. Lorenzo griff mir an den Bauch und lächelte.

„Schwägerin, wie geht es euch? Ist alles in Ordnung?“

„Oh, Onkel Lorenzo, du weißt nicht das Neueste. Oma Rosa und Tante Ava, haltet euch fest.“ Sie starren mich alle gebannt an. Liam grinste. „Es ist so: Wir bekommen einen Jungen und zwei Mädchen. Warum ich zusammenbreche, das ist mein Kreislauf und meine Aufregung.“ Rosa kam zu mir und drückte mich an sich.

„Ich freue mich auf die Mäuse. Ich werde euch helfen und Papa wird bis auf Weiteres im Geschäft bleiben, bis du dann arbeiten gehen willst. Lorenzo und Ava sind ja auch da. Wir werden als Familie zusammenhalten müssen“, meinte meine Schwiegermama.

„Liam, du fährst mit Lorenzo nachhause und gehst unter die Dusche. Später kommst du wieder. Ava, Rosa und ich bleiben hier. Sie werden auf mich aufpassen.“

„Danke, Mama, ich brauche Schlaf, viel Schlaf. Liebling, brauchst du was von zu Hause?“, fragte er mich. Ich nickte.

„Bring mir meinen Laptop mit, ich muss ja was erledigen. Wir schauen uns später die Babybettchen an und wie wir unser Haus umwandeln.“ Liam gab mir einen Kuss und verabschiedete sich von allen. Lorenzo ging mit ihm.

Als sie weg waren, starrte mich meine Mutter an. Ah ja, ich hatte vergessen, ihr meine neue Familie vorzustellen.

„Rosa, Ava, darf ich euch meine Mutter Luise und meinen Vater Noah vorstellen?“ Sie begrüßten sich und dann wurde es still.

„Ava, wie geht es denn Alessio? Ist er aufgewacht?“, fragte ich mit Tränen in den Augen.

„Nicht weinen. Es ist noch kritisch, doch die Ärzte meinen, er wird wieder. Keine Sorge. Wenn es dir besser geht, darfst du ihn besuchen. Maya weiß Bescheid, sie wird bald hier sein. Bitte reiß ihr nicht den Kopf ab.“

„Sie ist schuld. Rosa, ich mache mir aber auch um Liam Sorgen. Seit dem Vorfall isst er nicht und schläft nicht richtig. Ich zwinge ihn dazu. Er ist so blass wie eine Leiche. Ich bitte dich, ihm was zum Essen zu bringen. Ava, dich und Lorenzo werde ich brauchen beim Umzug. Liam und ich sind im Haus. Was das Geschäft angeht, werden wir uns arrangieren. Rosa, danke euch beiden für das Hochzeitsgeschenk. Es gefällt mir.“

„Wisst ihr, dass Jonas in Vegas geheiratet hat?“, platzte Rosa mit der Neuigkeit raus und sah uns an.

„Oh, nein, das wusste ich nicht. Welche Frau hat sich erbarmt, ihn zu nehmen?“

Wir lachten. Es war komisch. Verdammt komisch, um genau zu sein. Jonas hatte jede genommen, die bei drei nicht auf dem Baum war.

„Meine Liebe, die Ex von Liam hat er genommen. Die Versöhnung zwischen denen war die Heirat und Schwangerschaft. Die zwei wollten nur euch auseinanderreißen, doch das Schicksal gab die Retourkutsche. Er muss sich jetzt um seinen Kram kümmern. Wer anderen eine Grube gräbt, fällt selbst hinein. Ist das nicht so?“

„Die zwei haben sich verdient. Ich bin froh, dass Liam nicht so ist.“

Wir lachten alle. Es klopfte wieder an der Tür und mein Schwiegerpapa kam rein. Er sah mich an und lächelte.

„Hallo, meine Süße, wie geht es euch? Ist alles in Ordnung?“, er gab mir die Hand und lächelte.

„Hallo, Opa und Schwiegerpapa. Wir sind okay. Was macht das Geschäft, hast du alles im Griff oder brauchst du Hilfe?“

„Ich habe alles im Griff, was machen meine Enkelkinder? Wo ist Liam?“, fragte Emil stolz.

„Liam ist zu Hause, mit Lorenzo, er kommt später. Deinen Enkelkindern geht es gut. Emil, es werden zwei Mädchen und ein Junge. Dein Sohn hat sich Mühe gegeben.“ Ich lachte und sah ihn an.

„Das ist ein Ding! Liam hat es geschafft, drei auf einmal zu machen. Boah, ich fasse es nicht. Doch ich freue mich riesig, Opa zu werden. Was ist? Braucht ihr was für die drei? Ich könnte euch Kinderzimmer schenken. Das Haus ist groß.“

„Wir suchen Kinderzimmer für sie aus. Zwei in Rosa und eins in Blau. Du kannst Liam beim Ausmalen helfen. Wir wollen bald einziehen. Emil, danke für das große Geschenk. Es passt zu uns.“

„Ich wusste, dass es dir gefällt. Fliegt ihr zwei weg? Ich habe die Tickets gesehen, Liam hat sie im Büro vergessen.“

„Ja, wir wollten ans Meer, doch jetzt muss der Arzt entscheiden. Wenn es mit dem Blutdruck okay ist, darf ich fliegen. Danke für die Erinnerung.“

Meine Mutter unterhielt sich mit Rosa und mein Vater schaute nur zu.

Die Zeit verging und mein Handy piepste. **Emma, oh Gott, ich habe sie vergessen.**

Meine Eltern verabschiedeten sich. Rosa und Emil gingen Kaffee trinken. Ava blieb bei mir.

Kapitel 19

Hallo Emma, wie geht es dir und deiner Rasselbande? Stell dir vor, ich bekomme auch drei. Es werden zwei Mädchen und ein Junge. Ich habe sie durch 4D-Ultraschall gesehen“, plappere ich ins Telefon.

„Hi, es freut mich, dass es euch gutgeht. Mit uns ist alles in Ordnung. Sag, stimmt das mit Alessio? Hatte er einen Unfall? Ich mach mir Sorgen um ihn.“

„Er ist im Krankenhaus. Ich liege auch dort. Kommst du uns besuchen? Dann werden wir darüber reden.“

„Okay, komme morgen. Heute geht es bei mir nicht, sei mir nicht böse. Bis morgen, Eli.“ Emma legte auf. Sie wusste sicher schon Bescheid, doch sie wollte mich nicht aufregen. Ava schaute neugierig zu mir.

„Emma wird uns morgen besuchen. Kommst du auch morgen und rufst bitte Livia an? Wenn wir alle da sind, wird es leichter für sie. Emma bekommt auch drei. Es fehlt noch, dass du drei bekommst. Es wäre sicher lustig und praktisch.“

Ava starrte und wollte mir was sagen, dann schaute sie weg und lächelte. Doch ich hatte bemerkt, dass sie auch schwanger war, obwohl sie das nicht zugegeben hatte.

„Hey, ich weiß Bescheid, dass du auch ein Baby bekommst. Ich habe es gesehen, du greifst dir an den Bauch. Und deine Augen glänzen wie meine. Ich freue mich für euch.“

„Du hast mich ertappt, sag Lorenzo nichts. Er weiß noch nichts, ich warte noch ein paar Tage und nehme ihn mit zum Frauenarzt. Es soll eine Überraschung sein. Wir haben es lang probiert und jetzt, wo es geklappt hat, habe ich Angst, es zu verlieren. Ich hatte mal eine Fehlgeburt vor langer Zeit.“

„Ava, das hatte ich auch damals. Ich dachte, es sei weg. Es ist jedoch geblieben und es werden drei. Ich kann dich verstehen. Egal, was du bekommst, du kannst die Strampler von mir haben. Willkommen im Club der Schwangeren“, munterte ich sie auf. Ava war immer so nett zu mir und ich mochte sie. Sie lächelte mich an und war froh, dass ich da war. Lorenzo mochte mich auch und er würde der erste Pate unseres Sohnes sein. Genauso würde Max der Pate unserer Töchter werden. Das hatten Liam und ich beschlossen.

Es blieb Alessio und er wollte auch Pate sein. Da wäre die Gelegenheit bei Avas Baby. Alessio liebte Kinder. Wenn ich so nachdachte, er würde für Emma da sein. Wenn er erfuhr, dass sie beide Eltern dreier Kinder sein würden.

Es war unglaublich, was dieses Jahr alles passiert war. Mein Gott, ich wollte ihn hier haben, mit seinen Scherzen. Ich hatte ihn wie Max ins Herz geschlossen. Er war nicht nur Liams Bruder, sondern meiner auch.

Ich schaute zu Ava, sie schlief mit einer Hand am Bauch. Es sah so aus, als ob sie ihren kleinen Wurm schützte. Ich würde auch ein wenig schlafen, bis mein Mann käme. Ich vermisste ihn schon.

Keine Ahnung, wie lange ich geschlafen hatte, doch als ich Liams Hand auf meinem Bauch spürte, war ich wach. Er lag neben mir im Bett und wärmte mich. Liam war wach und nachdenklich. Süß schaute er mich an. Ich könnte ihn auf der Stelle aufessen, wie ein Stück Schokolade.

„Hey, wie lange bist du schon da? Ich habe dich vermisst, küss mich“, sagte ich zu Liam. Er drehte sich um und küsste mich zärtlich.

„Verdammt, ich würde dich hier und jetzt …“, er unterbrach sich, schaute mir in die Augen und sprach weiter. „Wir sind im Krankenhaus, es ist nicht vernünftig, wir verschieben es. Ich werde meinen Pflichten als Ehegatte nachkommen. Doch hier will ich nicht für Schreie sorgen. Du weißt genau, wie die Krankenschwestern sind!“

„Ich will dich auch. Ich wollte dich, als du mit deinem Bruder telefoniert hattest. Dann war ich müde, dass ich eingeschlafen bin.“ Ich küsste ihn heftig und fordernd.

„Liebling, hör auf, sonst …“ Er kam nicht weiter, ich küsste ihn abermals.

„Sonst was? Was wirst du tun?“, fragte ich ihn nach einer Pause.

„Sonst könnte es sein, dass ich mich nicht mehr beherrschen kann. Und dich hier von hinten nehmen werde.“ Er griff nach dem Bund meine Unterwäsche und vergrub seine Finger darin. Ich seufzte, als er seine Finger bewegte, doch er tat es nur zum Spaß, nahm seine Hand wieder raus und streichelte meinen Rücken.

„Oh, Liam, ich dachte, du willst mich verwöhnen“, schmollte ich, obwohl er recht hatte. Wir waren schließlich im Krankenhaus. Hier sollten wir keinen Sex haben.

„Verdammt, ich kann hier nicht. Ehrlich, ich werde dich zu Hause vögeln, so oft du es brauchst. Hier ist es nicht in Ordnung. Ich werde dich küssen, das kriege ich hin. Gib dich zufrieden.“ Oh mein Gott, das war der andere Liam. Fürsorglich und lieb.

„Aha und wenn ich meine Finger hier nicht von dir lassen kann? Was machst du dann?“, fragte ich ihn und ging mit der Hand auf und ab entlang seines Bauchs bis zum Bund seiner Hose. Er nahm meine Hand, küsste sie, bevor er sie mit seinen Fingern verflocht. Küsste mich weiter, ich genoss es. Endlich nur wir zwei und Ruhe in dem Zimmer.

„Verdammt, ich habe einen Teufel als Mann. Du spielst **Teufel jagt Engel** mit mir. Besser Katz und Maus.“

„Du bist gut. Wie soll ich es hier mit dir machen?“ Seine verruchte Stimme sagte alles. Er wollte mich, nur nicht hier.

„Das Bett ist nicht okay, ich verstehe das. Ich bin dir nicht böse, es stimmt. Es ist nur, dass ich dich genauso will, und es geht nicht …“ Ich unterbrach mich, dann meinte ich zu ihm: „Wann werde ich aus dem Krankenhaus entlassen?“ Ich war wütend und zugleich wollte ich meinen Mann. Er drückte mich an sich.

Heute war Liam nicht da, als ich aufwachte. In meinem Krankenzimmer saß Livia und schaute mich mit großen Augen an. Ohne ein Wort von sich zu geben, war sie in das Gerät neben mir vertieft. Sie hatte geweint, ich sah in ihrem Gesicht die Tränensäcke hängen. Etwas stimmte hier nicht. Ich setzte mich auf.

„Morgen, Liv, wie geht es dir? Hast du geweint?", fragte ich sie vorsichtig. Sie sah scheiße aus. Was war hier los? Das letzte Mal, als sie so aussah, war die Beerdigung ihres Opas, den sie so sehr liebte. Hoffentlich war nichts mit Alessio. Ich hoffte es.

„Hi, Schlafmütze, mir geht es gut. Liam ist mit Leon unterwegs, sie kommen später. Ich bleibe bei dir. Einer muss dich beschäftigen." Sie nickte traurig.

„Ich sehe, dass dich etwas bedrückt. Sag mir, was es ist denn, sonst werde ich wieder zusammenklappen. Es ist nicht so, als wäre ich schwerkrank, ich bin nur schwanger mit Drillingen. Erzähle es mir. Wo sind Leon und Liam hin?"

„Es gab – wie soll ich es dir sagen?", sie unterbrach sich.

„Was, Liv? Was?" Ich dachte an Alessio, der im Koma lag. Nein, war er tot? Das durfte nicht sein.

„Ich hatte eine Fehlgeburt. Ich wusste nicht Mal, dass ich schwanger war. Es ist vor zwei Tagen passiert. Ich bin heute entlassen worden und da wollte ich dich besuchen. Bei uns allen ist es ein beschissenes Jahr, ich hoffe, dass das neue Jahr besser wird." Sie weinte und weinte. Ich stand auf und nahm sie in meine Arme. Ich war schwanger und fühlte mich schrecklich, irgendwas zu sagen. Ich wollte sie nicht verletzen, ich wusste, wie sie sich fühlte. Nach meiner Fehlgeburt damals war ich ein Wrack. Ich musste nur funktionieren.

„Was kann ich für dich tun, Liv? Gibt es was? Ich bin für dich da, rede mit mir. Ich verstehe dich. Es tut mir leid", sagte ich mit Tränen in den Augen.

„Du bist da, das zählt. Mehr kannst du nicht tun. Leon ist außer sich. Es ist halt beschissen, wir haben nicht mal gewusst, dass ich schwanger bin. Ich bin blöd gestolpert und habe komisches Bauchweh bekommen. Leon und ich wollten erst später ein Baby haben, doch wir hätten es jetzt angenommen. Es hat nicht sein sollen. Der Arzt meinte, ich kann immer Kinder bekommen. Nur soll ich in den nächsten zwei Monaten nicht schwanger sein. Nachher ist es egal.“ Sie lächelte unter Tränen.

„Ich weiß nicht, was ich sagen soll. Es ist gut, dass du wieder ein Baby bekommen kannst. Trauere um das Baby, warte ab, was passiert. Es wird alles in Ordnung kommen. Lass dich umarmen.“ Ich drückte sie fester an mich. Es tat mir leid, sie so zu sehen. Sie hatte es nicht verdient, ihr Baby zu verlieren. Ich streckte meinen Arm aus und nahm sie zu mir in mein Bett. Sie lag neben mir und wir schauten uns nur an, ohne Worte.

Liv schlief schließlich ein. Sie war erschöpft. Sie brauchte Ruhe, so wie ich. Ich hoffte, dass sie bald schwanger würde. Jetzt musste ich schmunzeln, was für ein fruchtbares Jahr. Jetzt musste ich schmunzeln, was für ein fruchtbares Jahr. Es war Wahnsinn. Emma, Mia, Ava, Maya und ich – alle schwanger. Liv, die es verloren hatte. Ich schickte ihr tausend Engel, die ihr helfen sollten, wieder schwanger zu werden.

Ich nickte und merkte, wie meine Augen sich schlossen. Keine Ahnung, wie lange wir beide geschlafen hatten, als mein Magen zu knurren anfing. Ich müsste was essen. Seit gestern Abend hatte ich nichts gegessen. Ich sah Liv, die noch immer schlief. Ich würde uns was zum Essen holen.

Als ich versuchte aufzustehen, kamen Liam und Leon herein. Liam lächelte und zwinkerte mir zu. Leon sah zu Liv und dann zu mir und nickte.

„Hey, ihr zwei. Ich habe Hunger und wollte was holen“, sagte ich und schaute Liam an.

„Dachte ich mir. Wann hast du das letzte Mal was gegessen?“

„Gestern Abend. Frühstück habe ich verschlafen. Ich bin die letzten Tage so müde, dass ich jetzt wieder einschlafen könnte. Ich glaube, dass es mir an Vitaminen mangelt.“

„Verdammt, du wirst mir doch nicht wieder umkippen. Ich hole einen Arzt. Du musst etwas essen, das braucht ihr. Leon, ich hole was zum Essen. Pass auf die Mädels auf.“ Er marschierte aus dem Zimmer.

„Leon, wie geht es dir?“, fragte ich ihn. Er mochte mich genauso wie ich ihn.

„Nicht besonders, du hast sicherlich von Liv gehört, was passiert ist. Wir werden nach der Schonzeit wieder basteln. Was ist mit dir, geht es dir gut?“

„Tut mir leid. Es geht, ich bin hier zur Beobachtung. Mein Kreislauf spinnt, ich kippe ständig um. Die Ärzte wollen auf Nummer sicher gehen. Kein Wunder nach der Aufregung in letzter Zeit. Es war alles zu viel für mich. Ich weiß jetzt, dass ich Drillinge bekomme und mich noch mehr schonen muss. Wart ihr bei Alessio?“, fragte ich ihn. Er sah nachdenklich aus.

„Ich schaue später bei ihm vorbei. Das Schlimmste ist, dass er schläft und nichts sagt. Ich frage mich, warum es ihn erwischt hat. Es gibt so viele Idioten auf dieser Welt.“

„Gott sucht sich die Besten aus. Er will keine Idioten. Maya hat ihn kaputtgemacht. Ich frage mich nur: Warum? Sie hätte mit ihm nicht spielen sollen. Ich vermisse seine Scherze.“ Es wurde still, Leon dachte nach. Ich dagegen war fassungslos, wie so was passieren konnte. Wenn man einen Menschen liebt, dann will man das Beste für ihn. Ich wünschte es Alessio, dass er aufwachte und glücklich würde.

Ich sah zu Liv und Leon. In dem Moment wachte Liv auf und starrte uns an. Die Ringe unter ihren Augen waren weg, sie war ausgeschlafen. Liam kam mit Kebab für alle herein, er verteilte es an uns. Jeder aß seinen Kebab und wir lächelten uns alle an.

Es war gemütlich. Wir sprachen über dies und das. Später verabschiedeten sich Liv und Leon von uns. Ich dachte über sie nach, wie sie sich fühlte. Nach meiner Fehlgeburt damals sah ich genauso aus. Es machte mich traurig, sie so zu sehen. Mein Blick wanderte zu Liam, der gerade an der Wand lehnte und mich angrinste.

„Was?“, fragte ich. So wie er mich ansah, bekam ich Gänsehaut. Am liebsten würde ich mich auf ihn stürzen, doch wir waren im Krankenhaus.

„Ich habe daran gedacht, dich einige Stunden hier rauszuholen. Ich habe eine Überraschung für dich. Ich würde dir das geben, was du brauchst, und dich wieder zurückbringen. Die werden glauben, dass du schläfst.“ Er grinste verführerisch.

„Ich hätte nichts dagegen, wenn du mit mir nach Hause fahren würdest.“ Ich warf ihm einen verliebten Blick zu. Ich würde mein iPad für Alessio mitnehmen, denn es hieß doch, wenn einer im Koma lag, sollte er Musik hören und es sollte mit ihm geredet werden. Komapatienten können oft alles um sie herum mitbekommen. Ich werde es schaffen, dass er aufwacht. Liam schien zu überlegen.

„Okay, zieh dich an. Wir werden für zwei Stunden verschwinden, wir gehen essen.“ Ich zog mich an. Liam marschierte ins Schwesternzimmer, um ihnen zu sagen, was wir vorhatten. Er schummelte, doch es war egal, sobald wir allein waren. Liam holte mich und wir marschierten zum Lift, der uns in die Garage brachte. Liam fuhr langsamer und schaute nach mir. Es ging mir gut.

Als wir in unserer Einfahrt ankamen, lächelten wir uns an. Hier sah alles so schön aus. Es hatte sich nichts verändert. Das Haus sah riesig aus wie an Heiligabend. Liam öffnete die Autotür, er gab mir einen Kuss beim Aussteigen. Wir gingen zur Haustür, vor der Tür drehte er sich zu mir, sah mich an und grinste.

„Ich werde dich jetzt über die Schwelle tragen, so wie ich es vorhatte. Keine Widerrede. Du wirst deine erste Nacht heute nicht vergessen, meine Frau. Ich habe unsere Klingel ausgeschaltet und unsere Handys werden auf lautlos gestellt. Es gibt nur uns zwei.“

„Ach, hattest du das so geplant, mich zu verführen?“ Er ließ mich im Wohnzimmer stehen und ging. Ich zog mir meine Schuhe aus, dann bemerkte ich Rosen und Kerzen. Liam kam die Treppe runter und holte mich rauf. Er deutete ins Schlafzimmer.

„Du bist so romantisch. Was hast du vor mit mir?“, neckte ich ihn.

„Lass dich überraschen“, sagte er und sah mich verführerisch an.

Als ich unser Schlafzimmer betrat, leuchteten Kerzen überall. Rosenblüten waren auf dem Bett verstreut worden. Es war so romantisch. Er gab mir einen leichten Stoß und ich fiel rücklings ins Bett. Liam schaute mich an, dann legte er sich auf mich und begann, mich zärtlich zu küssen.

Aus zärtlichen Küssen wurden fordernde Küsse. Liam zog mich aus und ließ nur meinen roten BH und Slip aus. Er begann, mich überall an meinem Körper zu küssen, und liebkoste mich. Als er mich noch heftiger zu küssen begann, verlor ich mich und wollte nur ihn in mir spüren. Doch er ließ mich warten, machte mit seinen Händen weiter, streichelte meine Schenkel, glitt nach unten und küsste mich. Reizte mich weiter. Er entfachte Feuer in mir, die bald eine Explosion auslösen würden. Ich wandte mich, doch er merkte endlich, dass ich nicht mehr konnte. Er sah mich kurz an und machte weiter.

„Liam, ich …“ Ich kam nicht dazu, meinen Satz zu beenden, da überkam mich die Explosion und ich war für einen Moment weg. Ich sah Sterne am Himmel. Liam streichelte mich noch immer und bewegte seine Finger auf meiner Knospe. Himmel, er wusste, was er mit mir anstellte.

„Was wolltest du mir sagen, Liebling?“, fragte er mich spöttisch. Ich sah ihn an und schüttelte meinen Kopf.

„Du hast mich erwischt, ich brauche dich in mir, sofort“, befahl ich ihm. Er kam hoch und küsste mich, dann zog er mir meinen BH aus, ich lag nackt neben ihm. Er hatte sich ebenfalls seiner Kleidung entledigt. Seine Hände streichelten mich und er küsste mich immer wieder, ich genoss es.

Als er sich zwischen meinen Beinen bewegte, wurde ich in eine Traumwelt katapultiert. Ich sah ihn und wir verschmolzen ineinander. Er bewegte sich langsam und dann wurde er immer schneller. Ihn zu spüren, war purer Wahnsinn, ich vergaß alles um mich. Ich kam mit ihm und er sackte auf mir zusammen, mit einem glücklichen Lächeln.

Wir lagen einige Zeit in unserem Bett, schmiegten uns aneinander und keiner sagte was. Das Zimmer roch nach Kerzen, Rosen und Sex. Es gab nur uns zwei, wir genossen es. Ich drehte mich zu ihm, küsste ihn.

Plötzlich saß ich rittlings auf ihm. Er sah mich an, es ging in die nächste Runde. Liam zog mich näher an sich und küsste mich leidenschaftlich. Er griff nach meinen Hüften und hielt sie fester. Er zog mich rauf und runter. Ich lächelte ihn an und zog an seinen Haaren. Zwischen uns gab es kein Tabu mehr. Er war mir ausgeliefert.

Ich warf meine langen Haare nach hinten und begann, mich zu bewegen. Er keuchte immer wieder unter mir und ich musste lächeln. Er packte mich an den Hüften und zog mich wieder an sich, küsste mich heftiger und ich bewegte mich weiter auf ihm.

Eine Welle überkam mich und ich ließ es zu, als Liam stöhnte: „Eli, ich kann nicht mehr!“ Wir kamen beide, ich fiel auf ihn. Dort lag ich bewegungslos, er zog mich fester an sich und umarmte mich.

„Verdammt, war das geil. Sogar in der Schwangerschaft bist du heiß“, meinte er, dann löste er sich langsam von mir. Mein Magen knurrte wie immer.

„Hey, sexy Mann, wie sieht es aus mit dem Essen? Ich habe Hunger.“

„Okay, geh duschen und dann komm runter in die Küche zu mir.“

Als ich nach fünfzehn Minuten die Küche betrat, roch es himmlisch. Liam war angezogen und hantierte mit Tellern und Salatschüssel. Er sah so sexy aus. Ich könnte ihn wieder vernaschen.

„Komm, setz dich, ich habe Lasagne für uns gemacht. Es ist bald fertig.“

„Wann hast du das alles heute vorbereitet? Ich meine, du warst ganze Zeit bei mir.“ Ich sah ihn erstaunt an.

„Das habe ich alles heute organisiert, nur für dich.“

Die Überraschung ist dir gelungen, dachte ich mir. Ich setzte mich an den Tisch und lächelte ihn an. Dieser Mann gehörte mir, unglaublich.

„Ich hätte nicht gedacht, dass du ein Romantiker bist“, sagte ich zu ihm und schaute ihm in die Augen. Er zwinkerte nur. Ich liebte ihn, das stand fest. Er war der Richtige.

„Hey, du hast einen Frosch geküsst und schau, was du für einen Prinzen bekommen hast. Was sagst du?“

„Mir fehlen die Worte, mein Prinz. Ich liebe dich“, sagte ich zu ihm. Wir aßen Lasagne, lächelten uns ständig an, wie waren glücklich. Er kochte und war immer an meine Seite. Er war mein Prinz. Liam liebte mich.

„Wir sollten langsam zurück ins Krankenhaus. Sie werden dich suchen. Schichtwechsel ist in einer Stunde.“

„Ich will hierbleiben, möchte nicht ins Krankenhaus zurück“, sagte ich ihm. Er kam zu mir und drückte mich an sich.

„Ich weiß. In einigen Tagen bist du wieder da, komm, mach dich fertig.“

Ich holte mein iPad und machte mich fertig. Ich nahm zudem meinen Laptop mit. Wir fuhren wieder zurück zum Krankenhaus. Liam lenkte das Auto, wir waren still, jeder in seine Gedanken vertieft. Hin und wieder warf er mir einen Blick zu. Es tat ihm weh, mich wieder ins Krankenhaus bringen zu müssen. Er parkte in der Garage, wir stiegen aus und gingen zum Lift. Als wir nach oben fuhren, drückte er meine Hand fester. Wir gingen Hand in Hand den Flur entlang, bis zu meinem Zimmer. Es war leer. Ich zog mich rasch um. Dann nahm ich meinen Laptop und mein iPad und legte mich ins Bett. Ich würde einige Lieder für Alessio aufspielen und ihn morgen besuchen.

„Was machst du da?“, fragte er mich.

„Ich spiele einige Lieder auf. Wie heißt das Lied, was auf der Weihnachtsfeier gespielt wurde?“

„**Perfekt** oder meinst du **Someone Love**?“

„Ich nehme beide, ist in Ordnung. Was mag Alessio für ein Lied?“ Liam starrte mich an.

„Warum fragst du ihn nicht selbst? Warum löcherst du mich damit?“ Er wurde sauer.

„Ich werde ihn besuchen mit dir und ihm mein iPad vorbeibringen. Musik bewirkt bei Komapatienten wohl, dass sie schneller aufwachen. Ich möchte es probieren. Versteh mich nicht falsch, ich mag deinen Bruder einfach und kann ihn nicht so sehen. Ich will, dass es ihm gut geht und er aufwacht. Seine Kinder werden ihn brauchen.“ Ich schaute Liam an.

„Okay, ich bin eifersüchtig. Ich teile nicht. Verdammt, du kümmerst dich um alle. Entschuldige bitte, das geht zu weit.“

„Ich liebe dich und ich will nicht, dass du mich teilen musst. Aber ich wäre froh, wenn er aufwacht und für Emma und die Babys da ist. Ich sehe dich, wie du dich um mich kümmerst. Emma hat das auch verdient. Alessio auch. Dass du eifersüchtig bist, verstehe ich. Ich habe nicht mit Alessio geschlafen. Ich wollte dich nur eifersüchtig machen mit ihm, mehr nicht. Liam, ich will keinen Streit mit dir. Ich habe mich für dich entschieden. Ich liebe Alessio wie meinen Bruder Max, nicht anders.“ Ich wischte mir die Tränen aus den Augen.

„Süße, nicht weinen. Er wird es schaffen. Komm, spiel ihm einige Lieder von Jon Bon Jovi vor. Ihn mag er oder von Roses.“ Liam gab mir Tipps und ich spielte das iPad voll.

Als ich fertig war, hörten wir die Lieder. Ich räumte meinen Laptop in den Schrank und sperrte ihn ein. Morgen würde ich Alessio besuchen und ihn die Lieder hören lassen. Es wurde Zeit, dass er aufwacht. Es war morgen Silvester und ich wollte, dass er aufwachte und im neuen Jahr munter war.

Liam legte sich zu mir ins Bett und wir kuschelten zusammen. Er war in Gedanken, glaubte er wirklich, dass ich und Alessio im Bett waren? Ich sah ihn an – wieso war er eifersüchtig? Er hatte keinen Grund, es zu sein. Was würde er sagen, wenn ich ihm von Lukas und mir erzählen würde?

Mir fiel auf, dass er in der letzten Zeit oft abweisend war. Er war zudem hin und wieder blass und komisch drauf. Wenn wir über Sex redeten, blühte er auf, aber wenn wir miteinander schliefen, war er hin und wieder nicht bei der Sache. Komisch. Hoffentlich wurde er mir nicht krank. In letzter Zeit hatte er nur an seinem Handy getippt, vielleicht hatte er Probleme in der Firma. Es brachte mir nichts, zu grübeln. Ich legte meinen Kopf an Liams Brust, machte meine Augen zu, bis ich einschlief.

Kapitel 20

Heute Morgen weckte mich der Doktor auf. Liam war wieder nicht da. Sicher war er nach Hause gefahren, um zu duschen und sich frisch anzuziehen. Ich schaute zu Doktor Scharmant und lächelte ihn an.

„Guten Morgen. Haben Sie sich ausgeschlafen? Heute sehen Sie gut aus."

„Morgen, ich habe durchgeschlafen. Es geht mir gut. Außerdem, in der letzten Zeit, bin ich nur müde und könnte nur schlafen und essen. Ich glaube, dass die Zwerge das absichtlich mit mir machen. Könnte es sein, dass ich unter Eisenmangel und Vitaminmangel leide?"

„Wir schauen uns die Babys an und dann werde ich Ihnen sagen, wann Sie nach Hause gehen dürfen. Machen Sie Ihren Bauch frei." Ich versteckte meine Freude nicht, dass ich meine Kleinen sehen konnte.

„Das ist doch großartig, ich hoffe bald." Ich hob mein Top hoch und legte meinen Bauch frei.

„Schauen wir die Kleinen mal an. Da ist der Junge, ihm geht es prima." Er sah ihn genauer an. „Hier, ein Foto." Er wackelte und sah sich die Mädchen an, druckte noch mehr Fotos und lächelte. „Ich werde Ihnen noch ein Bild von allen dreien ausdrucken, für Sie und Ihren Mann. Den Kleinen geht es gut, keine Sorge, sie wachsen und gedeihen. So soll es auch sein. Mir machen Sie sorgen, Sie sind blass und Ihr Kreislauf ist nicht in Ordnung. Bei Mehrlingsschwangerschaft besteht das Risiko, dass Sie die Babys früher bekommen. Doch wenn der Blutdruck nicht in Ordnung ist, müssen wir Ihnen Medikamente geben. Ich werde Sie noch zwei Tage zu Beobachtung hierbehalten. Das CTG wird gemacht und die Blutabnahme wird kontrolliert. Dann schauen wir weiter. Haben Sie noch Fragen?"

Am Monitor sah ich alle drei. Was für ein Bild. Kopf an Kopf lagen sie da und bewegten sich. Schade, dass Liam das hier verpasste.

„Ich würde gern Alessio besuchen, er liegt im Koma. Das ist der Bruder meines Mannes. Glauben Sie, dass es in Ordnung wäre?“

„Sie dürfen ihn besuchen. Nehmen Sie eine Schwester mit. Ich werde Viktoria sagen, dass sie Sie begleitet. Wenn was wäre, hätten Sie gleich jemanden, der Ihnen hilft. Reden Sie mit Alessio, Komapatienten können hören, was man Ihnen erzählt“, sagte mir der Doktor und lächelte. Eine Stunde später kam Viktoria zu mir. Sie holte mich mit einem Rollstuhl ab und lächelte.

„Hallo, du siehst super aus. Scharmant meinte, ich soll dich zur Intensiv bringen. Ich dachte mir, der Rollstuhl passt. Wenn was sein sollte, sind wir schnell. Was meinst du?“

Ich nickte ihr zu. Ich fuhr zu Alessio, und nur das war wichtig.

„Dann werde ich kurz nur das iPad holen und wir können flitzen.“ Ich nahm es und setzte mich in den Rollstuhl.

Viki rollte mich mühelos hin und her, wir kamen bald in der Intensivstation an. Sie redete mit den Schwestern und lachte mit ihnen. Sie gaben uns ein Gewand und Schuhe, alles aus Plastik. Sogar die Haube. Es sah so schrecklich aus.

Als wir zu Alessio kamen und ich ihn so hilflos sah, fing ich zu weinen an. Ihn so zu sehen, brach mir das Herz. Er schlief und war an Geräte angeschlossen, die piepsten und piepsten. Eine Krankenschwester kam zu mir und erzählte mir, dass er eine Kopfverletzung erlitten hatte, beim Aufprall. Manche Patienten hörten uns, meinte sie. Ich sollte daher mit ihm reden.

Ich kam zu seinem Bett, stand auf und nahm seine Hand. Ich streichelte sie einige Minuten lang. Ich überlegte, was ich ihm erzählen sollte. Dann fiel mir ein, was ich ihm sagen wollte.

„Hey, Alessio. Ich bin es, Elena. Was machst du für Sachen? Weißt du, ich habe dir hier mein iPad mitgebracht. Du liebst Musik, genau wie ich. Außerdem solltest du aus deinem Schlaf erwachen. Du bist nicht

Dornröschen, die hundert Jahre geschlafen hat, bis sie einen Kuss von einem Prinzen bekam, um zu aufwachen. Spaß beiseite. Ich will dir erzählen, was ich vor ein paar Tagen erfahren habe: Ich bekomme Drillinge. Es werden zwei Mädchen und ein Junge. Dein Bruder benimmt sich vorbildlich. Er putzt, wäscht und kocht. Du weißt, ich wäre froh, mit dir hier zu quasseln und zu lachen. Wenn du mich hörst, wach auf. Ich vermisse dich schrecklich. Egal, ob Liam es hört oder nicht, ich bin es gewöhnt, mit dir zu quasseln.“ Ich sah ihn an.

In dem Moment fingen, die Geräte lauter zu piepsen an und ich hielt seine Hand immer fester und hoffte, dass er aufwachte.

Die Schwester kam zu mir und meinte: „Er hat sie erkannt. Sie sollten öfter hier sein. Es ist ein Zeichen.“ Mir kamen die Tränen. Alessio wollte Kontakt zu mir. Ich würde weiter mit ihm reden.

„Alessio, ich habe dir Musik mitgebracht, ich lasse sie hier für dich, dass du sie hörst. Es sind Lieder von Weihnachten und was du so magst. Sei mir nicht böse, wenn welche dabei sind, die dir nicht gefallen. Hör sie dir trotzdem an.“ Ich nahm die Kopfhörer und steckte sie ihm ins Ohr. Einen Hörer steckte ich mir ein und so konnten wir beide Musik hören. Als ich das Lied **Someone Love** aufgedreht hatte, fing ich zu weinen an. Er lag da und bewegte sich nicht. Ich wünschte mir, dass er aufwachte.

Wir hörten das Lied, ich summte mit für ihn, plötzlich fingen die Maschinen an, lauter zu piepsen, und hörten nicht auf. Die Schwester kam zu mir und sah uns an, in dem Moment machte Alessio die Augen auf. Er drückte meine Hand und ich erschrak.

„Alessio, du bist wach!“, rief ich und gab ihm einen dicken Kuss. In dem Moment kam Liam durch die Tür und die Schwester rief lauter: „Er ist aufgewacht. Der Arzt soll kommen.“

Ich sah ihn an und freute mich. Alessio wollte mir was sagen, doch er konnte nicht sprechen. In seinen Augen sah ich Tränen. Ich wischte sie ihm weg und streichelte ihn. Er war wach. Er war aufgewacht – er war aufgewacht. Meine Gedanken waren bei ihm. Ich hatte es geschafft, Alessio war wieder wach. Ich freute mich.

„Nicht sprechen, nicht weinen. Es wird wieder alles gut. Bewege nur deinen Kopf für Ja und Nein. Magst du die Musik?“, fragte ich und er nickte. Ich war froh, dass er aufgewacht war. Liam starrte nur, ohne etwas zu sagen, Viki weinte.

Dann kamen die Ärzte und ich musste gehen. Ich verabschiedete mich von Alessio, ließ ihm die Musik da. Ich setzte mich in den Rollstuhl, Viki fuhr mich zurück. Liam ging neben mir, ohne ein Wort zu sagen.

Im Lift sagte Viki: „Das war super, wie du mit ihm geredet hast und wie du ihm die Musik zum Hören gegeben hast. Auf dich hat er reagiert. Und da soll noch einer sagen, dass Komapatienten nicht hören. Er hat dich sogar erkannt.“

„Danke, Viki, dass du mit dabei warst. Ich mache mir Sorgen, dass er nicht sprechen kann. Es ist unglaublich, was passiert ist. Ich würde später noch einmal nach ihm sehen. Ich hoffe, dass er dann reden kann.“ Viki marschierte raus und Liam sah mich an.

„Verdammt, du bist Mutter Teresa. Du hast es sogar geschafft, dass Alessio aufwacht. Ich bin sprachlos. Ich liebe dich. Ich verstehe erst jetzt, was mein Vater mir damals gesagt hat: **Halte sie, sie hat ein Herz aus Gold.** Ich bin so froh, dich zu haben.“

„Wenn Alessio Hilfe braucht, bekommt er sie von uns. Du wirst mitmachen, wir werden ihn nicht allein lassen. Im Haus ist Platz genug. Eine Krankenschwester müssen wir für ihn organisieren. Keine Widerrede, Liam. Er wird es schon packen. Emma ist auch da. Die Familie ist da. Jeder wird helfen, wie er kann.“ Ich wischte mir die Tränen weg und schaute zu meinem Mann, der auf mich zukam.

„Wenn es dein Wunsch ist, dass er bei uns wohnt, ist das kein Problem. Das Haus ist groß.“ Er umarmte mich und küsste mich. Ich merkte jedoch, dass es Liam nicht passte. Auch wenn Alessio sein Bruder war, er wollte gern nur mit mir Zeit verbringen. Das verstand ich und ich wollte auch mit ihm zusammen sein. Alessio hatte allerdings niemanden, der sich um ihn kümmern konnte.

Emma wäre eine der wenigen, die es übernehmen könnten. Das sollte ich gleich klären. Ich wählte Emmas Nummer. Sie war nicht bei mir im Krankenhaus, obwohl sie versprochen hatte, dass sie mich besuchen würde. Irgendwas stimmte hier nicht.

„Hallo, Elena, wie geht es dir? Lange nichts von dir gehört“, meldete sich Emma.

„Hey, es geht und euch? Wo bist du gerade?“

„Max und ich sind in der Schweiz. Ich werde hier ein paar Wochen bleiben. Dann werde ich nach Hause fahren und mir eine größere Wohnung suchen. Wenn die Kleinen da sind, werde ich sie brauchen. Alessio reagiert nicht auf meine Anrufe, da ist die Sache zwischen uns erledigt. Ich weiß, dass er einen Unfall hatte, doch er hätte mich trotzdem zurückrufen sollen.“ Emma klang traurig.

„Was läuft zwischen dir und Max?“, fragte ich sie. Mein Gefühl irrte sich nicht. Wenn es stimmte, dass zwischen ihnen was war, dann würde sie womöglich für immer in der Schweiz bleiben.

„Nichts, doch wir sind nicht abgeneigt, dass sich zwischen uns was entwickelt. Er mag mich und ich ihn. Ich habe mich in Max verliebt, kannst du dir das vorstellen? Er wäre sogar für meine Babys der perfekte Papa, doch da ist Alessio und ich will nicht, dass er seine Babys nicht sieht. Er ist der Vater. Max sollte eine Freundin finden und eigene Kinder haben. Ich bin so durcheinander, was soll ich machen?“ Emma sprach ihre Worte nachdenklich aus. Sie war in zwei Männer verliebt, das war ein Desaster.

„Alessio ist vor ein paar Stunden aus dem Koma erwacht und wird Hilfe brauchen. Ich hoffe, dass du bald zurückkommst.“ Ich lauschte am anderen Ende, doch Emma war still, sagte kein Wort. Plötzlich schluchzte sie.

„Was ist mit ihm passiert?“ Trauer überkam sie, und sie weinte so laut, dass es nicht zu überhören war. Ich dachte, sie wüsste Bescheid. Fürsorglich erzählte ich ihr die ganze traurige Geschichte.

„Alessio wird im Krankenhaus sein, bis er die Reha-Genehmigung bekommt. Falls sie ihn früher entlassen, kommt er zu uns“, sagte ich ihr.

„Ich hatte keine Ahnung, ich dachte, er will mit uns nichts zu tun haben. Dabei hatte ich so oft bei ihm angerufen und ihm auf die Mailbox gesprochen. Ich werde mit Max reden, was ich tun soll.“ Ich verstand es. Sie musste sich entscheiden, beide konnte sie nicht haben.

„Lass dir Zeit, Emma, und entscheide dich dann. Ich verstehe dich. Es ist nicht einfach, zwei Männer zu lieben, da ist immer einer zu viel. Denk an deine Kids, Alessio ist immer ihr Papa, egal, wie deine Entscheidung ausfällt, ich werde da sein für dich. Du bist meine Freundin.“

„Danke, Eli, wenn ich mich entschieden habe, werde ich mich bei dir melden. Und wenn du Alessio siehst, lass ihn schön grüßen von uns.“ Sie legte auf und ich sah zu Liam, der mich die ganze Zeit beobachtet hatte. Er lächelte mich an, ohne etwas zu sagen. Sicher hatte er alles gehört, was ich Emma gesagt hatte.

„Du weißt ganz genau, wie es sich anfühlt, zwei Männer zu lieben? Wen hast du neben mir geliebt? Oder liebst du einen neben mir?“, fragte er mich ernst.

„Ach, da gab es vor deiner Zeit einen Mann, der mir alles versprochen hat, ein anderer, der mich sogar heiraten wollte. Ich habe sie beide geliebt, doch ich bin mit keinem im Bett gewesen. Die Entscheidung fiel mir schwer.“ Ich ging zu Liam, nahm ihn an seiner Taille, zog ihn zu mir und küsste ihn. Dieser Mann war so sexy und er gehörte mit.

Mir ging es gut, ich wollte nach Hause, durfte aber erst in zwei Tagen. Also würde ich Alessio besuchen und mit ihm sprechen. Ihm erzählen von Emma und dass sie Drillinge bekämen. Dass er schnell gesund werden sollte. Meine innere Stimme sagte mir, dass sich Emma für ihn entscheiden würde. Max würde sich nicht querstellen, da war ich mir sicher. Er würde sie unterstützen, so wie er mich unterstützt hatte. Meine Freundin und mein Bruder, das könnte ich mir vorstellen.

„Warum denkst du so viel nach? Alessio und Emma werden es schaffen, da bin ich mir sicher. Wir werden es auch schaffen, meine Mutter Teresa.“ Er lachte so laut, dass ich mitlachen musste.

„Du wolltest noch mit mir in die Flitterwochen fliegen. Wir müssten es verschieben. Vergiss nicht, den Flug zu stornieren“, sagte ich ihm.

„Du meinst den Flug mit Privatjet?“, fragte Liam amüsiert.

„Ach stimmt, dann zumindest das Hotel. Wenn unsere Zwerge da sind, werden wir das Nachholen.“

Unser Eheleben war hochinteressant. Wir bereiteten uns vor, Eltern zu werden. Die Kinderzimmer in unserem Haus waren fertig. Liam hatte die Möbel zusammenbauen lassen für jedes Baby. Ja, unsere Mädchen bekämen es in Rosa und Weiß, unser Junge in Blau, Weiß und Türkis.

Ich hatte mein Büro im Haus und konnte so auch im Mutterschutz im Geschäft mitarbeiten. Die Bestellungen würde ich von zu Hause machen und Emil würde die Lieferungen übernehmen. Es war alles organisiert. Im Untergeschoss würde ich ein Zimmer für Alessio herrichten.

Kapitel 21

Ich besuchte die restlichen Tage Alessio, wir sprachen über alles. Da er mich verstand und wieder sprach, hatte er mir erzählt, was mit Maya war. Da sie mit beiden im Bett war, wusste sie nicht, wer der Vater war. Sie war schwanger. Sie nahm den Heiratsantrag von ihrem Verlobten an und machte Schluss mit Alessio. Er wollte später von ihr, dass sie einen Test machte, doch sie lehnte ab. Sie erzählte ihm, dass es auch einen Dritten gab und dass es nicht von Alessio sein konnte. Er hatte darauf den Verdacht gehegt, dass es sein Kind sei und sie log. Wollte sie zur Rede stellen. Nach dem Telefonat mit Liam war er betrunken ins Auto gestiegen und losgefahren.

Ich sah ihn an.

„Weißt du, dass Emma Drillinge bekommt?“, fragte ich ihn schließlich. Er schaute mich an und verneinte.

„Sie wird mich hassen. Ich habe mich wie ein Arsch benommen, bin Maya nachgerannt und habe Emma im Stich gelassen. Jetzt bin ich ein Krüppel, schau mich an. Ich sitze hier und kann mich nicht bewegen. Sie braucht einen Mann, der für sie da ist. Nicht einen wie mich, der selbst Hilfe braucht.“

„Alessio, du bist stark, du wirst gesund. Ich weiß, dass Emma dich liebt. Sie hat dich die ganze Zeit angerufen, es war nur deine Mailbox dran. Wo ist dein Telefon?“

„Ich vermisse es nicht, wusste nicht mal, dass ich eins habe.“ Er starrte ins Leere und dachte offenbar stark nach. Hier stimmte was nicht, vermutete ich. Er war blass und schaute so komisch. Ich stand auf und ging auf Alessio zu, kniete mich vor den Rollstuhl und schaute ihm in die Augen. Sie waren starr. Ich nahm seine Hände in meine und sprach mit leiser Stimme.

„Ich werde dich jetzt umarmen. Ich mag dich und ich wünsche dir, dass du gesund wirst. Ich weiß, dass du Fehler gemacht hast, doch ich weiß auch, dass du ein toller Mensch bist. Du bist mein Freund und ich weiß, dass du ein super Papa und Mann sein wirst. Menschen machen Fehler, sieh dir mich und Liam an. Wir sind nicht perfekt, aber es funktioniert. Gib dir und Emma eine zweite Chance für euch und eure Kinder. Vergiss Maya. Komm, lass dich fest umarmen.“ Ich drückte ihn an mich und lächelte ihn an. Seine Tränen fielen auf meine Schulter und ich wusste, er würde auf mich hören.

Liam starrte nur von der Tür zu uns und ich bemerkte, wie Eifersucht ihn zerfraß. Da stand ich auf und ging zu ihm. Ich nahm ihn um seine Taille, zog ihn an mich und küsste ihn ohne Vorwarnung.

Als ich mich löste, merkte ich, wie Alessio uns beobachtete. Ich ging wieder zu ihm.

„Das kannst du alles mit Emma haben. Überlege es dir. Kämpfe für euch. Nach der Entlassung wirst du zu uns ziehen und bis zur Reha bleiben. Wir werden alles organisieren, was du brauchst. Außerdem wirst du viel Musik hören. Alessio, ich werde mich zurückziehen und schlafen gehen, ich bin so müde. Mach es gut, Schwager. Ich besuche dich wieder.“ Ich gab ihm einen Kuss auf die Wange und lächelte ihn an.

Liam und ich sprachen nicht, während wir in mein Zimmer gingen. Seine Eifersucht war zuvor nie so gewesen. Ich legte mich hin und bedeutete ihm, er solle sich zu mir legen, er zögerte, dann kam er dem nach. Ich drehte meinen Kopf zu ihm.

„Warum bist du so eifersüchtig? Ich möchte es verstehen? Ich liebe nur dich, rede mit mir!“ Ich sah ihn an. Er war so ernst, kein Lächeln zierte seine Lippen. Das war nicht mein Liam.

„Ich bin eifersüchtig und ich teile meine Frau nicht. Was verstehst du nicht? Liebst du Alessio? Ist es das, Eli? Willst du ihn?“ Ich sah ihn entsetzt an.

„Du bist so ein Arsch, echt jetzt. Glaubst du im Ernst, dass ich und Alessio uns lieben? Das geht zu weit. Ich mag ihn, doch dich liebe ich. Dich, Liam! Wenn du mich als Schlampe oder sonst was bezeichnest, werde ich mich von dir trennen. Verschwinde, Liam, ich brauche dich nicht.“ Meine Wut wurde stärker. Ich stand auf und verließ das Zimmer. Mir war er in dem Moment egal. Ich schaute nach dem Arzt und fragte ihn, ob er mir die Entlassungspapiere fertig machen kann. Ich würde unterschreiben und das Krankenhaus verlassen, auf eigene Verantwortung. Doch ich würde in meine Wohnung fahren und dortbleiben. Liam wird das nie wiedergutmachen können.

Der Arzt sprach mit mir und fertigte die Papiere an. Ich unterschrieb sie und nahm sie mit aufs Zimmer. Dann packte ich meine Sachen und zog mich an. Als ich alles zusammenhatte, verließ ich das Zimmer, marschierte zum Taxi, das mich nach Hause fuhr.

In meiner Wohnung war alles da, was ich brauchte. Lebensmittel bestellte ich, die wurden mir geliefert. Somit hätte ich meine Ruhe vom eifersüchtigen Liam.

Ich betrat mein Badezimmer und wollte ein warmes Bad nehmen, als mein Handy klingelte. Es war Liam. Ich ignorierte es. Ich schaltete auf lautlos. In der Badewanne war es so gemütlich, dass ich schnell eingenickt war.

Mich riss die Türklingel aus dem Schlaf. Oh, es wusste doch keiner, dass ich hier war. Ich ließ es klingeln, ging raus aus der Wanne, trocknete mich ab und marschierte in mein Schlafzimmer, wo ich mich anzog und mich in mein Bett legte. Meine Kopfhörer lagen am Nachtkasten, ich nahm sie und steckte sie in mein Handy. Dann stellte ich Musik an und schlief ein.

Als ich aufwachte, war es Mittag. Ich hatte seit gestern Nachmittag geschlafen. Mein Handy war leer. Nicht so tragisch, ich griff in meine Tasche, holte das Ladegerät und steckte es an. Dann marschierte ich in die Küche, holte mir ein Sandwich und einen Tee. Ich setzte mich auf die Couch und aß. Nachdem ich fertig gegessen hatte, machte ich mir noch einen Tee und nahm mein Buch zum Lesen. Es fühlte sich himmlisch an, so wie früher. Ich allein in meinen vier Wänden.

Ich wollte mit Liam nicht streiten. So wie damals. Ich gehe nicht fremd und werde es auch nicht, doch Liam hat mir unterstellt, dass ich es tue. Wieder ist er derjenige, der mich verletzt. Ich holte meinen Laptop und recherchierte wegen einer Eheannullierung. Wenn er sich eingeengt fühlte, dann war es besser so, dass wir uns scheiden ließen und uns später nur um die Kinder kümmerten. Das hier ging so oder so schief. Ich hatte zu früh ja gesagt.

Ich holte mein Handy und schaltete es ein. Mich traf der Schlag. Er hatte mich die ganze Zeit angerufen und mich nicht erreicht. Egal. Er wollte es nicht anders. Ich nahm mein Handy und schrieb ihm eine Nachricht.

Liam,

das mit uns wird nicht funktionieren. Egal, was es ist, du bist eifersüchtig und unterstellst mir Sachen, die ich nicht mache. Ich habe über die Scheidung nachgedacht. Es ist schön, dass du mich liebst, doch ich kann nicht so weiter mit dir leben. Es tut mir leid. Du hast mir die Augen geöffnet. Ich hätte es wissen müssen, bevor ich ja gesagt habe, dass du mich wieder verletzen wirst.

Elena

Ich drückte auf Senden und schickte es ihm. Er sollte wissen, dass er es vermasselt hatte. Wie sollte ich mit ihm leben, wenn er mich als eine Schlampe bezeichnete? Das ging nicht. Er führte sich wie ein Idiot auf. Es ging mir nicht um das Geld, das Haus, es war er. Ich wollte nur ihn. In dem Moment kam eine Nachricht von ihm.

Eli,

es tut mir leid. Ich liebe dich. Du bist keine Schlampe. Ich wollte dich nicht verletzen. Ich will die Scheidung nicht, ich will dich.

Ich liebe dich!

Liam

Was bildete er sich ein? Glaubte er wirklich, dass ich zu allem Ja und Amen sagte? Nein, dieses Mal musste er in den sauren Apfel beißen. Es ging nicht um ihn, es ging um mich und die Zwerge.

Mit Tränen in den Augen streichelte ich meinen Bauch. Es war das schönste Gefühl, das man als Mama hat, wenn man schwanger ist. Die Kleinen im Bauch zu haben, war ein Wunder. Ich rechnete nach, ich war am Anfang der zwölften Woche, hatte trotz Drillingen einen kleinen Bauch. Emma dagegen war rundlicher. Ich aß ständig und nahm nicht zu. Ich fühlte mich trotzdem dick. Es war alles so interessant. Ich freute mich über jede Woche, die kam.

Es waren gerade vier Wochen vergangen und ich lebte in meiner Wohnung, allein mit meinen Babys im Bauch. Ich war bei Untersuchungen und war erstaunt, was sich in meinem Bauch so tat. Die Kleinen wurden größer. Sie tobten und lutschten am Daumen. Es gefiel mir. Ich war in der sechzehnten Woche und da war eine Menge passiert. Sie spielten Fußball. Meine Zwerge machten sich bemerkbar.

Ich sah beim Verlassen des Krankenhauses ein Pärchen. Der Mann streichelte den Bauch seiner Frau. Da ertappte ich mich, wie ich Liam vermisste. Ich liebte ihn noch immer. Er rief mich ständig an und schrieb mir. Ich wollte Abstand, doch je mehr Zeit verging, desto mehr vermisste ich ihn. Ich liebte ihn trotz allem.

Ich beschloss, dass er zu mir kommen und wir darüber reden sollten, wie es weitergehen sollte zwischen uns. Ich rief ihn an, es läutete und dann meldete sich eine weibliche Stimme.

„Hallo, Liam schläft gerade, darf ich ihm was ausrichten?“, fragte sie mich verschlafen.

„Sagen Sie ihm, dass er von meinem Anwalt hört. Danke.“ Ich legte auf und wusste, es war zu spät. Er hatte mich schon betrogen. Tja, wie auch immer, er hatte uns aufgegeben. So war es am Anfang auch gewesen. Er hatte sich doch nicht geändert.

Ich rief Lorenzo an und fragte ihn, ob er mir die Gitterbetten und meine Sachen in meine Wohnung bringen konnte. Dann erzählte ich ihm von Liam und was vorgefallen war. Als ich ihm sagte, dass er gerade mit einer Frau im Bett lag, wurde Lorenzo wütend. Er versprach, dass er sich sofort kümmern werde. Drei Stunden später klingelte es und ich sah Lorenzo durch den Spion, der meine Sachen trug. Ich machte ihm auf.

„Hey, bist du allein?“, fragte ich ihn vorsichtig.

„Ja und Liam ist ein Arschloch, du hattest recht, er hat sie gebumst. Ava und ich werden dir helfen, wo es geht. Übrigens, ich werde Papa“, sagte er mir mit einem Grinsen.

„Gratuliere, ich freue mich für euch, ihr habt es verdient.“ Ich umarmte ihn und lächelte, bevor ich wieder ernst wurde.

„Ich werde mich scheiden lassen, Liam ist Geschichte. Mir unterstellt er, dass ich fremdgehe und eine Schlampe bin, und er, er bumst sich durch. Aber Schwamm drüber, ich soll mich nicht aufregen. Willst du mal fühlen? Sie bewegen sich.“ Er legte seine Hand auf meinen Bauch und lächelte.

„Spielen sie Fußball?“, fragte er mich. Er war fasziniert von den Bewegungen.

„Jeden Tag, ich schlafe viel, es geht ihnen so weit gut. Ich würde jetzt noch mal mitfahren und wir holen die restlichen Sachen. Gott, bin ich froh, dass ich meine Wohnung habe.“

Als wir im Haus meine Sachen packten, bemerkte ich Liam in der Küche, nackt, und die Frau hinter ihm erzählte ihm gerade von dem Anruf. Ich lauschte und ging an ihnen vorbei. Ich grüßte beide höflich und verabscheute ihn insgeheim. Er sah mich an und wusste, es war vorbei.

„Du hörst von meinem Anwalt, wenn unsere Drillinge auf der Welt sind. Ich hoffe, du hast deiner Schlampe erzählt, dass du Vater wirst und noch verheiratet bist“, sagte ich ihm und ging.

Sie schrie ihn an und klatschte ihm eine. Ich dagegen packte weiter und nahm alles, was ich für meine Kinder brauchte. Der Umzugswagen war voll.

„Es tut mir leid, Eli, ich habe einen Fehler gemacht. Verzeih mir.“ Ihm verzeihen, sicher nicht.

„Das wirst du nie wiedergutmachen, Arschloch. Geh und fick sie.“ Ich drehte mich um und wollte gerade gehen, als er mich zurückhielt.

„Ich werde um dich kämpfen, das verspreche ich."

„Es wird dir nicht gelingen, du hast zu viele Fehler gemacht und die werden niemals vergessen werden, und jetzt lass mich. Scher dich zum Teufel, Liam. Mich hast du als Schlampe bezeichnet und du – du bist selbst eine." Mit Tränen in den Augen rannte ich davon. Ich rutschte aus und fiel direkt in Lorenzos Arme, der mich auffing.

„Hast du dir wehgetan?", fragte er und wischte mir die Tränen weg.

„Liam hat alles kaputtgemacht, ich will nicht mehr. Er erlaubt sich alles, diese Babys wird er nie zu Gesicht bekommen, ich werde kündigen und mir eine neue Bleibe suchen. Weit weg von Liam. Schau ihn dir an, er hat in dem ganzen Haus, das uns gehörte, gefickt. Gerade in der Küche auch. Ich hasse ihn."

„Komm, was willst du noch mitnehmen? Packen wir zusammen und verschwinden von hier. Dieser Ort tut dir nicht gut." Lorenzo nahm zwei Kartons und marschierte zum Wagen. Liam stand nackt am Fenster und schaute uns zu. Das war das Letzte, was er machte.

Als wir meine Sachen auspackten und die zwei Kinderzimmer umbauten, musste ich lachen, ich hatte auch hier genügend Platz für meine Babys und mich. Also hatte ich keine Sorgen mehr. Meine Wohnung war abbezahlt und ich konnte sie mir leisten.

Ich zögerte nicht, meinen Anwalt anzurufen und wegen der Scheidung zu fragen. Liam hatte es übertrieben. Ich schilderte ihm alles und überließ ihm die notwendigen Unterlagen. Er würde sich bei mir melden.

So saß ich in meiner aufgeräumten Wohnung und lächelte. Lorenzo war nach Hause gefahren, nachdem er hier fertig gewesen war. Ich hatte uns Pizza bestellt und wir hatten sie gemeinsam gegessen. Es waren noch zwei Stück da – für später, wenn ich wieder Hunger bekäme. Dieser Tag war anstrengend gewesen, ich nahm mir eine Dusche und ging dann ins Bett.

Mein Handy klingelte am nächsten Morgen und weckte mich auf. Es war zehn Uhr. Ich schaute aufs Display und sah die Nummer meines Anwalts.

„Guten Morgen!", rief ich verschlafen.

„Morgen, könnten wir uns treffen? Es wäre für Ihre Sache von Vorteil. Liam hat nicht alle Tassen im Schrank. Er will die Scheidung nicht. Wenn er nicht unterschreibt und Sie schon, sind Sie erst in drei Jahren geschieden."

„Er will Krieg? Den soll er haben. Ich habe heute Zeit und komme in zwei Stunden vorbei. Geht das?"

„Gern und keine Angst, solche Deppen verspeise ich zum Frühstück", meinte er belustigt. Wäre auch eine Schande, wenn er nicht wüsste, wie man Scheidungen in die Wege leitet. Er war doch der Scheidungsanwalt.

Mir war nicht zum Scherzen. Ich hätte es besser wissen müssen, bevor ich das Ja ausgesprochen habe, doch man hat nie eine Garantie im Leben.

Mein Mann, bald Ex-Mann, hatte Geld wie Heu. Er würde diese Scheidung hinauszögern, solange er wollte. Er würde gewiss den besten Scheidungsanwalt nehmen, den es gab. Es würde ihm auf lange Sicht doch nicht nützen, da ich unterschreiben und gerne erklären würde, dass er mir fremdgegangen ist. Er wusste, dass die Babys von ihm waren, und dennoch glaubte ich, dass er dieses Verzögern mit Tests und Tamtam machen würde. Sollte er tun, was er wollte. Ihm war nicht zu helfen. Diese Scheidung würde durchgehen, egal, wie. Ich verlangte nichts von ihm, außer dass er für seine Kinder da wäre.

Verdammt, warum hatte er uns so kaputtgemacht? War für ihn dieses Spiel in Ordnung? Egal, ich blieb hier in meinen vier Wänden und würde eine alleinerziehende Mama sein.

Als ich mich fertig angezogen hatte und bereit war, meine Wohnung zu verlassen, war mir übel. Ich nahm ein Glas Wasser und setzte mich in die Küche.

Über mir hörte ich leise Musik. Liam war im Haus, nicht hier. Hatte er die Wohnung vermietet? Es war mir egal, das war seine Sache. Das Haus genauso, das hatten uns seine Eltern geschenkt und ich würde es ihm nicht wegnehmen.

Ich stand auf und ging nach draußen und stieg in den Lift. Es war komisch für mich, wieder hier zu sein. Ich hatte mich an Liam so gewöhnt und jetzt war ich wieder allein.

Ich grübelte über mein Unhappy End. Wir waren beide verrückt gewesen, so schnell zu heiraten, um ehrlich zu sein. Ich war traurig, wie die Sache gelaufen war.

Ich nahm den Bus und fuhr direkt zum Anwalt. Es waren gerade mal drei Stationen, bis ich aussteigen musste. Mein Auto ließ ich stehen.

Als ich das Haus verließ und zum Parkplatz sah, wurde mir klar, Liam war in der Wohnung. Sein Kofferraum stand offen, darin waren gepackte Kisten zu sehen. Er war drinnen. Entweder er zog ein oder aus, doch da ich auf dem Weg zum Anwalt war, war mir das egal. Ohne nach ihm zu schauen, marschierte ich zur Bushaltestelle. Der Bus würde in fünf Minuten da sein.

Ich setzte mich auf die Bank und schaute auf die Straße. Autos fuhren vorbei, manche winkten zum Spaß und andere blickten komisch drein. Sie lenkten mich von Liam ab. Als ein schwarzes Auto langsamer fuhr und stehen blieb, war ich erstaunt. Der Mann stieg aus und kam zu mir. Er grüßte mich freundlich und lächelte. Ich starrte ihn an. Schwarze Haare, ein Dreitagesbart und blaue Augen, die mich anstrahlten.

Wer ist das?, fragte ich mich. Ich hatte diesen Mann noch nie gesehen. Meine Hormone steuerten mich und ich spürte Schmetterlinge im Bauch. Verdammt, das ging zu weit. Ich war auf dem Weg, Scheidungspapiere zu unterschreiben, und dachte an diesen sexy Typen. Der wäre genau mein Typ. Er lächelte mich an und ich erwiderte es.

„Hallo, ich bin Gregory Massir.“, stellte er sich vor und gab mir seine gepflegte Hand.

„He… Hey, ich bin Elena Liviansen.“ Ich gab ihm meine Hand und er drückte sie. Seine Augen waren so blau wie das Meer. Ich liebte blaue Augen, Liam hatte auch blaue Augen, die mich benebelt hatten.

Vorsicht ist geboten, sagte meine innere Stimme.

„Dachte ich's mir doch. Sie wollten zu mir. Wir haben einen Termin. Ich wollte Sie abholen, da Sie in Ihrem Zustand nicht bei dem Wetter Auto fahren sollten."

Gregory wusste, welche Wirkung er auf Frauen hatte, und lächelte.

„Oh, dann sind Sie mein Anwalt? Wir könnten in meine Wohnung gehen und uns dort unterhalten. Da ist es wärmer als hier draußen", bot ich ihm an.

„Können wir?", fragte er und zwinkerte.

Hey, der flirtet doch mit mir. Gut, dass er mein Scheidungsanwalt ist.

„Sie können Ihr Auto am Parkplatz abstellen, ich warte hier auf Sie", meinte ich und lächelte ihn an. Er stieg ein und fuhr zum Parkplatz, der frei wurde. So ein Zufall. Er nahm seine Tasche, stieg aus und kam zu mir.

„Du darfst mich gern Greg nennen. Das ist mir lieber. Sonst fühle ich mich älter, als ich bin."

„Ach, und wie alt bist du, Greg? Zwanzig oder vierzig?" Er gefiel mir. Seine Art war neu für mich. Eine Mischung aus allem: jung, sexy, charmant, intelligent, frech – alles in allem. Er brachte mich zum Lachen, wo ich seit Tagen nicht gelacht hatte.

„Genau in der Mitte." Wieder dieses Grinsen. Das machte ihn zum sexy Mann des Jahres. Er sah mich an und fügte hinzu: „Ich habe viele Scheidungen durch."

„Dann schläfst du nur mit dir selbst? Oh, so genau will ich es nicht wissen", spottete ich.

„Ach wirklich, mit meinen Klientinnen schlafe ich nicht. Sie sind tabu für mich."

„Nicht als Klientinnen wahrscheinlich, erst nachher", ich zwinkerte und drückte den Liftknopf. Mir war es egal, ob Liam hier irgendwo war. Ich fühlte mich bei Greg super aufgehoben. Wir blödelten herum und mir war es wichtig, dass ich Liam in diesem Moment vergessen konnte.

Als wir in den Lift einsteigen wollten, kam der Teufel persönlich raus. Ich grüßte ihn nicht. Er schaute uns mit einer Miene an, die gerade explodieren wollte. Ich nahm Greg an die Hand und zog ihn mit mir in den Lift, drückte den Knopf nach oben. Ohne etwas zu sagen.

Verdammt, er wusste es, dass er mein Typ wäre. Egal, ich war seine Klientin, nicht die Freundin. Ich wollte eine Scheidung und nicht ihn. Meine Hormone spannen, kein Wunder, ich hatte länger keinen Sex mehr gehabt und da stand dieser Anwalt. Ich würde nicht Nein zu ihm sagen.

Ich sperrte die Tür auf und wir marschierten rein. Greg zog seine Schuhe aus und sah sich interessiert um. Ich war mir nicht sicher, was ich sagen sollte, erwiderte sein schönes Lächeln.

„Greg, trinkst du Kaffee oder Tee?", fragte ich höflich und deutete ihm, auf dem Stuhl Platz zu nehmen. Er setzte sich und schaute sich in meiner Küche um. Er sah so sexy aus und wirkte auf mich männlicher als Liam.

„Kaffee bitte. Den brauche ich literweise bei der Arbeit. Es ist nicht einfach mit deinem Ex", eröffnete er mir.

„Du hast ihn gesehen. Er darf jedes Flittchen heimziehen, aber wehe, ich bekomme Besuch, da explodiert er. Dieses Mal bin ich froh, dass du es bist. Als Anwalt kann er dir schlecht unterstellen, dass du und ich eine Affäre haben", sagte ich ihm und schüttelte meinen Kopf.

„Hat er behauptet, dass du fremdgehst? Wie kommt er drauf?" Er starrte mich mit einem Blick an, der mir sagte, dass es für eine Schwangere schwer wäre. Ich fing an zu weinen.

„Nicht weinen, es wird alles gut. Der Arsch wird zahlen. Da du Drillinge erwartest, würde ich sagen, Alimente und Unterhalt für euch handle ich aus. Das steht dir und den Kleinen zu. Da ihr noch verheiratet seid, würde ich dir raten, es in den nächsten Monaten zu bleiben. Dann reichen wir die Scheidung ein. Er will Krieg, so soll er ihn bekommen. Du konzentrierst dich auf die Geburt und das euch nichts passiert. Je mehr er dich betrügt und je klarer wir ihm das nachweisen können, desto besser. Also ich werde mit einem privaten Detektiv sprechen und der wird sich die nächsten Monate auf die Lauer legen. Die Scheidungskosten wird Liam übernehmen. Du brauchst nicht zu bezahlen. Wäre es in Ordnung so?", sagte er und schüttelte den Kopf. Dann fügte er hinzu: „So ein fremdgehendes Arschloch. Der wird verlieren.“

„Er hat Geld und mehrere Anwälte. Das wollte ich dir sagen. Ich vertraue dir. Mach das Beste daraus. Ich nehme ihm sein Haus nicht weg. Das haben wir von seinen Eltern zur Hochzeit geschenkt bekommen. Dieses Haus bleibt leer, da er hier oben wieder einzieht.“

Wir schauten uns an, unser Blicken hielten einander stand. Länger als gedacht. Mir wurde plötzlich warm. Dieser Mann löste etwas in mir aus, und es fühlte sich gewaltig an. Er spürte es bestimmt auch.

„Eli, darf ich dich was fragen?“

„Als mein Anwalt solltest du das dürfen. Frag mich und sag mir, was du brauchst.“

„Wenn das hier vorbei ist und du nicht mehr meine Klientin bist, darf ich dich dann besuchen?“

Wow, was war das? Er hatte es entdeckt, das mit unseren Gefühlen.

„Du darfst mich gern besuchen. Ich würde mich freuen. Wir können auch jetzt Freunde sein und du kannst jederzeit auf einen Kaffee kommen, wenn du willst. Ich mag dich.“ Hatte ich das gerade gesagt? Nein, was war in mich gefahren! Die Scheidung war noch lange nicht vorbei.

Da unterbrach er mich: „Danke, ich komme sicher vorbei. Ich mag dich als Mensch und als Klientin. Keine Angst, ich falle nicht über dich her. Ich kann warten.“

„Wow, willst du mit mir ins Bett?“, jetzt lächelte ich ihn erneuert an.

„Verdammt, das habe ich nicht gemeint. Ich meinte das.“ Er kam zu mir und küsste mich ohne Vorwarnung. Als er sich von mir löste, lächelte er.

„Greg, ich bin noch nicht geschieden. Ich kann keine Beziehung auf so was aufbauen. Nach der Scheidung ist es in Ordnung, trotzdem küsst du mich schon jetzt.“ Ich bettelte um noch einen wahnsinnigen Kuss. Er lächelte und küsste mich erneut. Zärtlich, fordernd und wieder zärtlich. Diese Mischung ließ mich nach mehr verlangen.

Er löste sich und griff in seine Haare.

„Eli … Eli, ich höre hier auf. Wenn ich dich wieder küsse, führt das zu mehr. Du bist noch nicht bereit für eine neue Beziehung. Ich kann warten."

„Verdammt, Greg, warum ist alles so kompliziert? Ich will nur glücklich sein." Er drückte mich an sich und lächelte.

„Hey, das wollen wir beide. So wie es aussieht, brodelt es in uns. Ich möchte dich nicht verunsichern, doch bis die Scheidung durch ist, wird es seine Zeit brauchen. Reden wir, wenn du so weit bist. Das hier war nicht geplant und es war großartig. Ich werde dich immer küssen, wenn wir allein sind. Hier meine private Nummer, ruf mich an, wenn du mich brauchst. Dein Bruder Max ist mein bester Freund. Er macht sich Sorgen um dich. Ruf ihn an." Er speicherte sein Handynummer in mein Telefon, räumte seine Sachen in die Tasche und zog seine Jacke an. Ich bekam noch einen Kuss, bevor er seine Schuhe anzog und sich von mir verabschiedete.

„Ruf mich an, wenn du was brauchst, Eli. Das, was wir besprochen haben, bleibt. Und sei nicht traurig, es wird schon." Er machte die Tür von außen zu.

Ich stand im Flur und dachte nach. Greg hatte mich geküsst. Es war kaum zu glauben, wow, mir fehlten die Worte.

Ich ging ins Wohnzimmer, drehte mein Radio auf und hörte Musik. Es liefen viele Lieder, bei manchen sang ich sogar mit. Hunger hatte ich auch, so machte ich mir ein Sandwich und eine Tasse Tee. Ich setzte mich ins Wohnzimmer und aß.

Als ich fertig war, wischte ich mir mit der Serviette meinen Mund und legte sie auf den Teller. Gerade als ich das Geschirr wegräumte, klingelte es an der Tür.

Ich dachte an Greg – hatte er was vergessen? Ich sah in die Küche, doch da lag nichts. Dann öffnete ich die Tür und erstarrte. Ein Rosenstrauß lag davor auf dem Boden und kein Mensch war zu sehen. Ich hob ihn auf und sah eine Karte. Dann ging ich rein und öffnete sie.

Liebe Eli, es gibt nichts Schöneres als dich wiederzusehen.
Greg

Wo, wann hatte er den bestellt? Halleluja, der Nächste, der mir wie ein Pudel nachrannte. Ich musste sagen, küssen konnte er.

Verdammt, ich fiel wieder auf dieselbe Masche rein, nur in einer anderen Farbe. Ich bräuchte einen Gin Tonic, durfte ich nur leider nicht, dafür nahm ich mir zwei Tafeln Schokolade. War auch besser für meine Figur. Ich lächelte.

Wieso war das so? Ich war jahrelang Single, dann rannten mir plötzlich die Typen nach. Ich war zudem schwanger. Das hatte ich nie für möglich gehalten. Alles passierte zufällig in einigen Monaten. Ich hatte so ein Pech.

Wenn ich es mir so überlegte, ging die Welt davon nicht unter. Alles hatte seinen Sinn. Ob Greg so dachte, war die Frage. Ich wusste nicht, was auf mich zukommen würde. Liam war nur auf sich selbst eingestellt und auf seine Frauengeschichten. Heute eine, morgen eine andere. Greg kannte ich nur einige Tage und er war mein Anwalt, nicht mehr. Doch mein Herz schlug für Liam und er kümmerte sich nicht drum. Der Womanizer dachte hauptsächlich an sich und die Glamourwelt. Für ihn war das nur ein Spiel, nicht Ernstes. Wie hatte ich ihm vertrauen können und es so weit kommen lassen? Ich liebte ihn noch immer, er benahm sich wie der letzte Idiot diese Erde. Er versprach mir, für uns da zu sein, dann behauptete er, ich ginge ihm fremd mit Alessio. Wie konnte er es wagen, so was zu sagen! Ich wollte nur ihn und keinen anderen. Er spielte nur mit mir.

Ich grübelte und grübelte, egal, was ich auch dachte, es kam mir nicht richtig vor, was er machte. Alles falsch, seine Liebe war falsch, seine Sorge für mich, diese Heirat mit ihm war falsch. Verdammt, wie konnte er nur so falsch sein? Wie kann ein Mensch so falsch sein und so tun, als ob er der Richtige sei? Was lief mit ihm falsch? War es sein Ruhm, der ihn so kaputtmachte? Fragen über Fragen, und keine richtige Antwort.

Wir würden reden müssen, auch wenn es mir schwerfiel und ich auf ihn nicht gut zu sprechen wäre.

Es klingelte und das riss mich aus meinen Gedanken. Das durfte nicht wahr sein, so viel Trubel, was zum Teufel war hier los? Es hörte nicht zu klingeln auf.

Verdammt! Ich stand von der Couch auf, mein Bauch schaukelte und die Kleinen Tritten fest, schnell war ich auch nicht mehr. Rund wie ich ausschaute. Es schlich sich mir ein Grinsen auf die Lippen.

Als ich bei der Tür ankam und durch den Spion sah, erkannte ich Liam, wie er betrunken davorstand und lauter klopfte. Oh mein Gott, sollte ich ihm aufmachen oder nicht? Er sah so fertig aus. Hoffentlich stieg er so nicht ins Auto.

Ich dachte an Alessio und öffnete die Tür. Mein Herz blieb stehen, als ich ihn so sah. Wir starrten uns an und keiner sagte was, eine lange Zeit lang. Ich lehnte mich an die Tür und griff an meinen Bauch. Beschützerinstinkt. Er starrte meinen Bauch an und dann mich.

Ich riss mich zusammen und fragte ihn wütend: „Sag mal, geht es noch? Deine Huren schreien die ganze Nacht, jetzt läutest du so laut an der Tür! Ihr stört meinen Schlaf. Was willst du hier?“

Er starrte mich an und sagte nichts.

„Du willst nicht reden, okay.“ Ich drehte mich um und ging wieder hinein. Hinter mir zog ich die Tür zu. Wollte er mich nur anstarren oder hatte es ihm die Sprache verschlagen? Verdammt, was war los mit ihm?

Als ich in der Küche ein Glas Wasser nahm, klopfte es wieder an die Tür. Ich ließ mir Zeit und trank einen Schluck. Dann öffnete ich und schaute ihn an. Dieses Mal lachte ich.

„Macht dir das Spiel Spaß? Uns wachzuhalten und mich fertigzumachen? Sag mal, wo sind deine sexy Freundinnen, die du überall fickst? Hast du deinen Puff angemeldet? Ich bin nicht neidisch, nur zu, mach weiter so. Nach der Scheidung wirst du mich hier nicht mehr sehen.“ Dann schaute ich wieder auf meinem Bauch, es hatte sich wieder ein kleines Würmchen gemeldet und mich getreten.

„Sorry, ich möchte keine Scheidung. Ich weiß nicht, ich will dich zurück. Ich weiß, dass ich Scheiße gebaut habe, doch ich werde Vater und ich will nicht, dass ein anderer meine Kinder großzieht. Kann ich mit dir reden, bitte?“

„Komm rein. Solltest du dich wie ein Affe benehmen, kannst du jedoch gleich wieder gehen“, sagte ich ihm im scharfen Ton. Wir setzten uns in die Küche und ich ließ ihn reden, ohne ihm etwas anzubieten.

„Sag mir, warum du mich betrogen hast. Warum hast du alles kaputtgemacht, Liam? Warum? Ich habe dich geliebt, nicht Alessio, ich habe nur mit dir geschlafen und nicht mit anderen. Du hast mir wehgetan und ich kann nicht mehr. Ich will die Scheidung. Du wirst frei sein und darfst tun, was du willst – mit wem du es willst. Ich werde dir nichts wegnehmen, behalte dein Geld, ich werde es nicht brauchen. Du wirst nur Alimente für deine Kinder zahlen müssen, das steht ihnen zu. Wenn du willst, darfst du sie sehen. Egal, wie es ausgeht, ich werde mein Leben weiterleben, ohne dich. Unterschreib die Papiere und lass mich gehen. Einen Rosenkrieg zu führen, dazu bin ich nicht gewillt. Es sind die Kleinen, die mich brauchen, um die ich mich kümmern möchte. Dir vertraue ich nicht mehr, das verstehst du hoffentlich. Ich bin nicht nur eine Nummer in deinem Kalender, ich bin die Mutter deiner Kinder. Zum einmal Ficken bin ich mir zu schade. Ich werde nach der Scheidung einen Mann suchen, der mich will. Als Frau und Mutter und nicht nur für eine Nacht. Ich habe es satt, belogen und betrogen zu werden. Ich bin nicht gewillt, Spiele zu spielen, das mit uns war schon vorbei, bevor es angefangen hatte. Ich hätte niemals ja sagen dürfen. Es war mein Fehler. Meine Hormone spielten genauso mit, wie du es wolltest. Liam, ich will dich nicht mehr. Meine Liebe wird bleiben, doch mein Herz ist gebrochen. Als ich dich angerufen habe, wollte ich mit dir über unsere Zukunft reden, doch es wurde mir vor Augen geführt, dass wir keine haben.“ Mir liefen Tränen über die Wangen und es tat mit im Herzen weh. Es musste sein, nur so würde ich frei leben können. Ohne Angst, dass er mir wieder mein Herz brach.

„Ich dachte, dass Alessio und du was miteinander hattet. Ich sah euch so vertraut und war eifersüchtig auf meine Frau und meinen Bruder, die sich gut verstanden. Er machte diese Therapie wegen dir. Du warst die, die ihn aus dem Koma zurückgeholt hat. Verdammt, ich war fertig. Ich wollte dir absichtlich wehtun. Ich habe es geschafft, alles kaputtzumachen mit der Schlampe, die ich nie wiedergesehen habe. Ich habe alles kaputtgemacht und du hast nicht mal an einen anderen gedacht. Gott, Eli, verzeih mir, ich bin ein Arschloch.“ Er fasste sich mit der Hand an seine Haare und schaute mich an. Ich wischte mir die Tränen ab.

„Du hast deine Familie betrogen und belogen. Ich kann dir nicht verzeihen und die Babys werden dir das sicherlich auch nicht verzeihen. Du hast uns im Stich gelassen. Verlange nicht von mir, dass ich mit dir zusammenlebe. Das wird nicht mehr so sein wie vorher. Ich will hier im Haus Ruhe. Ich brauche Schonung und nicht Aufregung. Dass du jeden Abend deine Huren hierherschleppst, sie bumst, bis sie schreien, mich und das ganze Haus wachhältst, ist keine Lösung. Wenn du auf solche Sachen stehst, gehe in den Puff und mach hier keinen, wo keiner ist. Ich suche mir eine neue Bleibe, nachdem die Babys da sind. Unsere Kinder brauchen Ruhe zum Schlafen und sollten nicht jede Nacht geweckt werden.“

„Verdammt, ich wusste nicht, dass man das alles im Haus so laut hört. Hast du alles gehört?“

„Oh und wie. Wie ihr es getrieben habt und was du gesagt hast. Wie hart und wie oft du sie nehmen möchtest. Dass es dir Spaß macht und, und, und … Verdammt, das ist nicht fair, was du da abziehst. Warum hast du ihr gesagt, dass der Sex mit ihr was Besonderes war? Was hatte sie, was ich nicht hatte? Das habe ich mich gefragt. Deine Demütigungen reichen mir“, sagte ich und da tat mit alles leid, die ganze Geschichte mit ihm.

„Das mit uns war spitze. Ich liebe dich, verdammt, und möchte nur mit dir zusammen sein. Die anderen Frauen waren nur für den Moment, meine Schwächen, nicht für ewig. Du bist die, die ich will. Ich werde eine Therapie machen und wenn die Babys da sind, mich vollkommen um euch kümmern. Ja, ich möchte, dass du mir noch eine Chance gibst und mir irgendwann verzeihst, bitte. Es tut mir leid.“ Er bettelte um Vergebung.

Eine Zeit lang schauten wir uns an und keiner von uns beiden sagte etwas. Ich trank mein Wasser und dachte an unsere gemeinsame Zeit. Wir hatten auch schöne und gute Tage miteinander. Er hat es nicht ein paar Wochen geschafft, ohne dass er fremdgeht. Wie sollte ich das verkraften? Sollte ich wieder mit ihm zusammen sein? Machte er das wieder? Ich würde abwarten.

Greg würde heute noch vorbeikommen wegen der Unterschrift. Ich wollte mit ihm noch reden. Doch die Entscheidung würde ich treffen müssen.

An der Tür klingelte es und ich machte auf. Greg sah mich an und lächelte, ich grüßte ihn mit einem Kuss auf die Wange.

„Hallo, Greg, komm rein. Liam ist hier, er bittet mich um Verzeihung."

„Oh, störe ich? Soll ich später kommen?", meinte er und zwinkerte mir zu.

„Nein, komm rein, wir werden später über die Sachen reden. Du hast sicher was für mich", sagte ich ihm und schmunzelte. Da nahm er ein Geschenk und gab es mir.

„Ich wusste nicht, was ich dir mitbringen sollte, da du schwanger bist. Das hier war nur eine kleine Geste und die ist speziell für dich. Ich hoffe, du wirst mich nicht wegschicken, wenn du es auspackst." Er lächelte so lieb, als er mir das sagte.

„Komm, du trinkst sicher einen Kaffee, ich kann mich daran erinnern. Und du solltest mir nicht immer Geschenke bringen, das weißt du! Ich werde es auspacken und sage schon mal danke für die Geste. Du hast dir Mühe gegeben." Wir lachten so laut und ich schüttelte den Kopf. Liam, der uns anstarrte, sagte kein Wort. Ihm gefiel es nicht, wie ich und Greg sprachen und lachten. Pech, er hätte es anders haben können.

„Hey, du siehst immer runder aus. Wachsen die Kids schneller? Oder naschst du gern die ganze Nacht, wenn du nicht schlafen kannst?"

„Von Schlaf kann keine Rede sein. Ich gieße meinen Bauch mit Substral, damit er größer und stärker wird. Du machst mich neugierig, was hast du da in dem Paket? Lass mich raten, einen Dildo?"

„Hätte ich gewusst, dass du einen brauchst, hätte ich dir einen gekauft“, konterte Greg mit einem Grinsen. „Und wer weiß, vielleicht bekommst du nächstes Mal einen.“

„Ach, der wäre sicher nicht zu gebrauchen. Kauf mir lieber keinen. Du weißt, wie das Enden würde. Ich würde die Nacht nur mit ihm verbringen.“ Ich zwinkerte.

„Nein, das wusste ich nicht, stehst du auf so was? Oder magst du eher …“ Er unterbrach sich. Dann meinte er: „Vergiss es, der Echte hat dich rundlich gemacht.“ Wir lachten beide und Liam war wütend.

„Greg, du bringst mich immer zum Lachen. Danke für die Schweizer Schokolade. Die ist so lecker, ich muss sie aufheben, sonst ist sie weg und ich habe dann Appetit und keine Schoko. Wann warst du in der Schweiz? Hast du meinen Bruder getroffen?“, fragte ich ihn.

„Er lässt dich grüßen, außerdem haben wir da eine Immobilie gefunden, die dir zusagt. Du wärst in der Nähe von Max, es gibt dort eine Kita und Schule für die Kleinen. So könntest du arbeiten, wenn du es nach der Karenzzeit möchtest. Ich werde mich nach einem Job erkundige. Es wird funktionieren und bleibt dir überlassen, was du machen willst. Du könntest bei mir in der Kanzlei anfangen, da wird eine Stelle frei. Irina geht nach Deutschland zu ihrem Freund und ich brauche jemanden, der zuverlässig ist. Du weißt, dass ich nicht nur in der Schweiz arbeite, sondern hier in Österreich und in Deutschland auch.“ Er schaute mich erwartungsvoll mit großen Augen an.

„Sag mal, was wird das hier? Sie ist meine Frau und sie geht nirgendwohin. Ich werde mich nicht von ihr scheiden lassen. Was willst du von ihr?!“, schrie Liam ihn an.

Interessant, auf einmal war ich seine Frau!

„Dass du sie in Ruhe lässt. Ich bin ihr Anwalt und Freund der Familie, falls es dir entgangen ist. Sie ist verheiratet mit dir, doch sie lebt nicht mit dir zusammen. Du bist der Arsch, der alles bumst, außerdem bringst du sie ständig zum Weinen, während ich sie zum Lachen bringe. Das ist der Unterschied zwischen uns. Ich werde dich verklagen. Wenn ich sie noch einmal müde sehe, wegen deiner Nutten, die du ständig mit hierhernimmst, dann lernst du mich kennen. Das ganze Haus beklagt sich über dich. Geh in den Puff, wenn du so gern vögelst, und lass die Mieter dieses Hauses in Frieden. Eli hat keine Nacht durchgeschlafen, ihr fehlt die Kraft. Wie soll sie sich erholen, wenn sie keine Nacht schlafen kann, wegen dir?“ Greg verteidigte mich mit Recht.

„Spielst du hier den Helden? Oder hast du sie gevögelt, dass du mir eine Predigt hältst?“

„Wir vögeln nicht, wir ficken nicht, du Arschloch. Ich würde sie jedoch sofort nehmen, sie hat was Besseres verdient als dich. Du benimmst dich nicht, wie ein Vater es tun würde. Statt sie zu beschützen und für sie da zu sein, rennst du hinter irgendwelchen Schlampen her und lässt Eli alles allein durchstehen. Ich werde mich um sie kümmern, ob es dir passt oder nicht. Wir sind Freunde und wenn es sein muss, wird sie in meinem Haus mit den Kleinen leben, damit sie Ruhe von dir bekommt!“ Greg war wütend auf Liam und mich mochte er. Seit er mich geküsst hatte, hatte sich etwas verändert. Wenn ich es nicht besser wüsste, würde ich fast sagen, dass er mich liebhat. Er kam zu mir und umarmte mich fest.

„Komm, lass dich umarmen, du hast diesen Trottel nicht verdient. Pack einige Sachen und komm mit, wir fahren zu Max ins Hotel. Er hat ein Meeting, dann habt ihr beide Zeit, euch zu unterhalten. Er hat mich zu dir geschickt, dass ich dich abhole. Die Schokolade ist von ihm. Ich wollte dich nur zum Lächeln bringen.“

„Du bist so was von fällig, mein Freund. Ich werde dich jeden Tag an die Schokolade erinnern, die du mir extra aus der Schweiz liefern wirst. Und danke. Ich brauche Schlaf. Außerdem, wie schaut es aus, darf ich bei dir wohnen und die Ruhe genießen? Du hast nichts dagegen, Greg?“

„Ich könnte mir vorstellen, dass dir mein Apartment gut gefallen wird. Das ist zu groß für mich allein. Es ist geräuscharm und man kann sich erholen. Ich fliege morgen nach London, die Bude gehört dir allein. Max kann bei dir sein, wenn er möchte. Ich habe es ihm auch angeboten.“

Ich drückte ihn an mich und gab ihn einen dicken Kuss auf den Mund. Er starrte mich an und Liam kochte vor Wut. Tja, Liam, ich küsse, du fickst, das sind die Unterschiede zwischen uns zwei.

„Wofür war der Kuss jetzt? Wolltest du, dass er mich umbringt?“, fragte mich Greg.

„Dafür, dass du für mich da bist und auf mich achtest. Dass ich dir wichtig bin, obwohl ich von Liam Kinder bekomme und nicht von dir. Danke, ich liebe dich dafür. Er kann dir nicht das Wasser reichen, Greg.“ Ich drückte ihn fester an mich und ging packen.

Liam stand auf und kam hinter mir ins Zimmer. Er schaute mich wütend an und ich grinste. Ja, er hatte's kapiert.

„Was sollte das da, mit diesem Idioten draußen? Warum machst du mich so eifersüchtig? Ich will mich ändern für euch, und du, du machst es schlimmer. Du gehst nicht mit ihm mit, ich will, dass du hierbleibst, hast du mich verstanden?“, meinte er und nahm mich plötzlich in seine Arme. Er schaute mir tief in die Augen und wollte mich küssen, doch ich drehte mich weg, ich wollte nicht.

„Ich habe mich bei Greg bedankt, für das, was er für mich und unsere Babys macht. Denn du bist ja nicht imstande dazu, wenn ich dich brauch. Ich werde zu Greg ziehen, ob es dir passt oder nicht. Seit Wochen höre ich immer Schreien und Stöhnen. Es reicht. Verschwinde von hier und lass mich packen.“ Ich drehte mich um und fing an, meine Sachen in den Koffer zu legen. Etwas Gemütliches. Dann kam ich zu meiner Unterwäsche und nahm mir den sexy BH und das Höschen. Liam erstarrte. Er hatte es gesehen, sein Pech.

„Du wirst nicht mit ihm schlafen! Ich werde hier mit dir …“ Er wollte sich auf mich stürzen, doch Greg stand an der Tür und sah ihn an.

„Na, willst du sie vergewaltigen? Lass sie in Ruhe, sonst erstatte ich Anzeige. Ich habe genau gesehen und gehört, was du vorhast, Liam. Und jetzt verschwinde von hier!“ Greg schrie Liam an. Dann fragte er mich: „Wie geht es dir?“

Ich nickte nur entsetzt. Gott sei Dank, Liam verschwand aus dem Zimmer und knallte die Tür hinter sich zu. Ich war froh, mit Greg allein zu sein, obwohl ich auch verwirrt war.

„Hey, lass ihn. Er wird sich wieder einkriegen. Er hat es verbockt nicht du.“ Ich starre Greg an.

„Was ist das zwischen uns? Ich spüre diesen Funken und dann verschwindet er. Keine Ahnung, wie ich das beschreiben soll.“

„Mir geht es genauso. Verdammt, zwischen uns ist diese Magie. Ich kann es nicht beschreiben. Ich habe es bemerkt, als du mich vorhin geküsst hast.“

„Was machen wir, wenn ich mich in dich verliebe und du dich in mich?“

Greg nahm mich in den Arm, gab mir einen Kuss auf die Stirn und lächelte. „Ehrlich gesagt, ich wünsche es mir, dass wir uns verlieben. Ich würde dich mit den Kleinen nehmen. Deine Scheidung ist das Einzige, was mich hemmt. Die Ehe muss vom Tisch. Wenn was zwischen uns entsteht, dann nachher. Sobald alles geklärt ist.“

Ich war gerade dabei, mich in meinen Anwalt zu verlieben und er sich in mich. Oh mein Gott. Das hier war verwirrend. Wenn ich Liam nicht kennengelernt hätte, wäre ich zwar Single, doch glücklich. Ich hätte vielleicht mit Greg was angefangen und wäre ihm verfallen. Diese Energie, die mir Greg gab, war so hoch und so tief. Sie ging mir ins Herz und machte mich froh und glücklich zugleich. Mein Herz schlug schneller, wenn er da war und mich beschützte. Wenn er lächelte, steckte er mich damit an und ich lachte mit. Ich war so ein Glückspilz, dass ich ihn kennengelernt hatte. Max hätte mich schon früher Greg vorstellen sollen.

Ich sah ihn an der Tür lehnen und mich betrachten. Er sah mich nicht nur als Mutter dieser Kinder oder zweite Wahl, er sah in mir mehr. Seine Augen glitzerten, es sah so, als ob er mehr wollte. Ich sah ihn nicht nur als Anwalt, sondern als Mann und Freund, den ich mir gewünscht hatte.

„Warum würdest du mich auch mit Kids nehmen? Es interessiert mich.“

„Es gibt da eine Geschichte: Ich kann keine Kinder zeugen und ich hätte gern welche. Meine letzte Beziehung scheiterte daran“, sagte er mir verletzlich.

„Das tut mir leid. Ich glaube, du wärst ein supercooler Papa.“

„Ich werde mich um euch kümmern, und wenn die Scheidung vorbei ist, will ich euch für mich haben.“

„Komm, ich bin mit dem Packen fertig. Fahren wir zu dir. Ich hoffe, dass du nicht lange in London sein wirst.“ Ich wollte ihn besser kennenlernen. Greg war das Gegenteil von Liam, das gefiel mir. Er war groß, hatte blaue Augen, die strahlten, sein Lächeln brachte mir Freude. Seine schwarzen Haare waren wellig und seine Haut etwas dunkler. Wenn ich seine Figur betrachtete, merkte ich schnell, dass er muskulös war und einen Waschbrettbauch hatte. Ja, sehr sexy, dieser Typ. Der Anwalt war zum Anbeißen.

Ich kannte seinen Namen nur von Max und dadurch, dass die beiden befreundet waren. Mein Bruder kannte viele Anwälte und arbeitete mit ihnen. Als ich zum ersten Mal mit ihm telefoniert hatte, hatte ich nicht gewusst, wie er ausschaute, heute wusste ich es und es kribbelte in meinem Bauch, wenn ich ihn nur anschaute.

Ich hoffte nur, dass meine Hormone nicht durchdrehten. Mein Liebesleben existierte nicht mehr. Da mein Bauch größer wurde, war es schwierig, sich zu bewegen. Nein, das würde mit mir und dem sexy Mann nichts werden. Wer wollte schon eine Kugel, wenn er ein Brett haben konnte?

Ich schmunzelte. Es war leichter gesagt als getan. So würde ich meine Bedürfnisse verschieben müssen, nach der Geburt, und da ich einen Kaiserschnitt bekäme, würde es noch zusätzliche Wochen dauern. Ich würde mich mit einer Schokolade trösten.

Kapitel 22

Die Zeit verging schneller als gedacht.

Es war Ende Juni, und da draußen zeigten sich alle Menschen in kurzen Hosen und Miniröcken. Ich hingegen saß auf dem Balkon bei Greg. Seit März wohnte ich bei ihm. Ich schlief in seinem Gästezimmer. Seit ich hier war, war ich ausgeschlafen. Mein Bauch war zudem rundlicher geworden. Die Kleinen wurden immer größer, ihnen ging es gut. Der Arzt meinte vor zwei Tagen, dass wir sie im Juli holen würden. Vier Wochen vor den Entbindungstermin. Wegen Platzmangel.

Greg war mein bester Freund geworden. Wenn es mir schlecht ging, blieb er zu Hause und arbeitete von hier. Wenn es mir gut ging, blieb er dafür länger im Büro. Seine Gerichtstermine nahm er wahr, für diese Zeit kam seine Nachbarin und leistete mir Gesellschaft.

Er nahm Rücksicht auf mich, in jeder Lage. Mein Leben mit ihm war in Ordnung. Wenn er mich anschaute oder ich ihn, waren wir uns in diesem Gefühl einig, dass zwischen uns etwas Größeres entstehen könnte. Wir verstanden uns prima.

Seine Ex war letztens hier gewesen, sie hatte ihre restlichen Sachen geholt und uns alles Gute gewünscht. Die war normal, ich mochte sie. Wenn ich es mir recht überlegte, wären meine Babys bei ihm besser dran als bei Liam. Er hatte sich seit März nicht mal erkundigt, wie es den Kleinen ging.

Greg war so süß, als wir vorhin auf der Couch saßen: Er hatte meinen Bauch gestreichelt und mich dann fest umarmt. Heute war so ein Tag mit den Senkwehen. Greg war bei mir und das war mir wichtig. Ach, sie strampelten wieder und ich musste lachen, es war so ein traumhaftes Gefühl, sie zu spüren.

Greg kam zu mir und lächelte mich an, als er meinen Bauch in Bewegung sah. Es war nicht zu übersehen, wenn sie spielten.

„Na, spielen die drei jetzt Fußball?“, fragte er belustigt. Seine Art war zuckersüß.

„Ich glaube, ja, oder sie streiten sich, wer gewonnen hat. Ich habe leichte Wehen seit heute Morgen. Sollten sie stärker werden, muss ich ins Krankenhaus.“ Ich kniff schmerzerfüllt die Augen zusammen. „Puh, die war jetzt stark.“ Gleich drauf traf mich die nächste. „Ach du lieber Himmel, diese hier ist noch stärker. Ich glaube, wir müssen fahren. Greg, meine Tasche und die Reisetasche sind im Flur“, wies ich ihn an. Greg wurde blass. Ich sah ihn an und eine Wehe nach der anderen überrollte mich. Die kamen so schnell nacheinander, dass ich Angst bekam.

„Greg, bitte ruf einen Krankenwagen. Es geht los. Und fahre hinterher. Sie wollen raus, ich möchte dich dabeihaben, bitte.“

Greg tat, worum ich ihn gebeten hatte, die Sanitäter waren nach fünf Minuten da. Greg bewegte sich nicht von meiner Seite. Als mich die Ärzte ins Krankenhaus brachten, kam Greg mit. Er fuhr selbst mit meiner Reisetasche im Gepäck. Er hielt auch im Krankenhaus meine Hand und beruhigte mich. Der Arzt kam mir entgegen und lächelte.

„Hallo, Elena, deine Babys wollen raus, habe ich gehört? Sie möchten nicht erst nächste Woche kommen, wie?“ Er untersuchte mich und meinte, es würde kein Kaiserschnitt werden. Die Fruchtblase platzte und die Geburt schritt voran.

Mein Bauch bewegte sich heftig. Jede Wehe wurde schmerzhafter und Greg blieb an meine Seite, die ganze Zeit.

Die erste Presswehe kam und es flutschte mein erstes Baby heraus. Der Arzt schrie: „Es ist ein Mädchen.“ Innerhalb der nächsten drei Minuten hatte ich das zweite auf die Welt gebracht.

„Elena, es ist das zweite Mädchen da“, meinte eine Hebamme und zeigte sie mir.

Ich war erschöpft. Ich konnte nichts sagen, Tränen liefen mir übers Gesicht. Greg wischte sie weg und lächelte mich an. Sie wurden gewogen und gemessen, Greg machte Fotos. Er freute sich so auf die Kleinen.

Ich war erschöpft, freute mich trotzdem riesig. Da kam die nächste Wehe, und mein Junge war da. Er schrie. Jetzt waren sie alle da. Ärzte gingen hin und her. Untersuchten sie und zogen sie an. Ich fühlte mich leer und erschöpft.

Meine Mäuse waren da und sie waren alle gesund. Ich wusste nicht, wie ich sie nennen sollte, vor lauter Aufregung. Mein Junge würde Elias heißen und die Mädchen würden erst morgen ihre Namen bekommen.

Als alles vorbei war, lag ich erschöpft in meinem Bett und schlief ein. Ich wachte von Babygeschrei auf. Elias schrie gleich drauf noch lauter. Greg hielt ihn im Arm und lächelte ihn an. Ich beobachtete diese Szene und mir gefiel es, wie er ihn beruhigte.

„Hallo, ihr zwei, ich sehe, ihr versteht euch. Seit einer Meinung“, sagte ich. Greg kam zu mir, mit vor stolz geschwellter Brust.

„Möchtest du ihn haben? Er ist munter, die Mädchen schlafen noch. Wie geht es dir? Wie fühlst du dich?“, fragte er mich mit besorgter Miene.

„Erschöpft. Ich dachte nie, dass es so schnell geht. Ich bin so froh, dass du da bist, Greg. Danke!“

„Nichts zu danken, ihr kommt natürlich wieder zu mir, nach der Entlassung. Ich werde im Zimmer die Babybetten aufstellen, und alles, was ihr braucht, organisieren. Ich liebe sie und dich. Eli, ihr seid meine Familie, ich werde dich nicht gehen lassen. Niemals. Und wenn ich ewig warten muss“, sagte er mit zärtlicher Stimme. Mir liefen die Tränen über die Wangen. Ich musste etwas erwidern, doch ich konnte es im Moment nicht.

„Greg, komm her, mit dem Kleinen“, ich ließ Elias bei ihm, dann schaute ich ihn an und sagte ihm: „Ich liebe dich. Du warst da, als es mir schlecht ging, ich freue mich, mit dir zusammenzuleben. Greg, wir werden es langsam angehen.“

Er nickte, ich küsste ihn und den Kleinen. Elias roch so gut. Ich fand ihn so niedlich. Er sah mir ähnlich, nur seine Augen waren blau wie Liams. Haare hatte er viele, die waren so schwarz wie meine. Dieser Junge war wie seine Mama. Dann fingen die Mädchen an zu weinen und Greg holte sie beide. Ich sah sie an und erkannte, die waren beide wie Elias. Meine Babys sahen alle gleich aus. Es gab keine Unterschiede auf den ersten Blick. Ich schaute sie alle an, sie waren süß, alle drei.

„Greg, ich möchte die Namen der Mädchen verkünden. Die Erste wird Leni heißen und die zweite Lisa. Jetzt sind die komplett. Elias, Leni und Lisa. Ich überlege, ob ich Liam Bescheid geben sollte, dass sie da sind, doch den Ärger mit ihm möchte ich mir eigentlich ersparen. Ich werde ihm Bilder schicken und die Namen draufschreiben. Das wäre das Beste."

„Er wird sich freuen. Ich habe Max und Mia angerufen, dass die Mäuse da sind. Mia hat auch schon ihre zwei Kids bekommen, Julieta und Alessia. Also bist du jetzt nicht nur Mama, sondern auch Tante. Max ist bei ihr. Er wird bald hier aufkreuzen und freut sich auf die Babys. Da er auch Patenonkel wird, ist die Freude noch größer. Ruf Liam an und stelle ihm die Babys vor. Er sollte erfahren, dass sie da sind."

„Okay, ich mach es. Es sind seine. Mir wird es Freude bereiten, ihm zu sagen, dass du bei der Geburt dabei warst." Ich wählte Liams Nummer und es läutete. Es war nicht anders zu erwarten: Eine weibliche Stimme meldete sich. Das war ich inzwischen gewöhnt.

„Hallo, Liam kann gerade nicht. Liam, ich …" Lautes Stöhnen erklang, war das eklig.

„Verdammt sag ihm, dass er Vater geworden ist!" Ich legte auf und schaute zu Greg, der mich anstarrte.

„Er hat gevögelt? Verdammt, das ist nicht normal. Er will ein Vorbild sein? Nein, Eli, auf keinen Fall."

„Ich werde ihm die Zwerge sicher nicht zum Verderben geben. Sie gehören mir." Ich schaute zu Leni, sie gähnte. Sie war so süß.

„Ihr drei könnt nichts dafür, so einen Idioten als Vater zu haben. Das habt ihr nicht verdient. Ich könnte ihn erschlagen für seine Taten. Überhaupt, er führt sich auf wie ein Teenager. Das ist für einen dreißig Jahre alten Esel nicht normal." Tränen liefen mein Gesicht herab. Greg, der neben mir im Bett saß, wischte sie mir weg.

„Mein Telefon klingelte und ich sah auf das Display, es war Liam. Ich hob ab und funkelte zornig die Zimmerwand an.

„Ach, bist du gerade aus ihr raus oder steckst du noch drin? Sorry, dass ich euch gestört habe. Du bist Vater geworden, falls es dich interessiert. Wenn nicht, ist auch egal. Mehr will ich nicht, mein Anwalt wird sich bei dir melden. Es gibt keine Entschuldigung mehr, Liam. Unterzeichne die Papiere. Mein Anwalt hat alles mit angehört, er ist hier bei mir. Spar dir deine Ausreden für den Richter." Es war mir egal, wie er reagieren würde.

„Ich werde nicht unterschreiben. Ich will dich und die Kinder zurück. Das steht fest!", schrie er in den Hörer.

„Was du willst, ich mir egal. Ich kann dich und deine Frauen nicht mehr hören. Du bist kein guter Umgang für meine Kinder. Unter Vorbild verstehe ich was anders. Nicht einen Womanizer, der nur eines im Kopf hat. Ich werde meinen Kindern, wenn sie älter sind, erklären, dass du es vor lauter Stöhnen nicht ins Krankenhaus geschafft hast. Oder wie ich dir die frohe Botschaft verkündet habe, als du in deine Schlampe gekommen bist. Was wäre dir lieber? Versetzt dich in die Lage deiner Kids! Dann sag mir mal, dass du uns willst und uns liebst." Ich legte auf. Aufregung brauchte ich nicht. Meine Mäuse sollten es nicht mitbekommen, wie fertig ich war. Sie sollten unbeschwert aufwachsen.

„Er ist ein beschissener Arsch! Was bildet er sich ein? Glaubt er wirklich, wenn er mit seinen Fingern schnippt, dass ich springe? Nein, das werde ich nicht tun, auf keinen Fall. Er hat mich verletzt. Dieser Idiot! Wie konnte er nur so ein Arsch werden in kürzeste Zeit. Wie konnte ich auf ihn reinfallen?", schrie ich.

„Nicht ärgern, er wird zahlen für all das, was er angerichtet hat. Ich trete notfalls als Zeuge auf und der Richter wird für dich entscheiden. Wenn du ihm wichtig gewesen wärst, würde er das nicht tun, was er jetzt macht. Ich werde mich um euch kümmern und dich nach dieser Scheidung heiraten, wenn du willst."

„Hey, wir sind nicht zusammen, um zu heiraten. Wir sind mittlerweile eine WG, außer du möchtest, dass ich mit dir eine feste Beziehung eingehe …?" Er nickte und sah mich erwartungsvoll an.

„Ich weiß nicht, wie das funktionieren könnte mit den Kleinen. Schauen wir mal, ob du nicht flüchtest, wenn sie schreien. Das kann ich dir nicht zumuten, denn du bist nicht ihr Papa. Warum solltest du mich mit drei Kindern heiraten? Aus Mitleid lasse ich es nicht zu. Du bist mein Freud, Greg, das weißt du, doch die Sache mit Liam ist nicht fertig. Ich möchte keine Beziehung zurzeit. Ich bin froh, dass du für mich und meine Mäuse da bist, doch wie wird es sein, wenn du eine Frau kennenlernst, die dich will und mit dir eine Familie? Es ist logischerweise so und ich möchte dir deine Freiheit geben. Ich bin mir nicht sicher, ob ich das mit meinem noch Ehemann schaffe. Und dir gegenüber wäre es falsch, eine Beziehung anzufangen, an die ich nicht glaube.“

Mir liefen die Tränen übers Gesicht. Es tat mir leid. Er war die letzten Monaten für mich da gewesen und war es immer noch. Ich mochte ihn deswegen noch mehr und dafür, dass er bei der Geburt da war. Das war nicht selbstverständlich. Welcher Mann steht eine Frau bei der Geburt ihres Kindes bei, dessen Vater er nicht ist?

Oh mein Gott, der, der sie liebt. Das war nicht möglich! Er hatte sich in mich verliebt, jetzt war es mit klar. Deswegen wollte er mich nach der Scheidung fragen, ob ich seine Frau wurde. Ich war nicht besser als Liam, ich hatte ihn vor mir weggestoßen.

„Greg, es tut mir leid. Ich wusste nicht, dass du dich in mich verliebt hast. Warum hast du mir das nicht gesagt?“, fragte ich ihn mit einem Lächeln.

„Mit tut es leid. Ich weiß nicht, an dem Abend, als wir Pizza gegessen haben und du mich angelächelt hast, kribbelte es in mir. Zuerst wollte ich es nicht wahrhaben, dass ich mich in dich verknallt hatte, doch warst du ständig in meinem Kopf und bist es immer noch. Auch wenn ich nicht der biologische Papa bin, ich kann ein Papa sein. Schließ mich nicht aus, bitte“, meinte er und streichelte Elias Kopf.

Ich sah ihn an und wusste nicht, was ich ihm sagen sollte. Er war ein liebenswerter Mann und so einen konnte man sich nur wünschen. Da ging die Tür auf und Liam betrat den Raum, ohne ein Wort zu sagen. Ich sah ihn an und da wusste ich, er würde um uns kämpfen. Verdammt, hier war einer zu viel.

Als er sich umsah, bemerkte er Greg, der den Kleinen im Arm hielt und ihn streichelte. Da verzog er sein Gesicht wie drei Tage Regenwetter. Er sagte nichts, seine Miene deutete auf nichts Gutes hin. Greg bedeutete mir, dass er dablieb und ich keine Angst vor Liam haben sollte, egal, was er vorhatte.

Es war still, ich wollte jedoch nicht mit ihm reden und streichelte stumm Lisa am Kopf, Leni schlief. Die zwei glichen einander so, dass es schwer werden dürfte, sie zu unterscheiden. Dann räusperte sich Liam und schüttelte seinen Kopf, bevor er zu sprechen anfing.

„Wie war die Geburt?“, fragte er. Ich schaute ihn an und musste mir das Lachen verkneifen.

„Wärst du dabei gewesen, wüsstest du es.“ Diese Frage bewies mir das, was ich schon gewusst hatte: Er interessierte sich null. Er wollte sich nur überzeugen, dass die Kleinen da waren.

„Warum hast du mich nicht angerufen? Ich wäre gern dabei gewesen.“

„Oh, es wäre besser, zu fragen, warum dir dein Flittchen nicht gesagt hat, dass ich im Krankenhaus bin? Oder war dir dein Orgasmus wichtiger?“, spottete ich.

Greg lachte. Er hielt den Blick auf mich gerichtet. Da kam mir das nächste Thema ins Bewusstsein.

„Unterschreibe die Papiere. Ich verlange nichts von dir außer die Scheidung. Diese Kinder haben einen besseren Vater verdient als dich.“

„Verdammt, ich werde das nicht machen. Warum sollte ich mich von dir scheiden lassen? Du bist im Moment böse auf mich, das verstehe ich, doch wenn es vorbei ist, können wir wieder glücklich sein. Ihr seid meine Familie.“

„Du Arschloch, glaubst du wirklich, ich könnte dir das verzeihen? Nie im Leben werde ich das machen und mit gutem Grund. Ich habe einen Mann verdient, der mich und die Kinder liebt, der sich um uns sorgt und nicht bei einem kleinen Streit mit einem Flittchen nach dem anderen ins Bett steigt.

Du ekelst mich an. Lass deine Finger da, wo sie sind, und fass meine Kinder nicht an. Wenn du es nicht unterschreibst, werde ich melden, dass du deinen Puff über mir betreibst, und die Nachbarn werden es bestätigen. Komm mir nicht mit Ausreden. Ich möchte mit meinen Kindern in Ruhe leben ohne dich."

„Es sind doch auch meine Kinder! Glaubst du im Ernst, dass ich es zulasse, dass sie ohne mich aufwachsen?"

„Diese Kinder bekommen einen wunderbaren Papa, wenn sie es möchten. Du bist es nicht, sorry." Da schaute ich Greg an, der mich anlächelte. Mir war es bisher nicht bewusst gewesen, doch ich liebte ihn so, wie er war. Nun musste Liam weg. Dann könnte ich mir ein Leben mit Greg vorstellen. Ich lächelte ihn an, woraufhin er mir zuzwinkerte. **Gut gemacht,** sollte das wohl heißen.

„Oh, ich glaube nicht, dass du einen findest, der dich mit drei Kindern nimmt. Das kann ich mir nicht vorstellen." Liam lachte so laut, dass die Kleinen wach wurden.

„Du kennst es nicht anders, das verstehe ich, aber nur weil du auf Flittchen stehst, heißt das nicht, dass es keine Männer gibt, bei denen die Familie an der ersten Stelle steht. Und glaube mir, ich habe da schon was für mich gefunden. Besser gesagt, ihn gefunden, der mich liebt und mit mir diese Kinder großziehen wird. Lach du nur über mich, wie du willst. Ich habe bereits die Papiere unterzeichnet. Auch wenn du es nicht unterschreibst, sind wir in einem Jahr geschieden. Und wenn du es wissen willst, Greg war bei der Geburt dabei, nicht du. Da du mit deiner Freundin was Besseres zu tun hattest. Sag mal, Liam, nimmst du Drogen? Nur so zum Protokoll!", wollte ich wissen. Da er sich so verhielt, wäre es möglich.

„Tue ich nicht, warum sollte ich welche nehmen? Auch wenn ich mit anderen Frauen geschlafen habe, heißt das nicht, dass ich euch vier nicht lieben würde. Verzeih mir bitte, dass ich dich beschuldigt habe, dass du mit Alessio geschlafen hast. Das mit dem Alkohol und den Weibern ist später gekommen. Ich werde eine Therapie machen und dich mit unseren Kindern zurückholen. Ich liebe dich, Eli, und diese drei hier auch. Ja, ich bin ein

Arschloch, doch ich kann und will dich und die Kinder nicht aufgeben. Ich will es nicht. Lieber schmeiß ich mich vor den Zug, als dass ich euch verliere“, sagte er mir mit einer traurigen Stimme und sah mich und die Babys an.

„Es ist vorbei, Liam. Das mit uns zweien wird nicht mehr so, wie es war. Ich habe mich verliebt, doch nicht in dich. Es gibt einen neuen Mann in meinem Leben, das lasse ich mir nicht von dir kaputtmachen. Gib mich frei und mache deine Therapie. Das bist du mir schuldig.“

„Verdammt, du verstehst das nicht. Ich will dich nicht freigeben, nie. Ich liebe dich! Es tut mir leid für alles, was ich gemacht habe. Ich wollte dir nicht wehtun. Wer ist dieser Mann, den du liebst? “, fragte er mich nebenbei. Greg richtet sich auf.

„Ich bin es. Ich liebe sie mehr als mein Leben und die Kleinen genauso. Du hast Mist gebaut, nicht sie. Und dass wir uns verliebt haben, ist normal, wenn man Zeit miteinander verbringt. Ich werde sie nicht enttäuschen so wie du“, meinte Greg, der sich die ganze Zeit zurückgehalten hatte.

„Du bist doch ihr Anwalt! Du darfst mit Klientinnen keine Beziehung haben! Ich werde nicht unterschreiben!“, schrie Liam.

„Sie hat nicht mehr mich als ihren Anwalt, das hat der Doktor Hauser übernommen und ich darf somit mit ihr zusammen sein. Wenn es dich stört, hast du Pech, mein Freund. Wenn du dich um Eli gekümmert hättest, wäre dir das nicht passiert. Wenn das keine Liebe ist, dann weiß ich nicht, was Liebe sein soll. Schau, wie der Kleine in meinem Arm schläft. Das ist Liebe pur, nicht die Entschuldigungen, die du hier gibst, und auch diese Therapie wird dem nicht gerecht werden. Du hast es alles verpasst, aus Dummheit, die du selbst verbockt hast. Sieh es ein“, meinte Greg zu Liam. Es stimmte, Liam hatte es vermasselt, sogar mehrmals. Ich würde ihm sicher irgendwann vergeben, doch nicht jetzt. Er hatte uns im Stich gelassen und unsere Liebe verraten. Die Geburt unserer Kinder verpasst, und er war jetzt hier aufgekreuzt.

Ich plante, die erste Zeit mit meinen Babys in meiner Wohnung zu verbringen. Wir würden sehen, wie es mit Greg weiterginge. Ich mochte ihn und war mir sicher, dass es irgendwann funktionieren würde. Doch hier ging es nicht um mich allein, hier ging es um meine Babys.

Wie konnte es zu diesem Schlamassel kommen? Ich war immer wählerisch bei den Männern gewesen, doch mit Liam war mein Untergang gekommen. Durch die Scheidung würde es noch schlimmer werden. Warum konnte er nicht wie ein normaler Mensch sein?

Ich grübelte länger und dachte nach, als sich Leni in meinem Arm rührte. Ja, sie hatte Hunger, ich würde sie stillen und dann die anderen zwei. Greg hatte bemerkt, dass ich Leni wickeln und füttern wollte. Er legte Elias in seinem Bettchen ab und dann Lisa. Er nahm mir Leni ab und ging sie wickeln. Er lächelte mich an und gab Leni einen Kuss. Es sah so schön aus. Ich könnte ihn mir als Papa gut vorstellen.

„Braves Mädchen, Papa wird dich sauber machen und Mama wird dir die Brust geben." Er sprach leise und in einem sanften Ton mit Leni. Er wickelte sie und brachte sie mir. Liam stand sprachlos da und starrte Greg an. Ja, das hatte gesessen.

Ich gab ihr die Brust und sie saugte ohne Probleme. Dieses Mädchen verzauberte uns. Sie war eher ruhig. Sie schmatzte, was mir ein Lächeln entlockte.

„Greg, wann hast du gelernt, wie man ein Baby wickelt?"

„Seit gestern habe ich auch gelernt, wie man ein Fläschchen macht. Ich habe mit den Ärzten und Hebammen diskutiert. Du kannst mal fragen, wenn du's mir nicht glaubst." Er zwinkerte mir zu, mit unverkennbarem Stolz.

„War das, als ich geschlafen habe? Es ist so cool von dir, Papa zu spielen, das gefällt mir. Du kannst also die Nachtschicht übernehmen?"

„Wenn du Schlaf brauchst, jederzeit. Das habe ich dir immer schon gesagt. Die Kleinen sind mein Ein und Alles. Du auch. Danke dir, dass ich das so erleben durfte. Ich hätte dir die Schmerzen abnehmen wollen, doch ich konnte es nicht. Dafür habe ich mich um die drei gekümmert."

„Danke! Das werde ich dir nie vergessen. Warst du die ganze Nacht hier?", fragte ich mit Tränen in den Augen. Es war rührend, wie er sich um uns kümmerte. Ich war einfach, überwältigt von ihm. Ich würde ihn jetzt küssen und es war mir egal, was Liam sagte oder machte.

„Greg, komm her zu mir!“, rief ich und er tat es. Ich schlang meine Armen um ihn und küsste ihn einfach so. Dieser Kuss sagte alles. Ohne Worte. Greg erwiderte ihn und es gefiel mir. Liam stand da und schüttelte eifersüchtig seinen Kopf. Dann räusperte er sich und sah mich an.

„Elena, was zum Teufel war das? Warum hast du ihn geküsst?“, fragte er und ich sah in seinen Augen eine Träne.

„Ich darf küssen, und Greg hat es mehr verdient als du. Was geht dich das an? Du hast andere Dinge getan und da hättest du dran denken müssen, was aus uns wird.“ Verdammt, warum verstand der das nicht?

„Okay, dir ist nach Sex, den kannst du ja haben, zehnmal am Tag. Mit mir, dass das klar ist.“

„Nein, nicht mehr. Ich will nicht mit dir schlafen, nie wieder.“ Ich drehte mich von Liam weg, sah Greg an. Mir wurde immer klarer, dass ich ihn wollte und nicht Liam. Greg zwinkerte mir nur zu.

„Verdammt was soll ich machen, dass du zu mir zurückkommst? Ich will diese verflixte Scheidung nicht. Ich liebe dich, auch wenn ich ein Arsch bin. Ich wollte dich nicht verletzen.“

„Du hast mich verletzt, und dass du nicht bei der Geburt da warst, war ebenfalls eine große Verletzung. Du hast mir unterstellt, ich gehe fremd. Dabei hast du andere Frauen im Bett laut schreien lassen, dass die ganze Nachbarschaft bei mir geläutet hat. Meine Nächte hast du gestört, obwohl du wusstest, dass ich Ruhe brauchte. Liam, wie soll ich dir das alles verzeihen? Ich kann das nicht und ich will es nicht“, sagte ich in einem strengeren Ton zu ihm und sah ihn böse an. Er musste begreifen, dass das kein Spiel ist, was hier passiert.

„Ich möchte mein Glück nicht mit dir teilen, Liam. Liebe ist was anderes. Ich möchte nicht geil, Hammer oder hot für jemanden sein. Ich will diese Wärme, diesen Kuss, der mir sagt: **Du bist mein und ich bin dein.** Diesen Kuss hatte ich jetzt mit Greg, da bin ich mir zu hundert Prozent sicher. Greg hat es verstanden und du, Liam, wirst es nie verstehen. Danke für deine

Lektion und für die Kleinen. Doch aus uns wird nie wieder was werden. Ich verstehe es, versteh du bitte auch – unterschreib die Papiere.“ Ich gab ihm die Klarheit, die er brauchte, und wünschte mir, dass er unterschrieb. Liebe kann man überall haben, wenn man wirklich liebte.

Mir kamen die Tränen, ich hatte es ihm gesagt und innerlich liebte ich ihn und ließ ihn gehen. Ich wollte ihm diese Schmerzen ersparen, denn auch wenn er eine Therapie machte, irgendwann würde er es wieder tun und dann wäre der Schaden zu groß.

Ich dachte an Lukas, er trank noch immer, wie früher, obwohl er damals eine Therapie gemacht hatte. Greg war ein großartiger Mann. Ihn liebte ich für seine Taten und für die Zeit, die er für mich opferte. Er verschob seine Termine und arbeitete, sodass es passte. Begleitete mich zum Arzt, tröstete mich, wenn ich wegen Liam traurig war. Er war bei mir und hörte mir zu. Es hatte ihm nichts einmal was ausgemacht, die Nächte mit mir zu verbringen, als es mir schlecht ging. Beim Kochen half er mir, die Wäschekörbe trug er für mich. Es machte ihm nichts aus, da zu sein für mich.

Wir hatten keinen Sex, wir waren nur Freunde. Das mit ihm zu teilen, zu wissen, dass er mich liebte, war unbeschreiblich. Da kam Liam mit seinen Entschuldigungen nicht ran.

Leni war inzwischen eingeschlafen. Ich nahm sie und gab sie Greg. Er legte sie vorsichtig in ihr Bettchen. Dann bekam ich Elias und stillte ihn. Liam starte nur und wusste offenbar nicht mehr, was er sagen sollte. Denn auch wenn er der Erzeuger dieser Kinder war, war ihnen Greg ein richtiger Papa geworden. Er kümmerte sich die ganze Zeit um sie.

Nach Elias kam Lisa und sie schmatzte, während Greg Elias hochhielt, damit er ein Bäuerchen machte.

„Wow, ich weiß nicht, was ich sagen soll. Wenn du es dir so vorgestellt hast, na gut. Doch ich würde gern ein Teil im Leben meiner Kinder sein“, sagte Liam und fügte hinzu: „Ich werde dich und die Kinder nicht mehr im Stich lassen. Besser, ich gehe jetzt.“ Es war rührend, wie er ohne Worte verschwand.

„Schatz, ist dir aufgefallen, dass er nicht nach Leni, Lisa und Elias gefragt hat oder nach einem Foto? Ihm war es egal, ob sie gesund oder krank sind. Wie schwer oder groß sie waren. Was für ein Idiot. Mir ist wichtig, wie es euch geht."

„Ja, ich weiß, es ist mir aufgefallen, er hat die Mäuse nicht einmal angefasst. Er will nur prahlen, dass er eine Familie hat, und musste einsehen, dass er sie verloren hat. Traurig ist das. Greg, was würdest du sagen, wenn wir es langsam angehen? Ich weiß, es ist schön, bei dir zu wohnen, doch ich möchte in meine Wohnung zurück. Ich hätte nichts dagegen, dass du bei mir schläfst. Ich möchte mit den Kleinen eine Routine entwickeln und schauen, ob das funktioniert. Du gehst arbeiten und wenn sie am Abend schreien, würdest du keinen Schlaf bekommen", sagte ich zu Greg, der mich so verliebt ansah.

„Ich werde es mir überlegen, doch ich will bei euch sein, jeden Tag, und es genießen. Meine Wohnung ist auch deine, hast du das Vergessen?" Er beugte sich zu mir und küsste mich.

Als er sich von mir löste, sagte er: „Ich habe mich in dich verliebt", dann küsste er mich weiter. Als Lisa fertig war, machte sie ohne Anstalten ihr Bäuerchen. Greg nahm sie und gab sie in ihr Bettchen. Meine Babys schliefen und mein neuer Freund legte sich zu mir und umarmte mich fest. Wir beobachteten unsere Babys und lächelten.

Er erzählte mir, wie es nach der Geburt war und wie ich eingeschlafen war. Er war stolz auf mich, wie ich es gemeistert hatte. Ich drehte mich langsam zu ihm um und schaute ihn an. Dann begann ich, ihn zu küssen, und wir küssten uns eine ganze Weile, bis die Zimmertür aufging und meine Mutter hereinmarschierte. Sie sah mich mit Greg und verzog das Gesicht. Dann sah sie ihre Enkelkinder und lächelte. Luise klopfte nie. Noah kam mit einem großen Blumenstrauß herein und machte die Tür hinter sich zu. Greg stand auf und lächelte.

„Hallo, meine Tochter, wie geht es dir und meinen Enkeln?", fragte mein Vater mit einem Grinsen.

„Danke, es geht uns sehr gut. Greg hat sich gut um uns gekümmert“, sagte ich und fügte hinzu: „Greg, das sind meine Eltern, Luise und Noah.“ Greg begrüßte sie mit einem Handschlag, als mein Vater nach Liam fragte.

„Wo ist unser Schwiegersohn? Er hat uns Bescheid gegeben, dass die Kleinen da sind.“

„Papa, Liam ist nicht mehr mit mir zusammen. Schon seit einigen Monaten. Greg und ich sind zusammen. Er war bei der Geburt dabei und wir wohnen zusammen“, sagte ich.

Greg stand zu mir. Er lächelte mich an und ging nach draußen, um mir Essen zu holen. Ich musste essen, wenn ich stillte.

Meine Mutter schaute mich nicht mal an und sagte zu mir: „Ich wusste es, dass er ein Frauenheld ist, und der da ist auch nicht besser. Du hättest den Mario heiraten sollen damals.“ Sie schaute mich doch zornig an.

„Du lästerst immer, egal, was ich tue, dir passt es nicht. Vielleicht habe ich mit Liam einen Fehler gemacht, aber es war ein schöner Fehler, ich habe die Kleinen. Das ist das Beste, das ich bekommen habe. Es sind meine Zwerge und ich habe einen neuen Mann dazu, der in der Lage ist, unseren Kindern ein Vater zu sein. Liam wird sich um sie kümmern und Greg noch mehr. Nach der Scheidung werde ich Greg heiraten“, sagte ich ihr mit strenger Stimme.

„Nein, du ziehst zu uns mit den Dreien. Ich lasse nicht zu, dass meine Enkelkinder durcheinander aufwachsen. Die brauchen eine standhafte Familie! Nicht zwei Väter.“

„Ja, das brauchen sie und sie bekommen sie. Ich werde mit Greg und den Kindern wohnen. Nicht bei dir, Mama. Auf keinen Fall. Gott sei Dank haben meine Kinder zwei Väter.“ Das war mein Schlusswort an sie. Sie war zornig, ich auch. Die ganzen Jahre hatte sie versucht, mich zu verschachern. Es hatte das Fass zum Überlaufen gebracht, als sie wollte, dass ich Mario heirate.

Was sollte ich sagen? Sie war meine Mutter, aber ich könnte sie manchmal erwürgen. Ich besaß genauso Fehler, doch meine Kinder so zu behandeln, würde ich nicht wagen.

Ich musste schmunzeln bei dem Gedanken, wie sie alle drei auf seinem Bauch gelegen hatten und die Hebamme ein Foto gemacht hatte, als erste Erinnerung. Ich nahm es in die Hand und gab es meiner Mutter, sie sollte es sehen.

„Schau dir das Bild an, das erste Foto nach der Geburt." Ich gab es ihr und sie schaute darauf.

„Er war bei der Geburt dabei?", fragte sie mich entsetzt.

„Ja, er war die ganze Zeit für mich da. Und er war für die Kleinen da. Sag mir jetzt noch mal, er sei bloß ein Frauenheld." In dem Moment kam Greg mit einer Tüte voll beladen mit Essen.

„Hey, schlafen die Mäuse? Ich habe dir was zum Essen mitgebracht und dir diesen Tee besorgt. Die Hebamme meinte, der wäre für dich wichtig, da du drei zum Stillen hast. Deine Tasche ist hier, vielleicht solltest du duschen und dann was essen. Ich bin da, falls einer munter wird." Er gab mir einen Kuss und ich nickte.

„Okay, Dad, ich gehe schnell unter die Dusche und du bleibst hier. Pass auf deine Kids gut auf, damit sie dir nicht weglaufen." Ich stand auf, nahm meine Tasche und ging ins Bad. Dann fielen mir meine Eltern ein. Puh, ich hoffte, dass sie sich benahmen.

Als ich aus dem Bad rauskam, lächelten alle. Ich schaute sie an und war mir nicht sicher, über was sie lachten. Luise hatte schon lange nicht gelacht. Dann erst sah ich Greg, der das Foto hielt und stolz über die Kleinen sprach. Die Tränen standen ihm in den Augen. Mein Vater klopfte ihm auf die Schulter und grinste breit.

„Ich habe damals auch so empfunden, als meine Kinder geboren wurden. Ich dürfte sie erst nach der Geburt halten und da war ich vernarrt in sie. Wenn ich dich so sehe, mit den Kleinen, bekomme ich meine Erinnerungen wieder. Es ist verdammt lange her, dass sie klein waren." Noah dachte nach und wurde weich.

Wer hätte das gedacht, dass in so einer harten Schale ein weiches Herz steckte? Seit ich meinen Vater kannte, war er immer so streng. Ihm passte nichts und wenn er Stress hatte, waren wir Kinder es, an denen er es ausließ.

Unserer Mutter gegenüber benahm er sich immer freundlich, egal, wie groß der Stress war. Wenn ich es so betrachtete, war mein Vater, seit er in Ruhestand gegangen war, anders geworden. Luise durfte sich alles erlauben, egal was sie wollte, er war einverstanden damit. Hin und wieder schmiss er den Haushalt, um Luise eine Freude zu machen. Früher hatte er einen großen Bogen darum gemacht und war müde von der Arbeit. Heute war das alles anders.

Offenbar hatte Greg bei ihm einen positiven Eindruck hinterlassen. Liam hingegen hatte sie angerufen und ihr mitgeteilt, dass sie Oma und Opa geworden waren. Es passte nicht zu ihm, dass er meine Eltern anrief. Verdammt, der musste etwas im Schilde führen, nur was? Ich musste es herausfinden. Schnell. Wieso machte er das?

Ich stand neben mir, wenn ich an ihn dachte. Verstehen tat ich es nicht. Wäre möglich, dass er Angst hatte, die Kleinen nicht zu sehen, wenn wir geschieden waren? Ich musste in Ruhe unter vier Augen mit ihm reden. Das würde ich demnächst machen. Es war für alle Beteiligten wichtig, dass wir uns verstanden.

In dem Moment wurde ich aus meinen Gedanken gerissen.

„Hey, wo warst du gerade?“, fragte mich Greg, der mich beobachtet hatte.

„Vergiss es, die Gedanken sind wieder fort. Was wolltest du?“

„Elias, Leni und Lisa haben Hunger.“

„Oh, ist es wieder so weit? Wann sind denn die drei Stunden um?“

„Schneller, als man denkt“, meinte er und drehte sich zu meinen Eltern um. „Ich muss euch zwei jetzt rausschmeißen, die Kleinen brauchen ihr Trinken. Das versteht ihr sicherlich“, sagte Greg. Noah verstand es tatsächlich, doch Luise wollte protestieren.

„Wir stören doch nicht! Wir dürfen bei unserer Tochter und unseren Enkelkindern sein. Noah, sag du auch mal was.“

„Die frischgebackene Mutter und die Kleinen brauchen Ruhe. Ich wickle Elias und dann die Mädchen, bis er mit Trinken fertig ist.“

„Okay, Daddy, mach das. Ich setze mich hin und warte auf Elias." Eigentlich wollte ich ihn wickeln, doch ich mochte auch sehen, wie die Reaktion von Luise war, darauf, dass Greg den Kleinen wickelte.

„Er ist nicht ihr Vater. Das akzeptiere ich nicht. Noah!", schrie sie ihn an. Er nickte, sagte nichts. Dann verabschiedete er sich von uns und ging nach draußen, mit einem Grinsen. Luise sah ihn an und marschierte nach ihm hinaus. Als die Tür ins Schloss fiel, lächelte mich Greg an.

„Was war das denn?"

So in der Art hatte ich die beiden bisher nicht gesehen. Luise hätte normalerweise bis zum Umfallen protestiert und wäre hiergeblieben. Hätte mich gequält und fertiggemacht.

„Mir hat es mit ihnen gereicht, um ehrlich zu sein. So wie du in Gedanken warst, dachte ich, es sei besser, dass sie gehen. Ich hoffe, dass es für dich in Ordnung war."

„Danke, es war in Ordnung. Ich frage mich, warum mein Vater so nett zu dir war. Er ist sonst nie so. Sie führen was im Schilde, würde ich sagen. Ich werde allein mit Liam reden müssen. Hier passt was nicht zusammen. Er hat sie bestimmt über dich und mich informiert und dass du Anwalt bist. So wie sich meine Eltern verhalten haben, wussten sie es. Mit ihnen werde ich auch reden und ihnen klar machen, dass sie in meinem Leben nichts zu entscheiden haben. Ich vermute, dass Liam ihnen irgendeine Lüge aufgetischt hat."

Ich nahm Elias in den Arm. Er sah mich an mit seinen blauen Augen, da wurde mir warm ums Herz. Dieses Kind war so was von süß, ich könnte ihn aufessen. Ich gab ihm einen Kuss und streichelte ihm über den Kopf, anschließend gab ich ihm die Brust und musste lachen, wie gierig er sie nahm. Er hatte Hunger, das sah ich ihm an.

Ach, ich hatte dieses Kind so lieb. Elias schlief ein und ich schaute ihn an. Doch dann stellte ich fest, dass Leni munter war und auch Hunger hatte. Ich legte Elias in sein Bettchen, nahm Leni und schaute sie an. Sie hatte ebenfalls diese strahlenden blauen Augen. Ich war stolz auf sie, sie starrte mich an und ich gab ihr ein Küsschen und streichelte sie über den Kopf.

Ich konnte es nicht glauben, dass sie mir gehörten. So wie sie mich beim Trinken ansah, schmolz ich dahin. Leni machte ein Bäuerchen nach dem Trinken und sah mich weiter an. Ich kuschelte sie an mich und küsste sie. Nach einigen Minuten gab ich sie in ihr Bettchen und holte Lisa zu mir. Sie schlief gern beim Trinken ein. Ich musste sie ständig munter halten. Ich streichelte sie genauso am Kopf und bewunderte sie. Dann küsste ich sie und gab ihr die Brust.

Laut Ärztin sollte ich sie drei Monate stillen, dann könnte ich mit dem Fläschchen anfangen, da sie mehr brauchen würden. Emmas Kleine sind vier Monate alt und haben nach der dritten Woche ebenfalls das Fläschchen bekommen.

Lisa war fertig mit Trinken und schlief wieder. Ich hob sie auf und gab sie in ihr Bettchen. Greg beobachtete uns und lächelte.

„Du könntest nach Hause fahren, dich duschen und dich frisch anziehen. Bei dieser Gelegenheit könntest du mir mein Buch mitbringen. Es ist im Wohnzimmer.“

„Ich hatte ohnehin vor, das zu tun. Ich muss in die Kanzlei, mein neuer Mandant wird was vorbeibringen. Du weißt, der die Woche den Termin verschoben hat. Promis haben es so an sich, in letzter Minute abzusagen.“

„Dann sehen wir dich morgen in der Früh. Deine Kinder werden auf dich warten und dir nicht davonrennen“, scherzte ich mit ihm.

„Verdammt, du hast mich ertappt. Ich vermisse euch jetzt schon. Die Nacht wird hart ohne euch vier.“

„Geh jetzt, es ist spät und du musst zu deinem Termin. Vielleicht bringst du mir mein Buch vorher, wäre nett, danke!“ Er beugte sich zu mir und gab mir einen Kuss, dann nahm er eine Strähne aus meinem Gesicht und wickelte sie um seinen Finger. Ohne ein Wort gab er mir noch einen Kuss und verabschiedete sich so von mir.

„Ich komme wieder, bis bald, meine Süßen.“ Dann ging er, ohne sich umzudrehen. Greg war ein ausgezeichneter Anwalt und ein atemberaubender Mann. Verdammt, warum hatte ich ihn nicht schon vor einem Jahr kennengelernt? Wer weiß, was da passiert wäre zwischen uns?

Ich drehte mich zu meinen Kleinen um und beobachtete sie, bis ich einschlief. Wir mussten lang geschlafen haben, als ich von den Babys mit einem Schrei geweckt wurde. Elias war munter und machte sich bemerkbar.

Oh, dachte ich und nahm ihn in den Arm.

„Hey, du Süßer, hast du Hunger? Komm, Mama, wickelt dich und dann darfst du trinken“, beruhigte ich ihn.

Als ich ihm die Brust gab und in die Zimmerecke am Fenster sah, bemerkte ich Liam, wie er dort saß und uns beobachtete.

„Liam, was ist los? Was willst du hier?“ Ich sah ihn an. Mein Herz klopfte lauter.

„Ich wollte dich nicht wecken. Du und die Kleinen habt geschlafen, also habe ich hier gewartet, bis ihr wach seid. Ich möchte mit dir reden.“ Er holte Luft und legte los: „Es geht mir schlecht. Ich will diese Scheidung nicht. Ich habe mich auf die Kleinen so gefreut und ich liebe dich. Ich kann es nicht, Eli. Ich kann dich nicht gehen lassen. Ich habe so viel verpasst und es gefällt mir nicht, dass dein Anwalt sich für den Papa hält und meine Rolle übernimmt. Das ist nicht in Ordnung. Ich werde mich in den Tod stürzen, bevor ich mich von dir scheide und meine Kinder von ihm großziehen lasse. Ich bin ein Arschloch, das stimmt. Und ich leugne es nicht. Hier in meinem Herzen liebe ich dich trotzdem. Das wird mir nie eine andere geben können, was du mir geschenkt hast. Es ist unverzeihlich, was ich gemacht und getan habe. Wie ich dich behandelt habe, verstehe ich, doch gib mich nicht auf. Hilf mir, dass ich ein normaler Mensch werde und kein Sexmonster bleibe. Bitte.“

Ich sah ihn an, und mein Herz, der Verräter, wollte ihm alles verzeihen. Ich liebte ihn und ich würde ihm helfen, doch er musste es ernsthaft wollen.

„Ich werde mir überlegen, ob ich dir eine weitere Chance gebe. Es ist nicht so leicht. Du hast mich verletzt. Wenn man jemanden liebt, dann tut man ihm nicht weh, verdammt noch mal. Du hast mir das Herz ausgerissen. Wie soll ich dir das je verzeihen? Du hättest bei mir sein sollen und bei deinen Kindern. Es tut mir weh, dass du in dem Moment, wo ich dich gebraucht habe, nicht da warst. Du hast dich flachlegen lassen, während ich die Kinder zu Welt brachte. Versetz dich in meine Lage. Es wird nicht leicht!“

Liam starrte mich an und überlegte, was er tun sollte. Dann stand er auf, kam zu mir und ging auf die Knie. Ich starrte nur und wartete, was jetzt passieren würde. Er nahm meine Hände und fuhr fort.

„Eli! Eli! Ich weiß, ich habe keine Chance verdient, so wie ich euch behandelt habe. Ich bitte dich, mir trotzdem noch eine zu geben. Damit ich dir zeigen kann, dass ich ein guter Ehemann und Vater wäre. Ich vermisse dich. Du fehlst mir! Ich habe dich betrogen, das stimmt, doch in meinem Herzen habe ich nur dich geliebt. Das tue ich noch immer, es wird immer stärker. Die Sextherapie mach ich nur für dich und unsere Kinder. Ich will sie großziehen mit dir. Frag mich nicht, wieso ich so sexbesessen war oder bin, ich weiß es nicht. In meinem Kopf spielen sich Fantasien in jede erdenkliche Richtung. Am Anfang hielt ich es für ein Spiel, doch jetzt ist es Ernst geworden. Ich werde diese Therapie brauchen, um daraus wegzukommen. Schenk mir noch eine Chance, bitte!“

Wie sollte ich ihm sagen, dass ich nachdenken würde? Er hatte mich vorher nicht ernst genommen. Das hier war so verrückt, ich brauchte Abstand von ihm, bis ich mir sicher war, was ich wollte. Ich wollte Greg, doch jetzt merkte ich, dass ich Liam auch wollte. Wenn er die Therapie machte, vielleicht würde er sich ändern und wir könnten eine Familie bleiben. Wenn nicht, stünden wir wieder vor der Scheidung. Was für ein Schlamassel.

Greg wollte ich nicht verletzen. Er war ein Freund, der mich liebte. Verdient hatte er es nicht.

Ich schaute zu Liam, der vor mir kniete. Da merkte ich, wie mein Herz für ihn schlug und ich schwer atmend vor ihm bin. Wir hatten nicht nur schwere Zeiten gehabt. Er kannte mich und er wusste, dass ich ihn genauso liebte, auch wenn ich wütend war, wie er mich behandelt hatte. Er musste verschwinden, sonst könnte ich für nichts garantieren.

„Liam, steh auf! Geh bitte und lass mir Zeit, die ich für eine Entscheidung brauche. Dräng mich nicht, ich werde mich um die Kleinen kümmern. Es wird verdammt lange dauern. Einige Wochen, Monate, bis ich mich entscheide. Eine Chance hattest du schon, das wäre deine zweite, die du forderst. Mach diese Therapie und dann reden wir.“ Er sah mich an.

„Die Therapie wird ein Jahr dauern. Ich möchte, dass du mich mit Elias, Leni und Lisa besuchst. Ich will euch vier sehen und mit den Kleinen spielen. Brauchst du was, für die Kleinen? Sag es mir und ich besorge es. Das will ich für euch tun.“ Er sagte das mit Tränen in den Augen. Ich dachte nach, ja, ich bräuchte, ein Auto, meines war zu klein für drei Babys, ein Kinderwagen wäre auch nicht schlecht, ich hatte noch keins, und Babysitze.

„Ein Auto mit Babyschalen und ein Kinderwagen für sie.“

„Das wird erledigt, ich kümmere mich, dass du das bekommst. Welche Marke soll es sein?“, fragte er mich und meinte dann: „Eli, danke für das Gespräch. Unsere Babys sind süß. Ich liebe dich und sie auch.“

Er drehte sich um und ging. Es war erstaunlich, wie man einen Menschen lieben konnte. Klar, man war verletzt und man wollte es nicht. Wenn ich auf meine Kinder schaute, wollte ich ihnen ihren Papa nicht vorenthalten. Liam mochte ein Arschloch sein, doch er gehörte zu uns. Vielleicht machte ich einen Fehler, wenn ich ihn aus meinem Leben strich – vielleicht war es kein Fehler ihm zu verzeihen und seine Kinder mit ihm aufwachsen zu sehen.

Fakt war, egal, was er anstellte, ich würde ihn immer lieben. Er hatte sich in meinem Herzen, meine Haut, eingraviert. Wenn er die letzte Chance erhalten und sich ändern würde, zum Positiven, wäre ich mit ihm glücklich.

Fragen über Fragen und keine Antwort. Eine Antwort gab es doch, und es war die Liebe. Liebe, die mich mit ihm verband. Es waren unsere Kinder. Ich konnte ihm viel vorwerfen und ihn hassen für das, was er getan hatte. Doch in Wahrheit liebte ich ihn für diese kleinen Wunder hier, die er mir geschenkt hatte. Sie waren perfekt. Sie waren mein Leben und er meine groß Liebe.

Kapitel 23

Meine Kleinen waren inzwischen eine Woche alt. Sie entwickelten sich prächtig und wir durften bald nach Hause fahren. Es freute mich jedes Mal, sie anzusehen.

Ich dachte nicht über Liam oder Greg nach. Nein, ich dachte an mich und meine Babys. Sie waren wichtiger denn je. Mit Greg hatte ich gesprochen und er hatte Verständnis. Wenn wir was anfangen wollten, dann sollte ich geschieden sein. Das war die Voraussetzung.

Ich würde in meine Wohnung mit meinen Kindern ziehen und dortbleiben. Sie stand leer und Liam war in Therapie. Die Nächte wurden kurz, doch nur wegen meiner Babys, die ich von ganzem Herzen liebte. Egal, wie viele Windeln ich wechseln würde oder wie oft ich sie trösten musste, sie gaben mir so viel mehr zurück.

Liam hatte mir das Auto vor das Krankenhaus auf den Parkplatz gestellt. Es lag ein Brief drinnen für mich. Den würde ich erst zu Hause lesen. Ich nahm an, dass es sich bei dem Brief um Autopapiere handelte und um die Adresse, wo er die Therapie machte.

Ich schaute mein Auto an. Wow, der hatte ja neun Sitze, wenn ich die nicht brauchte, hatte ich großzügig Platz für Kinderwagen. Im Kofferraum stand bereits einer. Für mich war das Auto mehr als okay. Liam hatte die Kleinen nicht vergessen, er hatte den Kofferraum mit Windeln, Fläschchen, Stramplern, Schnullern und vielem mehr befüllt. Ich war sprachlos. Er hatte zudem den teuersten Kinderwagen besorgt. Ich fragte mich, woher er wusste, dass genau der mir gefallen hatte. Mich hatte er damit überrascht.

Ich sah auch Babysitze im Auto. Da wurde mir bewusst, wie viel Geld er ausgegeben hatte. Ihm war der Preis egal.

Doch was nützte das Geld, wenn die Kleinen keine Liebe von ihm bekommen würden? Ich konnte nicht einschätzen, ob er sich durch die Therapie ändern würde. Alkoholiker-Therapien waren bei jedem anders und gingen in eine andere Richtung. Doch eine Sextherapie, davon hatte ich noch nicht genügend gehört.

Wie konnte er sich da ändern? Keinen Sex zu haben, war nicht die Lösung. Er hatte mich betrogen und das nicht nur mit einer Frau. Er würde es immer tun, wenn er nicht weiterwusste und sein Drang da wäre.

Scheiße, ich war machtlos, was das betraf. Ihm zu vertrauen, würde länger dauern, und die Hintergedanken blieben.

Mein Bruder Max tauchte in der Tür auf. Ich lächelte ihn an.

„Hallo, Max, wie lang stehst du schon hier?“ Er schüttelte seinen Kopf und grinste.

„Hi, Schwesterherz, wie geht es euch?“ Er sah mich und die Kleinen an.

„Blendend. Dich habe ich lange nicht gesehen. Du bist braun geworden. Wie geht es Mia?“ Ich wusste, dass er von Italien gleich hierhergekommen war.

„Mir geht es ausgezeichnet. Ich habe es in Italien genossen. Greg hat mich angerufen, ich soll dir liebe Grüße ausrichten. Mia und den Mädchen geht es prima. Sie sehen ihr ähnlich. Ihre Schwiegermutter ist eine Wahnsinnsfrau, ständig bringt sie ihr was zum Essen. Kümmert sich so rührend um die Kleinen, damit Mia sich erholen darf. Sie hat es gut erwischt. Was ist mit euch? Wie hast du die Geburt überstanden?“

„Es ging schnell. Mit einigen Schmerzen. Ich habe alles vergessen, wie sie dann da waren. Darf ich dir deinen Neffen Elias vorstellen und deine Nichten Leni und Lisa? Ihnen geht es gut und wir dürfen bald nach Hause“, sagte ich ihm und deutete auf die Babys. Max streichelte Elias’ kleine Hand. Dann machte er einen Schritt weiter und begrüßte Leni und Lisa mit einem Lächeln.

„Hoffentlich kommen alle nach dir. Einen zweiten Liam würden wir alle nicht ertragen. Einer reicht vollkommen. Hat er sich gemeldet oder hat er wieder keine Zeit?“ Max schaute mich an.

Ich stellte ihm den Besuchersessel hin und deutete ihm, sich zu setzen. Max setzte sich und schaute mich an. Anschließend erzählte ich ihm die ganze Situation, mit Liam, der Therapie, dem Auto und Greg. Max wollte sich nicht einmischen, er wollte mich nur beschützen. Er schien zu überlegen, was er sagen sollte.

„Ich liebe Liam noch immer“, gestand ich. „Ich wünsche mir, dass er es schafft. Ich habe Angst, dass es nicht lange anhält. Er wieder dasselbe macht. Greg war da, als ich ihn gebraucht habe, ich will ihm nicht wehtun. Ich bin mir bewusst, dass bei dreien immer einer zu viel ist. Liam kann nicht so tun, als wäre nie etwas gewesen, und nicht hoffen, dass ich ihm in die Arme falle. Er muss verdammt hart arbeiten an sich. Mir und den Kleinen beweisen, dass wir die Nummer eins in seinem Leben sind. Das mit der zweiten Chance, überlege ich mir genau. Er hatte schon eine, die er verschenkt hat. Bei mir stehen die Zwerge an der ersten Stelle.“ Wir sahen uns eine Weile an. Max überlegte wieder.

„Ich werde Liam beschatten lassen. Du machst mit ihm einen Vertrag. Ich werde ihn aufsetzen und er muss ihn unterschreiben. Wenn er dich einmal betrügt oder belügt, Drogen oder Alkohol zu sich nimmt, ist die Scheidung durch, egal, ob er einverstanden ist oder nicht. Sein Vermögen werde ich dann prüfen lassen und du und die Kleinen, ihr bekommt einen Teil, bevor er alles an die Tussis verprasst. Deine Kinder werden es für die Schule und das Studium später brauchen.“

„Da spricht der Anwalt in dir, doch du hast recht. Mach es und ich lese mir das durch. Meine Zwerge sollten nicht an Liams Eskapaden beteiligt werden. Ich werde ihm ein Ultimatum stellen. Für die Chance muss er unterschreiben und sich daranhalten, wenn er mich liebt.“ Ich vertraute meinem Bruder, schließlich war er Anwalt.

„Warum hast du mir Greg nie vorgestellt?“ Ich sah zu ihm und war neugierig.

„Er hatte eine feste Freundin. Als es aus war, wollte er keine und da hast du als meine Schwester sowieso nicht gepasst. Die Schwester des besten Freundes ist tabu. Wenn ich und Emma uns damals getroffen hätten, bevor sie Alessio geschwängert hatte, wären wir ein Paar geworden. Ich hätte dich vorher gefragt, ob es in Ordnung wäre. Sie ist deine beste Freundin. Ich habe sie gehen lassen, weil es das beste war. Sie ist mit ihm.“

„Bist du noch Single? Ich frage dich, denn wenn du auf der Suche bist, hätte ich da eine nette Krankenschwester. Sie sucht einen Mann fürs Leben, liebt Babys über alles. Was meinst du? Würdest du sie gern kennenlernen?“ Grinsend zwinkerte ich ihm zu.

„Ja, ich bin Single. Ist sie nett? Danke, dass du sie mir vorstellen willst, Schwesterherz. Wenn sie keine Kinder und keinen Mann hat, dann wäre sie interessant für mich. Kennst du sie schon lange?“

„Stellst du auch noch Ansprüche, Herr Anwalt? Nein, ich kenne sie seit einigen Monaten. Sie war immer da, als ich im Krankenhaus gelegen habe. Wir haben uns über vieles unterhalten. Sie mag meine Babys“, sagte ich ihm und schaute zu Elias, der die Augen offen hatte.

„Hallo du, ich bin dein Onkel Max, wir werden viel Spaß haben. Ich werde dein Patenonkel sein. Wenn ich mir das so überlege, nicht nur von dir, sondern von deinen Schwestern genauso. Komm, lass dich mal halten.“ Er nahm Elias in den Arm, küsste ihn auf die Stirn und wiegte ihn. Meinem Bruder stand ein Baby super. Elias machte Babygeräusche und Max lächelte ihn an.

Ich musste schmunzeln, mein Bruder liebte Kinder. Er hatte sich nie für Babys interessiert, bis jetzt. Plötzlich wurde mir klar, dass er gern welche hätte, nur die richtige Frau an seine Seite fehlte. Anna wäre es, sie liebte Kinder, war freundlich, und man konnte sich mit ihr gut unterhalten. Ich würde ihn zu ihr schicken. Sie hatte heute Dienst.

Max beschäftigte sich mit Elias, der zufrieden schien. ***Trage mich und du bist mein bester Freund***. Ich konnte nur lachen. Es erfüllte mein Herz, die beiden so zu beobachten. Ich musste Max zu Anna schicken. Er sollte sich drum kümmern, dass er ein Date bekäme.

„Max, geh doch ins Schwesternzimmer und lade Anna auf einen Kaffee ein. Ich muss deinen Neffen und deine Nichten füttern. Das wird ein wenig dauern, es sind schließlich drei zu versorgen.“

Wir lächelten uns an, Max gab mir Elias und ging zur Tür mit den Worten: „Bis später, lasst es euch schmecken.“

Kapitel 24

Heute war der Tag der letzten Untersuchung, Elias war unruhig, das war bis jetzt noch nie der Fall gewesen. Die Mädels schliefen wie immer länger. Ich schob den Kinderwagen mit ihnen durch das Krankenhaus. Elias jammerte trotzdem. Ich nahm ihn in den Arm und er beruhigte sich. Ich wusste, dass er sich schon daran gewöhnt hatte, getragen zu werden. Die Mädchen waren nur hin und wieder hochgenommen worden. Elias hingegen wurde von jedem Besucher gleich aufgenommen und hin und her geschaukelt. Ihm gefiel es, das war mir bewusst geworden.

Als wir den Untersuchungsraum betraten, sah ich zur Tür. Liam saß dort und wartete auf uns. Er hatte den Termin nicht vergessen. Wieder hatte er es geschafft, mich zu überraschen. Wenn heute alles passte, dürften wir nach Hause.

„Hallo, Eli, ich dachte, ich schaue vorbei. Ich will auch die Mäuse sehen. Wenn ich schon die Sachen kaputtgemacht habe, will ich es wiedergutmachen."

„Okay, du kannst bei den Untersuchungen dabei sein. Danke, dass du gekommen bist." Ich ging an den Schalter und meldete uns an. Ein junger Arzt kam zu mir und lächelte mich an, dann schaute er die Babys an.

„Morgen, wie geht es dir und den Kleinen? Passt alles?", fragte er mich.

„So weit ist alles in Ordnung. Ich bin gespannt, wie es zu Hause weitergeht. Mein Sohn lässt sich gern tragen, die Mädchen sind eher verschlafen." Wir lächelten und Liam schmollte. Seine Eifersucht war nicht zu übersehen.

„Du weißt, dass du Gymnastik machen musst. Ich werde dir eine Gymnastiktherapeutin schicken, die dir alles genau erklärt. Es wäre wichtig, Elena, für die Rückbildung. Und falls du dich fragst, wer ich bin. Ich habe mitgeholfen bei der Geburt. Ich heiße Dr. Nager." Ich dachte nach.

„Du bist der Rick Nager, stimmt's? Es waren mehrere, die geholfen haben." Ich lächelte. Kein Wunder, bei drei Kindern.

„Ja, so war es. Ich muss jetzt los, die nächste Geburt wartet schon. Hier meine Telefonnummer, wenn du was brauchst, ruf mich an. Bei Mehrlingen gibt es viele Fragen." Er zwinkerte mir zu. Das war unglaublich.

Wir verabschiedeten uns und er marschierte davon. Ich setzte mich zu Liam und betrachtete ihn. Den Mann, den ich geheiratet hatte. Der mein Herz genommen und fast zerstört hatte.

Wir wurden aufgerufen und ich stand auf. Mir fiel auf, dass Elias immer noch in meinen Armen lag. Nur dieses Mal schlief er. Die Mädchen waren immer brav. Sie verschliefen die Besucher und Untersuchungen jedes Mal. Nur mein Kleiner war ein richtiger Schreihals. Ich trug ihn in den Raum und Liam schob den Kinderwagen mit den Mädchen. Zum ersten Mal machte er was Sinnvolles.

„Hallo, Elena, wie geht es euch? Klappt's mit dem Stillen?"

„Hallo, Doc, uns geht es prima. Elias liebt es, getragen zu werden und die Mädchen verschlafen alles. Sie trinken alle drei brav." Der Doktor nickte.

„Elias wird zuerst untersucht, dann kommen seine Schwestern dran." Er nahm ihn in die Hand und schaute ihn sich an. Elias wog stolze 3500 g und war 50 cm groß. Sein Herzchen schlug super und von der Entwicklung her passte alles. Er durfte nach Hause. Dann nahm er Leni und wog sie ab, 3250 g und 49 cm. Sie war auch gesund. Ich legte Elias fertig angezogen in den Kinderwagen. Bei Leni war auch alles in bester Ordnung, sie durfte auch mit nach Hause. Ich zog Leni an und der Doktor nahm Lisa. Ich legte Leni in den Kinderwagen, die wieder am Einschlafen war.

Elias quengelte, ich nahm ihn hoch und gab ihn Liam in den Arm. Elias quengelte weiter und Liam stand perplex da. Ich schaute zu Lisa. Sie wog 3200 g und war wie die Leni 49 cm groß. Sie war gesund und durfte mit nach Hause.

Die Kinderschwester, die mir die ganze Zeit zur Seite stand, nahm Elias in den Arm. Ich bekam nicht so recht mit, was sie sagte, doch Liams Blick war nicht erfreut. Ihm passte etwas nicht. Es klopfte an der Tür und der Doktor bat denjenigen herein, ohne dass er nachsah, wer es war. Als ich mich umdrehte, musste ich schmunzeln. In der Tür stand Greg.

„Hallo, darf ich reinkommen? Ich habe euch gesucht. Wo sind die Kleinen?“, meinte er zu mir.

Ich nickte nur und deutete zum Kinderwagen. Er sah zu den Mädchen und lächelte. Dann sah er zu Elias, der munter daneben lag. Bei Greg drehte sich alles um uns. Dieser Mann war großartig.

„Ist alles in Ordnung mit euch? Werdet ihr entlassen?“ Er schaute mich neugierig an.

„Ganz genau. Und wie geht’s dir?“

„Ich bin gerade vom Flughafen gekommen und dachte, ich komme zu dir und den Kleinen. Ich sehe nach, wie es euch so geht. Seid ihr schon fertig?“

„Das ist lieb von dir. Komm, lass dich umarmen. Wir haben dich vermisst. Elias am meistens. Dein Kind will von dir getragen werden.“ Ich lächelte und zwinkerte ihm zu.

„Ich wusste es. Er hat mich um den Finger gewickelt, gleich nach der Geburt, als ich ihn die ganze Nacht gehalten habe. Das hat ihm gefallen.“

„Ja, hat es. Und ich kann es gut verstehen, dass er dich vermisst hat. Kommst du zu uns?“

„Ich gehe zuerst einkaufen, darf ich euch was mitbringen?“

„Ja, ich werde dir später eine Liste schreiben, was wir noch brauchen.“ Er umarmte mich fest und gab mir einen Kuss.

Ja, Liam, das hättest du sein sollen, dachte ich. Liam stand da, ohne etwas zu sagen. Es passte ihm nicht, dass Greg mit mir Kontakt pflegte. Selbst schuld, das würde länger dauern, bis ich ihm vertrauen konnte.

„Wir sehen uns später, Eli.“ Greg drückte mich an sich und marschierte zur Tür. Ich schaute ihm hinterher. Greg, ein liebevoller Mann, der uns in seinem Herzen trägt und vermisst.

Der Doktor gab uns die Entlassungspapiere und verabschiedete sich von uns. Ich fuhr mit dem Kinderwagen in unser Krankenzimmer, um zu packen. Endlich durften wir nach Hause und ich freute mich. Liam marschierte neben mir hin und her und sagte kein Wort. Er war verstummt. Keine Ahnung, warum er so still war.

Ich fing an, alles zu packen, was ich in dem Kasten fand. Greg hatte mir zwei Taschen hierhergebracht, obwohl ich nur eine brauchte. Liam starrte mich wortlos an. Ich würde ihm am liebsten sagen, was schieflief, doch dieses Mal wollte ich nicht streiten. Ich hielt mich zurück. In dem Moment räusperte sich Liam.

„Ich will von dir wissen: Schläfst du mit Greg? Ich habe euch beobachtet und es sah danach aus“, fragte er mich mit seiner rauchigen Stimme. So eifersüchtig, wie er war, war es mir zu viel.

„Aha, dass beschäftigt dich. Nein, wir sind nur Freunde. Die nicht miteinander schlafen. Genügt dir das als Antwort? Doch wie sieht es bei dir beim nächsten Streit aus? Wirst du, mich wieder verlassen und dich mit anderen Frauen vergnügen? So wie letztes Mal?“

„Ich mache die Therapie, denn ich wünsche mir, dass du glücklich wirst. Versprechen kann ich dir jedoch nichts. Ich bitte dich, dass du mich verstehst, auch wenn es dir schwerfällt.“ Er sah mich verzweifelt an.

„Nur fürs Protokoll: Wenn die Therapie nicht wirkt und du wieder eine andere Frau triffst, sind wir geschieden. Ein einziges Mal mit einer anderen im Bett und du unterschreibst die Scheidung. Ich werde heute einen Vertrag aufsetzen lassen von meinem Anwalt und du wirst ihn unterzeichnen. Damit das klar ist. Mein Vertrauen in dich ist nicht das, was es mal war.“

„Okay, dass du wütend bist, das verstehe ich. Aber warum die Scheidung? Das verstehe ich wiederum nicht.“

„Das fragst du mich? Liam, kapier doch endlich mal: Wer garantiert mir, dass deine Sexbesessenheit geheilt wird? Keiner. Mal funktioniert es, mal nicht. Hundert Prozent gibt es nicht. Ich könnte dir auch keine Chance geben, nach einem Jahr wären wir geschieden. Doch ich will es für unsere Kleinen. Es ist nicht viel verlangt. Es ist nur deine Unterschrift. Wenn wir versuchen, zusammen zu sein, sollst du es für uns tun.“ Ich nickte bekräftigend und stopfte mein Gewand in die Tasche. Liam schien zu überlegen.

„Wann darf ich unterschreiben? Ich unterzeichne es für uns.“

„Das wird dich daran erinnern, dass du mich verlieren wirst, wenn du so etwas wieder tust.“ Ich zwinkerte und sah ihn an. In diesem Moment kam er zu mir, und ohne Vorwarnung küsste er mich. Immer und immer wieder. Ich erwiderte es. Als er sich von mir löste, schaute er mir tief in die Augen.

„Ich liebe dich, Elena! Das darfst du nie vergessen. Unsere Babys liebe ich genauso. Ich werde es dir beweisen. Ich hatte nie was mit Kindern am Hut und es ist schwer, ich brauche Zeit, gib mir die bitte. Ich weiß, dass Greg sich Mühe gibt und mir einiges voraushat. Doch ich will die Kleinen halten und mit ihnen kuscheln, sie füttern und wickeln. Wie es sich gehört. Ich habe Bücher gekauft, die ich lesen werde. Du wirst mir zeigen, wie es geht.“ Er küsste mich noch einmal und wischte mir die Tränen weg. Ja, ich hatte Tränen in den Augen, es rührte mich, ihn so sprechen zu hören. Er wollte sich ändern. Jetzt bekam ich Gänsehaut bei dem Gedanken. Hoffentlich hatte er das nicht bemerkt. In diesem Augenblick drückte er mich an sich.

„Hey, ist dir kalt? Du hast Gänsehaut, lass dich wärmen.“ Er streichelte mich und drückte mich an sich. Es war mir neu, ihn so zu sehen. Mein verräterisches Herz klopfte wie verrückt. Es hatte sich genau an ihn erinnert, ich löste mich von ihm.

„Danke, Liam, es geht mir besser. Ich werde dir helfen mit unseren Kindern.“ Ich schaute zu ihnen. Liam lächelte. Verdammt, er hatte bemerkt, dass meine Gefühle für ihn noch da waren. Er grinste und grinste.

„Eli, verschließe dich nicht vor deinen Gefühlen. Ich weiß, dass sie da sind. Ich habe dein Herz gespürt, es rast für mich. Du willst mich genauso wie ich dich.“

„Hey, mein Freund, nicht so schnell. Das zwischen uns ist heikel. Ich werde nichts überstürzen. Damit das klar ist. Du machst diese Therapie und dann sehen wir weiter. Gefühle hin oder her.“ Ich war fertig mit packen. Die Taschen standen bereit. Als Anna ins Zimmer kam, lächelte ich sie an.

„Da bist du ja, ich dachte, du bringst mir die Rezepte nie.“

„Erstens, ich habe mir Zeit gelassen, und zweitens, Max war da, Kaffee trinken mit mir. Und drittens, danke, dass du ihn mir vorgestellt hast.“ Sie gab mir das Rezept und einen dicken Kuss.

„Ich finde, ihr passt zusammen, und hoffe, dass du meine Schwägerin wirst und Max seine Patenkinder liebhat. Komm, lass dich drücken, ich mag dich Anna.“ Ich drückte sie fest an mich. Sie war immer eine gute Krankenschwester. Wir verstanden uns.

„Ich komme morgen mit Max zu dir. Wir werden unsere Patenkinder verwöhnen. Dein Bruder ist echt mein Typ Mann.“ Sie lächelte und zwinkerte. Sah glücklich aus.

„Wir freuen uns auf euch. Und ich freue mich, dass ihr zusammen seid. Bis morgen Anna.“ Wir verabschiedeten uns voneinander und gingen. Liam trug die zwei Taschen und stellte sie ins Auto. Dann half er mir mit den Kindern. Die Kleinen schliefen noch immer.

Liam fuhr mit uns nach Hause und grinste dabei andauernd, ich hatte keine Ahnung, warum. Er sah die Kleinen im Spiegel und lächelte. So hatte ich ihn in der letzten Zeit nicht erlebt. Jetzt zeigte er Gefühle. Verdammt, was war mit ihm los? Was führte er im Schilde?

Ich schaute zu ihm, und er warf mir einen verliebten Blick zu. Oh Mann, wie ich das vermisst hatte. Ich wollte ihn noch immer. Wieso war das alles nur so kompliziert mit uns? Konnte er nicht nur mich lieben und mit mir streiten und sich versöhnen?

So wie er mich anlächelte, ansah, fragte ich mich: Warum? Plötzlich wollte ich es von ihm wissen. Ich wollte alles von ihm. Meine Gefühle fuhren Achterbahn. Er war hier neben mir und warf mir seine Blicke zu. Es knisterte und hörte nicht auf. Mein Kopf warnte mich, und ich fragte ihn in dem Moment: „Liam, warum lachst du die ganze Zeit?“

Er schaute mich an, ohne es zu beantworten. Sein strahlendes Gesicht zeigte mir, dass ich es nicht erfahren würde. Verdammt, wieso sagte er nichts?

„Hey, sag jetzt, was so lustig ist, ich möchte mitlachen“, versuchte ich es noch einmal. Doch er blieb stur. Ich starrte ihn an und er sah zum Anbeißen aus. Seine Gesichtszüge hatte unser Sohn von ihm.

Ach, ich hoffte, dass mit uns alles gut werden würde. Es war nicht viel verlangt, dass man gesund und glücklich war. Das wünschte ich mir. Greg mochte ich, doch ich liebte nur Liam, und das war es, was mich zurückgehalten hatte. Meine Gefühle waren der reinste Wahnsinn. Die Schwangerschaftshormone hatten mir den Rest gegeben. Ich dachte, ich wollte Greg. In diesem Augenblick parkte Liam vor unserem Wohnhaus, drehte sich zu mir und lächelte mich an.

„Hey, du warst in Gedanken und sahst so süß aus. Ich bin glücklich mit euch. Dich würde ich noch einmal heiraten im Sommer.“ Er bückte sich zu mir und nahm meine Hände in seine. Wir schauten uns in die Augen und ich musste mir die Tränen abwischen. Es war rührend und echt von ihm. Alles, was er sagte. Er zog mich an sich und küsste mich, ohne Antworten von mir zu erwarten. Ich erwiderte seinen Kuss und mein verräterisches Herz gab ihm die Liebe, die er brauchte. Nach einiger Zeit lösten wir uns voneinander.

„Eines musst du noch wissen: Egal, wie viele Frauen ich in meinem Bett hatte, ich habe immer dich gewollt. Dich, Eli. Sie waren anders, nur du bist echt. Das habe ich herausgefunden. Ich will nur dich, mehr als alles andere auf der Welt, und ich werde es schaffen. Komm, lass uns reingehen. Die Kleinen werden Hunger haben, wenn sie aufwachen.“ Ich war dieses Mal sprachlos. Was auch immer mit ihm geschehen war, das war der Knaller. Besser hätte ich es nicht sagen können. Doch eines freut mich besonders: dass er die Papiere unterzeichnen würde. Wenn er es jetzt wieder so machte wie vorher, hatte ich die Chance auf ein neues Leben. Wenn er sich nach der Therapie besserte und nicht mehr andere anschaute, würde ich diesen Vertrag zerreißen. Doch bis dahin sollte er bestehen bleiben.

Als Liam alles in die Wohnung gebracht hatte, stand ich angelehnt an der Autotür da und dachte über vieles nach. Er hatte unsere Kinder im Kinderwagen und wartete auf mich. Ich reagierte nicht, ich war in gedankenversunken. Er stupste mich spielerisch an und lächelte.

„Komm, ich habe jedes Wort ernst gemeint. Grüble nicht. Schau, Elias wird munter und ich denke, dass er Hunger hat. Na, was meinst du?“ Ich drehte mich zu ihm, schaute nach und musste selbst grinsen.

„Tja, wie der Vater so der Sohn. Elias will getragen werden, Liam. Also nimm ihn auf den Arm, bevor er die Mädels aufweckt. Halt ihn fest.“ Ich schob Leni und Lisa und Liam durfte zum zweiten Mal Elias tragen. Es war so rührend. Da fiel mir auf, ich sollte ein Foto schießen von den beiden. Das erste Bild. Ich nahm mein Handy und schaute zu ihnen. Liam war so konzentriert auf Elias, dass er es nicht mal gemerkt hatte. Heimlich schoss ich ein paar Bilder, doch ich wollte, dass Liam, mich dafür ansah.

„Liam, schau her und bleib still. Heb Elias ein wenig hoch. Und schau in die Kamera.“ Ich knipste und war happy. Alle Bilder waren gelungen. Elias war ihm wie aus dem Gesicht geschnitten. Wie hatte er das angestellt, fragte ich mich.

Unser Lift kam an und die Tür ging auf. Als ich zu meiner Wohnungstür sah, erkannte ich ein **Willkommen zu Hause**-Schild. Wann hatte er das aufgehängt? Er freute sich. Jetzt musste ich laut lachen.

„Was erwartet mich, wenn ich da reingehe?“, fragte ich ihn und lachte weiter. Er grinste, ohne was zu sagen.

Als ich die Tür aufmachte, traute ich meinen Augen nicht. Überall in der Wohnung waren Spinnennetze und darauf Babysachen in verschiedenen Farben. Es sah so schön aus. Ich schob den Kinderwagen ins Wohnzimmer und Liam marschierte mit Elias in den Armen hinter mir her, doch plötzlich schrien Leute.

„Überraschung und herzlich willkommen zu Hause, Eli und die Drillinge.“ Ich sah mich überrascht um. Sie hatten mir eine Party organisiert, wow. Livia, Emma, Leon, Alessio, Lorenzo, Ava, Max, Anna, Rosa, Emil, Karola, Sebastian, Noah und Luise. Alle standen da, nur einer fehlte: Greg. Wo war er? Er sollte hier sein.

„Mit den Tränen in den Augen sage ich euch: danke! Nur eine Frage habe ich: Wo ist Greg? Er sollte auch hier sein.“

„Greg verspätet sich, er hat einen Gerichtstermin. Und ja, ihn habe ich auch eingeladen, schließlich war er bei der Geburt dabei. Keine Sorge, er wird kommen“, meinte Max und gab mir ein Glas Saft zum Anstoßen.

„Ich bedanke mich herzlich bei euch allen für die Babyparty. Es gefällt mir, wie ihr alles dekoriert habt. Außerdem, Onkel und Tanten, Omas und Opas ich, stelle euch, meine – korrigiere: unsere – Kinder vor. Das hier ist Elias und im Kinderwagen schlafen Leni und Lisa. Die Mädchen sind eineiige Zwillinge und Elias der dritte. Alle drei sind gesund und munter, außer sie schlafen.“ Alle lachten. Dann wurden die Babys bewundert.

Ich brauchte einen Moment für mich. Ich ging in mein Schlafzimmer und setzte mich aufs Bett. Ich brauchte Ruhe, Party hin oder her. Plötzlich stand Liam neben mir. Er kam zu mir, setzte sich und zog mich fest an sich.

„Hey, was ist los? Die da draußen streiten sich, wem die Kleinen ähnlich sehen. Komm, lass dich drücken.“

„Ich werde versuchen, dir zu verzeihen, doch mach keinen weiteren Fehler dieser Art.“ Wir küssten uns und er legte mich auf das Bett und legte sich auf mich drauf, um mich zu küssen. Wir ließen unsere Finger nicht voneinander, doch Sex gab es nicht. Der musste noch warten.

Ich musste eingeschlafen sein. Neben mir lag Liam und schnarchte. Es war alles leise. Oh, ich musste nach den Kleinen sehen. Als ich ins Wohnzimmer ging, saßen Ava und Rosa mit Liv auf der Couch und unterhielten sich. Die Babys schliefen.

„Hey, ich war müde, wieso habt ihr mich nicht geweckt?“

„Kein Problem, wir haben alles im Griff. Die Mäuse sind gewickelt und wir haben ihnen Fläschchen gegeben, damit du dich ausruhen kannst. Komm, setz dich zu uns. Wir haben aufgeräumt und den Rest nach Hause geschickt. Sie verstehen, dass es mit drei Babys nicht leicht ist. Sag mal, was ist da zwischen dir und Liam los?“, fragte Rosa und schaute mich an. Ich erzählte zum wiederholten Mal die ganze Geschichte.

„Wieso hast du mich nicht angerufen? Ich hätte dir geholfen“, sagte sie mir.

„Ich wollte euren Urlaub nicht stören. Den habt ihr beide verdient. Du hättest nichts tun können." Ich schaute Liv und Ava an, denn ich wollte das Thema wechseln.

„Bei euch zwei sieht man schon den Bauch. Wie geht es euch werdenden Mamas? Ist alles in Ordnung?" Ava sah mich an und lächelte.

„Oh, ich habe es gar nicht gesagt, in unserer Familie hat der Storch zweimal geschlagen. Wir bekommen Zwillinge. Einen Jungen und ein Mädchen. Lorenzo freut sich. Immerhin haben wir lange versucht, ein Baby zu bekommen."

„Gratuliere, ich freue mich für euch. Ich werde Tante. Ach, du kannst von mir dann die Strampler haben. Es sind genügend da. Und bei dir, Liv?"

„Leon und ich bekommen ein Mädchen. Nach der Fehlgeburt hoffen wir, dass es gut geht." Ich sah ihre Angst im Gesicht.

„Liv, es wird schon und genießt die Zeit zu zweit. Wenn die Mäuse da sind, mangelt es an allem. Bei mir ist es vor allem der Schlaf. Das war auch bei Emma so. Bei dreien will immer einer was." Ich lächelte sie alle an und gab mich glücklich, doch innerlich war ich kaputt.

„Ich hole uns was zum Essen. Heute habe ich nur gefrühstückt im Krankenhaus." In der Küche blieb ich stehen und fasste mir an meinen schmerzenden Kopf. Liam stand neben dem Kühlschrank und musterte mich. Ihm tat es leid, mich so zu sehen.

„Hey, geht es dir nicht gut? Du schaust erledigt aus. Kann ich dir helfen?"

„Ich habe Hunger und Liv, Ava und Rosa müssten auch was essen. Hast du gewusst, dass Lorenzo und Ava Zwillinge bekommen? Ich finde es großartig." Er schaute mich überrascht an.

„Wie Zwillinge? Echt jetzt? Ich wusste nicht, dass sie schwanger ist."

„Liam Oliversen! Du solltest dich schämen!", rief ich. Er erstarrte. In dem Moment kam Liv mit Leni rein und starrte uns an.

„Wo darf ich sie zum Schlafen hinlegen? Sie wird mir ein bisschen zu schwer. Dabei will ich sie nicht hergeben." Ich umarmte sie und nahm ihr Leni ab. Ich gab meinem Mädchen einen Kuss und übergab sie an Liam.

„So, Papa! Du legst sie in ihr Bettchen. Halte sie fest. Und noch was: ein Bild von euch! Lächle!“ Ich knipste und knipste. Liv schaute mich mit einem Grinsen an.

„Komm dann bitte in die Küche“, sagte sie ihm. Er brachte Leni in ihr Bettchen.

„So nun zu dir“, sagte Liv zu mir, als er verschwunden war. „Warum hast du mich und Leon nicht eingeweiht? Ich hätte mit Liam ein Hühnchen zu rupfen gehabt. Warum um Himmels willen hast du dir nicht von uns helfen lassen? Ich merke, dass du nicht glücklich bist. Leon hätte ihn geköpft.“

„Ich war selbst durcheinander und habe mich zurückgezogen. Als ich nicht mehr konnte, wollte ich mich scheiden lassen. Da habe ich Greg getroffen. Einige Zeit später bin ich zu ihm gezogen und er hat sich um mich gekümmert. Ich liebe Liam und hoffe, dass aus uns eine Familie wird. Liam wird in ein paar Tagen nicht mehr hier sein. Er macht eine Therapie und ich werde mit den Kleinen allein hierbleiben und hoffen, dass ich mich durchschlage. Das ist es, was mich zusätzlich belastet.“

„Boah, ich bin so sauer auf ihn. Echt ich bin wütend wie noch nie. Du bist meine beste Freundin und musst so leiden wegen dem Arsch!“, schrie sie.

„Beruhige dich. Es wird schon. Hast du Hunger?“, fragte ich sie. Schwangere essen gern und haben immer Hunger.

„Mir ist der Appetit vergangen wegen dem Arsch“, meinte sie. Liam kam in dem Moment rein und sah zu Liv. Er wusste, dass er gemeint war. Sie drehte sich zu ihm.

„Was hast du dir dabei gedacht? Deine hochschwangere Frau allein zu lassen und einen Puff zu eröffnen? Bist du krank im Kopf? Wenn das Leon machen würde, würde ich ihm die Eier und den Schwanz abschneiden. Keine zweite Chance!“, schrie sie ihn an. Liv wurde wie eine Löwin, wenn sie wütend war.

„Ich bin ein Arschloch, das gebe ich zu. Doch aus dem Fehler habe ich gelernt und will die Therapie machen für meine Familie. Ich liebe meine Familie und werde mich an sie anpassen, nicht denselben Fehler machen.

Ich habe mich entschuldigt!“, schrie er zurück. Da kamen Ava und Rosa in die Küche. Oh verdammt. Jetzt war ich gespannt, was käme.

„Liam, du solltest dich schämen! Ich habe dich nicht so erzogen. Was hast du dir dabei gedacht, deine hochschwangere Frau allein zu lassen? Und was sollte das mit diesen Flittchen? Ich werde dich enterben, wenn du noch so eine Dummheit machst. Wir haben nicht eine männliche Domina großgezogen, sondern einen normalen Sohn. Dein Vater wird enttäuscht von dir sein. Ich bin es schon. Bevor du geheiratet hast, hättest du eine nach der anderen probieren können, doch jetzt ist es verboten, an so was zu denken. Schäm dich. Wenn du deine Frau liebst, wirst du bei ihr auf dem Boden kriechen und um Entschuldigung betteln. Ich hätte deinem Vater so etwas nie verziehen. Warum, glaubst du, gibt sie dir die zweite Chance? Denk nach.“ Rosa beendete das Gespräch und Liam starrte beschämt zu Boden.

„Wir werden jetzt fahren, die Zwerge schlafen, iss was und leg dich hin. Du brauchst deinen Schlaf. Wenn was ist, ruf uns an und wir helfen dir.“ Ich umarmte Ava herzlich. Wir verabschiedeten uns und bedankten uns noch mal. Dann machte ich Sandwiches in der Küche für mich und Liam.

„Es ist nur, ich habe aus Angst gehandelt. Ich sah dich neben Alessio und dann war alles zu viel. Alle haben versucht, ihn aufzuwecken, und er ist bei dir aufgewacht. Ausgerechnet bei dir. Ich dachte mir in dem Moment, dass ihr was miteinander habt. Er sei nur wegen dir aufgewacht. Es war falsch, so etwas zu denken. Du hast ihm nur geholfen mit Musik, mehr nicht.“

„Okay, ich wollte, dass er aufwacht, für Emma und seine Söhne. Wie es aussieht, ist er mit ihnen glücklich. Ich wollte nur dich, Liam, mich haben keine anderen interessiert. Ich hätte mit Greg schlafen können, ich habe es nicht getan. Weil ich dich liebe, nur dich, du Idiot.“ Ich aß weiter.

„Ich werde mich jeden Tag entschuldigen und dir sagen, dass ich ein Arsch und Idiot war, doch ich liebe dich mehr als mein Leben – das habe ich begriffen. Ich werde kämpfen um dich, bis ich dich vergessen lasse, was ich getan habe.“ Er beugte sich vor und küsste mich. Dann meinte er: „Ich übernachte bei dir und wir kümmern uns gemeinsam um unsere Zwerge, ja?“

Liam und ich, hier allein mit unseren Babys, das würde ein interessantes Team, wenn man bedachte, wie er sich in der letzten Zeit benahm. Einerseits wollte ich, dass er bei uns hier war, und anderseits machte es mir großes Kopfzerbrechen. Wie würde er als Vater sein? Er hatte keine Ahnung von Kindern, wie sollte er sich um sie kümmern? Im Krankenhaus hatte er sie von Weitem angeschaut, er war nicht imstande gewesen, sie zu berühren. Und auf einmal wollte er sich um sie kümmern. Wie wollte er das schaffen?

Greg hatte wenigstens bei der Geburt den Ärzten und Hebammen Fragen gestellt, und sie hatten ihm alles gezeigt. Liam wollte es von mir lernen und ich hoffte, dass er das auch machte.

Ich schaute zur Seite, Liam war vertieft in meine Oberweite. Pah, wenn das nur gut ging mit uns als Team. Er hatte was anderes in seinem Kopf. Die Brüste waren gerade interessanter als die Fragen zu den Themen Wickeln und Füttern. Seine Blicke wanderten über meinen Körper. Ich stand auf und gab ihm eine Kopfnuss, ohne etwas zu sagen.

Liam war in der Therapie – ich blieb mit unseren Zwergen zu Hause. Es war unglaublich ruhig hier, seit Liam in der Klinik war. Die Nachbarn waren nett und freuten sich jedes Mal, wenn sie mich mit dem Kinderwagen sahen. Die Kleinen waren brav und wuchsen schneller. Oma Rosa und Opa Emil waren vernarrt in sie. Sie unterstützten uns. Nahmen mir die Babys für einige Stunden ab, damit ich mich ausruhen konnte.

Kapitel 25

Es waren einige Monate vergangen, die Mäuse wuchsen und gediehen. Rosa half mir mit ihnen. Sie liebte uns alle, und wir freuten uns, wenn Ava ihre Babys in einem Monat bekäme.

Emmas Jungen wurden schon groß und sahen Alessio wie aus dem Gesicht geschnitten aus. Wenn man Rosa vor einiger Zeit gehört hätte, wie sie erzählt hatte, nie Oma zu werden, hätte man nicht gedacht, dass Gott ihr acht Enkelkinder schenken würde. Sie wollte eine gerechte Oma sein und Zeit mit all ihren Enkelkindern verbringen. Uns besuchte sie jeden Tag und Leni und Lisa liebten sie. Oma spielte mit Puppen, da fand Elias den Opa interessanter, er spielte mit Autos. Ich hatte uns gerade Kaffee eingeschenkt, als es an der Tür klingelte.

„Erwartest du Besuch?“, fragte mich Emil und hielte Elias im Arm.

„Nein, es ist wohl nur der Postbote. Ich schaue nach.“ Ich schnappte mir Leni, die mir unter die Füße krabbelte. „Na, komm Süße, schauen wir nach, wer es ist.“ Ich machte die Tür auf und sah Liam.

„Überraschung! Ich werde dieses Wochenende mit euch verbringen.“ Er gab mir ein Küsschen und nahm Leni in den Arm. „Na, Süße, Papa ist da, freust du dich? Ich habe euch so vermisst.“ Ich nahm seine Tasche, die am Boden lag, und trug sie rein.

„Komm rein, Liam, die Überraschung ist dir gelungen. Du hast Glück, dass wir zu Hause sind. Wir waren am Spielplatz. Oma und Opa sind bei uns.“

„Na, was wollte der Postbote? Hat Liam was ausgefressen?“, fragte mich Emil.

„Liam, gutes Stichwort Opa, er ist gerade hergebracht worden.“ Ich zwinkerte Liam zu. Leni quietschte vergnüglich. Liam setzte sich in die Küche und schaute mich an.

„Ich habe dich vermisst. Du bist noch schöner als letztes Mal. Hast du dir die Haare gefärbt? Es steht dir“, machte er mir Komplimente.

„Danke für das Kompliment, ich färbe mir immer die Haare. Schieß los, warum hast du Ausgang?“

„Ich habe dich vermisst. Ich habe die Kleinen vermisst. Ich habe uns vermisst.“

„Aha, wieso das? Wir haben in der Schwangerschaft nicht miteinander geschlafen. Also kannst du mich nicht so vermissen. Da du mich seit einer Woche nicht gesehen hast, lass ich es gelten. Hast du deinen Bluttest gemacht? Das hatten deine Ärzte verlangt. Die wollen wissen, ob alles in Ordnung ist.“ Ich nahm einen Schluck Kaffee.

Leni plapperte und ich gab ihr einen Keks. Keine fünf Minuten später standen Elias und Lisa vor mir.

Oh, ihr wollt auch einen, oder? Ich hob die Kleinen hoch und setzte sie in ihren Sessel. Liam lächelte und begrüßte sie alle. Da knipste ein Blitz. Rosa sah uns an.

„Ich werde ein Familienfoto machen, das fehlt mir. Stellt euch zu den Kleinen.“ Rosa knipste und knipste. Als sie fertig war, lächelte sie uns an. Ich gab ihr ihren Kaffee und Emil setzte sich und trank seinen eigenen.

„Liam, Elias ist eindeutig wie du. Jede Minute, die wir mit ihm verbringen, erinnert uns an dich. Die Mädchen kommen nach Eli. Überhaupt sind wir froh, dass sie sich so entwickeln.“ Emil sah ihn an.

„Na, wieso haben sie dich entlassen? Müsstest du nicht noch sechs Monaten bleiben? Die Therapie ist noch nicht vorbei“, meinte Rosa.

„Ach, Mama, ich bin nicht im Gefängnis. Ich darf rausgehen und wenn ich drei Tage bei meiner Familie bleibe, ist das in Ordnung. Ich darf mich nur nicht an den falschen Orten aufhalten.“

„Im Puff. Da hast du nichts zu suchen, mein Sohn. Hier, spiel mit Plastikpuppen und Autos, das würde dir guttun. Nach dem Scheiß, den du gebaut hast, ist das das Mindeste, was du machen solltest. Ich trage es dir nach. Du kannst froh sein, dass deine Frau so ein großes Herz hat. Sie hilft Emil im Geschäft und kümmert sich um die Kleinen. Alles allein.“

Liam erstarrte, ich hatte ihm das nicht erzählt, egal.

„Du gehst nebenbei noch arbeiten?“ Er sah die Kinder und mich, dann schüttelte er den Kopf.

„Ich muss neben der Karenz Geld verdienen. Kinder kosten nun mal und ich habe drei. Ich zahle Strom und Gas. Windeln und Milch sind nicht gratis. Ich bin nicht hinter deinem Geld her, Liam. Ich war es nie und werde es nie sein.“

Rosa und Emil lächelten nur, sie wussten beide, dass ich immer gearbeitet hatte.

„Wer passt auf die Kleinen auf, wenn du arbeiten gehst?“, fragte er mich entsetzt.

„Sie sind bei mir im Büro. Ich nehme sie mit, sie spielen brav in der Ecke, die voll mit Spielsachen ist. Wenn sie müde sind, schlafen sie im Kinderwagen. Noch Fragen?“ Ich sah ihn an. Er brauchte sich nicht einbilden, dass sich alles um ihn drehte. Wenn seine Therapie vorbei war, schauten wir weiter.

„Okay, Kinder, was ist euer Problem?“, fragte Rosa und sah uns beide an, dann fügte sie hinzu: „Eure Streitereien gehen uns manchmal auf die Nerven. Liam, ich würde mich freuen, wenn du mit dem Blödsinn aufhörst und dich um wichtigere Dinge kümmerst. Elena hilft im Laden mit. Es wäre dein Job, das zu tun, du bist der Boss. Obendrein deckt sie dich und steht zu dir, wie es sich gehört für Eheleute. Du bist nur am Meckern. Lass es und erzähl uns, wie es weitergehen wird, wenn die Therapie zu Ende ist.“

„Mama, es reicht. Es wird funktionieren, ich habe es versprochen. Egal, was kommt, ich stehe zu meinem Wort. Meine Familie ist mir wichtig“, meinte er und lächelte, doch Emil starrte ihn an und war nicht begeistert. Sein Sohn tanzte aus der Reihe. Unfassbar. Er bereitete sich vor, ihm was zu sagen.

„Junger Mann, dein Leben ist auf die schiefe Bahn geraten. Du machst, was du willst, verstehe. Meine Enkel und meine Schwiegertochter leiden darunter, ich bin nicht gewillt, zuzuschauen. Dass du so blöd bist und alles hinschmeißt, hätte ich nicht gedacht. Jetzt hast du alles, doch wenn du es vergeigst, wirst du alles verlieren. Schau zu, dass das nicht passiert. Zeig uns, dass du es ernst meinst und die Chance nützt, die du bekommen hast." Emil klopfte Liam auf die Schulter. Der erstarrte, sagte kein Wort. Was er dachte, war ihm nicht anzusehen. Er wusste genau wie wir, dass er sich ändern musste, dass sein Leben nicht so beschissen war, außer dieser Sucht, die er besiegen musste. Es war wichtig, dass er in der Normalität ankam und sich normal verhielt.

„Du müsstest im Geschäft sein und ich bei unseren Kleinen zu Hause. Da du Mist gebaut hast und es nicht kannst, vertrete ich dich. Emil ist im Ruhestand und sollte nicht arbeiten, doch er macht es für dich, genauso wie ich."

Mein Mann fasste es nicht, oder er wollte es nicht verstehen, dass ich mit drei kleinen Rackern arbeiten ging. So wie er mich ansah, könnte ich ihn umarmen und küssen. Dieser Blick bedeutete mehr für mich, als er ahnte. Etwas in ihm hatte sich geändert und ich spürte es. Doch was es genau war, musste ich noch herausfinden.

Wir starrten uns an und wussten beide, was wir wollten. Wir sahen jedoch ein, dass unsere Babys hier waren und wir nicht spontan sein konnten. Verflixt und zugenäht, wir sollten uns allein unterhalten. Das hatten wir lange nicht mehr getan. Wir verloren uns in unseren Blicken, keiner traute sich, etwas zu sagen. Das hier waren schweigsame Worte, die ausgesprochen werden sollten.

Rosa sah uns beide an und kam zu mir. Sie drückte mich an sich. Ohne Liam anzusehen, meinte sie: „Wir nehmen die Kleinen zu uns. Ihr habt sicher einiges zu besprechen. Morgen am Abend bringen wir sie zurück. Keine Widerrede."

„Danke, Rosa! Ich weiß das zu schätzen. Ich packe dir die Fläschchen und die Windeln ein, das wirst du brauchen", meinte ich. Dann ging ich ins Kinderzimmer und packte alles zusammen, was Rosa für meine Babys brauchte. Sie hatte sie öfter zu sich geholt und hatte alles, was sie brauchte. Doch sie waren noch nicht über Nacht bei Oma gewesen. Nur ein paar

Stunden. Wie das werden würde, fragte ich mich und spürte dabei eine Murmel im Magen. Das bemerkte Oma Rosa und lächelte mich an.

„Eli, es wird gehen. Ich habe drei großgezogen. Einer davon ist der da. Milch habe ich zu Hause. Ich freue mich auf die erste Nacht mit meinen kleinen Enkeln. Ich liebe sie von Herzen. Da wir alles haben, werden wir fahren.“ Ich übergab Rosa die Tasche und sah meine Kleinen an, die im Kinderwagen saßen. Ich verabschiedete mich von meinen Kindern und Schwiegereltern und machte die Tür zu.

Verdammt, was machte ich jetzt mit Liam, der an der Tür lehnte und mich beobachtete? Ich musste mal runterkommen und das konnte ich beim Aufräumen. Als ich die Spielsachen aufhob, kam mir Liam entgegen, er nahm meine Hand. Ich sah zu ihm und er sah mich. Verdammt, seine Augen, ich hatte sie vermisst, ich hatte ihn vermisst.

„Hey, lass es, ich helfe dir später, aufzuräumen. Komm mit. Hier liegt eindeutig Liebe in der Luft. Ich habe dich vermisst.“ Er beugte sich vor und küsste mich ohne Vorwarnung. Dieser Kuss war mehr, als ich je erwartet hatte. Leidenschaftlich mit Liebe und Anerkennung. Er löste sich von mir, um ein wenig Luft zu schnappen, und legte seine Lippen wieder auf meine. Dieser Kuss war fordernder, verlangte nach mehr, wir wollten es beide.

Wir küssten uns und er ließ seine Hand in meinem T-Shirt rauf- und runtergleiten. Ich stand im Flammen, Liam war mein Untergang. Ich liebte ihn nur mit Vorsicht. Er wollte mich hingegen ganz. Mein T-Shirt landete auf dem Teppich und ich unter Liam. Alles geschah so schnell, wir lagen nackt nebeneinander. Liam außer Atem und ich genauso. Oh mein Gott, das war eine schnelle Nummer gewesen. Ich lächelte und sah ihn an. Er starrte mich an.

„Verdammt, ich habe das Kondom vergessen! Das passiert mir immer bei dir“, meinte er und gab mir einen Kuss auf den Mund.

„Dieses Mal habe ich vorgesorgt, ich nehme seit der Geburt unserer Zwerge die Pille. Keine Angst.“ Ich gab ihm ein Klaps auf den Arm, und lächelte weiter.

„Hast du in der Zeit mit wem anders geschlafen? Das beschäftigt mich die ganze Zeit. Ich könnte es nicht ertragen, wenn das so wäre“, meinte er mit Tränen in den Augen, dann drückte er mich an sich und küsste mich.

„Ich habe mit niemandem Sex gehabt außer mit dir. Die Pille nehme ich wegen meiner Regel. Die hat sich nach der Schwangerschaft geändert“, sagte ich ihm.

„Ich werde für uns ein Haus kaufen und dir überschreiben. Du hast es verdient. Unsere Kinder brauchen Platz. Hier ist es eng. Außerdem möchte ich mit dir noch weitere Kinder haben, mindestens noch drei. Warum nimmst du kein Geld von mir und bleibst bei unseren Kindern zu Hause? Sie brauchen dich. Du kannst später arbeiten gehen, wenn sie größer sind. Wenn du willst, überschreibe ich dir das Geschäft. Ich habe mit Liam the Best in der nächsten Zeit viel um die Ohren. Ich habe es vernachlässigt. Du hast immer im Geschäft gearbeitet und kennst dich besser aus als ich. Sag zu meinem Angebot ja. Und was das Haus betrifft, du darfst es dir aussuchen. Die Wohnung kannst du vermieten. Das werde ich mit meiner Wohnung auch machen. Im neuen Haus darf kein Büro fehlen, wir brauchen beide eins. Sollte ich aus beruflichen Gründen nach London oder in die USA reisen, möchte ich, dass ihr mitkommt. Ich will dich überall dabeihaben. Überlege es dir.“ Er drückte mich an sich.

Moment, das war nicht der Liam, den ich kannte. Was war auf einmal mit ihm los? Ich war sprachlos. So schnell änderte sich kein Mensch und Liam auch nicht. Ich war durcheinander. Ich schaute in seinen Augen und suchte nach etwas, das mir sagte, er meinte es so, wie er es sagte. Doch nichts war da, außer dieser Augen, in die ich mich verliebt hatte. Sie verrieten mir, dass er mich wollte, sonst nichts. Entweder er spielte ausgezeichnet oder es hatte sich etwas verändert. Gott, gib mir Kraft, um herauszufinden, warum er mir alles überschreiben möchte. Bis heute hatte ich nicht mal gewusst, dass er sich verändert hatte. Was würde auf uns zukommen?

„Hey, wo bist du?“, fragte er sanft und riss mich aus meinen Gedanken. „Sag was bitte.“ Liam starrte mich so honigsüß und vorsichtig an. Ich sah in seine Augen und überlegte, wie ich es ansprechen sollte.

„Warum willst du mir alles überschreiben? Du bist der Boss in zwei Firmen, nicht ich. Erkläre es mir bitte.“ Ich sah ihn an.

„Ich habe Angst, dass die Therapie nicht wirkt und ich dich wieder verletze. Ich will, dass ihr abgesichert seid. Ich liebe dich und die Kleinen. Ich will, dass ihr glücklich seid. Ich möchte mit euch zusammen sein. Du hast mir eine Familie gegeben. Du hast unsere Kinder allein ohne mich zur Welt gebracht und ziehst sie allein groß. Bitte nimm mein Angebot an. Unsere Kinder werden Sparbücher bekommen. Das Geld werden sie später für ihre Ausbildung brauchen, wenn sie größer sind.“ Er bettelte mich richtig an.

„Hast du vor, eine neue Frau zu suchen? Oder willst du mit uns zusammen sein? Deine Zweifel machen mich stutzig. Welches Spiel spielst du mit mir?“, fragte ich. Ich traute ihm noch nicht, nach allem, was vorgefallen war. Er erstarrte, sagte kein Wort. Entweder ich hatte ihn durchschaut oder er spielte.

Ich fügte hinzu: „Ich verstehe nicht. Du liebst mich und trotzdem weißt du nicht, ob du mich einmal noch betrügen wirst. Ich dachte, dass die Therapie, dazu da ist, um dich gesundzumachen. Oder ist sie eine Zeitverschwendung?“ Es war verrückt, zu glauben, dass er es schaffte. Wie sollte er, wenn er selbst an sich zweifelt? Doch er könnte es schaffen, die Liebe war stärker als alles andere. Sie hatte uns wieder vereint. Ich sah ihn an und am liebsten würde ich ihn küssen.

So wie er mich ansah, war klar, dass er mir seine Liebe geben würde. Ich legte mich zu ihm und drückte ihn an mich. Wir lagen eine Weile und waren still. Jeder in seine Gedanken versunken. Wir wussten beide, dass es nicht leicht werden würde, doch wir wollten es versuchen, für uns.

Ich würde hier jedoch nicht lange liegen. Das Spielzeug gehörte weggeräumt. Ich bewegte mich und wollte aufstehen. Später, wenn ich alles sauber hatte, würde ich mich wieder zu ihm ins Bett legen.

„Hey, wo gehst du hin?“, fragte er mich und fügte hinzu: „Bleib bei mir, es ist so schön, mit dir zu kuscheln.“

„Schade, dass ich etwas anderes vorhabe. Sonst hätten wir zwei hier zusammen Spaß, doch die Arbeit ruft“, sagte ich ihm, mit einem Lächeln ins Gesicht. Er schien mir, als wolle er protestieren und dann wieder nicht. Er stand auf und schaute mich an.

„Wo fangen wir an?“, fragte er mich, was mich überraschte.

„Hier fangen wir an. Das Spielzeug kommt als Erstes in die Kisten, dann der Rest.“ Ich warf ihm ein Stofftier zu. Er fing es auf und lachte laut.

„Süße, das bekommst du zurück, versprochen. Auf eine andere Weise“, neckte er mich.

„Oh ja, das glaube ich dir. Du lässt nichts anbrennen. Das ist mir klar“, antwortete ich ihm. So wie jetzt liebte ich ihn. Er war der Typ, den ich wollte, und auch wenn es noch so schwer werden würde, würde ich versuchen, ihm zu helfen, dass er es schaffte.

Als ich mich einige Minuten später umsah, waren wir fertig mit Zusammenräumen. Liam war in die Küche gegangen und wischte dort den Tisch ab. Er summte ein Lied von sich hin. Ich lehnte mich an die Tür und sah ihm dabei zu. So sexy sah er aus, wie er da seinen Hintern bewegte. Ich würde ihm nahelegen, dass er nächstes Mal in dieser Pose Fenster putzen sollte. Wir Frauen mögen Männer in Stringtangas. Ich schmunzelte vor mich hin und bemerkte nicht, dass er mich belustigt ansah.

„Na, an welche schmutzigen Details hast du gedacht? Moment, lass mich raten.“ Er begann zu lachen.

„Sorry, das wirst du nie erraten. Oder bist du ein Magier, der es sieht?“, prustete ich los.

„Warte, ich habe da eine Idee, und du, lauf ja nicht weg. Bleib hier.“ Er verließ die Küche, ging zu seiner Tasche, nahm was raus und marschierte ins Bad. Nach einiger Zeit kam er zurück und ich verfiel in lautstarkes Lachen. Er hatte im Ernst den roten Tanga angezogen. Verdammt, wie gut er es erraten hatte. Er kannte mich, und wow, es stand ihm gut.

„Schau her und erinnere dich an den Tanga. Den habe ich von dir bekommen. Und er passt mir. Ich habe es erraten und jetzt darf ich dich küssen.“ Er beugte sich zu mir und küsste mich. Ja, mein Mann war immer für eine Überraschung gut.

Kapitel 26

Ich saß im Büro und dachte an das verrückte Wochenende. Liam war da gewesen und hatte alles auf den Kopf gestellt. Er würde wiederkommen. Er liebte mich, das zählte. Seine Krankheit war krass, doch ich könnte mir vorstellen, dass er es mit einer Hypnosetherapie schaffte. Emma hatte sich so das Rauchen abgewöhnt. Bei ihr hatte das funktioniert nach einem Monat. Ich würde mich schlaumachen. Ich dachte ständig an ihn, mein Kopf war voll Liam – und Angst.

„Hallo, Erde an Eli! Bist du hier?", fragte mich Emma und ich erschrak.

„Emma! Dich schickt der Himmel. Komm rein und setz dich." Ich stand auf und umarmte sie fest. Ich hatte meine beste Freundin lange nicht gesehen und freute mich, dass sie da war.

„Hey, du hast mich vermisst! Was ist los? Du schaust so bedrückt aus." Ich hielt sie im Arm.

„Liam ist los. Ich liebe ihn und wir waren das ganze Wochenende zusammen. Ich überlege, wie ich ihm helfen kann. Da habe ich an dich gedacht, und du bist hier. Als wenn das der liebe Gott geplant hat."

„Wie soll ich dir bei der Sache behilflich sein? Er wird nicht auf mich hören. Du kennst deinen Sexgott."

„Kannst du mir bitte die Telefonnummer von dem Hypnosetherapeuten geben? Die hast du doch, oder? Es wäre möglich, dass er ihm helfen kann."

„An das habe ich nicht gedacht. Hypnose kann vielleicht wirklich helfen, ich bin jetzt seit fünf Jahren Nichtraucher. Das muss funktionieren. Oder? Dann wäre er sexfrei. Oh, dann wirst du auch keinen haben." Sie lachte. Ich dachte wiederum nach. Mit Liam leben ohne Sex, wie wäre das? Schrecklich.

„Nee, ich werde mit dem Mann reden, dass nur Liam und ich es tun können, Liam die anderen Frauen uninteressant findet.“ Wir lachten beide, die Vorstellung war lustig. Ob so etwas funktionierte? Rauchfrei war doch was anderes als sexfrei. Lieber Gott, ich ging hier zu weit. Ich könnte ihn mir nicht ohne Sex vorstellen.

„Eli, nach dem ganzen Sex würde es ihm besser stehen, eine Weile keinen zu haben. So etwas wie Entzug.“

„Hey, ich bin diejenige, die dann leiden wird. Ich finde für ihn Sexentzug als Strafe gut, doch er wird nicht allein bestraft, sondern ich dazu. Wir hatten dieses Wochenende freies Haus und ich kann dir sagen, er war so sexy, egal, was er angestellt hatte. Es war wow, er hatte nur Augen für mich. Das tat gut.“ Emma schaute mich an und lächelte wie immer. Sie wusste, dass ich einiges verarbeiten musste, was die Sache nicht leichter machte. Sie sagte daher nichts weiter, schaute mich nur an mit einem Grinsen. Ich schüttelte meinen Kopf.

„Emma!“, rief ich. Sie erstarrte. „Hey ich will dich nicht erschrecken! Sag mir nur, wie es zwischen dir und Alessio läuft. Hat er seine Ex erwähnt?“

„Sie existiert nicht mehr. Das Kind ist nicht von ihm gewesen. Gott sei Dank! Sonst wäre das mit uns nichts geworden. Ich habe den Vaterschaftstest machen lassen. Er hat akzeptiert, dass unsere Jungs von ihm sind. Wie man sieht, ist er der richtige Papa. Er kümmert sich ständig um die drei.“

„Ich bin froh, dass es euch gut geht und ihr zwei die Jungs großzieht. Ich wünsche mir mit Liam auch, dass alles gut wird.“

„Hey, es wird alles okay, ruf den Therapeuten an und vereinbare einen Termin. Er wird ihm helfen. Ich bin auch Nichtraucher, sieh mich an. Nach der Sitzung wird er gewiss Fortschritte zeigen.“ Emma stand auf, umrundete den Tisch und umarmte mich. Es fühlte sich richtig an. Meine beste Freundin verstand mich. Ich hatte sie damals verstanden und ihr Mut gemacht. Jetzt war ich froh, dass es ihr mit Alessio gut ging.

Liam machte sich gut als Papa. Er liebte unsere Zwerge, und jedes Mal, wenn er da war, spielte er mit ihnen. Er hatte gelernt, wie man sie wickelte und fütterte. Nur beim Baden war er sich nicht sicher. Er hatte Angst, dass die Kleinen ertränken, das überließ er mir. Er stand stolz neben der Badewanne und sah uns zu. Wenn Elias ein Spielzeug nach ihm warf, warf er es ihm zurück und ich musste ihn ermahnen, dass er kein Welpe war, sondern unser Sohn. Da lachten unsere Mädels mit. Elias machte es weiter und hin und wieder erwischte er Liam auf dem falschen Fuß. Er war unser kleiner süßer Fratz. Unsere Kinder nannten ihn Papa und er war stolz drauf.

In dem Moment ließ mich Emma los. Sie gab mir einen Kuss auf die Wange.

„Ich werde dann gehen. Ruf an und mach für euch einen Termin. Es ist wichtig, dass Liam dabei ist. Ich wünsche euch viel Glück." Sie drehte sich um und lächelte.

„Danke, Emma. Wir hören uns. Lass die Zwerge und Alessio grüßen. Ich liebe euch." Wir lächelten uns zum Abschied an und Emma marschierte nach draußen. Ich setzte mich und nahm das Telefon in die Hand. Ich wählte die Nummer von dem Hypnosearzt und wartete. Nach dem dritten Mal meldete sich ein Mann.

„Doktor Theis, was kann ich für Sie tun?", meldete er sich.

„Hallo, ich bin Elena Oliversen, ich hätte gern einen Termin bei ihnen. Es geht um meinen Mann."

„Will er aufhören zu rauchen oder zu trinken? Ich muss wissen, wie ich Ihnen helfen soll.", meinte er.

Scheiße … Wie sollte ich ihm sagen was für ein gewaltiges Problem mein Mann hatte? Ich riss mich zusammen und sprach es aus.

„Mein Mann braucht eine Sexentzugstherapie. Er ist krank und macht eine, doch die ist nicht sicher. Ich dachte an eine Hypnose, die hat meiner Freundin geholfen. Sie hat sich das Rauchen abgewöhnt."

„Sextherapie, das wird funktionieren, doch was ist mit Ihnen? Sie brauchen doch Sex. Wenn wir die Hypnose machen, könnte es sein, dass er nie wieder Sex haben will. Verstehen Sie mich nicht falsch. Ich werde Ihnen einen Termin geben, und Sie und Ihr Mann können beide kommen. Wir werden alle Details durchgehen. Sie sollten bedenken, dass er keine Frau mehr anschaut. Reden Sie mit ihm und kommen Sie in meine Praxis. Dann sehen wir weiter." Er gab mir die Adresse und wir verabschiedeten uns.

Jetzt war es an der Zeit mit Liam zu reden. Heute war Freitag, er würde bald aufkreuzen. Ich schaute in die Spielecke. Unsere Kleinen schliefen auf der Matratze. Lisa und Leni mit Puppen im Arm und Elias mit seinem Stofftier. Heute waren sie ruhig gewesen und hatten miteinander gespielt.

Ich lächelte sie an. Sie waren so süß. Anschließend fiel mein Blick auf die Uhr. Oh, schon so spät? Ich war hier fertig. Meinen Laptop schloss ich und stand auf. Ich nahm einen Schluck von meinem Wasser und schaute nach draußen.

Die Sonne ging bereits unter, meine Gedanken kreisten um Liam. Heute hatte er sich nicht gemeldet. Warum? Sonst rief er an und erkundigte sich, wie es uns ging und was wir machten. Heute war nicht viel los, es war eher ruhig. Emma war die Einzige, die uns besucht hatte. Meine Gedanken kreisten. Elias meldete sich mit einem komischen Geräusch. Ich ging zu ihm.

„Na, mein Süßer, hast du gut geschlafen?", fragte ich ihn. Er lächelte.

„Mama." Ja, das war ich. Es war niedlich, wie er mich nannte. Ich hob ihn hoch und er lehnte sich an mich. Mein Kleiner liebte es, zu kuscheln.

„Hey, kleiner Mann, hast du Hunger? Ich habe da was für dich. Lassen wir die Mädels schlafen." Ich ging zum Kasten und nahm Kekse heraus. Gab einen Elias und er aß. Ich setzte mich auf den Boden. Elias schaute mich an. Wenn ich ihn so beobachtete, dachte ich an Liam, er sah ihm so ähnlich. Wir quasselten noch eine Weile und ich genoss es, mit Elias hier zu sitzen. Dieses Kind war einmalig.

Als ich ihm sein Fläschchen gab, klopfte es an der Tür. Ich saß noch immer auf dem Teppich und schaute, wie Elias trank. Die Tür ging auf und Liam kam herein.

„Hey, sorry, mein Akku war leer. Ich konnte es nicht aufladen. Was machst du da auf dem Boden?“, fragte er mich und gab mir einen Kuss, dann sah er Elias, der mit einem Grinsen aus seiner Flasche trank.

„Hey, kleiner Mann. Hältst du die Mama auf Trab?“ Er sah ihn an.

„Nee, wir haben uns unterhalten. Ich hoffe nur, er wird nicht wie du“, meinte ich zu Liam. Dann fügte ich dazu: „Schönheit ja, aber innerlich ein Nein.“

„Na, so frech heute!“, meinte er und sah mich an.

„Nur zu dir.“ Ich streckte ihm die Zunge heraus. „Bäh, nur zu dir!“ Elias grinste und schmiss seine Flasche Richtung Liam.

„Hey, ihr seid heute beide frech zu mir“, sagte er und kitzelte Elias. Er lächelte ihn an. Wir hatten Spaß und Liam machte mit.

„Die Mädchen schlafen und ihr zwei blödelt nur. Ihr seid mir zwei, hm. Gib Papa ein Küsschen und kein Sabber.“ Elias gab ihm ein Küsschen und deutete auf mich. Liam flüsterte ihm was in das Ohr und bückte sich dann zu mir.

„Unser Sohn besteht drauf, dass ich dich jetzt küsse. Keine Widerrede.“ Er gab mir einen Kuss und daraus wurden mehr. Er flüsterte: „Ich habe dich vermisst.“

„Ich habe dich auch vermisst. Komm, packen wir die Kinder und fahren nach Hause. Ich bin müde. Schau, dass sie in den Kindersitzen weiterschlafen“, meinte ich und nahm Elias in die Arme. Er lächelte mich an. Dieses Kind liebte uns und gab uns Zeit zu zweit. Ich kontrollierte, dass ich alles hatte, dann sperrte ich die Bürotür zu. Ich hatte nichts vergessen. So konnte ich von zu Hause weiterarbeiten.

Liam beobachtete mich, die ganze Zeit. Er wusste, dass ich ihm nicht zuhörte. Es war meine Sache mit der Arbeit. Heute sah er wieder zum Anbeißen aus. Ich würde ihm helfen, diese Therapie zu machen, und ich würde ihn behalten. Es stand in meinem Herzen fest. Er hatte sich verbessert seit damals, ich merkte es stark.

Gott, lass ihn alles überstehen und gib ihm Kraft für seine Familie. Wir brauchen ihn. Ich parkte und war noch immer in Gedanken. Wie das wohl war, sexfrei zu sein? Es musste etwas geben, damit er die Frauen in Ruhe ließ, ohne dass er auf mich verzichtete. Das würde ich den Hypnotiseur fragen. Ich gähnte und merkte nicht, dass Liam die Kinder bereits mit dem Kinderwagen und dem Rest draußen hatte. Er sah mich an und ließ mich meinen Gedanken nachhängen. Ohne mich zu stören. Nach einiger Zeit klopfte er doch ans Fenster.

„Hey, bist du da? Wir brauchen den Schlüssel. Hier ist es kalt.“ Ich sah ihn an, wie er mich angrinste.

„Oh, ich komme mit, wartet.“ Ich nahm meinen Schlüsselbund, die Tasche und den Laptop, dann stieg ich aus. Wir standen beim Lift und ich sah die Mädels an, sie waren munter. Elias schlief hingegen. Ich bückte mich zu ihnen und lächelte sie an.

„Hey, meine Süßen, habt ihr Hunger? Mami hat die Kekse und oben bekommt ihr eure Fläschchen.“ Ich gab ihnen ein Küsschen. Sie lächelten und Liam schaute auch zu mir. Sagte nichts. Ihm gefiel es, wie ich mit unseren Kindern umging. Wie ich sie liebte und er gehörte dazu.

Leni sagte: „Mama“, zu mir und Lisa lachte.

„Hey, Leni, ich bin da. Na, wollen wir verstecken spielen? Hier im Lift ist es besser.“ Sie deutete zu Lisa und lächelte.

„Lisa, magst du mitspielen, wollen Leni und Mama wissen?“, fragte ich sie. Sie schüttelte den Kopf. Ich sah sie an und lachte. „Okay, dann fangen wir an.“ Leni lachte lauter.

„Na, wo ist die Mama? Leni, such sie!“, rief ich. Sie schaute hin und her und meinte: „Dada.“

Ich sah zu Lisa und sagte: „Ja.“

Beide lächelten. Lisa fand mich erneuert: „Da, Mama.“ Oh, sie hatte zwei Wörter verbunden. Ich war so happy.

„Lisa, sag das noch mal“, bat ich und sie lächelte. Mochte sein, dass sie die Schüchterne war, doch sie konnte auch vieles.

Liam war begeistert von dem Spiel und lächelte mit den Tränen in den Augen. Er wischte sie heimlich ab, doch ich hatte sie gesehen. Ihm ging es so nah.

Als wir in die Wohnung marschierten, sah mich Liam an. Er nahm mich in den Arm und drückte mich an sich. Diese Wärme gab mir den Rest. Ich wollte ihn sofort, doch eines war klar, unsere Zwerge müssten sofort versorgt werden.

Als Leni und Lisa fertig im Bett lagen, las ihnen Liam eine Geschichte vor. Es war klar, dass die beiden Hunger hatten und deswegen aufgewacht waren. Jetzt, wo sie satt waren, wollten sie wieder schlafen und Papa Liam störte. Sie schrien beide: „Mama." Als ich reinkam, sah ich sie an. Ich nahm das Buch weg, gab ihnen einen Kuss, deckte sie beide zu und nahm Liam mit. Er schaute mich verdutzt an.

„Warum hast du mir das Buch weggenommen? Ich wollte ihnen vorlesen", fragte er mich.

„Sie wollen weiterschlafen und da mögen sie nicht, wenn du ihnen vorliest. Warte zehn Minuten und schaue nach. Dann wirst du sehen, dass ich recht habe."

„Du kennst sie alle besser als ich. Gib mir nächstes Mal Bescheid. Bitte!"

„Okay, mach ich. Sie werden jetzt alle drei durchschlafen, wie immer."

„Baby, mir ist vieles klar geworden. Ich will alles und euch an meiner Seite. Hast du dir Gedanken gemacht?" Oh, da könnte ich jetzt mit meiner Idee rausrücken. Ich schaute ihn an und lächelte.

„Ich habe da einen Vorschlag zu machen. Nimmst du es an und es funktioniert, gehören wir dir für immer. Was meinst du?", fragte ich ihn. Ich setzte mich auf die Couch ins Wohnzimmer und klopfte neben mir. Er setzte sich zu mir, ohne etwas zu sagen, sah mich an. Ich kannte dieses Gesicht, hatte es öfter gesehen, wenn es ihm nicht so ging, wie er es wollte. Ich wartete, dass er was sagte, und dachte darüber nach, wie ich vorgehen sollte.

„Okay, Eli, was willst du?", sagte er mit einer weichen Stimme.

„Ich will dich. Ich will, dass du bei einer Hypnosetherapie mitmachst. Da habe ich heute einen Termin gemacht, ich werde dich begleiten. Eine Sitzung dauert neunzig Minuten. Du musst da mitmachen, wenn es dir mit uns ernst ist. Ich will nicht in Angst leben. Ich habe den Verdacht, dass die jetzige Therapie nicht anschlägt. Mein Gefühl sagt mir das. Mach die

Hypnose und dann sehen wir weiter.“ Mir kamen die Tränen und er wischte sie mir weg. Es war schon schwer, mit der Last zu leben, dass er mich betrogen und beschuldigt hatte, ihm fremdgegangen zu sein.

„Nicht weinen. Ich danke dir für den Termin, ich werde es machen für uns. Komm, lass uns ins Bett gehen, ich will mich um dich kümmern.“ Er drückte mir einen Kuss auf den Mund.

Mir wurde heiß. Ich wollte ihn, und zwar sofort. Wir gingen ins Schlafzimmer und er stieß mich ohne Vorwarnung ins Bett. Dann legte er sich auf mich und küsste mich. Zuerst nur leicht, dann fordernd. Er wollte mich hier und jetzt, so wie ich ihn wollte. Mein Körper sehnte sich nah ihm. Liam zog mich aus und sich ebenfalls.

Bei jedem Kuss spürte ich, wie er und ich eins wurden. Er streichelte mich sanft und bewegte sich in mir. Bei mir kam eine Explosion der Sterne und er kam genauso heftig und vergrub mich unter sich.

Oh, Liam und ich hatten eine weitere schnelle Nummer gehabt. Verdammt, ich hatte es genießen wollen und das war wieder so plötzlich fertig. Von wegen kümmern, er war geladen, genauso wie ich. Enttäuscht war ich nicht. Was nicht ist, könnte heute noch werden. Er sah mich an, grinste und drückte mir einen Kuss auf die Lippen.

„Verdammt, es war zu schnell. Ich wollte dich verwöhnen. Komm, mach mal eine Pause und dann werde ich er dir zeigen“, sagte er. Wir lagen im Bett und ich schlief ein.

Ich wachte auf, als mein Wecker läutete. Es war sieben Uhr früh. Liam schlief tief und fest neben mir. Seine Haare lagen auf dem Polster und seine Decke am Boden. Ich beobachtete ihn, wie er so friedlich dalag. Er sah wie ein Engel aus. Man könnte meinen, dass er keine Probleme habe, wenn man es nicht wüsste. Ich streichelte ihm sanft die Haare und hob die Decke. Ich deckte ihn zu und sah ihn noch einmal an. Ich verliebte mich immer wieder in ihn, er gehörte mir, trotz allem. In Kinderzimmer hörte ich Elias. Ich gab Liam einen Kuss und ging.

Als ich im Kinderzimmer ankam, sah ich erstaunt, wie alle drei im Bettchen saßen und leise Töne von sich gaben. Ich beobachtete sie eine Weile und musste lachen. Eindeutig hatte hier Elias was zu sagen.

„Hallo, meine Süßen, habt ihr gut geschlafen?“, fragte ich alle drei leise, ging zum Bettchen und holte Elias. Ich wickelte ihn und legte ihn zurück, dann nahm ich die Mädchen und wickelte sie nacheinander. Ohne dass ich es bemerkt hatte, war Liam an der Tür erschienen und beobachtete uns.

„Morgen, wie kann ich dir helfen? Besser, wo brauchst du Hilfe?“, riss mich Liam aus meinem Tun.

„Guten Morgen, du nimmst Elias und ich die Mädchen mit. Sie haben Hunger“, meinte ich zu ihm. Wir gingen in die Küche und setzten die Kinder in ihre Sitze. Ich füllte die Fläschchen mit Milch für die drei und gab sie ihnen nacheinander. Dann bereitete ich für Liam und mich Kaffee und Brötchen zu. Nach dem Frühstück räumte ich die Teller und die Fläschchen in den Geschirrspüler und wischte den Tisch ab. Unsere Kinder waren zufrieden und spielten, Liam und ich lächelten uns an.

„Musst du heute ins Büro?“, fragte mich Liam und schaute mich mit verträumtem Blick an.

„Heute habe ich zu Hause was zu erledigen“, sagte ich ihm und ging ins Bad, wo ich die Waschmaschine mit Wäsche füllte. Es würden heute mehr als zwei werden. Da ich gestern gearbeitet hatte, hatte ich die Wäsche nicht gewaschen. Ich räumte das Bad auf und wischte durch.

Nebenbei machte ich im Wohnzimmer sauber und begann zu staubsaugen, als es an der Tür klingelte. Liam blieb in der Küche bei den Kindern und ich marschierte zur Tür und sah nach, wer es war. Es war bereits zehn Uhr, ich erwartete keinen Besuch. Neugierig schaute ich durch den Spion. Ava stand mit Lorenzo da. Ich machte auf und begrüßte sie überrascht.

„Na, mit uns hast du nicht gerechnet, was?“, fragte sie fröhlich und gab mir einen Kuss. Lorenzo machte es ihr nach und so bekam ich zwei, einen auf jeder Seite.

„Schlafen die Kinder? Es ist so leise hier“, stellte er fest.

„Kommt mal rein, sie sind heute alle gleich aufgestanden und sitzen in der Küche. Spielen miteinander“, meinte ich. Ich wusste, dass sie heute erfahren würden, was es bei ihnen wird.

Lorenzo war auf Liam nicht so gut zu sprechen. Er war noch immer sauer auf ihn. Ich betrat die Küche und sagte zu den Mäusen: „Überraschung für euch drei, Tante Ava und Onkel Lorenzo sind da.“

Liam erstarrte. Damit hatte er nicht gerechnet, eine Weile starrten sie sich an und dann begrüßte ihn sein Bruder.

„Hey, Arschloch. Dass du zur Normalität gehörst, wusste ich nicht. Ich hoffe, dass es so bleibt. Nicht, dass du die Schlampe hierher bringst wie letztes Mal im Haus.“ Lorenzos Stimme war hart und sein Gesicht nicht zu deuten.

„Das wird nicht passieren. Ich habe vor, Papa zu bleiben. Pass auf, was du sagst vor meinen Kindern. Wie geht es euch? Wie ich sehe, ist es bei euch bald so weit.“ Mit freundlichem Gesicht sah er zu Ava. Lorenzo ließ er links stehen.

„Uns geht es blendend. Wir bekommen Zwillinge, es werden ein Bub und ein Mädchen. Das zweite hat sich erst heute gezeigt. Ich freue mich, wenn ich sie im Arm halten kann.“ Ich sprang auf und umarmte Lorenzo. Er war immer hilfsbereit und er mochte mich wie ich ihn. Ich freute mich riesig über seine Zwillinge.

„Gratuliere, ich habe Babykleidung für euch. Es ist alles gewaschen und in eine Schachtel gelegt. Lorenzo, du darfst es heute mitnehmen“, sagte ich ihm. Ava starrte mich an.

„Sag mal, wann hast du das denn gemacht? Ich dachte, ich sollte es waschen.“ Sie grinste wie ein Honigkuchenpferd.

„Meine liebe Ava, wenn meine Kinder schlafen, mach ich vieles und das gehört dazu. Ich freue mich für euch. Es ist wichtig, dass es dir und den Babys gut geht. Was möchtet ihr trinken?“

„Für uns beide Kaffee, wir haben euch Kuchen mitgebracht“, meinte Ava und setzte sich neben Elias. Er lächelte sie an und lallte was. Leni wischte sich die Augen und sah mich an. Lisa gähnte. Leni schrie auf einmal: „Mama!“, und lächelte mich müde an.

„Okay, Leni, magst du auch was trinken?“, fragte ich sie. Sie schüttelte den Kopf und gähnte.

„Oh, du bist müde, Mausi“, meinte ich und sie nickte.

„Zwerge, ihr seid müde. Ich werde euch hinlegen und, Elias, du lässt die Mädchen schlafen.“ Er sah mich an und lächelte spitzbübisch. Ich nahm einen nach dem anderen und brachte sie ins Bett. Die Mädchen waren schon am Einschlafen, nur Elias war munter, obwohl ihm die Augen zufielen. Ich nahm ihn hoch und sag ihm ein Lied vor, bis er einschlief. Ich legte ihn ins Bettchen und ging nach draußen.

Als ich die Tür zumachte, hörte ich Liam sagen, wie sehr er uns liebte. Ava und Lorenzo hörten ihm zu. Dass er bereute, was vorgefallen war, sagte er auch. Ich ging in die Küche und schenkte mir einen Kaffee ein, bevor ich mich zu Ava setzte, die ihren Kuchen verputzte.

„Weißt du, wie lecker dieser Schokokuchen ist? Seit ich schwanger bin, esse ich ihn jeden Tag.“ Ava war begeistert und es schmeckte ihr.

„Ich glaub dir aufs Wort. Welcher Schokokuchen schmeckt nicht lecker? Ich hatte letztens einen von Tonio, der war so lecker. Frag ihn danach. Das Rezept ist von seiner Nonna.“

„Schlafen die Kleinen schon?“, fragte mich Liam und sah mich an.

„Sie waren alle müde. So ist es bei unseren dreien“, sagte ich mit einem Grinsen. Dann fügte ich hinzu: „Du musst lernen sie zu verstehen. Elias ist bei unseren Mädchen der Boss.“

„Ist nicht wahr! Der kleine Schlawiner. Macht der das öfter?“ Liam konnte sich sein Grinsen nicht verkneifen. Er war stolz auf seinen Sohn.

„Nee, heute war es das erste Mal. Die Mädchen schlafen um diese Zeit für gewöhnlich. Da beschäftigt er sich selbst mit seinen Füßen. Nur heute hat er sie geweckt und mit ihnen im Sitzen gebrabbelt.“ Ich schüttelte meinen Kopf.

Ich hörte meinen Gästen zu, wie sie sich freuten über ihre Babys und wie sie sie sehnsüchtig erwarteten. Meinen Blick warf ich ständig zu meinem

Mann. Ich starte ihn an, sodass er es bemerkte. Meine Gedanken kreisten um ihn und mich.

Oh Gott, ich wurde verrückt. Hier saßen Ava und Lorenzo und ich dachte an Liam und seinen Körper, von dem ich nie genug bekommen konnte. Ich war so verschossen in ihn. Durch mein Starren hatte ich nicht mal bemerkt, wie Ava und Lorenzo sich verabschiedet hatten. Es gab keinen einzigen Tag, an dem ich nicht an uns beide dachte.

Ich wünschte mir, dass es nur ein Traum war, aus dem ich aufwachte und Liam gesund war. Mit den Tränen in den Augen und Schmerzen im Herzen bat ich Gott um Hilfe. Mit meiner Liebe und Gottes Hilfe sollte es funktionieren.

Liam drehte mich zu sich und sah mich an. Er wischte mir die Tränen weg und küsste mich. Keine Ahnung, was er dachte. Ich sah nur die Sorgen in seinem Gesicht. Nicht weniger und nicht mehr. Meine Tränen liefen weiterhin über meine Wangen und keiner sagte etwas oder bewegte sich.

Er war der Eine, auch wenn er Fehler gemacht hatte. Er war der Eine, auch wenn er krank war. Er und nur er. Ich wollte ihn und keinen anderen. Mein ganzes Herz gehörte ihm. Er hatte es erobert, kein anderer Mann.

Greg war nur einer, der mich getröstet hatte und das wusste er. Damals waren meine Hormone schuld gewesen, doch heute wusste ich mit Sicherheit, es war nur Liam, den ich wirklich geliebt hatte und nun noch mehr liebte. Ich wischte meine Tränen weg und schaute zu ihm. Er nahm mich in den Arm und drückte mich an sich, streichelte mich und gab mir einen Kuss.

„Hey, ich kenne dich. Nicht weinen, ich weiß, was dich bedrückt. Wir schaffen es zu zweit. Komm mit ins Schlafzimmer und leg dich hin.“

Ich nickte nur. Er nahm mich an der Hand und führte mich hinein. Es tat gut, sich an ihn zu lehnen. Keine Ahnung, wie lange wir da so gelegen haben, und keiner hatte etwas gesagt. Jeder von uns war in seiner Gedankenwelt verschlossen. Ich schlief irgendwann ein, angelehnt an Liam.

Kapitel 27

Heute waren wir bei Doktor Theis in Ordination. Hier war es warm und die Wände waren in einem Gelbton bemalt. Möbel waren in Brauntönen gehalten. An den Wänden waren Bilder aufgehängt worden und die Couch war lederbraun.

Es war gemütlich. Wir saßen und schauten uns um. Doktor Theis kam schließlich herein und grüßte uns. Er war ein älterer Mann, ich schätzte, so um die sechzig. Weiße Haare, schlank und rank. Nach der Begrüßung schauten wir uns an, dann begann er mit den Fragen. Er notierte sich einiges und fragte weiter. Liam erzählte, ich hörte zu.

„Was ist das für ein Gefühl, dass sie bei Ihrem Mann haben?“, fragte mich Theis.

„Ich liebe ihn. Es nagt an mir, dass es so bleiben könnte und er mich wieder verletzt. Ich habe Angst, dass es nie wieder so sein wird, wie es mit uns war, dass er unseren Kindern wehtut, indem er Frauen zu uns nach Hause schleppt. Dass die Kinder ihn erwischen, so wie ich ihn damals in unserem Haus erwischt habe. Die Bilder bleiben im Kopf. Ich kann sie ausblenden, doch vergessen werde ich sie nie. Meine Gefühle sind eine Achterbahn aus Angst und Hoffnung.“

„Ich verstehe, er hat Sie verletzt, als Sie ihn am meistens gebraucht haben. Wenn er die Hypnose macht, wird sich sein Leben ändern. Nun muss er es auch wollen. Für ihn wird es schwer sein, im Zölibat zu leben. Die ersten drei Wochen werden wir jeden zweiten Tag eine Hypnose veranstalten. Danach erst wird sich zeigen, ob er Fortschritte macht. Es wird ein langer Prozess werden. Das sollten Sie verstehen.“ Er schaute ernst zu Liam.

„Drei Wochen absolut keinen Sex. Nicht einmal mit der Hand. Das zählt zu der Hypnose. Sie müssen mir erzählen, wie es sich anfühlt, ohne zu leben.

Ihr Gehirn muss sich darauf einstellen können, damit Sie später nur mit einer Frau ins Bett gehen. Bei Raucherentzug ist es einfach. Man schmeißt die letzte Zigarette weg und es ist in Ordnung, obwohl manche es schwerhaben, sie probieren, es auszuhalten, rauchfrei zu sein. Bei Sexsucht ist es anders. Man kann nicht ohne, man hat Bedürfnisse danach. Das müssen Sie begreifen. Sie haben eine Frau und Sie sollten sie rannehmen. Ihr Gehirn muss sich daran gewöhnen und sich für nur eine Frau entscheiden. Ich habe mit meinem Kollegen gesprochen und er wird Sie und mich unterstützen. Wir werden heute anfangen, damit wir keine Zeit verlieren." Er deutete Liam, sich hinzulegen, ich sah sie an und ließ sie allein. Draußen in dem Warteraum rief ich Rosa an und erkundigte mich nach meinen Babys. Ich sagte ihr, dass es spät werden würde und dass Liam die Hypnose schon heute hatte. Sie meinte, sie würde beten, dass es hilft, und verabschiedete sich von mir.

Nach dem Gespräch mit Rosa fiel mir auf, dass die Kleinen heute bei ihr schlafen würden. Das hatten wir ausgemacht. Liam und ich würden allein sein.

Verdammt, keine Ahnung, wie es werden sollte, mit ihm in einem Bett zu schlafen, ohne ihn anzufassen oder er mich. Er würde im Wohnzimmer schlafen müssen. Ich hielt ihn so von mir fern.

Drei Wochen waren eine lange Zeit und Liam würde sich daran gewöhnen müssen. Ich hoffte, dass die Hypnose wirkte und dass es ihn änderte. Liam war bei den Fragen ehrlich gewesen. Tief in Gedanken versunken, merkte ich nicht, dass Liam neben mich trat. Seine erste Therapiestunde war vorbei.

„Hey, für heute bin ich fertig. Ich habe einen neuen Termin und wir könnten gehen. Grüble nicht, es wird schon. Ich liebe dich." Er sah mich mit einem verliebten Blick an. Er lächelte ständig zurzeit. Seit er unsere Kinder im Arm gehalten hatte, hatte er sich verändert.

Ich grinste nur. Es gefiel mir, ihn so zu sehen. Ich spürte bei jedem seiner Blicke, dass er mich liebte. Ich fragte mich manchmal, warum es ihn getroffen hatte. Die Antwort würde ich nie erfahren. Ich stand auf und wir verabschiedeten uns von Doktor Theis. Dann gingen wir nach draußen. Liam und ich schwiegen eine ganze Zeit. Er brach das Schweigen schließlich.

„Was ist los mit dir und über was denkst du ständig nach?“ Ich sah ihn an.

„Es wird nicht so einfach mit allem. Ich habe Angst um dich, um uns. Verdammt, mein Herz gehört nur dir und das weißt du. Ich will, dass das zwischen uns funktioniert und wir für immer zusammenbleiben.“ Er nahm meine Hand und zog mich zu sich.

„Es wird funktionieren. Ich weiß, dass dein Herz mir gehört. Ich möchte, dass es auch so bleibt. Ich habe Angst, dass ich es wieder vermasseln könnte, dass du mich verlässt. Komm, setzen wir uns in das Café gegenüber und trinken was.“

In dem Moment grüßte uns ein Mann. Die Stimme war mir bekannt. Nein, das durfte nicht wahr sein, es war Lukas! Wir drehten uns um und sahen ihn an.

„Geht es dir gut, Elena?“ Er musterte mich.

Nein, mir ist zum Kotzen gerade, dachte ich mir.

„Hallo, Lukas, danke, es geht mir gut und dir?“

„Es ist okay. Hast du deinem Mann von uns erzählt?“

Puh, es kam so, wie es kommen musste.

„Da gibt es nichts zu erzählen, Lukas. Ich wüsste nicht, was.“ Er sah mich an und grinste. Liam kochte vor Eifersucht.

„Oh, ich habe ganz vergessen, dass Liam auch hier steht“, meinte Lukas und sah uns beide grinsend an. Liam war in Gedanken und was er sich dabei dachte, wusste keiner.

„Okay, was war mit euch beiden? Hast du sie gefickt, wie sie mit mir zusammen war oder wolltest du sie ficken, Lukas? Was soll sie mir erzählen?“

Lukas grinste breit und sah ihn an. Es wäre jetzt die letzte Chance, ihm selbst zu sagen, was los war.

„Liam, es gab da etwas, das ich dir sagen muss. Es war vor fünf Jahren. Doch ich möchte es dir später erzählen. Es betrifft nicht dich." Ich drehte mich zu Lukas und sah ihn an. „Lukas, was willst du? Dein Schubsen damals in der Wohnung hat mein Baby umgebracht. Ich hasse dich dafür. Ich will dich nie wiedersehen."

„Du warst schwanger?" Er sah mich mit großen Augen an.

„Ja, du Idiot, und es war von dir! Dein Trösten damals unter Alkoholeinfluss ist nicht ohne geblieben. Ich wollte es dir sagen, als du zu mir gekommen warst, doch du warst betrunken und wolltest nur eines. Als ich Nein gesagt habe, hast du mich gegen die Wand geschubst, ich bin gestürzt und du gingst. Vier Tage später bin ich ins Krankenhaus gegangen und ich habe es verloren. Deinetwegen. So, jetzt weißt du es und Liam auch. Lass mich in Zukunft in Frieden. Wir sind keine Freunde und werden es nicht mehr sein." Ich drehte mich um, mit Tränen in den Augen.

„Warum hast du mir nichts gesagt? Warum, Eli?", rief Lukas.

„Weil du betrunken warst und weil du mich geschubst hast, darum! Lukas, bleib bei deinem Alkohol und lass mich in Ruhe. Ich will nichts von dir, ich liebe Liam. Ich danke Gott für meine drei Kinder, die ich jetzt habe. Such dir eine Frau, die zu dir passt, und lass mich in Frieden. Komm, Liam gehen wir."

Während wir über die Straße gingen, hielt mich Liam fest. Wir spazierten rein und Liam fand einen Platz neben dem Fenster. Wir setzten uns hin und schauten nach draußen. Er überlegte, mit was er anfangen sollte. Ich grübelte genauso. Ich hatte meine Fehlgeburt damals allein überstanden und ich hatte es die ganze Zeit für mich behalten. Bei den Drillingen hatte ich öfter Angst gehabt, dass ich sie verliere. Es war nicht unproblematisch, doch ich hatte es geschafft. Liam und ich sollten einige Regeln aufstellen, was uns beide betrifft. Es wäre besser für ihn, da wir heute allein waren.

Regel Nummer eins: kein Sex. Das klang blöd, ich wollte ja Sex, er auch, nur dass er es nicht durfte. Das war verdammt schwer. Wenn die Sachen verboten waren, dann wollte man sie umso mehr. Nicht nur einmal, zweimal, sondern dreimal so viel. Das war der Trick dieser Therapie. Ich war verboten, das war unmöglich – er hatte mich bereits.

„Eli, es tut mir leid, das mit Lukas. Ich bin nur froh, dass das vor fünf Jahren war und nicht jetzt. Es ist dir sicher schwergefallen, darüber zu reden."

„Ja, Lukas hat mich damals getröstet, als ich Joe mit Barbie erwischt habe. Wir haben beide getrunken und waren heiß aufeinander. Die Folge war später da, als ich festgestellt hatte, dass ich im dritten Monat schwanger war. Den Rest kennst du jetzt. Ich habe es keinem erzählt. Es war mein Geheimnis." Wir sahen uns an.

„Eli, du bist eine starke Frau. Du hast mich auch mit einer anderen erwischt. Und du hilfst mir, diese Therapie zu schaffen. Wie machst du das?"

„Ja, dich liebe ich und ich würde dir immer helfen. Das ist der Unterschied zwischen dir und Lukas. Vergiss ihn, so wie ich, er existiert nicht mehr. Nur du und ich, das ist es." Er sah mich an.

„Unser Problem würde sich nur lösen, wenn die Therapie erfolgreich ist, und bis es so weit ist, wird eine Menge Zeit vergehen. Wir beide wissen es. Außerdem warum hast du mir nicht von dir und Lukas früher erzählt", sagte er zu mir und sah mich an.

„Das ist ein Problem für uns! Es sind drei verdammte Wochen und dann werden wir sehen, wie die Hypnose gewirkt hat. Das ist nur ein Funken Hoffnung. Wenn es nicht wirkt, wie soll ich mit dir das alles überstehen? Soll ich dich kastrieren lassen, damit du bei mir bleibst? Ich hoffe von ganzem Herzen, dass du es schaffst und wir in Ruhe leben. Ich weiß es nicht, ich hasse Lukas und wollte ihn nie wiedersehen", sagte ich.

Die Kellnerin kam und nahm unsere Bestellung auf. Liam saß da und dachte nach. Ja, er lebte bis vor Kurzem nur für Sex. Ich konnte ihn mir ohne nicht vorstellen. So wie er jetzt grübelte, hatte ich ihn noch nie gesehen. Ich starrte ihn regelrecht an und erwartete eine Antwort von ihm. Ich bekam jedoch keine.

In dem Augenblick klopfte es am Fenster und ich erstarrte, ich sah Greg und freute mich. Er winkte mir zu und ich deutete ihm, er solle herkommen. Liam war eifersüchtig, doch war Greg die Lösung. Ja, es wäre möglich. Greg war nur ein Freund von mir und er machte ihn eifersüchtig.

„Hallo, Eli! Na, wieso schaust du wieder so unglücklich aus?", begrüßte mich Greg. Er gab mir zwei Küsschen. Liam grüßte er nur mit einem Nicken. Ich verstand es. Er war kein Fan von ihm, und er war sauer auf mich wegen Lukas.

„Hey, ich bin nicht unglücklich, nur ein wenig traurig. Komm, setz dich zu uns. Erzähl mal, wie es dir geht. Ich habe lange nichts von dir gehört."

„Oh, hast du mich vermisst?", fragte er und fügte hinzu: „Wie geht es den Kleinen?"

„Von ***vermisst*** war keine Rede. Den Kleinen geht es bestens. Wann kommst du sie mal besuchen? Oder hast du so viel zu tun?" Er nahm meine Hand und drückte sie an sich.

„Ich vermisse euch vier. Seit ich in der Schweiz arbeite, komme ich zu nichts mehr. Das Apartment dort ist leer. Und hier in Wien genauso. Ich bin nur im Büro und vor Gericht. Aus mir ist ein Arbeitstier geworden, wie du siehst. Und was tut sich bei dir?", fragte er mich und sah zu Liam. Ich dachte nach. Was sollte ich ihm sagen? Es war nicht so einfach.

„Nicht viel. Ich arbeite wieder im Geschäft. Ich bin im Büro. Neben der Karenz verdiene ich was dazu und das ist in Ordnung. Es macht mir Spaß. Wie schaut es bei dir aus, hast du eine Freundin?", fragte ich, um das Thema zu wechseln. Ich wusste, dass er keine hatte. Er wollte auf mich warten, wie lange es auch dauerte.

„Nein, ich suche nicht. Das solltest du wissen. Ich habe es dir damals erzählt. Es gibt nur Eine, die mein Herz erobert hat, auch wenn es nur von kurzer Dauer war. Es nagt an mir. Wie läuft es bei euch zwei? Seid ihr noch ein Paar?", fragte er. Kein Wunder, wie wir aussahen, sah es nach außen offenbar keiner.

„Verdammt, Greg, was willst du noch von Eli? Sie ist meine Frau. Ja, ich bin kaputt und brauche Klempner, doch ich liebe sie mehr als mein Leben“, sagte ihm Liam in einem scharfen Ton.

„Mach einmal einen Fehler und ich werde sie heiraten, das verspreche ich dir. Ich liebe sie auch. Mich brauchst du nicht zu überzeugen, ich kenne dich. Ich lasse mich mit dir nicht auf Diskussionen ein.“ Greg trank sein Wasser und legte das Geld auf den Tisch.

„Süße, es tut mir leid. Dein Mann ist ein Idiot. Ich rufe dich an. Pass auf dich auf.“ Er küsste mich auf die Wange, stand auf und ging. Ich sah zum Fenster, er drehte sich um und winkte mir. Liam sah mich an und runzelte seine Stirn.

„Nein, ihr werdet nicht miteinander telefonieren. Er soll sich fernhalten von dir und du von ihm. Ich will, dass ihr keinen Kontakt habt. Es wäre besser so. Das mit Lukas und dir, warum hast du es mir nicht früher erzählt? Sondern erst jetzt, wo er uns getroffen hat.“

„Du spinnst! Ich erlaube dir nicht, mir etwas zu verbieten, dazu hast du kein Recht. Er war nicht der Böse hier, sondern du! Er war der, der sich um mich gekümmert hatte, als ich dich gebraucht habe. Du bist in deiner Schlampe gewesen. Ich erlaube dir kein schlechtes Wort zu sagen über Greg. Egal, wie eifersüchtig du bist! Lukas und ich hatten vor unserer Zeit nur eine Nacht verbracht, da war es halt passiert und ich war nicht in einer nüchternen Verfassung. Wir waren beide betrunken. Das war vor fünf Jahren und da kannte ich dich nicht. Ich habe damals die Hölle erlebt.“ Ich trank mein Wasser und verließ das Café.

Ich wollte mich beruhigen und ging allein zu Fuß nach Hause. Ich sperrte die Tür auf und ging rein. Ich war zwei Stunden gegangen und hatte mich beruhigt. Es war hier ruhig, also nahm ich an, dass ich allein war. Liam war wo zum Teufel auch immer.

Ich ließ mir eine heiße Wanne ein und zog mich aus. Als ich mich in die Wanne legte und die Augen schloss, klopfte es an die Tür. Ich sagte nichts. Wenn er was wollte, sollte er reinkommen. Ich würde sicher nicht den Kontakt zu Greg brechen. Er würde immer mein Freund bleiben. Ich wünschte es ihm, dass er eine Freundin fand und nicht auf mich wartete. Liam und ich waren verheiratet und das musste in Gregs Kopf gehen. Es klopfte lauter.

„Liam, es ist offen! Komm rein. Sag, was dich bedrückt, und lass mich entspannen“, sagte ich zu ihm. Er erwiderte nichts. Nein, er stand wortlos hinter der Tür. Als ich dachte, dass es ihm die Sprache verschlagen hatte, meldete er sich doch noch.

„Du hast recht. Ich bin ein Arsch. Ich bin eifersüchtig auf ihn. Er hatte das, was wir haben sollten. Und er liebt dich, verdammt. Das mit Lukas fand ich nicht in Ordnung, dass du es mir verschwiegen hast. Ich bin dein Mann und wir sollten uns immer alles erzählen.“

„Komm rein, ich beiße nicht. Du hast mich schon öfter nackt gesehen. Tut mir leid, doch über Lukas und das Baby konnte ich nicht reden“, bat ich ihn, reinzukommen.

„Hey, ich möchte mich bei dir entschuldigen, es war nicht in Ordnung von mir, so zu reagieren. Verdammt, Eli, ich liebe dich auch und ich habe nun mal ein Problem. Ich benehme mich wie ein kleiner Junge, dem man die Süßigkeit weggenommen hat. Verzeih mir bitte.“

„Du kannst nicht jedes Mal toben und dich entschuldigen, wann es dir passt. Ich habe mich für dich entschieden, Liam. Wenn du weiter so machst, überlege ich es mir anders. Greg liebt mich und er wollte mich mit unseren Kindern haben. Das ist kein Geheimnis. Vergiss nicht, du warst der, der mich in seine Arme getrieben hat. Du warst für mich nie ein One-Night-Stand, du bist der, den ich will. Warum glaubst du, helfe ich dir?“ Ich sah ihn an.

„Verdammt, ich habe es versaut wie immer. Ich habe dich in jeder dieser Frauen gesucht. Dabei hatte ich dich, die ganze Zeit. Ich stehe hier und sehe dich mit Tränen in den Augen, für die ich verantwortlich bin. Ich gehe jetzt, denn wenn ich es nicht tue, kann ich für nichts garantieren.“ Er hatte wieder einen Ständer in der Hose. Typisch Liam und sein Problem. Er drehte sich um und sah mich wieder an.

„Greg kann nicht einfach aus meinem Leben verschwinden. Er geht mir aus dem Weg, ich habe es bemerkt. Doch er ist und bleibt ein Freund von mir. Das mit der Schweiz ist nur ein Vorwand, damit er sich von mir fernhält. Er hat von mir einen Korb bekommen, versetz dich in seine Lage. Sag ihm, dass es dir leidtut, und entschuldige dich bei ihm. Tu es für mich. Lukas kannst du vergessen, ich werde es auch tun, wie immer." Er hatte gewonnen, und ich gehörte nur ihm. Er lächelte nur.

„Hey, warum lachst du mich aus?", fragte ich ihn erstaunt.

„Wenn du nur wüsstest, an was ich dachte. Sorry, ich gehe jetzt. Ich bestelle uns was zu essen."

„Ich fände es besser, wenn du heute kochen würdest. Hähnchen wäre im Kühlschrank!", rief ich. Er drehte sich um und kam zu mir, schaute mir in die Augen und grinste wieder. Oh nein, ich würde hier wahnsinnig werden. Seine Augen waren mein Untergang. Keine Ahnung, was er vorhatte. Er war doch auf Entzug. Ich sah ihn an und wollte ihn hier in die Wanne bei mir haben. Ich hielt mich von dieser Idee ab. Er sollte mich hier nicht so anschauen. Da beugte er sich zu mir herunter und gab mir einen Kuss, ohne Vorwarnung. Oh mein Gott, und jetzt drehte er sich um und ging ohne ein Wort.

Probe bestanden, dachte ich mir. In dem Moment kam er ohne Bekleidung zu mir ins Bad und stieg in die Wanne. Wir sahen uns an und keiner machte Anstalten, etwas zu unternehmen. Ich schloss meine Augen und genoss die Ruhe zwischen uns. Hin und wieder berührten wir uns, was unvermeidlich war. Er lächelte mich an und es gefiel ihm, mich zu beobachten. Ich sah zu ihm und zu seinen Lippen, die mich geküsst und Feuer hinterlassen hatten. Sein Dreitagesbart sah sexy an ihm aus. Verdammt, sich von ihm fernzuhalten, würde schwer werden. Mein Mann könnte als Model durchgehen, so wie er in der Wanne lag. Er schmunzelte und sah mich an. Was hatte er im Kopf, dass er ständig lachte? Das war mir ein Rätsel.

Ich schloss meine Augen noch einmal für einige Sekunden. Ich musste mich sammeln. Mein Sexgott hatte mit seiner Anwesenheit ein Feuer in mir ausgelöst und das würde nicht so einfach gelöscht werden.

„Wenn du so viel denkst, denkst du Schlechtes oder Gutes? Wenn wir ein Problem haben, gehört es von mir und dir gelöst.“ Ich grinste, weil sich ein Film in meinem Kopf abspielte.

„Meine Gedanken handeln von dir, Eli, verraten werde ich sie dir nicht.“

„Keine Erotikfilme hier! Es wäre gefährlich für dich. Wir hier und der Film – keine super Idee.“ Ich sollte raus in die Dusche verschwinden. Gedacht, getan.

Plötzlich stand er hinter mir und zog mich an sich, flüsterte mir ins Ohr, was er mit mir anstellen wollte. Hier passierten Dingen, die nicht sollten. Ich wehrte mich und gab ihm einen Klaps auf den Hintern. Dieser Knackarsch war durchtrainiert und wie.

„Hey, du brauchst mich nicht heißmachen und stehen lassen. Du bist es, der nicht darf, nicht ich. Sei vorsichtig, was du machst“, warnte ich ihn. Ich würde ihn ständig daran erinnern. „Hey, mach nur so weiter und ich hole meinen Hausfreund und mache es vor dir. Ich bin gespannt, ob du es aushalten wirst. Bei deiner Eifersucht.“

„Okay, wir duschen und ich koche uns später was. Lass deinen Hausfreund dort, wo er ist.“

Ich grinste dieses Mal breiter. Wie sollte das drei Wochen lang mit uns weitergehen, wenn wir uns ständig scharfmachten? Ich duschte mich fertig und ging nach draußen. Dazu band ich mir das Badetuch um und schlenderte ins Schlafzimmer, wo ich mein Gewand anzog. Liam war in der Küche, nur mit einem T-Shirt und Boxershorts bekleidet. Auf dem Ofen standen Töpfe und eine Pfanne. Er hatte angefangen zu kochen. Ich starrte ihn an und mir wurde beim Anblick seines Hinterns schon heiß. Ja, eindeutig, er war sexy.

Ich wusste es, mich hielten einige Leute für verrückt, dass ich das alles machte. Was sollte ich sagen? Wenn man schwer verliebt war, dann war es das wert, ihm eine neue Chance zu geben. In meinem Inneren spürte ich von ihm, dass er mich liebte und um mich kämpfte. Hier ging es nicht darum, jemandem wehzutun. Hier ging es darum, einen gemeinsamen Weg zu finden und füreinander da zu sein.

Ich hörte die Teller und Gläser klirren und sah zum Tisch, Liam deckte ihn gut gelaunt. Er hatte mich die ganze Zeit beobachtet und mich in meinen Träumen gelassen. Ich hatte hier eine Stunde an der Tür gelehnt und war in Gedanken gewesen. Mein Gott, ich sollte aufwachen. Wie konnte ich ihn so ansehen, ohne ihn zu küssen? Er sah zum Anbeißen aus.

„Hey, Eli, wo warst du in Gedanken? Komm zurück, das Essen steht auf dem Tisch“, meinte er und lächelte, ich sah ihn an und erwiderte es.

„Keine Ahnung, wo ich war. Auf jeden Fall nicht hier. Ich glaube, bei meinem Hausfreund.“ Ich sah ihn an und hielte dem Blick aus seinen blauen Augen stand.

„Hattest du es mit ihm wenigstens schön?“, fragte er mich belustigt.

„Wieso ist dir das wichtig? Ich finde es hier nicht schlecht. Einer kocht für mich und der andere macht mich verrückt.“ Ich zuckte mit den Schultern.

Er sah mich nur an, dann meinte er: „Da wir jetzt gewisse Sachen nicht tun können, wäre es von Vorteil, uns eine Immobilie zu suchen. Was sagst du dazu? Dein Vibrofreund kann warten.“ Er suchte meine Nähe.

„Hm, du verlangst von mir, dass ich mich von meinem Vibrofreund trenne und mit dir ein Haus suche? Ist das nicht zu früh? Ich meine, sollten wir nicht abwarten, bis mein Vibrofreund von selbst geht?“

„Nee, schick ihn weg. Mir ist das mit der Immobilie wichtig. Unsere Kinder brauchen Platz. Das ist mir ernst. Ich will mit euch zusammenleben. Das möchtest du auch, oder? Wir suchen was, und wenn es passt, kaufen wir es. Deinen Hausfreund kannst du wegschicken, du hast ja mich.“

„Liam, ich bin mir nicht sicher dabei, von hier auszuziehen. Nach meinem letzten Auszug habe ich mir geschworen, mir beim nächsten Mal Zeit zu lassen. Ich weiß, dass wir hier wenig Platz haben. Ich weiß, dass das mit uns damals nicht in Ordnung war. Versteh mich nicht falsch, wir können schauen, doch gleich zusammenziehen, ich weiß nicht, ob das gut wäre.“ Ich sah ihn traurig an und froh zugleich. Ich wollte abwarten, bis die Hypnose wirkte, erst dann könnte ich mir vorstellen, mit ihm gemeinsam zu wohnen.

„Ich verlange nicht viel, ich habe es verbockt, okay. Ich kann verstehen, um was es geht. Ich werde mich bemühen, dass es funktioniert. Ich kann mir das Leben ohne dich nicht vorstellen. Ich bin so eifersüchtig, wenn ich nur einen Mann in deiner Nähe sehe. Am liebsten würde ich alle männlichen Wesen von dir fernhalten. Ich mag deinen Hausfreund auch nicht, er gehört in den Müll."

„Verdammt, Liam, was soll das? Ich gehe mit keinem aus. Ich habe mich für dich entschieden und nicht für sonst wen. Begreife es endlich. Mein Hausfreund steht irgendwo im Kasten, keine Ahnung, wann ich ihn das letzte Mal benutzt habe. Der ist sicher verstaubt." Mit den Tränen in den Augen sagte ich ihm das. Dieser Idiot begriff immer noch nicht, dass er mir gefehlt hatte und ich nur ihn wollte.

Er stand auf und kam zu mir, ging in die Hocke und zog mich zu sich. Als er mich an sich drückte, wusste ich, dass es ihm leidtat. Er war durcheinander wie immer. Er hielt mich in seinen Armen und sagte kein Wort mehr. Ich genoss es, diese Stille beruhigte mich. Mein Ehemann würde mich noch umbringen, wenn er sich nicht bald änderte und begriff, was mich an ihm störte.

Kapitel 28

Es waren Wochen vergangen. Liam machte Fortschritte und dachte ständig an mich. Er rief mich am Tag einige Male an und erkundigte sich nach uns. Am Abend kochten wir gemeinsam und kümmerten uns um unsere Kinder. Er las ihnen Geschichten vor dem Schlafengehen vor. Die Kleinen liebten ihn. Er war ihr Papa und das zeigten sie ihm öfter.

Liam war nicht mehr so eifersüchtig. Es schien, dass es ihn manchmal gar nicht interessierte, wer mich begrüßte. Die Hypnosetherapie wirkte Wunder und ihm ging es damit gut. Er hatte zurzeit nur Augen für mich. Egal, wo wir waren, er sah mich an und keine anderen Frauen. Ihn hatte eine Blondine letztens begrüßt und ihn gefragt, ob sie sich treffen könnten. Er sah sie an und küsste mich vor ihr. Dann meinte er: „Ich bin verheiratet und habe Kinder. Kein Interesse."

Ich lachte, denn so ging es einige Male. Er blendete andere Frauen komplett weg. Ich fragte mich, wie das funktionierte. Das war das Geheimnis dieser Hypnose. Wenn es Liam half, fand ich es in Ordnung. Wenn es weiter so lief wie bis jetzt, würden wir bald ein Haus kaufen und zusammenziehen.

Heute kümmerte sich Rosa um die Kinder. Ich hatte hier im Büro ein wenig Arbeit, die ich erledigen wollte. Morgen traf ich meine Freundinnen, die ich derzeit nur selten sah, seit wir Kinder hatten. Hier im Büro und im Geschäft arbeitete ich am meistens am Laptop. Es fühlte sich gut an, doch es fehlte mir manchmal der Kundenplausch. Hier saß ich allein oder mit den Zwergen.

Die letzten Bestellungen hatte ich schon aufgegeben und wollte mich mal durchstrecken, als es an der Tür klopfte. Ich hasste unangemeldete Besuche.

Ich war jedoch froh, wenn Karola oder Sebastian mir Kaffee vorbeibrachten. Sie waren als Paar süß. Ich liebte sie beide.

Im Büro hier hatten wir viel umgebaut. Emil hatte es sogar frisch gestrichen und neue Möbel aufgebaut. Er wusste, dass seine Enkel hier sein würden, und hatte ihnen eine schöne Spielecke und Schlafecke gemacht. Wenn ich mit ihnen hier war, waren sie meistens in der Ecke mit den Spielsachen beschäftigt oder sie schliefen. Ich war der Boss im Laden.

Liam schaute auf seine eigene Firma, Liam the Best. Sie lief sehr gut, zurzeit wollte jeder ihn haben. Er hatte Kunden im Ausland und die mussten betreut werden. Dazu kam, dass er das Geschäft von Emil bekommen hatte. Er übergab das Geschäft mir, weil ich mich hier am besten auskannte. So blieb das Geschäft in der Familie.

„Herein!“, rief ich, ohne zu schauen, wer es war. Es trat eine Frau ein, die mir bekannt vorkam. Ich hatte sie damals nackt gesehen. Ich überlegte kurz, ob es nicht die war, mit der Liam was gehabt hatte. Oh, verdammt, sie war es. Ich war nicht neugierig, die wieder zu sehen. Nach dem, was vorgefallen war. Doch warum war sie hier?

„Was willst du hier?“, fauchte ich sie an. Sie sollte nicht glauben, dass ich das auf mir sitzen ließ.

„Ich möchte Liam sehen, ist er da?“, fragte sie mich nervös und schaute sich um.

„Nein und was willst du von ihm?“

Sie biss sich auf die Lippe und starrte mich an. Ich nahm mein Handy und drückte auf Aufnahme. Alles, was sie erzählte, würde ich ihm vorspielen. Dieser Gedanke kam mir spontan.

„Ich bekomme ein Kind von ihm! Ich bin in der fünfzehnten Woche. Ich wollte es nicht bekommen, aber es ist passiert. Es tut mir leid.“ Sie zuckte mit den Schultern. Ihr war es egal. Sie brauchte einen Idioten zum Zahlen. Nicht mit Liam und nicht mit mir.

„Schau an, du Schlampe, ich habe drei von ihm und lasse mich nicht von dir verarschen. Nenn mir das Datum und die Adresse, wann und wo ihr miteinander geschlafen habt!“, rief ich. Ich war zornig und wie.

„Ich weiß nicht mehr, wir waren betrunken und er und ich sind bei mir im Bett gelandet. Ich habe gemerkt, dass ich ihn liebe. Es ist halt so. Wir bekommen ein Baby. Warum habe ich dir das bloß erzählt? Ich hätte direkt mit ihm reden sollen.“

Das hättest du, hast aber nicht. Du hast es mir erzählt. Ich kochte vor Wut.

„Ach, du erinnerst dich nicht, wann du mit meinem Mann gevögelt hast? Wenn das so ist, wer weiß, ob er der Einzige bei dir war? Könnte sein, dass du ihm nur sein Geld abluxen willst? Geht es darum? Da muss ich dich enttäuschen, er hat keins. Dieses Geschäft hier gehört mir und das andere unseren Kindern. So steht es im Vertrag. Wenn du versuchst, ihn von uns zu trennen, das wird dir nicht gelingen. Du wirst auch arbeiten gehen müssen und dein eigenes Geld verdienen so wie ich.“ Sie musste nicht wissen, dass Liam the Best so hohe Geldumsätze abwarf. Liams Konto wies mehr Geld auf als erwartet. Das Geschäft hier war auch deutlich in den schwarzen Zahlen. Geld war da.

Sie sah enttäuscht aus. Tja, da hatte einer die Rechnung ohne den Wirt gemacht. Ich sah dabei zu, wie sie rausmarschierte und die Tür zuknallte.

Jetzt war Liam dran und wie. Ich hasste Streitereien, doch es musste sein. Wenn er mit mir spielte, war er fällig. Ich packte zusammen und fuhr in die Firma, Liam the Best. Das Büro war offen und er telefonierte mit jemandem. Am Telefon war er so konzentriert, dass er mich gar nicht bemerkte. Ich setzte mich in den Sessel und hörte ihm zu. Er sprach über die neue Software und dass Lorenzo nach London flog. Er würde es ihnen alles präsentieren. Laim selbst musste sich um seine Familie kümmern und könnte nicht fliegen.

Okay, dachte ich, ***das ist interessant. Mir hatte er gesagt, dass er fliegen musste.*** Ich hatte nichts dagegen gehabt, doch jetzt hatte sich alles um dreihundertsechzig Grad gedreht.

Wir hatten Dezember, also war er mit ihr im August im Bett gewesen. Er war zudem Zeitpunkt mit mir zusammen gewesen. Das wiederum hieß, er hat mich betrogen. Was für Idiot.

Er telefonierte weiter, ohne mich gesehen zu haben. Das war neu. So vertieft hatte ich ihn nie gesehen. Wir waren im August zusammen und die Hypnosetherapie lief. Sie hatte bereits im Juni angefangen. Scheiße es könnte sein, sie hatte gemeint, es sei die fünfzehnte Woche.

Ich stand auf, ging nach vorn zu Liam, nahm sein Handy und legte auf. Endstation.

„Hey, es war wichtig. Was ist in dich vorgefahren?", fragte er mich.

„Hör dir das mal an und dann sag, dass du es nicht getan hast!", sagte ich scharf zu ihm. Ja, ich war wütend, er sollte es merken.

„Du spinnst! Was habe ich getan? Was …?", meinte er. Ich drückte auf mein Handy und spielte ihm vor, was ich aufgenommen hatte. Er hörte zu und seine Stimmung wechselte zu wütend.

Ja, dachte ich, ***jetzt sitzt er in der Falle mit ihr.*** Er war auf einmal still und rechnete nach. Was? Hatte er etwa doch …?

„Ich bin nicht der Vater dieses Kindes. Ich hatte, seit wir zusammen sind, keine andere, das habe ich dir versprochen und ich halte mich daran. Dieses Kind ist nicht von mir, es hat einen anderen Vater. Verdammt noch mal, glaub mir endlich! Sie will es mir unterjubeln", schrie er laut.

„Warum zum Teufel ist sie zu mir gekommen? Ich möchte, dass du mir das erklärst. Ich bin wütend auf dich und auf sie und wenn du mich belügst, Gnade dir Gott, Liam! Ich mache das nicht ein zweites Mal mit. Ich werde mich scheiden lassen, wenn es von dir ist. Es reicht nicht, wenn wir einander lieben, wenn du mich betrügst und belügst." Ich drehte mich um, nahm mein Telefon und meine Tasche und ging raus. Er schrie nach mir und rannte mir nach. Ich stieg in den Lift, den er blockierte. Er stand so schnell hinter mir, ich kam nicht einmal dazu, den Knopf zu drücken.

„Ich habe dich nicht betrogen. Ich habe sie damals verlassen, sie nicht mehr gesehen. Ich mache einen Vaterschaftstest, den sie zahlen wird, und du kommst mit. Eli, ich will dich und niemanden sonst. Sie braucht Geld. Glaub mir. Komm, wir gehen zu ihr. Ich weiß, wo wir sie finden", sagte er mir und wollte den Knopf im Lift nach unten drücken. Ich hielt ihn auf und schaute ihn an.

„Nein! Nein! Ich gehe nicht zu ihr. Wieso sollte ich? Liam, das hier ist deine Suppe, löffle sie aus, die Schlampe soll mich in Ruhe lassen. Ich habe mit ihr nichts zu tun.“ Er sah mich an und drückte mich an sich.

„Ich habe sie nicht gevögelt und dieses Kind ist nicht von mir! Glaub mir bitte! Meine Familie seid ihr, du und unsere Kinder. Das gebe ich nicht auf. Nicht noch mal. Ich wollte sie zur Rede stellen mit dir. Das wäre alles“, sagte er mir und drückte mich enger an sich.

Ich wusste nicht, was ich glauben sollte. Ich war verwirrt. Dieses Mal war mir alles zu viel. Wie sollte ich mit ihm in Ruhe leben, wenn eine andere behauptete, dass sie ein Kind von ihm erwartete. Ich wechselte das Thema abrupt.

„Ich habe dein Gespräch mit angehört. Was ist der Grund, dass du nicht fliegst? Sag es mir ehrlich und lüg mich nicht an. Warum schickst du Lorenzo? Ava wird ihre Babys in zwei Wochen bekommen und sie wird, ihn brauche. Sie freuen sich beide drauf.“

„Ich will nicht hin. Ich will bei euch sein. Ich habe Angst, dass ich was verpasse, wenn ich weg bin. Elias und die Mädchen brauchen mich. Du brauchst mich auch, Süße. Ich will ohne euch nirgendwo allein sein. Da habe ich Lorenzo gefragt und er hat ja gesagt. Er fliegt nur für zwei Tage und dann bleibt er bei Ava zu Hause.“ Er zog mich wieder Richtung Büro.

„Liam, ich will nach Hause. Ich brauche meine Ruhe. Es kommen immer mehr Problemen auf uns, das ist nicht auszuhalten“, sagte ich ihm.

„Ich schließe nur alles ab und wir können gehen. Bleib bei mir. Bist du heute fertig geworden?“, fragte er mich. Jetzt war er ruhig. Keine Spur von Zorn. Wie machte er das? Es war mir ein Rätsel. Er war ruhig und explodierte dann wieder schnell, dann war er wütend und beruhigte sich schnell. Wie war das möglich? Er konnte es einfach. Ich brauchte Zeit und eine Umarmung, damit ich mich beruhigte.

„Ja, ich bin fertig geworden. Weihnachten steht wieder vor der Tür und es wird mehr Arbeit werden. Wieder mal. Ich werde ab nächster Woche mehr Zeit im Geschäft verbringen als bisher. Die Kleinen bleiben bei mir im Büro“, sagte ich ihm und wischte mir die Augen. Er räumte seine Sachen in die Tasche. Hin und wieder schaute er mich an.

„Sie glaubt, dass sie mich zurückgewinnt, wenn sie sagt, dass sie ein Kind von mir bekommt. Ich kann rechnen und ich bin mir sicher, dass ich nicht der Vater bin. Seit März renne ich dir nach und bin bei dir. Nach meiner Berechnung wurde das Kind im August gezeugt, da war ich nicht dabei. Ich möchte mit dir einen Haufen Babys haben und mit keiner anderen.“ Er grinste mich an und ich erwiderte es. Es war ihm offenbar ernst.

„Ich erinnere mich an deine Worte. Ich wünsche mir noch ein Mädchen. Wer weiß.“ Ich zwinkerte ihm zu. Er schaffte es, dass ich für einen Augenblick alles vergaß.

Als er um den Schreibtisch kam, sah er mich mit einem heißen Blick an. Ohne mir was zu sagen oder mich zu fragen, küsste er mich. Zärtlich und fordernd, nicht so, dass es unangenehm für mich wäre. Dieser Kuss hatte was an sich. In meinem Kopf drehte sich alles und ich vertiefte ihn. Seine Lippen lagen auf meinen und meine auf seinen, wir waren gierig nacheinander. Er ließ die Tasche auf den Boden fallen und widmete sich nur mir. Er hob mich hoch auf den Tisch und ließ keinen Zentimeter Platz zwischen uns. Nach einigen Küssen mehr machte er einen Schritt zurück, sah mich an, ging zur Tür und sperrte sie zu. Ohne seine Blicke von mir zu lassen, legte er seine Lippen erneut auf meine. Das Spiel zwischen uns ging weiter. Liam knöpfte meine Bluse auf und ließ sie zu Boden fallen. Seine Finger spielten mit mir, sein Mund küsste mich, als wenn es kein Morgen gäbe.

Mein Mann hielt mich in seinen Armen und hob mich hoch. Er legte mich auf die Couch und machte weiter. Er war verrückt nach mir, ich war verrückt nach ihm. Ich zog ihm sein Hemd aus, und er zog mir meine Jeans aus. Anschließend unterbrach er sich kurz, um die Decke zu heben, die heruntergefallen war, er deckte uns beide zu. Er legte sich wieder auf mich und begann von vorn, mich zu küssen. Ich lag mit meinem Höschen und BH unter ihm vergraben und genoss jede Berührung von ihm.

In einem starken Moment knöpfte er meinen BH auf und zog meinen Slip aus. Die Berührungen wurden intensiver. Liam versuchte, sich zurückzuhalten, doch es gelang ihm nicht. Er schaute mich an und bat um Erlaubnis, ich nickte. Wir waren so heiß aufeinander, dass es kein Zurück mehr geben konnte. Liam brachte mich wie Lava hoch und ich explodierte. Nach der Zeit kam er und fiel auf mich. Wir lagen schweißnass aufeinander zusammengekuschelt unter der Decke und genossen es. Keiner sagte was. Wir wussten, es war Liebe.

„Guten Morgen, Liebes! Hast du gut geschlafen?“, weckte mich Liam mit seiner rauen Stimme und gab mir einen Kuss. Ich sah ihn an und lächelte zurück.

„Danke, mit dir an meiner Seite prima. Und du, wie hast du geschlafen?“

Er sah mich an mit einem glücklichen Ausdruck, drückte sich von hinten an mich und lachte mir ins Ohr.

„Hm, ich hätte nichts dagegen, es zu wiederholen. Was meinst du?“ Ich drehte mich zu ihm und meine Lippen landeten auf seinen. Er verstand es. Er liebte mich intensiver als gestern am Abend. Dieses Mal war ich im Himmel. Wir kuschelten uns neben den anderen. Erst das Telefon riss mich aus dieser Umarmung. Ich sah Liam an.

„Wie spät ist es?“, fragte ich ihn erschrocken. Wir hatten die Zeit vergessen. Er sah auf die Uhr und meinte: „Oh, es ist vierzehn Uhr, wir haben verschlafen.“ Schnell stand er auf, ich gleich hinter ihm.

„Scheiße, Liam, ich hätte die Kinder abholen sollen, heute in der Früh. Rosa hatte einen Termin. Emil ist im Geschäft!“ Ich zog mich schnell an und kämmte mir die Haare mit dem Kamm aus der Tasche. Er sah mich mit einem Grinsen an.

„Du schaust immer so sexy aus, wenn du dich aufregst. Ich habe sie längst angerufen und ihr mitgeteilt, dass ich die Kids hole.“

Jetzt war ich baff. Er kümmerte sich um unsere Kinder, ohne mich zu fragen.

„Was genau hast du Rosa gesagt? Und wann zum Teufel hast du sie angerufen?“

„Heute in der Früh. Sie hat mich gefragt, ob dein Akku leer ist. Der Arzt hatte ihren Termin verschoben. Keine Ahnung, warum. Die Kleinen konnten also weiter bei ihr bleiben und wir sollten miteinander sprechen. Ich habe nicht alles verstanden, um ehrlich zu sein. Ich hatte meine Augen auf dich gerichtet.“

„Heißt das für uns, dass wir jetzt frühstücken? Ich habe Hunger.“

„Oh, du wirst es nicht bereuen. Nach dem Essen geht es weiter mit uns zwei.“

„Wenn du es meinst. Doch wir zeugen keine Babys. Dass das klar ist!“, meinte ich. Er sah mich an, lächelte sanft. Er war glücklich, das sah ich ihm an. Ich hatte meine Zweifel in den Wind geschossen. Diese Nacht war eine totale Explosion von Gefühlen. Seine und meine. Die würden wir nicht so schnell vergessen.

Wenn die Ex was von ihm wollte, musste sie erst an mir vorbei. Oh mein Gott, waren das meine Gedanken? Ich liebte ihn und das war wichtig.

Liam und ich waren vor einer Woche in unser neues Haus in Wien eingezogen. Ja, ich hatte es endlich geschafft, ihm zuzustimmen.

Heute war der Heilige Abend und unser Haus glänzte wie im Märchen. Ich hatte die Idee, die ganze Familie einzuladen und ihnen zu danken, dass sie für uns da waren. Heute war es so weit, ich hatte meinen Schwiegereltern, Schwägern und Schwägerinnen mitsamt ihren Kindern die Einladung ausgesprochen. Mein Bruder Max und seine Freundin Anna würden aus der Schweiz zu uns stoßen und meine Schwester Mia kam mit ihrer ganzen Familie, aus Italien. Ich freute mich auf sie, besonders auf ihre Zwillinge. Meine Eltern waren in den Urlaub geflogen und würden dort bis nächstes Jahr bleiben. Also würde dieses Jahr ein schönes Fest ohne Streitereien werden. Ich hatte auch meine zwei besten Freundinnen eingeladen und meinen besten Freund Greg.

Ich schaute auf die Uhr, um achtzehn sollten sie alle da sein. Es war gerade mal vier Uhr, also ging es in zwei Stunden los. Liam stellte die Geschenke neben den Christbaum und lächelte. Ich sah ihn an und mir fiel auf: Ich wollte ihn noch überraschen. Das würde ich heute sicher noch. Unsere Nächte in seinem Büro waren nicht ohne, wir verbrachten dort viel Zeit. Seine Therapie machte er weiter und sie zeigte deutlich Erfolg.

„Na, an was denkst du?“, fragte er mich und lächelte.

„An unser erstes Weihnachten. Dich und mich, wie immer. Ich bin froh, dass wir dieses Haus gekauft haben.“

„Das stimmt, und könnten wir wieder in Produktion gehen? Platz hätten wir.“

„Schauen wir mal. Jetzt sollten wir unsere drei großziehen. Was meinst du?“ Ich sah ihn an und musste lachen. Er wollte noch mehr Kinder mit mir haben.

Ich ging in die Küche und sah nach dem Essen. Unsere Köchin, die Liam eingestellt hatte, hatte alles im Griff. Sie konnte sehr gut kochen, das hatte sie uns diese Woche gezeigt. Bei so vielen Personen heute Abend war ich froh, sie zu haben. Ich nahm mir ein Glas Wasser und setzte mich in die Küche.

Irgendwie fühlte ich mich nicht gut. War das die Aufregung? Ich dachte nach. Das Erste, was mir einfiel, waren meine Tage. Nein, ich hatte meine Pille immer genommen.

Oh, ich konnte verstehen, warum ich keinen Kaffee riechen konnte. Kein Wunder, ich musste mir schleunigst einen Test besorgen. Gut, dass die Apotheke nicht weit war. Ich ging in den Flur, sah Liam an und verkniff mir, was zu sagen. Doch ich würde ihm später erklären, was los war. Ich zog mich an und ging zur Apotheke, holte mir gleich drei Tests und Tampons – man konnte nicht wissen, sicher ist sicher. Als ich die Tür aufsperrte, sah ich Liam an der Tür lehnen.

„Wo warst du? Ich habe dich gesucht.“ Er sah mich mit diesem Glitzern in den Augen an.

„Ich habe mir noch Tampons geholt. Hatte vergessen, welche zu kaufen. Gott sei Dank, habe ich welche bekommen.“ Er sah mich an.

„Okay, ich dachte, du wolltest weglaufen. Die Köchin sagte mir, dass es dir nicht gut ging.“

„Liam, mir geht es gut, komm, lass mich ausziehen und dann sehen wir, was wir noch zu tun haben.“ Ich nahm meine Tasche und ging ins Schlafzimmer. Schnell verstaute ich die Tests und die Tampons. Es mussten nicht alle wissen, was ich vorhatte.

Ich machte den Test und wartete auf das Ergebnis. Liam klopfte und gab nicht auf. Okay, jetzt wurde es lustig.

„Liam, was ist los? Darf ich nicht aufs Klo gehen?“

„Mach auf und ich sag es dir.“ Ich sah auf den Test und brüllte. Dann machte ich die Tür auf und sah Liam vor mir stehen.

„Ich wusste es“, sagte er und lächelte. Ich sah ihn ahnungslos an. Den Test hielt ich in der Hand versteckt.

„Was wusstest du?“ Innerlich war ich beim Test und zwei Strichen.

„Du kannst keinen Kaffee riechen, dir ist ständig schlecht, du bist schwanger.“ Er hob mich hoch und drehte mich im Kreis.

„Frohe Weihnachten, Liam, du wirst Papa. Ich habe es soeben erfahren. Der Test ist positiv und wie.“

Er küsste mich überglücklich. Ich war eher sprachlos, da ich noch kein weiteres Kind haben wollte, doch so, wie sich Liam freute, war ich glücklich, dass ich es war.

„Baby, du machst mich glücklich und wie. Ich freue mich, noch mal Papa zu werden. Können wir es allen heute erzählen?“

„Moment, ich möchte es noch nicht. Ich möchte zuerst zum Arzt, eine Bestätigung holen, dass ich es bin und wann es auf die Welt kommt. Dann können wir es der Familie sagen.“ Er sah mich an und nickte. Wir küssten uns und kaum hatte ich was sagen wollen, lag ich im Bett und Liam auf mir. Doch uns unterbrach die Klingel der Tür, wir standen auf und marschierten Hand in Hand nach unten. Liam öffnete die Tür und alle standen dort und sahen uns an.

„Frohe Weihnachten!“, riefen sie im Chor.

„Merry Christmas!“, rief Greg und sah mich an. Ich sah ihn an und umarmte ihn.

„Hey, Eli, hat mich vermisst.“ Er drückte mich an sich.

„Ja, habe ich, warum hattest du dich nicht gemeldet? Und sag mir nicht, dass du nur arbeitest. Komm rein, die Nanny kommt gleich runter mit den Kleinen.“

„Oh, du kennst mich sehr gut, komm, ich habe dir was mitgebracht. Ich weiß, dass du es lieben wirst.“ Er ging hinein.

Ich begrüßte alle anderen Gäste und freute mich, sie zu sehen. Liam sah ganz entspannt aus. Er und Greg vertrugen sich einigermaßen und es gab keinen Streit wegen mir. Max konnte es nicht glauben, als er sah, dass Liam und Greg sich locker begrüßten. Er sah mich an und grinste mit einer Deutung auf die zwei. Ich nickte nur. Alessio kam mit Emma und begrüßte mich. Was mir an Alessio so gefiel, er zeigte mir, dass er mich mochte, und blieb dabei.

„Ich habe dich so vermisst, Schwägerin. Komm, lass dich fest umarmen.“ Er küsste mich auf die Wangen und drückte mich an sich. Emma folgte ihm.

Mein Bruder sah mich glücklich an. „Na, Schwesterherz, du hast bestimmt nichts dagegen, wenn wir dich im Juli in die Schweiz einladen.“ Ich sah ihn an.

„Nein, sicher nicht, ich freue mich auf die Schweiz. Ich kann Entspannung gut gebrauchen.“ Wir lachten alle.

Im Wohnzimmer saßen meine Kleinen auf der Couch und bewunderten den Christbaum. Nanny erzählte ihnen eine Geschichte über das Christkind. Rosa und Emil setzten Alessios und Emmas Kinder dazu. Lorenzo und Ava behielten ihre Kleinen bei sich. Sie waren eine Woche alt. Meine zwei Nichten setzte Mia auch dazu.

Was für ein Anblick. Lauter kleine süßen saßen und hörten der Nanny zu. Uns Erwachsenen gefiel es auch. Wir machten die Bescherung und lächelten uns an. Dann gingen wir ins Esszimmer und jeder nahm Platz. Hier gab es einen Truthahnbraten mit Gemüse und Soßen. Als Nachtisch Torten und Plätzchen.

Jeder trank, was er wollte, und wir unterhielten uns über verschiedene Dinge. Als unsere Köchin Kaffee anbot, wurde mir schlecht. Ich stand auf und Liam bemerkte es, er grinste mich an.

Okay, grins du nur, dachte ich und lächelte. Ich schaute zu den Kleinen im Wohnzimmer und musste lachen, wie sie ihre Geschenke auspackten. Greg spielte mit Elias und er umarmte ihn. Ich schwebte wieder in den Erinnerungen. Liam schlich sich hinter mich und nahm mich um die Taille. Ich drehte mich zu ihm um und küsste ihn.

„Frohe Weihnachten, mein Schatz." Wir sahen uns so verliebt an. Greg drehte das Radio laut und es spielte Last Christmas. Liam begann, mit mir zu tanzen und unser Wohnzimmer verwandelte sich in eine Tanzfläche mit Zuschauern. Nanny brachte die Kleinen ins Bett und unsere Gäste verließen uns nacheinander.

Liam und ich standen allein da, er zog mich ins Wohnzimmer und wir setzten uns auf die Couch. Er lachte wieder.

„Eines weiß ich ganz genau, Eli, dein Herz gehört mir. Das hast du mir vor langer Zeit gegeben. Ich liebe dich und diese Zwerge auch." Ich sah ihn an und küsste ihn ohne Worte.

Epilog

Es waren vier Wochen vergangen. Liam machte nach wie vor die Therapie und freute sich auf unseren neuen Zwerg. Es war ihm gelungen, der Heilungsprozess lief nach Plan. Er schaute nur mich und seine Familie an. Bei jedem Vorhaben wollte er mich dabeihaben. Wenn er länger im Büro war, wollte er, dass ich zu ihm komme. Wir schliefen dadurch öfter auf der Couch im Büro.

Unsere Liebe war noch stärker geworden und er machte alles für mich. Wenn Liam nach England flog, nahm er uns mit. Er hatte in London eine Wohnung gekauft, da er beruflich ständig dorthin musste. Wenn wir dort waren, nahmen wir die Kinder mit. Mir gefiel die Wohnung, wie er sie eingerichtet hatte. Es passte zu uns.

Liam und ich hatten in Wien unser Haus. Wir pendelten nicht. Rosa und Emil wohnten in der Nähe und halfen uns mit unseren Kindern. Sie konnten jederzeit bei uns vorbeikommen und uns besuchen. Meine Eltern wohnten weiterhin in Baden. Seit wir unser Haus gekauft hatten, hatten wir unsere Wohnungen vermietet. Wir waren uns bei der Besichtigung einig gewesen, dass dieses Haus uns gehören würde. Es war groß und die Kids hatten Platz zum Toben. Das war uns von Anfang an wichtig. Jeder von den Kleinen hatte sein eigenes Zimmer und da ich arbeiten ging, hatte Liam eine Nanny, Putzfrau und Köchin eingestellt. So waren wir mit allem entlastet.

Rosa unterstützte uns weiterhin und kümmerte sich mit Emil um ihre Enkelkinder. Unsere Kinder waren temperamentvoll. Ich liebte sie alle drei, Liam genauso, obwohl sein Liebling Elias war. Mit ihm hatte er viel Spaß beim Autospielen. Mit Puppen spielte er nicht gern. Liam und ich waren inzwischen ein eingespieltes Team geworden und unterstützten uns mehr denn je.

Heute bekamen wir Besuch von Alessio und Lorenzo. Ich freute mich, die zwei gesund und munter zu sehen. Liam liebte sie beide, er hatte sich bei Alessio entschuldigt für sein Benehmen. Sie beide hatten ihm verziehen und nahmen ihn deswegen nur noch hin und wieder auf die Schippe. Liam riss mich aus meinen Gedanken.

„Hey, Süße, wo bist du jetzt? Wie soll ich dir helfen, wenn du mir keine Antwort gibst?“

„Oh, hast du mich was gefragt?“, meinte ich zu ihm.

„Ja und du hast geträumt. Wo brauchst du Hilfe? Oder bist du fertig mit dem Anrichten?“ Er nahm mich nach hinten und drückte mich an sich. Es war genau das, was ich jetzt brauchte. Mein Mann konnte manchmal meine Gedanken lesen. Er drehte mich zu sich und hob mich hoch, dann setzte er mich auf den Tisch.

Fuck! Was hatte er vor? Er stellte sich zwischen meine Beine und küsste mich, dann löste er sich und lächelte.

„Warum lachst du?“, fragte ich ihn und fuhr mit meinen Händen über sein Haar.

„Baby, lass mich dich lieben. Hier und jetzt“, sagte er. Er sah mir tief in die Augen und blinzelte nicht. Er las meine Gedanken. Wie war das möglich?

„Hm, wir zwei hier und jetzt? Klingt verlockend, doch Alessio und Lorenzo werden bald da sein. Du willst sicher nicht, dass ich sie nackt begrüße, oder?“ Liam hob mich hoch und trug mich ins Schlafzimmer.

„Wir gehen ins Schlafzimmer, die beiden müssen warten. Ich werde dich ihnen sicher nicht nackt präsentieren. Du gehörst mir und ich lasse niemanden einen Blick auf dich nackt werfen. Ich liebe dich, verdammt! Ich habe Angst, dass …“ Er unterbrach sich.

„Schatz, du bist immer noch eifersüchtig. Ich liebe dich auch, es wird sich nichts daran ändern!“

In dem Moment lag ich im Bett und mein Mann auf mir. Ich wurde von ihm langsam ausgezogen und weitergeküsst, nur dass er sehr fordernd wurde, und mir wurde heiß. Mein Mann konnte dieses Feuer in mir entfachen und mich zum Explodieren bringen, während ich hier lag in meinem Spitzen-BH und Tanga, die Liam loswerden wollte. Seine Hände waren überall und seine Lippen, oh mein Gott. Ich konnte nicht mal mehr denken, wenn er seine Hand zwischen meine Beine schon. Oh, schon wieder ein Tanga weniger. Er hatte ihn wieder zerrissen. Alles, was er mit mir hier machte, war zum verrückt werden. Seine Finger spielten mit mir, als wenn er Klavier spielte.

Shit, hatte es gerade an der Tür geklingelt oder hatte ich mich verhört? Liam war so vertieft bei mir, dass er nicht reagierte.

„Es läutete an der Tür und dein Handy klingelt!“, japste ich.

„Süße, es dauert nur einen Moment!“, meinte er und machte weiter. Oh Gott, jetzt war es so weit, ich erstickte meinen Schrei und zog ihn am Haar. Er hob den Kopf und lächelte mich an.

„Lass sie, ich will dich jetzt!“ Er legte sich auf mich und wir vereinten uns miteinander. Keiner hörte mehr auf die Klingeltöne. Liam bewegte sich immer schneller und es dauerte nicht mehr lange und wir explodierten. Er hob sich hoch und legte sich neben mir, dann zog er mich an sich und deckte uns zu. Keiner sagte was, wir waren erschöpft. Es klingelte und Liam sah mich an.

„Verdammt, sie müssen doch wissen, wie es ist, wenn die Kinder nicht da sind! Was meinst du?“ Er stand auf und zog sich an.

„Hey, wie sollen sie wissen, dass wir zwei Sex haben? Sie sind keine Hellseher. Geh, mach ihnen auf, ich gehe duschen und mich anziehen.“ Ich sah ihn an und fügte hinzu: „Liam, du schuldest mir einen Tanga, der da ist, kaputt.“ Ich zwinkerte ihm. Er kam zu mir und küsste mich.

„Ich schulde dir mehr als nur einen Tanga! Warte nur, ich werde es begleichen.“

„Oh, wenn das so ist, ich freue mich und gehe ohne Tanga, nur in einem Rock oder Kleid.“

„Das hoffe ich! Aber bitte nur wenn wir allein sind. Dann werde ich immer hinter dir stehen.“

„Ich werde es mir überlegen. Geh und mach ihnen auf!“, rief ich ihm zu und marschierte ins Bad. Hier im Haus war es praktisch, wir hatten das Badezimmer gleich nebenan.

Nach dem Duschen zog ich mich an. Mein nasses Haar trocknete ich und band es zu einem Pferdeschwanz. Ich sah mich im Spiegel und lächelte. Oh, ich sah wie eine frisch gevögelte Frau aus. Shit, seine Brüder würden es herausbekommen, wenn sie mich sehen, und wissen, was gelaufen war. Egal, wir waren verheiratet und wen interessierte schon, dass wir Sex hatten? Ich schlenderte die Treppen nach unten und hörte Alessio reden und Lorenzo lachen. Sie standen alle drei im Wohnzimmer mit einem Glas Wein.

„Hallo, Jungs, na, wie geht es euch?“, fragte ich die beiden.

„Hallo, Schwägerin, du schaust heute so glücklich aus. Was ist der Grund?“, fragte Alessio und zwinkerte.

„Genau, du bist verändert. Was hat Liam angestellt?“, meinte Lorenzo. Ich sah kurz zu Liam und er lächelte mich an. Verdammt, die wussten es.

„Hey, sie ist glücklich, ich werde ihr ihre Tangas ersetzen. Manchmal bin ich halt stürmisch.“ Jetzt sahen sich die zwei an und waren still. Verdammt, warum hatte Liam nur so geprahlt?

„Haben wir zwei euch gestört? Es tut uns leid“, zwinkerte mir Alessio zu.

„Nein, wo sind eure Frauen? Wir dachten, Emma und Ava kommen mit euch. Wo habt ihr sie versteckt?“, fragte ich und wechselte das Thema.

„Beide sind zu Hause mit den Kindern. Wir sind von der Arbeit gleich hierhergekommen. Liam, wir müssen mit dir über die Kunden sprechen. Der Stock wächst seit Wochen nach oben. Wie schaut es mit dem Personal aus? Wir brauchen fünf Leute.“

Ich sah sie an und ließ sie allein ihre Firmen-Problemen lösen. Hier kannte ich mich nicht aus. Mein Telefon klingelte und ich ging ran.

„Hallo, Elena, wie geht es euch? Ich habe länger nichts von euch gehört!“ Es war meine Mutter. Wer sonst?

„Oh, hallo, seid ihr schon zurück vom Urlaub? Wie war es?“

„Ist was passiert, dass du mir keine Antwort gibst?“, fragte mich meine Mutter.

„Nein, uns geht es allen gut. Wir sind gesund und munter.“

Wieso muss immer was passiert sein?, dachte ich.

„Elena, wir reisen weiter. Wir fliegen zu den Malediven. Dein Vater und ich freuen uns, die Zeit allein zu verbringen. Genug haben wir mit euch dreien Zeit verbracht. Jetzt ist Zeit für uns allein. Das kannst du dir jetzt nicht leisten, da du Mutter bist, mit deinem Mann allein zu sein. Tja, wenn du älter wirst, ändert sich das“, sagte sie.

„Ich wünsche euch einen schönen Urlaub. Und Mama, ich verbringe sehr gern Zeit mit meinem Mann und mit unseren Kindern.“ Ich legte auf und musste lachen. Zeit, allein zu sein. Das hatte sie schon seit zehn Jahren.

Ich machte mir einen Tee und setzte mich an den Tisch. Wie zum Teufel hatte sie so was sagen können? Seit mein Vater in Pension war, waren die beide allein gewesen. Was wollte sie damit nur bezwecken? Liam und ich reisten ständig mit unseren Kindern. Letztens waren wir in London. Unsere Kids flogen immer mit uns und die Nanny kam auch mit. Somit konnten wir auch Zeit allein genießen. Liam kam zu mir in die Küche und sah mich an.

„Hey, warum sitzt du da so allein? Komm doch zu uns rein. Du störst nicht. Ich brauche deine Hilfe für die Bewerbungsgespräche. Fünf Jungs werde ich einstellen.“

„Ich muss nachdenken! Es war alles in Ordnung, doch mir wurde der Tag vermiest.“

„Sag mir, dass es mit den Zweien nichts zu tun hat.“

„Nein, es war Luise. Die hat mich angerufen und meinte, sie würden Zeit zu zweit verbringen und zu den Malediven fliegen. Von mir aus sollte sie dortbleiben.“

„Willst du fliegen? Sag mir, wohin, und die Nanny nehmen wir mit.“

„Ich liebe dich, Liam!“, schrie ich. Ich dachte nicht an unsere Gäste.

„Ja, ich weiß es längst. Flieg mit mir, wohin du willst. Ich liebe dich auch, Eli! Du bist die Frau meines Lebens und ich will dich glücklich machen.“ Er nahm mich in seinen Arm und drückte mich an sich.

„Bravo, endlich seid ihr zur Vernunft gekommen. Jeder, der euch beide kennt, weiß, dass ihr zwei euch von Herzen liebt“, sagte Lorenzo und sah uns an.

„Das wissen wir längst, glaub uns!“, meinte Liam und fügte hinzu: „Eli, heirate mich noch einmal, bitte!“

„Da wir euch beide nicht stören wollen, fahren wir nach Hause“, meinte Alessio.

„Hey, Alessio wir lieben dich und sind froh, dass du da bist! Setzt euch, ich habe nicht umsonst gekocht!“ Wir lachten alle.

Liam deckte den Tisch und warf mir immer wieder verliebte Blicke zu. Ich machte den Salat fertig und nahm die Hühnerbrust aus dem Ofen raus. Es roch köstlich. Liam gab mir die Teller und ich füllte sie an. Liam schenkte Getränke ein und wir saßen am Tisch und aßen. Es gab Komplimente für das Essen.

Danach saßen wir eine Weile da und quatschten über die Kinder und Familie. Sie alle waren Väter. Liam freute sich auf unser nächstes Kind. Am Abend verabschiedeten sich meine Schwager von uns und Liam schloss die Tür hinter ihnen zu. Er lehnte sich an die Tür und zog mich zu sich, nahm mich in seine Arme und drückte mich fest an sich.

„Eines weiß ich ganz genau: Du bist die Liebe meines Lebens. Dich zu haben, macht mich glücklich. Verdammt, ich habe lang gebraucht, um dir das zusagen. Ich liebe dich und will dich für immer an meiner Seite haben in meinem ganzen Leben. Ohne dich wäre ich nicht der Mann, der vor dir steht. Danke für deine Liebe und dass du mich nicht im Stich gelassen hast, mir Mut zugesprochen und dich für mich entschieden hast.“ Er drückte mich an sich und ich weinte vor Glück. Dann küsste er mich. Ich war sprachlos und glücklich. Liam und ich liebten uns und unsere zwei Herzen gehörten für immer einander.

„Ich liebe dich, Liam! Dein Herz gehört mir, und ich gehöre dir“, sagte ich ihm leise und war die glücklichste Frau auf der Welt. Liam hob mich hoch und trug mich ins Schlafzimmer, wo wir unsere Liebe nochmals besiegelten.

Ein Leben

Ein Leben ohne Liebe, wäre einsam.
Ein Leben ohne Hoffnung, wäre grausam.
Ein Leben ohne Vertrauen, wäre leer.
Ein Leben ohne dich wäre schwer.
Mein Herz brennt noch immer,
vor Sehnsucht nach dir, und ich bitte dich
Verzeih mir.
In Liebe Liam

Danksagungen

Ohne die Unterstützung meiner Familie hätte ich dieses Buch nie zu Ende bekommen. Ich kann mich so glücklich schätzen, Euch zu haben. Danke an meine bessere Hälfte, der mich immer unterstützt und mich aufmuntert. Danke an meine bezaubernden Mädels, die immer lachen und mich zum Lachen bringen. Danke an meine liebe Tochter Maria, die sich das Leben von Liam und Elena angehört hat und mich unterstützt hat. Danke an meine Jungs, die immer ein offenes Ohr haben. Danke, Mama, für deine liebe Unterstützung, wenn ich beim Schreiben war und du die Kinder bespaßt hast. Danke an meine gute Freundin Ulli G., dass sie da war und mir die Tipps gab. Danke an meinen Lektor David, der mir bei der Seite stand und mit mir über Liam und Elena gelacht, gesprochen und mich unterstützt hat. Danke für alles. ;) Danke an die liebe Constanze für die liebe Unterstützung. Danke an meine Freundin Magda, die immer ein offenes Ohr für mich und mein Buch hatte. Danke an meine Lena die immer mir ein lächeln ins Gesicht zaubert.

Danke an meine lieben Leser/innen. Ich freue mich über jede gute und schlechte Kritik von euch. Danke an alle, die mich unterstützt haben, denn ohne euch wäre ich nicht so weit gekommen. DANKE!

Elenas Playlist

Enrique Iglesias:	Oh, I miss you
	Let me be your Lover
	Tonight (I`am loving you)
	Why Not me?
Max Giesinger:	Roulette
Revolverherz:	Liebe auf Distanz
Feuerherz:	Du bringst mich um den Verstand
Andrea feat.	
Gabriel Davi	Only You
Akcent:	Dilemma
Jonathan Zelter:	Ein Teil von meinem Herzen
Ben Zucker:	Mein Herz gehört nur dir
	Wir lieben uns wieder
Ed Sheeran:	Perfect
Justin Vasquez:	You are the One
Lukas Graham:	Love Someone

Zitat

Liebe ist nicht das

was man erwartet zu bekommen, sondern das

was man bereit ist zu geben.

(Katharine Hepburn)